Maeve Binchy wurde in Dublin geboren und ging in Killiney in eine Klosterschule. Sie studierte Geschichte, unterrichtete an Mädchenschulen und schrieb in den Sommerferien Artikel über ihre Reiseerfahrungen. 1969 wurde sie Mitarbeiterin bei der *Irish Times*.
Maeve Binchy zählt zu den bekanntesten Schriftstellerinnen Großbritanniens, hat zahlreiche Bestseller geschrieben und fürs Theater und Fernsehen gearbeitet.
Sie ist mit dem Schriftsteller Gordon Snell verheiratet.

Von Maeve Binchy sind außerdem erschienen:

Unter der Blutbuche (Band 60224)
Irische Freundschaften (Band 60225)
Im Kreis der Freunde (Band 60226)

Dieses Buch wurde auf chlor- und säurefreiem Papier gedruckt.

Deutsche Erstausgabe September 1995
© 1995 für die deutschsprachige Ausgabe
Droemersche Verlagsanstalt Th. Knaur Nachf., München
Das Werk einschließlich aller seiner Teile ist urheberrechtlich geschützt.
Jede Verwertung außerhalb der engen Grenzen des Urheberrechts-
gesetzes ist ohne Zustimmung des Verlages unzulässig und strafbar.
Das gilt insbesondere für Vervielfältigungen, Übersetzungen,
Mikroverfilmungen und die Einspeicherung und Verarbeitung
in elektronischen Systemen.
Titel der Originalausgabe »Silver Wedding«
© 1988 by Maeve Binchy
Originalverlag Arrow Books, London
Umschlaggestaltung Andrea Schmidt, München
Satz MPM, Wasserburg
Druck und Bindung brodard & taupin, La Flèche
Printed in France
ISBN 3-426-60227-X

2 4 5 3 1

MAEVE BINCHY

Silberhochzeit

Roman

Aus dem Englischen von
Monika Wallner und Sonja Schuhmacher

Für Gordon Snell, der mein Geliebter
und gleichzeitig mein bester Freund ist.

Inhaltsverzeichnis

1 Anna 9

2 Brendan 47

3 Helen 65

4 Desmond 117

5 Father Hurley . . . 155

6 Maureen 191

7 Frank 231

8 Deirdre 277

9 Die Silberhochzeit 309

1
Anna

Anna wußte, wie sehr er sich bemühte, interessiert zu wirken. Sein Gesicht war ein offenes Buch für sie. Es war der gleiche Blick, den sie beobachtete, wenn manchmal ältere Schauspieler heraufkamen, um sie im Club zu treffen und Anekdoten von längst vergessenen Leuten zu erzählen. Auch dafür versuchte Joe Interesse aufzubringen. Es war ein freundlicher, höflicher, aufmerksamer Blick, von dem er hoffte, man würde ihn als wirklich interessiert durchgehen lassen und das Gespräch würde nicht zu lange dauern.
»Tut mir leid, daß ich immer noch nicht davon aufhöre«, entschuldigte sie sich. Sie schnitt eine lustige Grimasse. Außer einem Hemd von ihm hatte sie nichts an, und zwischen ihnen lagen nur die Zeitungen und ein Frühstückstablett.
Joe lächelte zurück, diesmal war es ein aufrichtiges Lächeln.
»Nein, ich find's nett, daß dich das so in Aufregung versetzt. Es ist gut, wenn man sich um seine Familie kümmert.«
Sie wußte, er meinte es ehrlich. Im tiefsten Innern war ihm klar, daß es richtig war, sich für seine Familie zu interessieren, so wie man kleine Kätzchen vom Baum rettet. Oder wie ein schöner Sonnenaufgang und große Collie-Hunde. Im Prinzip war Joe schon dafür, sich Gedanken über das Familienleben zu machen, nur bei seiner eigenen Familie tat er, als ginge sie ihn nichts an. Er hätte nicht gewußt, wie lange seine Eltern verheiratet waren. Wahrscheinlich hätte er noch nicht einmal gewußt, wie lange seine eigene Ehe gedauert hatte. So etwas wie eine silberne Hochzeit hätte Joe Ashe nicht im geringsten interessiert.

Anna beobachtete ihn mit einer wohlbekannten Mischung aus Zärtlichkeit und Angst. Zärtlich und fürsorglich. Wie er so gegen die großen Kissen gelehnt dalag, sah er sehr schön aus, das blonde Haar fiel ihm ins Gesicht, und seine Schultern wirkten entspannt und locker. Sie hatte Angst davor, daß sie ihn verlieren könnte, daß er genauso sachte und mühelos aus ihrem Leben wieder verschwinden könnte, wie er hineingeraten war.
Joe Ashe kämpfte nie mit jemandem, erzählte er Anna mit seinem strahlenden jungenhaften Lächeln; für so etwas sei das Leben viel zu kurz. Und das stimmte ja auch.
Wenn er mal eine Rolle nicht bekam oder die Kritiken schlecht ausfielen, reagierte er nur mit einem Achselzucken. Na ja, es hätte besser sein können, aber es lohnt sich doch nicht, deshalb eine große Szene zu machen.
Wie seine Ehe mit Janet. Es war vorbei, warum sollte er sich dann weiter etwas vormachen? Er packte einfach einen kleinen Koffer und verschwand.
Anna fürchtete, er werde eines Tages, in eben diesem Zimmer, wieder einen kleinen Koffer packen und verschwinden. Sie würde ihn beschimpfen und anflehen, so wie Janet es getan hatte, aber es würde nichts nützen. Janet war sogar vorbeigekommen und hatte Anna Geld angeboten, damit sie ihn freigab. Sie hatte sich ausgeheult, wie glücklich sie mit Joe gewesen war, und ihr Bilder von den beiden kleinen Söhnen gezeigt. Alles wäre wieder in Ordnung, wenn nur Anna endlich ginge.
»Aber er hat Sie doch gar nicht meinetwegen verlassen. Er hatte schon ein Jahr allein gelebt, bevor wir uns überhaupt kennengelernt haben«, hatte Anna erklärt.
»Ja, und die ganze Zeit über dachte ich, er würde zurückkommen.«
Anna erinnerte sich äußerst ungern an Janets tränenüberströmtes Gesicht und daran, wie sie dann Tee für Janet gekocht hatte. Und noch unangenehmer war es ihr, sich vorzustellen, wie ihr

eigenes Gesicht eines Tages tränenüberströmt sein würde, genauso unerwartet, wie es Janet getroffen hatte. Sie zitterte ein wenig, als sie diesen hübschen, sorglosen Jungen in ihrem Bett betrachtete. Denn trotz seiner achtundzwanzig Jahre war er immer noch ein Junge. Ein sanftes, grausames Kind.
»Woran denkst du?« fragte er.
Sie sagte es ihm nicht. Sie erzählte ihm nie, wieviel sie über ihn nachdachte und wie sehr sie den Tag fürchtete, an dem er sie verlassen würde.
»Ich habe gerade überlegt, daß es mal wieder an der Zeit wäre, eine neue Filmversion von *Romeo und Julia* zu drehen. Du siehst so toll aus, da wäre es doch unfair, der Welt deinen Anblick vorzuenthalten«, sagte sie lachend.
Er nahm das Frühstückstablett und stellte es auf den Boden. Die Sonntagszeitung rutschte hinterher.
»Komm her zu mir«, sagte Joe. »Ich habe gerade genau dasselbe gedacht. Ganz und gar, wie ihr Iren sagt.«
»Was für eine hervorragende Imitation«, kommentierte Anna trocken. Trotzdem kuschelte sie sich an ihn. »Kein Wunder, daß du der beste Schauspieler der Welt bist und auf dem ganzen Erdball berühmt dafür, wie gut du Akzente nachmachen kannst.«
Sie lag in seinen Armen und erzählte ihm nichts von ihrer Besorgnis wegen der silbernen Hochzeit. Sie war sowieso schon zu weit gegangen mit dem Thema, das konnte sie an seinem Gesicht ablesen.
Um nichts in der Welt hätte man Joe begreiflich machen können, was das in Annas Familie bedeutete: Mutters und Vaters fünfundzwanzigster Hochzeitstag! Im Doyleschen Haushalt wurde alles gefeiert. Da gab es Alben mit Erinnerungsfotos, Schachteln, in denen Bilder von früheren Feiern chronologisch geordnet aufbewahrt wurden. Eine Galerie der wichtigsten Feste hing an der Wohnzimmerwand: der Hochzeitstag selbst, die drei

Taufen, Oma O'Hagans sechzigster Geburtstag und Opa Doyles Besuch in London, wie alle beim Buckinghampalast neben einem Wachposten stehen – einem feierlichen jungen Mann mit Bärenmütze, der die Wichtigkeit von Opa Doyles Besuch erkannt zu haben schien.

Da hingen die drei Erstkommunionen und die drei Firmungen, es gab eine kleine Sportabteilung von Brendans Schulteam, in dem Jahr, als sie in der Oberliga spielten, eine noch kleinere akademische Abteilung mit einer Aufnahme von Annas Schulabschluß, auf der sie sehr gestellt posiert und ihr Zeugnis hält, als wäre es eine Tonne schwer.

Spaßeshalber sagten Mutter und Vater immer, die Wand sei die wertvollste Sammlung der Welt. Wozu brauchten sie alte Meister und berühmte Gemälde, wo sie doch etwas viel Kostbareres hatten: eine lebende Wand, die der Welt alles über ihr Leben erzählte.

Anna zuckte jedesmal zusammen, wenn Besucher diesen Spruch zu hören bekamen. Beim Gedanken daran zuckte sie sogar jetzt in Joes Armen zusammen.

»Zitterst du meinetwegen, oder ist das Leidenschaft?« fragte er.

»Ungezügelte Leidenschaft«, erwiderte sie und fragte sich, ob es wohl normal war, neben dem attraktivsten Mann von ganz London zu liegen und nicht an ihn, sondern an die Wand im Wohnzimmer ihrer Eltern zu denken.

Das Haus der Eltern würde zur Silberhochzeit geschmückt werden müssen. Mengen von Papierglöckchen würde es geben, silberne Schleifen und mit Silberfarbe besprühte Blumen, und man würde die Kassette mit dem Hochzeitswalzer spielen. Auf den Fensterbänken würden sich die Glückwunschkarten häufen. Wenn es so viele waren wie damals an Weihnachten, würde sie wahrscheinlich wieder eine Papierschlange daraus machen. Die Kuchen würden die üblichen traditionellen Verzierungen und die Einladungen silberne Ecken haben. Zu was genau lud

man überhaupt ein? Das alles schwirrte in Annas Kopf herum. Die Kinder mußten das für ihre Eltern organisieren. Also Anna, ihre Schwester Helen und ihr Bruder Brendan.
Aber in Wirklichkeit bedeutete es, daß Anna die Verantwortung trug.
Sie würde das alles alleine erledigen müssen.
Anna drehte sich zu Joe um und küßte ihn. Sie wollte jetzt nicht mehr an diesen Hochzeitstag denken. Lieber zerbrach sie sich morgen den Kopf darüber, wenn sie dafür bezahlt wurde, in einer Buchhandlung zu stehen.
In diesem Augenblick, wo es weit bessere Dinge zu überlegen gab, wollte sie sich nicht damit beschäftigen.
»Das gefällt mir schon besser! Ich habe schon befürchtet, du schläfst auf mir ein«, sagte Joe Ashe und drückte sie dabei ganz fest an sich.
Anna Doyle arbeitete im »Bücher für Leute«, einer kleinen Buchhandlung, die von Autoren, Publizisten und allen möglichen Medien gefördert wurde. Unermüdlich behaupteten sie, dies sei ein Buchladen mit Charakter, anders als die großen, seelenlosen Bücherketten. Insgeheim konnte Anna dem nicht ganz zustimmen.
Viel zu oft mußte sie während der Arbeit Leute abwimmeln, die mit völlig normalen Anfragen daherkamen, wie nach den neuesten Bestsellern, Zugfahrplänen oder einem Spezialkochbuch über Tiefkühlkost. Jedesmal mußte sie sie an einen anderen Laden verweisen. Anna war der Meinung, daß eine Buchhandlung, die diesen Namen verdiente, auch tatsächlich solche alltäglichen Dinge anbieten sollte, anstatt sich gegenüber seinen Kunden ausschließlich auf eine wuchtige psychologische Abteilung, Reisebücher, Gedichtbände, Soziologie und zeitgenössische Satire zu berufen.
Eine ausgesprochene Fachbuchhandlung war der Laden aber auch nicht gerade. Sie hatte schon vor einem Jahr gehen wollen,

aber das war genau zu der Zeit, als sie Joe traf. Und als er dann bei ihr blieb, war er zufällig gerade ohne Arbeit.
Joe jobbte ein bißchen herum, und er war nie pleite. Es reichte immer, um Anna einmal einen hübschen indischen Schal oder eine Papierblume zu schenken oder um die umwerfendsten wilden Pilze in einem Sohoer Feinkostgeschäft aufzutreiben.
Für Miete, Fernseher, Telefon oder Strom war nie Geld da. Es wäre dumm von Anna gewesen, einen festen Job aufzugeben, solange sie nichts Besseres gefunden hatte. Sie blieb also im »Bücher für Leute«, obwohl sie den Namen haßte, und glaubte fest daran, daß wohl die meisten Buchkäufer »Leute« waren. Die anderen Mitarbeiter waren alle völlig unkompliziert. Nach der Arbeit unternahmen sie nichts miteinander, aber ab und zu gab es Autogrammstunden, Dichterlesungen und sogar einmal einen Abend bei Käse und Wein zugunsten eines nahe gelegenen kleinen Theaters. Bei dieser Gelegenheit hatte sie Joe Ashe kennengelernt.
Am Montag morgen war Anna schon sehr früh im Laden. Wenn sie Zeit zum Nachdenken oder zum Briefeschreiben brauchte, mußte sie vor den anderen dasein. Es gab nur vier Angestellte, und jeder von ihnen hatte einen Schlüssel. Anna schaltete die Alarmanlagen aus, trug den Karton mit Milch hinein und nahm die Post vom Fußabtreter. Nur Flugblätter und Reklamezettel. Der Postbote war noch nicht dagewesen. Als Anna den elektrischen Wasserkessel einschaltete, um Kaffee zu kochen, sah sie sich kurz in dem kleinen Spiegel, der an der Wand hing. Sie fand, ihre Augen hätten einen großen und ängstlichen Ausdruck. Gedankenvoll strich sie sich über das Gesicht. Es wirkte blaß, und zweifellos waren da Ringe unter den großen braunen Augen. Ihre Haare waren mit einem hellrosa Band hochgebunden, das genau zur Farbe ihres T-Shirts paßte. Sie überlegte, ob sie ein wenig Make-up auflegen sollte, um den anderen keinen Schrecken einzujagen.

Sie wünschte, sie wäre damals bei dem Entschluß geblieben, sich die Haare schneiden zu lassen. Es war so seltsam gewesen: Sie hatte sich in einem piekfeinen Laden einen Termin geben lassen, in dem auch ein paar Mitglieder der Königsfamilie ein und aus gingen. Eines der Mädchen, die dort als Hairstylistin arbeitete, war in die Buchhandlung gekommen, und sie hatten sich miteinander unterhalten. Sie sagte, für Anna würde sie es billiger machen. Aber dann an jenem Abend, bei der Benefiz-Veranstaltung für das Theater, als sie Joe traf, hatte er ihr erklärt, ihr dichtes braunes Haar sei wunderbar, so wie es war.

Wie seither so oft, hatte er sie gefragt: »Was denkst du?« Und damals ganz am Anfang hatte sie ihm noch die Wahrheit gesagt. Daß sie vorhatte, sich am nächsten Tag die Haare schneiden zu lassen.

»Das darfst du auf keinen Fall tun«, hatte Joe gesagt, und dann schlug er vor, griechisch essen zu gehen und die Sache noch mal gründlich durchzudiskutieren.

Als sie in jener warmen Frühlingsnacht zusammensaßen, hatte er ihr von seiner Schauspielerei erzählt und sie ihm von ihrer Familie. Daß sie von zu Hause weggezogen war, weil sie nicht von ihrer Familie abhängig sein wollte und fürchtete, zu sehr hineingezogen zu werden in alles, was sie taten. Natürlich ging sie jeden Sonntag und an einem weiteren Abend pro Woche nach Hause. Joe hatte sie fasziniert betrachtet. Niemals hatte er Erwachsene gekannt, die ständig wieder in ihr Nest zurückkehrten.

Damals besuchte sie ihn immer in seiner Wohnung. Später kam er dann zu ihr, weil es dort gemütlicher war. Kurz und sachlich berichtete er Anna von Janet und den beiden kleinen Jungen. Anna erzählte Joe von dem College-Dozenten, den sie törichterweise während der letzten Jahre an der Uni geliebt hatte, was ihr einen drittklassigen Abschluß und großen Liebeskummer eingehandelt hatte. Joe wunderte sich, daß sie das mit dem Dozenten

erwähnte. Zwischen ihnen gab es schließlich keine Auseinandersetzungen wegen Gütertrennung oder gemeinsamen Kindern. Er hatte ihr lediglich von Janet erzählt, weil er immer noch mit ihr verheiratet war. Anna hatte über alles reden wollen, aber Joe wollte nie so recht zuhören.
Es war nur logisch, daß er bei ihr einzog. Die Idee kam nicht von ihm, und eine Zeitlang fragte sich Anna, wie sie wohl reagieren würde, wenn er ihr vorschlug, bei ihm zu wohnen. Es wäre ihr schwergefallen, das Mutter und Vater zu erklären. Aber nach einem langen, wunderschönen Wochenende mit ihm beschloß sie, Joe zu fragen, ob er nicht ganz in ihre kleine Wohnung in Shepherd's Bush einziehen wollte.
»Na gut, wenn du möchtest«, hatte er geantwortet, freudig, aber nicht überrascht, willig, aber nicht übermäßig dankbar. Er war zu sich nach Hause gegangen, hatte eine Vereinbarung wegen der Miete getroffen und war mit zwei Handkoffern und einer Lederjacke über dem Arm zurückgekommen, um mit Anna Doyle zusammenzuleben.
Anna Doyle, die es tatsächlich schaffte, seine Ankunft ihrer Mutter und ihrem Vater zu verheimlichen, die in Pinner lebten und damit in einer Welt, wo Töchter mit verheirateten Männern noch nicht mal einen Abend verbringen würden, geschweige denn ein ganzes Leben.
Seit jenem Montag im April vergangenen Jahres lebte er bei ihr. Jetzt war es Mai 1985, und durch eine Reihe komplizierter Manöver war es Anna gelungen, die Welten von Shepherd's Bush und Pinner weit genug auseinanderzuhalten, während sie mit zunehmendem Schuldbewußtsein zwischen beiden hin- und herpendelte.
Joes Mutter war sechsundfünfzig, sah aber um Jahre jünger aus. Sie arbeitete an der Essensausgabe einer Bar, wo sich viele Schauspieler trafen, und ein-, zweimal die Woche sahen sie sich dort. Sie wirkte geistesabwesend, aber freundlich und winkte

ihnen zu, als seien sie einfach gute Kunden. Etwa sechs Monate lang hatte sie von ihrem Zusammenleben nichts gewußt. Joe fand es einfach nicht der Mühe wert, es ihr zu erzählen. Als sie es hörte, sagte sie zu Anna nur: »Wie nett, Liebes!«, und zwar in demselben Tonfall wie gegenüber einem Fremden, der eine Scheibe Kalbfleisch und Schinkenpfannkuchen bei ihr bestellte.
Anna hatte sie eingeladen, sie in ihrer Wohnung zu besuchen.
»Weshalb?« hatte Joe sie mit aufrichtiger Überraschung gefragt.
Als sie das nächste Mal im Pub war, ging Anna zur Theke und sprach selber mit Joes Mutter:
»Hättest du nicht Lust, uns mal bei uns zu Hause zu besuchen?«
»Weshalb?« hatte sie interessiert zurückgefragt.
Anna ließ nicht locker: »Ich weiß nicht, vielleicht trinken wir etwas zusammen?«
»Herrgott, Liebes, ich trinke niemals. Von dem Zeug siehst du hier drin so viel, daß dir glatt die Lust darauf vergeht, glaub mir!«
»Na, dann einfach, um deinen Sohn zu besuchen«, beharrte Anna.
»Aber ich sehe ihn doch hier. Er ist jetzt erwachsen, Liebes, er will sich nicht tagaus, tagein seine alte Mutter angucken.«
Seitdem hatte Anna die beiden mit einer Faszination beobachtet, die halb aus Entsetzen und halb aus Neid bestand. Sie waren einfach zwei Menschen, die in derselben Stadt wohnten und die sich über Belanglosigkeiten unterhielten, wenn sie sich zufällig trafen.
Sie sprachen nie von anderen Familienmitgliedern. Weder von Joes Schwester, die wegen Drogen in einem Rehabilitationszentrum gewesen war, noch vom ältesten Bruder, der so einer Art Söldnertruppe in Afrika angehörte, noch vom jüngeren Bruder, einem Kameramann beim Fernsehen.
Joes Mutter fragte auch nie nach ihren Enkelkindern. Joe hatte Anna erzählt, daß Janet die Kinder manchmal mit zu ihr

brachte, und gelegentlich hatte er sie in einen Park mitgenommen, der in der Nähe der Wohnung seiner Mutter lag. Für eine Weile schaute sie dann dort vorbei. Aber zu ihr nach Hause nahm er die Kinder niemals mit.
»Sie hat da, glaub ich, einen Kerl, einen jungen Verehrer, deshalb will sie nicht, daß ein Haufen Enkelkinder bei ihr herumschwirrt.« Für Joe war alles ganz klar und einfach.
Für Anna klang das wie eine Geschichte von einem anderen Stern.
Gäbe es Enkelkinder, wären sie in Pinner der Dreh- und Angelpunkt des Hauses, wie es zuvor fast ein Vierteljahrhundert lang die Kinder gewesen waren. Anna seufzte wieder, als sie an die Feierlichkeiten dachte, die vor ihr lagen und die sie zu bewältigen hatte, wie so viele andere Dinge, mit denen sie ganz alleine fertig werden mußte.
Es hatte keinen Sinn, in einem leeren Buchladen herumzusitzen, Kaffee zu trinken und darüber enttäuscht zu sein, daß Joe nicht so war wie andere Männer, daß er ihr nicht den Rücken stärkte und bereit war, solche Dinge mit ihr zu teilen. Seit ihrem ersten gemeinsamen Abend hatte sie gewußt, daß er niemals so sein würde.
Jetzt mußte sie sich erst einmal überlegen, wie sie die silberne Hochzeit im Oktober organisieren sollte, ohne dabei alle verrückt zu machen.
Helen war auch keine Hilfe, soviel stand fest. Sie würde eine reich verzierte, von allen Schwestern unterschriebene Karte schicken und Mutter und Vater zu einer besonderen Messe mit der Gemeinschaft einladen. Sie würde sich für den Tag frei nehmen und in ihrem langweiligen grauen Rock und dem dazu passenden Pullover nach Pinner kommen, mit mattem und glanzlosem Haar, und ununterbrochen mit dem großen Kreuz an ihrer Halskette herumspielen. Dabei sah Helen noch nicht einmal aus wie eine Nonne. Eher wie jemand, der ein bißchen

dämlich und schlecht gekleidet ist und sich hinter einem großen Kruzifix versteckt. Und in vieler Hinsicht war sie das auch. Helen würde genau rechtzeitig auftauchen, wenn alles organisiert war, und das übriggebliebene Essen in ihre große Leinentasche packen, weil eine Nonne Pfefferkuchen liebte und eine andere eine Schwäche für Lachsgerichte aller Art hatte.
Mit einem Gefühl der Verzweiflung konnte Anna um Monate voraussehen, wie sich ihre jüngere Schwester Helen, Mitglied einer religiösen Gemeinschaft in Südlondon, wie ein Lumpensammler ihren Weg durchs Essen pickte und eine Keksdose mit Leckerbissen füllte, die sie zuvor sorgfältig in Alufolie verpackte.
Aber Helen würde wenigstens dasein. Bei Brendan war sie nicht sicher. Würde er überhaupt kommen? Das war ihre Hauptsorge, am liebsten wollte sie gar nicht daran denken. Wenn Brendan Doyle es nicht schaffen sollte, den Zug und die Fähre und dann wieder den Zug nach Pinner zu bekommen, um beim fünfundzwanzigsten Hochzeitstag seiner Eltern dabeizusein, konnte sie das Ganze ebensogut gleich abblasen. Diese Schande konnte man niemals verheimlichen, diese Leere niemals vergessen.
Ein unvollständiges Familienfoto an der Wand!
Wahrscheinlich würden sie lügen und sagen, er sei in Irland und könne nicht weg vom Hof, wegen der Ernte oder der Schafschur oder was auch immer man im Oktober auf einem Bauernhof zu tun hat.
Aber Anna wußte mit einer Sicherheit, die sie fast krank machte, daß er eine fadenscheinige Entschuldigung vorbringen würde. Der Trauzeuge und die Brautjungfer würden genauso wie die Nachbarn und der Priester merken, daß die Beziehung abgekühlt war.
Und das Silber würde seinen Glanz verlieren.
Wie sollte man ihn überreden zu kommen, das war das Problem. Aber war es wirklich ein Problem? Wozu sollte man ihn

eigentlich zurückholen? Vielleicht war diese Frage viel entscheidender.
Als Schuljunge war Brendan immer sehr still gewesen. Wer hätte merken sollen, daß er dieses seltsame Verlangen verspürte, weg von seiner Familie zu gehen, an einen so weit entfernten Ort? Anna war schockiert an dem Tag, als er es ihnen sagte. Ganz direkt und ohne Rücksicht darauf, was er dem Rest der Familie damit antat.
»Ich werde im September nicht mehr zur Schule zurückgehen, versucht erst gar nicht, mich zu überreden. Ich werde nie ein Examen machen, und ich bin auch nicht scharf darauf. Ich gehe zu Vincent. Nach Irland. Sobald ich kann, werde ich hier verschwinden.«
Sie hatten geschimpft und gefleht. Ohne Erfolg. Genau so machte er es.
»Aber warum tust du uns das an?« Ihre Mutter weinte. »Ich tue euch überhaupt nichts an.« Brendan sprach sanft. »Ich mache das für mich, es wird euch kein Geld kosten. Es ist der Hof, auf dem Vater aufgewachsen ist. Ich dachte, es würde euch freuen.«
»Glaubt ja nicht, daß er dir die Farm automatisch überschreibt«, sprudelte Vater heraus. »Genausogut könnte der alte Einsiedler sie der Mission hinterlassen. Vielleicht kommst du schon bald dahinter, daß all deine Bestechungsversuche umsonst waren.«
»Vater, ich denke nicht an Erbschaften, Testamente und sterbende Leute; ich denke darüber nach, wie ich meine Tage verbringen will. Ich war glücklich dort, und Vincent könnte Hilfe gebrauchen.«
»Na, ist es dann nicht verwunderlich, daß er niemals geheiratet hat, um sich eigene Helfer anzuschaffen, anstatt Fremde zu holen?«
»Ein Fremder bin ich wohl kaum, Vater«, hatte Brendan widersprochen. »Ich bin sein eigen Fleisch und Blut, das Kind seines Bruders!«

Es war der reinste Alptraum!
Und seither war die Kommunikation auf ein Mindestmaß begrenzt: Karten zu Weihnachten und zu Geburtstagen, vielleicht auch noch zu Hochzeitstagen, Anna konnte sich nicht daran erinnern. Hochzeitstage! Wie sollte sie die Truppe zu diesem hier zusammenbringen?
Die »Brautjungfer«, wie sie immer genannt wurde, war Maureen Barry. Sie war Mutters beste Freundin. Damals in Irland waren sie zusammen zur Schule gegangen. Maureen hatte niemals geheiratet. Sie war genauso alt wie Mutter, sechsundvierzig, sah aber jünger aus. In Dublin hatte sie zwei Bekleidungsgeschäfte – den Ausdruck Boutiquen lehnte sie ab. Vielleicht konnte Anna mit Maureen reden, um herauszufinden, was das beste war. Aber in ihrem Kopf heulte laut eine Alarmglocke auf. Mutter verstand es großartig, Familienangelegenheiten nicht nach außen dringen zu lassen.
Es hatte immer Geheimnisse vor Maureen gegeben. Wie damals, als Vater seinen Job verloren hatte. Das durfte man niemandem erzählen!
Und wie damals, als Helen mit vierzehn weggerannt war. Davon erfuhr Maureen kein Sterbenswörtchen! Mutter hatte gesagt, daß alles im Grunde nicht so wichtig war. Es gab für alles eine Lösung, solange nur die Familienangelegenheiten nicht an die Öffentlichkeit kamen und Nachbarn und Freunde nicht alles über das Familienleben der Doyles erfuhren. Wenn etwas nicht so lief, wie es sollte, schien dieses Stillschweigen ein sehr wirksames und besänftigendes Heilmittel zu sein, deshalb hatte sich die Familie auch immer daran gehalten.
Man sollte meinen, Anna könnte Maureen Barry einfach anrufen und Mutters beste Freundin fragen, was in bezug auf Brendan und den Hochzeitstag das beste war.
Aber Mutter würde sofort tot umfallen, wenn sie auch nur mit der geringsten Möglichkeit rechnen müßte, ein Mitglied der

Familie könnte ein Geheimnis nach außen dringen lassen. Und das kühle Verhältnis zu Brendan war ein großes Geheimnis.
Es gab auch keine Angehörigen, die man bitten konnte, zu vermitteln.
Nun, was für ein Fest sollte es sein? Es würde an einem Samstag stattfinden, also konnte man zum Mittagessen einladen. Um Pinner, Harrow und Northwood herum gab es eine Menge Hotels, Restaurants und andere Orte, die auf solche Anlässe eingerichtet waren. Vielleicht wäre ein Hotel das beste.
Zum einen wäre es auf diese Weise eine förmliche Angelegenheit. Der Bankettmanager könnte sie hinsichtlich Toasts, Kuchen und Fotografien beraten.
Auch ein wochenlanger anstrengender Hausputz und das Herrichten des Vorgartens bliebe ihnen erspart.
Aber Anna hatte aus ihrem lebenslangen Dasein als die Älteste der Doyle-Kinder gelernt, daß ein Hotel nicht das richtige war. Sie hatte in der Vergangenheit viel zu viele abwertende Äußerungen über Hotels gehört, zudem vernichtende und kritische Bemerkungen über die eine Familie, der man es nicht zumuten konnte, so etwas im eigenen Haus stattfinden zu lassen, oder über eine andere, die dich zwar gerne zu einem so unpersönlichen Ort wie einem gewöhnlichen Hotel einlud, dich aber nicht über die eigene Türschwelle ließ. Vielen Dank!
Es mußte also zu Hause stattfinden. Auf der Einladung hatte in silbernen Lettern zu stehen, daß der Gast nach Salthill, Rosemary Drive 26, Pinner geladen wurde. Salthill war ein Seebad drüben in Westirland, wo Mutter und Maureen Barry in ihrer Jugend oft hingefahren waren. Es war wunderschön dort, sagten sie. Vater war nie da gewesen. Er sagte, für einen langen Familienurlaub hätte es keine Zeit gegeben, als er in Irland groß wurde und seinen Weg machte.
Müde stellte Anna eine Liste auf. Das Fest würde soundso groß sein, falls aus Irland niemand kam, und soundso groß, wenn sie

doch kämen. Soundso bei einem Essen zu Tisch, soundso bei einem Büfett. Wie groß, wenn es nur Getränke und Imbiß gab, wie groß bei einem vollständigen Essen.
Und wer sollte das alles bezahlen?
Sehr oft übernahmen das die Kinder, das wußte sie.
Aber Helen hatte ein Armutsgelübde abgelegt und besaß nichts. Und Brendan, selbst wenn er kommen sollte, was nicht zu erwarten war, verdiente einen Landarbeiterlohn. Anna hatte kaum Geld übrig, das sie für so ein Fest ausgeben konnte.
Sie hatte tatsächlich sehr wenig Geld. Nur weil sie sehr sparsam war, oft auf ein Mittagessen verzichtete und in Oxfam hin und wieder günstig einkaufte, hatte sie es geschafft, einhundertzweiunddreißig Pfund auf die Seite zu legen. Sie hoffte, es mit Hilfe der Sparkasse auf zweihundert Pfund zu bringen. Und dann, wenn Joe ebenfalls zweihundert beisammen hatte, wollten sie zusammen nach Griechenland fahren. Im Moment besaß Joe elf Pfund, er hatte also – was das Sparen betraf – noch einen längeren Weg vor sich. Aber er war sich sicher, bald eine Rolle zu bekommen. Sein Agent hatte gesagt, es täte sich einiges. Jeden Tag konnte es soweit sein.
Anna hoffte, daß er recht behielt. Sie hoffte es ganz aufrichtig. Wenn er etwas Gutes bekam, etwas, womit er sich tatsächlich Anerkennung verschaffen konnte, etwas Zuverlässiges, dann würde ihm alles andere in den Schoß fallen. Nicht nur der Urlaub in Griechenland, sondern einfach alles. Er könnte den Unterhalt seiner Söhne bestreiten, Janet etwas geben, das ihr das Gefühl von Unabhängigkeit vermittelte, und endlich den Scheidungsprozeß in die Wege leiten. Anna könnte dann riskieren, bei »Bücher für Leute« zu kündigen, um bei einer größeren Buchhandlung anzufangen. Dort hätte sie als Fachkraft mit Berufserfahrung gute Aufstiegsmöglichkeiten. Bestimmt würde man sie mit offenen Armen aufnehmen.
Während sie nachdachte, verstrich die Zeit, und bald wurden

Schlüssel im Schloß gedreht, und die anderen kamen. Gleich darauf öffnete sie die Ladentür, die Planungen waren damit wieder einmal zu Ende.

Beim Mittagessen beschloß Anna, am Abend nach Pinner zu fahren und ihre Eltern geradeheraus zu fragen, wie sie ihren Tag am liebsten feiern wollten. Obwohl ihr das weniger feierlich erschien als zu verkünden, alles sei bestens arrangiert.

Doch alles im Alleingang zu versuchen wäre tatsächlich unsinnig, schließlich konnte sie es genausogut falsch anpacken. Sie würde einfach ohne Umschweife fragen.

Sie rief an, um Bescheid zu sagen, daß sie vorbeikäme. Ihre Mutter freute sich.

»Das ist gut, Anna. Wir haben dich ja seit Ewigkeiten nicht gesehen! Gerade habe ich zu Vati gesagt: ›Hoffentlich geht es Anna gut und es ist nichts passiert!‹«

Anna knirschte mit den Zähnen.

»Wieso sollte was passiert sein?«

»Na, es ist einfach so lange her, und wir wissen gar nicht, was du machst.«

»Mutter, es sind gerade acht Tage! Letztes Wochenende war ich bei euch.«

»Ja, aber wir wissen nicht, was du so treibst ...«

»Ich rufe fast jeden Tag bei euch an. Ihr wißt, was ich so treibe: aufstehen in Shepherd's Bush, mit der U-Bahn hier reinfahren und wieder nach Hause. Genau das tue ich, Mutter, so wie viele Millionen anderer Leute in London auch.« Aus Wut über das Verhalten ihrer Mutter wurde sie laut.

Die Antwort war überraschend milde: »Warum schreist du mich an, Anna, mein liebes Kind? Ich habe doch nur gesagt, daß es mich freut, wenn du heute abend vorbeikommst. Dein Vater wird vor Begeisterung außer sich sein! Sollen wir ein kleines Steak mit Pilzen vorbereiten, so als kleine Willkommensfeier für dich? Ja, ich werde heute nachmittag zum Metzger laufen und

etwas holen ... Das ist einfach großartig, daß du mal wieder kommst! Ich kann gar nicht abwarten, es deinem Vater zu erzählen! Ich werde ihn gleich in der Arbeit anrufen und es ihm sagen.«
»Nein ... Mutter, nur ... also, ich meine ...«
»Natürlich tue ich das! Gönne ihm doch das Vergnügen. Das ist doch was, worauf er sich freuen kann.«
Als sie aufgelegt hatte, stand Anna regungslos mit dem Hörer in der Hand da und dachte an das eine Mal, als sie Joe zum Essen mit nach Salthill, Rosemary Drive 26, genommen hatte. Sie hatte ihn als »Freund« angekündigt und die ganze Fahrt darauf verwendet, ihm das Versprechen abzuringen, weder etwas von ihrem Zusammenleben noch von seiner Ehe mit einer anderen verlauten zu lassen.
»Was davon ist gefährlicher, wenn es mir doch herausrutscht?« hatte Joe sie grinsend gefragt.
»Beides ist gleich gefährlich«, hatte sie mit solcher Ernsthaftigkeit gesagt, daß er sich im Zug zu ihr hinübergebeugt hatte, um sie vor allen Leuten auf die Nase zu küssen.
Für einen Besuch war es durchaus in Ordnung gewesen, fand Anna. Mutter und Vater hatten sich höflich nach seiner Karriere erkundigt und ob er berühmte Schauspieler und Schauspielerinnen kannte.
In der Küche hatte Mutter sie gefragt, ob sich zwischen ihnen etwas anbahnte.
Anna hatte nachdrücklich behauptet, er sei nur ein Freund.
Auf dem Nachhauseweg hatte sie Joe gefragt, wie ihm ihre Eltern gefielen.
»Sie sind nett, aber auch sehr verkrampft«, hatte er geantwortet.
»Verkrampft«? Mutter und Vater? Ihr war das nie in den Sinn gekommen. Aber irgendwie hatte er damit recht.
Dabei wußte Joe nicht einmal, wie sie sein konnten, wenn sie unter sich waren. Wenn Mutter sich fragte, warum Helen schon

zweimal nicht dagewesen war, als sie vergangene Woche bei ihrer Gemeinschaft angerufen hatte. Und wenn Vater durch den Garten schritt, von den Blumen die Köpfe abriß und erklärte, der Junge sei so ruhelos und faul, daß er nur als strohhalmkauender Dorfidiot auf einem kleinen Bauernhof enden konnte. Daß es nur schwer nachzuvollziehen war, warum er ausgerechnet in dieses eine Dorf in Irland zurückkehren mußte, wo man sie kannte. Warum er ausgerechnet mit dem einen Menschen in Irland zusammenlebte, der garantiert den schlimmsten Eindruck von den Doyles und ihrem Tun und Lassen vermitteln konnte, seinem eigenen Bruder Vincent, Brendans Onkel. Nur um später einmal diesen elenden Bauernhof zu erben!
Joe hatte keine von diesen Seiten ihrer Eltern kennengelernt, und trotzdem fand er sie »verkrampft«.
Anna wollte der Sache auf den Grund gehen: »Warum? Wie äußert sich das?« Aber Joe wollte sich nicht ausfragen lassen.
»Es ist eben so!« hatte er erwidert. Dabei lächelte er, um seinen Worten die Schärfe zu nehmen. »Manche Leute leben halt so, daß man das eine sagen kann und das andere nicht, und sie überlegen gut, was sie erzählen können und was nicht. Es ist eine Handlungsweise, bei der alles Vorspiegelung ist – eine Rolle... Nun, es stört mich nicht, wenn jemand so leben will. Es ist zwar nicht meine Art, aber solche Leute stellen einen Haufen Regeln auf und leben danach...«
»Wir sind nicht so!« Sie war gekränkt.
»Ich kritisiere doch nicht dich, Liebes! Ich sage nur, was ich sehe... Ich sehe, wie kahlgeschorene Hare Krischnas tanzen und Glöckchen schwingen. Ich sehe, wie du und deine Familie die Dinge so darstellen, wie ihr es eben tut. Ich lasse keine Hare Krischnas an mich ran – und deine Alten genausowenig. Klar?« Er grinste sie freundlich an.
Mit einem hohlen, leeren Gefühl im Innern hatte sie zurückgegrinst und beschlossen, das Thema zu wechseln.

Der Tag ging dem Ende entgegen. Einer der netteren Verlagsvertreter war da, als das Geschäft schloß. Er lud Anna ein, mit ihm etwas trinken zu gehen.
»Ich muß noch ins finsterste Pinner fahren«, sagte Anna. »Am besten breche ich sofort auf.«
»Ich fahre in dieselbe Richtung. Wir könnten unterwegs was zusammen trinken«, schlug er vor.
»Kein Mensch fährt nach Pinner«, lachte sie.
»Oh, wie willst du wissen, ob ich da draußen nicht eine Geliebte habe oder hoffe, eine zu finden?« neckte er.
»Im Rosemary Drive würden wir über solche Dinge nicht reden«, meinte Anna eher spöttisch.
»Los, komm schon mit! Der Wagen steht im Halteverbot«, lachte er.
Es war Ken Green. Sie hatte sich in der Buchhandlung schon oft mit ihm unterhalten. Beide hatten sie am gleichen Tag angefangen zu arbeiten, dadurch hatten sie sich irgendwie miteinander verbunden gefühlt.
Genau wie sie wollte er seine Firma verlassen, um sich bei einer größeren zu bewerben. Keiner von ihnen hatte es bisher getan.
»Glaubst du, wir sind einfach zu feige?« fragte sie ihn, während er sich durch den Berufsverkehr kämpfte.
»Nein, ich hatte immer meine Gründe. Und was hält dich zurück? Deine sittenstrenge Verwandtschaft vom Rosemary Drive?«
»Wie kommst du darauf, daß sie sittenstreng sind?« fragte sie überrascht.
»Du hast mir gerade erzählt, daß man bei euch zu Hause nicht über Geliebte spricht«, sagte Ken.
»Das ist leider allzu wahr! Sie wären sehr enttäuscht, wenn sie wüßten, daß ich selbst eine bin«, sagte Anna.
»Das wäre ich auch!« Ken machte einen ernsten Eindruck.
»Hör bloß auf«, lachte sie ihn an. »Man tut sich immer leichter

mit Komplimenten bei jemandem, von dem man weiß, daß er in festen Händen ist, das ist viel ungefährlicher. Hätte ich dir erzählt, ich wäre frei und wollte mich austoben, wärst du lieber meilenweit vor mir davongerannt, als mich auf einen Drink einzuladen!«

»Völlig falsch! Ich habe hauptsächlich deshalb euren Buchladen kurz vor Feierabend besucht, weil ich den ganzen Tag daran gedacht habe, wie nett es wäre, mich mit dir zu treffen. Willst du mir etwa Zaghaftigkeit vorwerfen, hey?«

Kameradschaftlich tätschelte sie sein Knie. »Nein, ich habe dich falsch eingeschätzt.« Sie seufzte tief. Es war so einfach, mit Ken zu reden. Sie mußte nicht mit allem aufpassen, was sie sagte, wie sie es im Rosemary Drive tun müßte und auch später, wenn sie wieder bei Joe war.

»War das ein Freudenseufzer?« fragte er.

Bei Joe oder Mutter und Vater hätte sie »ja« gesagt.

»Überdruß! Ich hab all die Lügen satt!« sagte sie. »Sehr satt!«

»Aber du bist doch jetzt ein großes Mädchen. Du brauchst doch bestimmt über dein Leben und die Art, wie du es führst, keine Lügen mehr zu erzählen!«

Anna nickte verdrießlich mit dem Kopf. »Das tue ich aber! Ehrlich, das tue ich!«

»Vielleicht meinst du das nur.«

»Nein, wirklich! Wie mit dem Telefon: Zu Hause habe ich erzählt, ich hätte es abgemeldet, damit sie nicht bei mir anrufen. Auf dem Anrufbeantworter ist nämlich eine Nachricht, die lautet: ›Dies ist der Anschluß von Joe Ashe!‹ Das braucht er, verstehst du? Weil er Schauspieler ist und immer erreichbar sein muß.«

»Ganz klar«, sagte Ken.

»Also will ich natürlich nicht, daß meine Mutter anruft und eine männliche Stimme hört. Und ich will auch nicht, daß mein Vater fragt, was dieser Mann in meiner Wohnung verloren hat.«

»Das könnte ihn tatsächlich interessieren, und warum Joe nicht selbst einen Anschluß mit einem eigenen Anrufbeantworter hat«, bemerkte Ken streng.
»Ich muß schon vorsichtig sein, daß ich nicht etwa anfallende Telefonrechnungen erwähne! Und ich muß immer daran denken, daß man nicht mit mir am Apparat rechnet. Das ist nur eine von neun Millionen Lügen.«
»Gut, das kann man verstehen – auf der anderen Seite! Ich meine, du mußt doch nicht etwa diesen Schauspielertypen anlügen?« Ken schien darauf erpicht, es zu erfahren.
»Lügen? Nein, überhaupt nicht! Weshalb sollte ich lügen müssen?«
»Ich weiß nicht. Du hast von all den Lügen geredet, die du überall erzählen mußt. Ich dachte, vielleicht ist er so ein eifersüchtiger Macho, daß du ihm nicht sagen kannst, daß du mit mir was trinken gegangen bist! Falls wir noch je zu unserem Drink kommen sollten!« Ken schaute unglücklich auf die Hecks der Autos vor ihnen.
»O nein, das verstehst du nicht! Joe würde es freuen, wenn er wüßte, daß ich mit einem Freund etwas trinken gehe. Es ist nur ...« Ihr Stimme stockte. Was war es nur? Es war nur diese endlose, absolut endlose Verpflichtung zu heucheln. Daß es ihr in diesem seltsamen Club gefiel, wo sie immer hingingen. Daß sie dieses gleichgültige Verhalten seiner Mutter, seiner Frau und seinen Kindern gegenüber verstehen konnte. Daß sie diese verkommenen Theater mochte, wo er kleine Rollen spielen mußte. Daß sie jederzeit Lust hatte, mit ihm ins Bett zu gehen. Daß sie diese komplizierte Familienfeier, die vor ihr lag, auf die leichte Schulter nahm.
»Ich lüge Joe nicht an«, sagte sie, wie zu sich selbst. »Ich spiele ihm nur ein bißchen was vor.«
Einen Moment herrschte Schweigen.
»Tja, ich schätze, er *ist* eben Schauspieler«, sagte Ken irgend-

wann und versuchte damit, die Unterhaltung wieder in Gang zu bringen.
Das war es nicht! Der Schauspieler spielte gar nicht. Er machte nie jemandem etwas vor, nur um zu gefallen. Sie, seine Freundin, war diejenige, die alle diese Rollen spielte. Seltsam, daß sie noch nie so eingehend darüber nachgedacht hatte.
Als sie schließlich doch noch ein Pub gefunden hatten, setzten sie sich hin und unterhielten sich unbeschwert.
»Willst du deine Leute anrufen und ihnen Bescheid sagen, daß du aufgehalten wurdest?« schlug Ken vor.
Sie schaute ihn an, überrascht, wie rücksichtsvoll er war.
»Na ja, wenn sie schon Steaks und all das besorgt haben ...«, sagte er.
Mutter war gerührt. »Das ist aber nett von dir, Liebes! Vater hat schon begonnen, nach dir Ausschau zu halten. Er wollte schon zum Bahnhof runtergehen!«
»Nein, ich habe eine Mitfahrgelegenheit.«
»Etwa mit diesem Joe? Joe Ashe, dem Schauspieler?«
»Nein, nein, Mutter, mit Ken Green, einem Freund, den ich von meiner Arbeit kenne.«
»Ich glaube nicht, daß ich genügend Steaks da habe ...«
»Er kommt nicht mit zum Abendessen; er führt mich nur hin.«
»Dann bitte ihn wenigstens herein, ja? Wir möchten deine Freunde sehr gern kennenlernen. Dein Vater und ich würden uns wirklich wünschen, du brächtest öfter mal jemanden mit. Das habt ihr doch früher alle getan, die ganzen Jahre über!« Ihre Stimme klang versonnen, als ob sie auf ihre Fotowand schaute und dort etwas vermißte.
»Na gut, ich werde ihn für einen Augenblick hineinbitten!« sagte Anna.
»Kannst du das verkraften?« fragte sie Ken.
»Ich tue es gerne. Ich könnte ein Tropfenfänger sein.«
»Was, in aller Welt, soll denn das sein?«

»Liest du denn keine Regenbogenpresse? Da ist einer, der die Aufmerksamkeit von dem wahren Geliebten ablenkt und auf sich zieht. Wenn sie einen so aufrichtigen Zeitgenossen wie mich kennenlernen, werden sie keine bösen, wollüstigen Schauspieler wittern, die ihre Anrufbeantworter an dein Telefon anschließen!«

»Oh, halt die Klappe!« lachte sie und fühlte sich dabei ganz unbeschwert.

Sie tranken noch etwas. Anna erzählte Ken Green von dem Hochzeitstag. Sie erklärte ihm kurz, daß ihre Schwester eine Nonne sei und ihr Bruder ein Aussteiger, der weggegangen war, um auf dem Bauernhof des älteren Bruders ihres Vaters zu arbeiten, in einem heruntergekommenen Ort an der Westküste Irlands.

Sie fühlte sich gleich leichter und erzählte ihm, daß das der Grund war, warum sie zum Essen heimkam: Zum ersten Mal seit langer Zeit wollte sie ganz offen mit ihren Eltern reden, sie über ihre Wünsche zum Hochzeitstag befragen, ihnen sagen, was ging und was nicht, und ihnen die Probleme darlegen.

»Wenn sie so sind, wie du sagst, gehst du besser nicht so hart ran mit Problemen und dem, was vielleicht nicht geht; bleib lieber bei der festlichen Seite!« riet er.

»Haben deine Eltern schon ihre Silberhochzeit gefeiert?«

»Vor zwei Jahren«, sagte Ken.

»War es schön?« wollte sie wissen.

»Nicht so ganz.«

»Oh!«

»Wenn ich dich besser kenne, werde ich dir alles darüber erzählen«, sagte er.

»Ich dachte, wir kennen uns bereits gut?« Anna war enttäuscht.

»Nein, um dir Einzelheiten aus meinem Leben zu verraten, brauche ich mehr als einen Drink!«

Anna ärgerte sich unsinnigerweise darüber, daß sie Ken alles

über Joe Ashe erzählt hatte, während er zu Hause ein Geheimnis bleiben mußte.
»Ich glaube, ich rede zuviel«, sagte sie zerknirscht.
»Nein, du bist einfach ein netterer Mensch. Ich bin ziemlich zugeknöpft!« sagte Ken. »Los, kipp das runter, wir brechen auf zu den Salzminen!«
»Den was?«
»Hast du nicht gesagt, euer Haus heißt so?«
Anna lachte und versetzte ihm einen Stoß mit der Handtasche. Er brachte sie dazu, sich wieder normal zu fühlen, so wie vor langer Zeit, als es noch wunderbar war, ein Teil der Familie Doyle zu sein, anstatt durch ein Minenfeld laufen zu müssen, wie es heute schien.
Mutter wartete auf der Treppe.
»Ich bin nur rausgekommen, um zu sehen, ob ihr Schwierigkeiten beim Einparken habt«, erklärte sie.
»Danke, aber es war recht einfach ... Wir hatten Glück!« meinte Ken ungezwungen.
»Wir haben noch nicht viel von Ihnen gehört – das ist also mal eine nette Überraschung!« Die Augen ihrer Mutter glänzten – zu sehr!
»Ja, für mich ist es auch eine Überraschung! Ich kenne Anna nicht sehr gut. Wir reden nur manchmal miteinander, wenn ich in die Buchhandlung komme. Heute abend wollte ich sie einladen, mit mir was trinken zu gehen. Und weil sie zufällig heute nach Pinner wollte, bot es sich an, gemeinsam zu fahren und ein bißchen zu plaudern.«
Anna erinnerte sich daran, daß Ken Green Geschäftsmann war, der seinen Lebensunterhalt damit verdiente, Bücher zu verkaufen, und der größere Aufträge als üblich an Land zog, indem er Buchhändler überredete, seine Bücher in der Auslage auszustellen und umfangreiche Präsentationspakete abzunehmen. Natürlich war er in der Lage, sich selbst genauso gut zu verkaufen!

Ihr Vater mochte ihn auch.

Ken schaffte es, die richtigen Fragen zu stellen und die falschen zu unterlassen. Er fragte unbefangen nach der Berufssparte, in der Mr. Doyle beschäftigt war. Das Gesicht ihres Vaters nahm seinen üblichen störrischen, abwehrenden Ausdruck an. Seine Stimme bekam den bekannten Tonfall, den sie immer hatte, wenn er von Arbeit und Rationalisierungsmaßnahmen sprach.

Die meisten Leute verhielten sich ausweichend und irgendwo mitfühlend, machten sich aber gleichzeitig über ihn lustig, wenn Desmond Doyle mit seiner Leidensgeschichte anfing: mit der Firma, der es dank deiner Mitarbeit recht gut ging, bis im Verlauf von Rationalisierungsmaßnahmen viele sichere und solide Stellen verlorengingen. Desmond Doyles Beruf hatte sich verändert, wie er Ken Green sagte. Vollkommen verändert! Heutzutage gab es in diesem Geschäft nicht mehr die Männer vom alten Schlag!

Anna fühlte sich bedrückt. Es war immer dasselbe. So stellte Vater die Geschichte immer dar. In Wahrheit war Vater wegen einem »persönlichen Konflikt« entlassen worden, wie Mutter es nannte. Aber das war ein Geheimnis. Ein großes Geheimnis, von dem niemand etwas erfahren sollte! Auch in der Schule durfte es nie erwähnt werden. Damals hatte es wohl angefangen, daß ihr Geheimniskrämerei zur Gewohnheit wurde, dachte Anna plötzlich. Vielleicht hatte überhaupt die ganze Geheimnistuerei damals angefangen! Denn ein Jahr später wurde Vater bei derselben Firma wieder eingestellt. Und auch das wurde niemals erklärt.

Von Ken war kein zustimmendes Gemurmel über die Welt im allgemeinen und dem Verhalten von Geschäftsmännern im besonderen zu vernehmen.

»Und wie haben Sie es geschafft, die Rationalisierungsmaßnahmen zu überstehen? Hatten Sie einen wichtigen Posten?«

Annas Hand flog zu ihrem Mund. Nie zuvor war jemand in

diesem Haus so direkt gewesen. Annas Mutter blickte von einem zum anderen und sah höchst besorgt aus. Kurze Zeit herrschte Schweigen.
»Ich habe sie nicht überstanden, wie es halt manchmal so geht!« erwiderte Desmond Doyle. »Ich war ein Jahr lang draußen. Aber als wieder ein Personalwechsel anstand und ein paar persönliche Meinungsverschiedenheiten ausgebügelt waren, holten sie mich zurück.«
Annas Hand blieb an ihrem Mund. Das war das erste Mal, daß Vater je zugegeben hatte, ein Jahr arbeitslos gewesen zu sein! Sie fürchtete sich fast davor, die Reaktion ihrer Mutter darauf zu sehen.
Ken nickte zustimmend. »Das passiert oft! Es ist, als würde jemand alle Puzzleteile in eine Papiertüte packen, um später ein paar von ihnen auf den Tisch zurückzuschütten. Obwohl nicht immer alle Teile in die richtigen Lücken zurückgesteckt werden...?« Er lächelte ermutigend.
Anna schaute Ken Green an, als hätte sie ihn noch nie gesehen. Was tat er da? Er saß in diesem Zimmer und fragte ihren Vater über verbotene Themen aus? Würden Mutter und Vater auch nur den leisesten Verdacht schöpfen, daß sie sich mit Ken über private Dinge unterhalten hatte?
Gnädigerweise nahm Vater es ihm überhaupt nicht übel. Er war damit beschäftigt, Ken zu erklären, daß tatsächlich Leute in den falschen Abteilungen wieder eingesetzt wurden. Er selbst hätte eigentlich Manager in der Ablauforganisation werden sollen und bekam statt dessen die Abteilung »Sonderprojekte«. Das bedeutete so viel und so wenig, wie man wollte. Es war ein bedeutungsloser Job.
»Das läßt einem immer noch die Möglichkeit, daraus zu machen, was man will. So ist das mit bedeutungslosen Jobs. Ich habe einen, Anna hat einen, und jeder versucht auf seine Weise, etwas daraus zu machen.«

»Ich habe *keinen* bedeutungslosen Job!« rief Anna.
»Aber man könnte ihn doch so nennen, oder? Er bietet dir keine richtige Perspektive, keine Möglichkeit, dich hochzuarbeiten und echte Anerkennung zu ernten. Du machst daraus einen guten Job, weil dich das Verlagswesen interessiert, weil du die Verlagsprospekte studierst und verstehst, warum Bücher erscheinen und wer sie kauft. Genausogut könntest du rumstehen und deine Nägel feilen wie deine rothaarige Kollegin.«
Annas Mutter kicherte nervös.
»Solange du jung bist, hast du die Chance, etwas aus deinem Beruf zu machen, Ken, da haben Sie natürlich recht! Aber nicht mehr, wenn du alt bist.«
»Also sind Sie doch genau richtig«, schmeichelte Ken.
»Kommen Sie, schmeicheln Sie mir nicht...«
»Das tue ich nicht!« Kens Gesicht drückte aus, daß er das nicht im entferntesten beabsichtigte. »Sie sind doch bestimmt nicht älter als sechsundvierzig? Sechs- oder siebenundvierzig?« Anna ärgerte sich maßlos, daß sie so dumm gewesen war, einen solchen Tölpel nach Hause eingeladen zu haben.
»Das stimmt! Ich werde siebenundvierzig«, erwiderte Vater.
»Also das ist doch nie im Leben alt, nicht wahr? Nicht richtig alt, wie achtundfünfzig oder zweiundsechzig.«
»Deirdre, können wir aus dem Steak nicht vier Teile machen? Der junge Bursche da tut mir gut, er muß zum Abendessen bleiben!«
Annas Gesicht glühte. Wenn er ja sagte, würde sie ihm das niemals verzeihen!
»Nein, danke, Mr. Doyle! Nein, wirklich nicht, Mrs. Doyle! Es wäre sicher sehr nett, aber heute abend nicht! Ich trinke nur noch aus und will dann ihren gemeinsamen Abend nicht länger stören.«
»Aber es macht bestimmt keine Umstände, und wir würden uns freuen...«

»Heute abend nicht! Ich weiß, daß Anna mit Ihnen reden möchte.«

»Aber ich bin sicher, wenn es irgend etwas gibt ...« Annas Mutter blickte verstört von ihrer Tochter zu diesem gutaussehenden jungen Mann mit den dunklen Haaren und den dunkelbraunen Augen. Anna war doch sicherlich nicht wegen irgendwelchen Ankündigungen, die ihn betreffen, nach Hause gekommen? War diese Ahnung ihrem Gesicht abzulesen?

Ken half ihr aus der Misere: »Nein, es hat wirklich nichts mit mir zu tun. Es geht um eine Familienangelegenheit – sie will mit Ihnen über Ihre silberne Hochzeit reden und wie Sie sie feiern werden.«

Desmond Doyle war enttäuscht, daß Ken definitiv gehen wollte. »Oh, das ist doch noch Monate hin!« wandte er ein.

»Egal, wann es ist, Hauptsache, Sie reden darüber und tun, was Sie beide gern möchten! Und weil ich weiß, daß Anna heimgekommen ist, um mit Ihnen darüber zu sprechen, werde ich Sie jetzt alleine lassen!«

Nachdem er allen die Hand geschüttelt und mit der linken Hand noch kurz nach Annas Arm gegriffen hatte, war er verschwunden.

Sie schauten ihm nach, wie er ausparkte und – mehr um sich erkenntlich zu zeigen – leise hupte.

Fast wortlos standen die drei Doyles auf der Türschwelle des Hauses Salthill, Rosemary Drive Nummer 26.

Anna schaute ihre Eltern an. »Ich habe nur so nebenbei erwähnt, daß wir Pläne machen wollten. Ich weiß gar nicht, wieso er deshalb so ein Tamtam gemacht hat.«

Sie hatte das Gefühl, daß ihr die beiden nicht zuhörten.

»Das war nicht der einzige Grund, warum ich gekommen bin. Schließlich wollte ich euch beide auch sehen.«

Immer noch Stille.

»Und ich weiß, ihr werdet es nicht glauben, aber ich habe ihm

das nur erzählt, weil ... nun, weil ich halt irgendwas sagen mußte!«
»Ein sehr sympathischer junger Mann«, bemerkte Desmond Doyle. »Sieht gut auch und ist gut gekleidet!«
Eine Welle des Zorns erfaßte Anna. Er wurde bereits zu seinem Vorteil mit Joe Ashe verglichen, Joe, den sie von ganzem Herzen liebte!
»Ja«, sagte sie mit gedämpfter Stimme.
»Du hast noch nie viel von ihm erzählt«, sagte ihre Mutter.
»Ich weiß, Mutter, das hast du bereits zwei Sekunden, nachdem du ihn kennengelernt hast, erwähnt.«
»Sei nicht so frech zu deiner Mutter!« sagte Desmond Doyle unwillkürlich.
»Um Himmels willen, ich bin dreiundzwanzig Jahre alt und kein freches Kind«, tobte Anna.
»Ich weiß gar nicht, warum du dich so aufregst«, sagte ihre Mutter. »Wir haben ein schönes Abendessen für dich hergerichtet, stellen eine höfliche Frage, bemerken, wie nett dein Freund ist, und du beißt uns dafür die Köpfe ab!«
»Tut mir leid!« Das war wieder die alte Anna.
»Ist schon in Ordnung! Du bist einfach müde nach dem langen Tag. Vielleicht haben dir die Drinks und die ganze Fahrerei nicht gutgetan.«
Anna ballte die Fäuste und schwieg.
Sie waren ins Haus zurückgegangen und standen alle drei verlegen im Wohnzimmer herum, neben der Wand mit den Familienfotos.
»Also, was sollen wir jetzt deiner Meinung nach tun? Essen?« Hilflos schaute Mutter vom einen zum anderen.
»Als sie hörte, daß du heute abend kommen wolltest, ist Mutter extra zu den Läden runtergelaufen«, sagte Vater.
Einen verrückten Augenblick lang wünschte sie, Ken Green wäre gar nicht weggefahren, sondern hiergeblieben, um einen

Keil in dieses verschwommene Gespräch zu treiben, dieses Im-Kreis-Gerede, das nirgendwo hinführte. Es lebte auf, ebbte wieder ab, verursachte Schuldgefühle und schuf Spannungen, die am Ende wieder beschwichtigt wurden.

Wäre er immer noch hiergewesen, hätte Ken wahrscheinlich gesagt: »Verschieben wir das Essen um ein halbes Stündchen und sprechen darüber, wie Sie Ihren Hochzeitstag nun tatsächlich gerne begehen möchten.« Genau das wären seine Worte gewesen. Nichts davon, was man tun sollte und was die anderen erwarten würden oder wie das Ganze anzupacken sei. Kurz bevor er ging, hatte er noch gesagt, Anna wollte mit ihren Eltern darüber reden, wie sie diesen Tag gerne verbringen würden.

»Gerne!« Das war ein Durchbruch in dieser Familie!

Spontan benutzte sie haargenau die gleichen Worte, die ihrer Meinung nach auch Ken gewählt hätte.

Verblüfft setzten sich die Eltern hin und schauten Anna erwartungsvoll an.

»Es ist euer Tag, nicht unserer! Was würde euch am besten gefallen?«

»Ja, also ehrlich ...«, begann ihre Mutter verlegen. »Also, das hängt nicht von uns ab!«

»Es wäre natürlich erfreulich, wenn es für euch alle ein Grund zum Feiern wäre ...«, sagte ihr Vater.

Anna schaute sie ungläubig an. Glaubten sie denn wahrhaftig, es sei nicht in erster Linie ihre Sache? War es tatsächlich möglich, daß sie die Heile-Welt-Vorstellung hatten, das Leben sei Sache ihrer Kinder, die gemeinsam beschlossen, daß dies ein Grund zum Feiern war? Hatten sie noch nicht gemerkt, daß sich in dieser Familie alle gegenseitig etwas vormachten ... und daß sich die Darsteller, einer nach dem anderen, allmählich von der Bühne stahlen? Helen in ihre Gemeinschaft, Brendan auf seinen steinigen Einödhof in Westirland. Nur Anna, die zwei Bahnsta-

tionen entfernt wohnte, war wenigstens einigermaßen erreichbar.
Eine große Woge der Verzweiflung ergriff sie. Sie dürfte nicht in Wut geraten, das war ihr klar. Der ganze Abend würde nichts bringen, wenn er im Streit endete. Sie konnte förmlich hören, wie Joe sie milde fragte, warum, um alles in der Welt, sie solche langen, ermüdenden Fahrten auf sich nahm, wenn das Ganze nur in allgemeiner Verkrampfung und Unzufriedenheit endete. Joe hatte das Leben richtig erkannt!
Sie spürte einen Schmerz, eine fast körperliche Sehnsucht, mit ihm zusammenzusein und auf dem Fußboden neben seinem Stuhl zu sitzen, während er ihr über die Haare strich.
Sie hatte zuvor nie erfahren, daß es möglich war, jemanden so intensiv zu lieben, und wie sie dieses sorgengeplagte Ehepaar da unterwürfig auf dem Sofa sitzen sah, fragte sie sich, ob ihre Eltern jemals auch nur den Bruchteil einer solchen Liebe gekannt hatten. Zwar konnte sie sich von ihren Eltern immer nur schwer vorstellen, wie sie gegenseitig ihre Liebe zueinander zeigten. Und daß sie miteinander schliefen, wie sie und Joe es taten, war erst recht jenseits aller Vorstellungen. Aber Anna wußte, daß jeder den eigenen Eltern gegenüber so empfand.
»Hört zu!« sagte sie. »Ich muß mal telefonieren. Ich möchte, daß ihr einen Augenblick aufhört, über das Festessen nachzudenken, und euch lediglich darüber unterhaltet, was ihr wirklich gerne hättet. Dann fange ich an, es zu organisieren. Klar?« Ihre Augen glänzten verdächtig, vielleicht hatten die Drinks ihr wirklich nicht gutgetan.
Sie ging zum Telefon und suchte einen Vorwand, warum sie mit Joe sprechen wollte – nichts Schwerwiegendes. Wenn sie nur seine Stimme hörte, würde sie sich wieder gut fühlen. Sie wollte ihm sagen, daß sie doch ein bißchen eher nach Hause kam, als sie gedacht hatte. Sollte sie einen chinesischen Imbiß mitbringen, eine Pizza oder einfach nur einen Becher Eis?

Weder jetzt noch später wollte sie ihm sagen, wie öde und bedrückend ihr früheres Zuhause war und daß ihre Eltern ihr ein Gefühl von Trauer und Elend, Frust und Wut vermittelten. So etwas wollte Joe Ashe nicht hören!
Sie wählte ihre eigene Nummer.
Sofort ging jemand an den Apparat. Joe mußte im Schlafzimmer gewesen sein! Ein Mädchen meldete sich.
Anna hielt den Hörer vom Ohr weg, wie man es oft im Kino sieht, wenn Fassungslosigkeit und Verwirrung demonstriert werden soll. Sie war sich dessen bewußt.
»Hallo!« wiederholte das Mädchen.
»Welche Nummer haben Sie?« fragte Anna.
»Bleiben Sie dran! Das Telefon steht auf dem Fußboden, ich kann's nicht lesen. Eine Sekunde!« Das Mädchen klang jung und natürlich.
Anna stand völlig entgeistert da. In der Wohnung in Shepherd's Bush stand tatsächlich das Telefon auf dem Fußboden. Um den Hörer abzunehmen, mußte man sich aus dem Bett lehnen.
Das Mädchen sollte sich nicht weiter bemühen – Anna wußte die Nummer.
»Ist Joe da?« wollte sie wissen. »Joe Ashe?«
»Nein, tut mir leid! Er ist Zigaretten holen gegangen. In ein paar Minuten wird er wieder dasein.«
Anna fragte sich, warum er nicht den Anrufbeantworter eingeschaltet hatte. Warum hatte er nicht automatisch den Knopf gedrückt wie immer, wenn er die Wohnung verließ, für den Fall, daß sein Agent anrief oder ein Anruf kam, der ihm endlich Anerkennung verschaffen sollte. Statt dessen war ein Anruf gekommen, der ihn verriet.
Sie lehnte sich an die Wand des Hauses, in dem sie aufgewachsen war. Sie brauchte eine Stütze.
Das Mädchen mochte keine Gesprächspausen. »Sind Sie noch dran? Wollen Sie zurückrufen, oder soll er sie anrufen oder was?«

»Äh, ich weiß nicht recht!« Anna kämpfte um Zeit.
Wenn sie jetzt den Hörer auflegte, würde er niemals erfahren, daß sie etwas gemerkt hatte. Nichts hätte sich geändert, alles wäre wieder beim alten. Angenommen sie sagte etwas wie: »Es ist nicht so wichtig« oder »Falsche Nummer« oder »Ich rufe ein anderes Mal an«, das Mädchen hätte mit einem Achselzucken aufgelegt und Joe gegenüber vielleicht gar nicht einmal erwähnt, daß jemand angerufen und wieder aufgehängt hatte. Anna würde niemals Fragen stellen. Sie wollte das, was sie miteinander hatten, nicht zerstören.
Aber was verband sie eigentlich noch miteinander? Ein Mann, der sich ein Mädchen ins Bett holte, in *ihr* Bett, sobald sie aus dem Haus war. Warum sollte sie versuchen, so etwas festzuhalten? Weil sie ihn liebte und weil eine große Leere über sie hereinbräche, wenn sie ihn nicht festhielt, und weil sie ihn so sehr vermissen würde, daß sie sterben wollte.
Angenommen sie sagte: »Bleiben Sie dran!« um ihn dann zur Rede zu stellen. Würde er Reue zeigen? Oder erklären, sie sei nur eine Schauspielerkollegin, die lediglich ihren Text mit ihm lernte?
Oder würde er sagen: »Es ist aus!« Dann würde die Leere und der Schmerz anfangen.
Das Mädchen war darauf aus, die Verbindung nicht zu verlieren, falls es sich um einen Job für Joe handelte.
»Bleiben Sie dran! Wenn Sie wollen, schreibe ich Ihren Namen auf. Augenblick, ich will nur schnell aufstehen! Mal sehen! Beim Fenster dort ist so eine Art Schreibtisch – nein, eine Frisierkommode ... Jetzt habe ich einen Augenbrauenstift oder so was Ähnliches. Gut, wie war Ihr Name?«
Anna spürte, wie ihr die Galle hochkam. In ihrem eigenen Bett, unter der schönen teuren Tagesdecke, die sie zu Weihnachten gekauft hatte, lag ein fremdes Mädchen und war jetzt dabei, das Telefon zu dem Tisch mit Annas Make-up hinüberzutragen!

»Ist das Telefonkabel lang genug?« hörte Anna sich fragen.
Das Mädchen lachte. »Ja, es reicht tatsächlich!«
»Gut. Also, stellen Sie den Apparat mal kurz auf den rosa Stuhl, und greifen Sie auf den Kaminsims hoch! Genau! Sie finden da einen Spiralblock, an dem mit einer Schnur ein Bleistift befestigt ist.«
»Hey?« Das Mädchen war erstaunt, aber nicht beunruhigt.
Anna fuhr fort: »Gut, legen Sie den Augenbrauenstift wieder weg – er ist aus Kohle und würde nicht gut schreiben. Jetzt notieren Sie einfach für Joe: ›Anna hat angerufen, Anna Doyle! Keine weitere Nachricht!‹«
»Er kann Sie bestimmt nicht zurückrufen?« Ein Hauch von Furcht kroch jetzt in die Stimme dieser Frau, der nächsten, die nun Wochen, Monate oder sogar Jahre damit zubringen würde, Joe Ashe zu gefallen und das Richtige zu sagen, um nicht das Risiko einzugehen, ihn zu verlieren.
»Nein, nein! Ich bin im Moment bei meinen Eltern. Besser gesagt, ich werde heute nacht hierbleiben. Könnten Sie ihm das sagen?«
»Weiß er, wo er Sie erreichen kann?«
»Ja, aber er braucht nicht anzurufen. Ich spreche ihn ein anderes Mal.«
Als sie aufgelegt hatte, hielt sie sich am Tisch fest, um sich zu stützen. Es fiel ihr ein, daß sie einmal gesagt hatte, die Diele sei der schlechteste Platz fürs Telefon: kalt, zu öffentlich und ungemütlich. Jetzt segnete sie ihre Eltern dafür, daß sie nicht auf sie gehört hatten.
Ein paar Minuten lang stand sie da und war unfähig, ihre Gedanken zu ordnen. Sie rannten und huschten wie Mäuse in ihrem Kopf herum. Als sie endlich glaubte, zumindest ihrer Sprache wieder mächtig zu sein, kehrte sie in das Zimmer zurück, wo ihre Mutter und ihr Vater saßen. Sie hatten vielleicht niemals die Liebe gekannt, die Anna erlebte, aber auch nicht den Schmerz, den sie jetzt erfuhr.

Sie sagte, wenn es ihnen keine Umstände machte, würde sie gerne die Nacht über hierbleiben. So hätten sie alle Zeit der Welt, um über ihre Pläne zu reden.

»Du brauchst doch in deinem eigenen Heim nicht zu fragen, ob du übernachten darfst!« erwiderte ihre Mutter erfreut und aufgeregt. »Ich lege dir für alle Fälle eine warme Bettflasche ins Bett. Eure Zimmer sind nach wie vor für euch da. Aber ihr kommt ja nie, um das auszunutzen.«

»Also, heute nacht nehme ich das Angebot sehr gerne an.« Anna lächelte eisern.

Als Joe anrief, unterhielten sie sich gerade darüber, wie viele Leute eingeladen werden sollten. In aller Ruhe ging sie ans Telefon.

»Sie ist weg!« sagte er.

»Tatsächlich?« Sie klang gleichgültig.

»Ja, es war nicht wichtig!«

»Nein, nein!«

»Kein Grund für dich, wegzubleiben und mir eine große Szene zu machen und über den Sinn des Lebens zu streiten.«

»O nein, das habe ich nicht vor!«

Er war verblüfft.

»Also, was wirst du jetzt tun?« fragte er.

»Hierbleiben, wie ich deiner Freundin schon gesagt habe.«

»Aber nicht für immer?«

»Natürlich nicht! Nur für heute nacht.«

»Dann wirst du morgen nach der Arbeit zu Hause sein ...?«

»Ja, natürlich. Und dich werde ich rausschmeißen!«

»Anna, mach kein Theater!«

»Mache ich nicht! Ich bin die Ruhe selbst. Meinetwegen bleibst du heute noch da. Nein, du mußt um Himmels willen nicht sofort gehen! Erst morgen abend, in Ordnung?«

»Hör auf damit, Anna! Ich liebe dich, du liebst mich – ich belüge dich nicht!«

»Und ich dich auch nicht, Joe, jedenfalls, was morgen abend betrifft. Ehrlich!«
Sie legte auf.
Als er zehn Minuten später wieder anrief, ging sie selbst an den Apparat.
»Bitte, sei nicht lästig, Joe! Lästig ... das ist so ein großartiger Ausdruck von dir. Du haßt es, wenn dich jemand bedrängt und mit dir über seine Sorgen reden will – du nennst es lästig! Vielleicht lerne ich von dir.«
»Wir müssen miteinander reden ...!«
»Morgen nach der Arbeit. Das heißt, nach *meiner* Arbeit, du hast ja keine, oder? Dann können wir uns ein bißchen unterhalten, zum Beispiel darüber, wo ich deine Post hinschicken soll. Auf dem Anrufbeantworter wird es auch keine Nachrichten mehr für dich geben, du solltest dir also lieber schnell was anderes einfallen lassen.«
»Aber ...«
»Ich werde nicht mehr an den Apparat gehen! Du wirst mit meinem Vater sprechen müssen. Und du sagst doch immer, er sei so ein netter Bursche, der nichts zu sagen hat ...«
Sie kehrte wieder zu ihrer Besprechung zurück. Ihr entging nicht, daß ihre Eltern sich über die Telefonate wunderten.
»Tut mir leid, daß wir dauernd gestört werden! Ich hatte einen Streit mit meinem Freund, Joe Ashe. Es ist ziemlich rücksichtslos von ihm, daß er das Ganze hier hereinträgt. Wenn er wieder anruft, werde ich nicht mit ihm sprechen.«
»Ist es ein ernster Streit?« fragte ihre Mutter hoffnungsvoll.
»Ja, Mutter. Es wird dich freuen zu hören, daß es ziemlich ernst ist, wie das eben so ist mit Streitereien. Wahrscheinlich endgültig. Laßt uns jetzt überlegen, was die Leute essen sollen!«
Und während sie ihnen von einer sehr netten Dame namens Philippa erzählte, die einen Partyservice betrieb, war Anna Doyle in Gedanken weit weg. Sie dachte an jene Tage, als alles

noch neu und ihr Leben bis in den kleinsten Winkel angefüllt war mit der Gegenwart von Joe Ashe.
Diesen Raum wieder aufzufüllen würde schwierig werden!
Anna sagte, man könne Probemenüs anfordern und dann entscheiden, was man haben wollte. Sie hatte vor, frühzeitig jedem der Gäste einen persönlichen Brief zu schreiben und die Einladung beizulegen. Dadurch sollte zum Ausdruck kommen, daß es sich um einen ganz besonderen Anlaß handelte.
»Es ist doch was ganz Besonderes, nicht wahr? Fünfundzwanzig Jahre verheiratet!« In der Hoffnung auf Bestätigung schaute sie vom einen zum anderen. Verblüfft und bedauernd stellte sie fest, daß er sich heute abend nicht einstellen wollte, der behagliche, klaustrophobische Familiensinn, den die Doyles im Lauf der Zeit aufgebaut hatten. Mutter und Vater vermittelten den Eindruck, daß sie sich selbst nicht ganz sicher waren, ob es gut war, ein Vierteljahrhundert miteinander verheiratet zu sein. Dieses eine Mal in ihrem Leben hätte Anna das Gefühl gebraucht, daß etwas im Leben von Dauer war, daß, selbst wenn für sie eine Welt zerbrach, der Rest der Zivilisation auf festem Boden stand. Aber vielleicht sah sie in allem nur ihre eigene Situation. So wie jene Dichter, die dem pathetischen Trugschluß verfallen waren, die Natur änderte sich um ihrer eigenen Stimmung willen und der Himmel wäre trüb, wenn sie sich betrübt fühlten.
»Wir werden was ganz Phantastisches daraus machen«, versicherte sie ihrer Mutter und ihrem Vater. »Es wird sogar noch besser werden als euer Hochzeitstag, denn wir werden alle dasein und mithelfen, daß es ein Erfolg wird.«
Sie wurde mit zwei lächelnden Gesichtern belohnt und stellte fest, daß dies zumindest ein Projekt war, mit dem sie den langen, erschreckend leeren Sommer überbrücken konnte, der vor ihr lag.

2

Brendan

Brendan Doyle ging zum Kalender. Er wollte nachsehen, wann Christy Moore kommen sollte, um in der 20 Meilen entfernten Stadt zu singen. Es mußte irgendwann nächste Woche sein, und er sollte hinfahren, um sich ihn anzuhören. An dem Tag, als die Vorankündigung übers Radio kam, hatte er sich das Datum auf dem großen Küchenkalender notiert. Zu seiner eigenen Überraschung stellte er beim Nachschauen fest, daß er heute Geburtstag hatte. Es war wie ein Schock, daß er es erst jetzt bemerkt hatte, obwohl es bereits 11 Uhr war. Früher hätte er es immer schon Wochen vorher gewußt.
»Nur noch drei Wochen bis zu Brendans Geburtstag«, hätte Mutter jedem vorgesäuselt, der es hören wollte.
Als er noch klein war, hatte er all das Getue um die Geburtstage gehaßt. Und diese Feierlichkeiten! Die Mädchen hatten so was natürlich geliebt und gerne hübsche Kleidchen angezogen. Nie waren irgendwelche Leute dagewesen, die nicht zur Familie gehörten. Brendan konnte sich an keine einzige richtige Party mit anderen Kindern, Knallbonbons und Spielen erinnern. Nur an seine eigenen, besonders ausstaffierten Familienmitglieder und Knallbonbons und Wackelpudding mit Schlagsahne, und das alles gab es natürlich stets im Überfluß. Von den anderen gab es immer Geschenke, sauber eingepackt und mit kleinen Schildchen versehen, und auf dem Kaminsims waren die Geburtstagskarten aufgestellt. Dann wurde das Geburtstagskind, manchmal mit einem Papierhut auf dem Kopf, alleine fotografiert und nachher zusammen mit dem Rest der Familie. Diese

Aufnahmen waren natürlich fürs Familienalbum und wurden triumphierend herausgeholt, wenn irgendwelche Gäste kamen. Der erste Geburtstag: War Brendan nicht groß geworden? Und das da war Helens Geburtstag, und dann Annas. Schaut nur! Und die Leute schauten es sich an und überhäuften Mutter mit Lob. Sie sagten, wie wundervoll sie doch war, daß sie das alles für die Kinder getan und so viele Schwierigkeiten auf sich genommen hatte.
Seine Mutter hatte nie erfahren, wie sehr er das alles verabscheute. Die Singerei, und wenn er mit ansehen mußte, wie sie in die Hände klatschte und die Kamera herbeiholte, während alle »For he's a jolly good fellow« trällerten.
Er wünschte, sie hätten sich einfach hinsetzen und in Ruhe den Geburtstag feiern und auf all diese Mätzchen und das Getue verzichten können. Wie wenn sie alle auf einer Bühne ständen, um ein Stück aufzuführen.
Und dann diese ständige Geheimniskrämerei! Sag Tante Maureen nichts von dem neuen Sofa. Warum? Wir wollen nicht, daß sie glaubt, es sei neu. Warum nicht? Wir möchten nur nicht, daß man sagt, wir hätten eine Menge Geld dafür ausgeben müssen. Aber es ist doch toll, oder? Ja, aber man soll nicht von uns denken, wir empfänden es als was Besonderes. Wenn Tante Maureen danach fragt, sagt einfach: »Ach, das Sofa, ja das ist ganz nett«, als wenn es euch nicht sonderlich beeindruckt, ihr wißt schon!
Brendan wußte es nicht – niemals. Immer hatte es den Anschein, als hätte man etwas zu verbergen – vor den Nachbarn, den Mitschülern und Lehrern, der Kirchengemeinde, vor Maureen Barry, Mutters bester Freundin, vor Vaters Arbeitskollegen Frank Quigley, der als bester Freund der Familie galt, und ganz besonders vor all denen, die drüben in Irland geblieben waren. »Erzähl das nicht Oma O'Hagan! Daß du davon ja in Gegenwart von Opa Doyle nichts verlauten läßt!«

Wenn man begriffen hatte, daß außerhalb der Familie nichts erzählt werden durfte, war es ziemlich einfach, nach Mutters und Vaters Regeln zu leben.

Brendan fand, daß auch innerhalb der Familie wenig Bedeutendes gesagt wurde.

Er erinnerte sich an seinen Geburtstag in dem Jahr, als Vater arbeitslos war. Dieser Abschnitt ihres gemeinsamen Lebens war von einer furchtbaren Geheimnistuerei geprägt! Vater verließ jeden Morgen zur gewohnten Zeit das Haus, als liefe alles ganz normal weiter, und kam abends wieder zurück. Damals wie heute hatte Brendan sich gefragt, wozu das alles gut sein sollte.

Und hier auf Vincents kleinem Bauernhof auf dem Abhang eines Hügels, wo sein Vater aufgewachsen war, empfand er eine noch größere Distanz zu diesem Mann als damals, als er noch im Rosemary Drive wohnte und vorgab, ein guter Schüler zu sein, das Abitur machen und die Universität besuchen zu wollen. Und doch war ihm die ganze Zeit über klar gewesen, daß er zu diesem steinigen Ort zurückkehren würde, wo niemand etwas von ihm erwartete und keiner Dinge behauptete, die gar nicht stimmten.

Für ihn war Vincent nie »Onkel Vincent« gewesen. Obwohl er Vaters ältester Bruder war, nannte er ihn von Anfang an nur »Vincent«, diesen hochgewachsenen gebückten Mann mit dem faltigen, wettergegerbten Gesicht. Er sprach selten, außer es gab etwas, worüber es sich zu sprechen lohnte. In dem kleinen Haus am Hügel, wo Vater als eines von sechs Kindern aufgewachsen war, wurden keine oberflächlichen Unterhaltungen geführt. Damals mußten sie sehr arm gewesen sein. Darüber, wie überhaupt von diesen Zeiten, redete Vater nie. Vincent sprach über gar keine Zeiten. Obwohl fast auf jedem kleinen Bauernhof in der ländlichen Umgebung eine Fernsehantenne vom Dach winkte, fand Vincent Doyle diese Anschaffung überflüssig. Und das Radio, das er besaß, war klein und krachte. Jeden Abend um halb sieben hörte er sich die Nachrichten an, nachdem er zuvor den Landwirtschaftsbericht verfolgt hatte. Hin und wieder widmete er sich auch einmal einer Dokumentation über irische Einwohner in Australien oder einer Sendung über die Eroberung Westirlands durch Napoleons Armee. Brendan kam nicht dahinter, wie Vincent solche spezifischen Programme aufspürte. Er kaufte weder eine Tageszeitung noch eine Programmübersicht, und um genau zu wissen, was wann gesendet wurde, hörte er nicht regelmäßig genug Radio.

Vincent war weder Einsiedler noch Eremit, noch Exzentriker. Er trug immer einen Anzug. Mit einer Welt, in der man lose Kombinationen von Hosen und Jacketts trug, konnte er sich nie abfinden. Alle drei Jahre kaufte er sich einen neuen Anzug, und der bisherige beste Anzug wurde herabgestuft. Auf diese Weise war ein und derselbe Anzug an einem Tag gut genug, um zum Gottesdienst zu gehen, und am anderen, nachdem ein neuer gekauft war, diente er nur noch als Arbeitskleidung, und er trug ihn zum Beispiel zum Schafehüten oder sogar, um Schafe in den Anhänger zu verfrachten oder auszuladen.

In jenem denkwürdigen Sommer, als die Familie zu Besuch dort war, hatte Brendan Doyle sich in diesen Ort verliebt. Während der Hinreise mit der Fähre und dem Zug waren alle angespannt gewesen, man sollte an so vieles denken. Zum Beispiel daran, ja nicht davon zu sprechen, daß sie auf dem Weg nach Holyhead die ganze Nacht aufgeblieben waren. Oder von den Menschenmengen, die auf ihrem Gepäck saßen, denn dann würde man darauf kommen, daß sie auf dem Zwischendeck reisen mußten. Oder davon, daß sie ewig auf einem kalten Bahnsteig gewartet hatten. Sie sollten sich ja nicht beklagen, alles mußte Spaß gemacht haben. Das bleute ihnen Mutter die ganze Zeit ein, die ganze endlos lange Reise über, immer und immer wieder. Vater hatte fast das Gegenteil gesagt. Er wollte, daß sie ihrem Onkel Vincent gegenüber nicht ständig angeben und sich wichtig machen sollten wegen des ganzen Komforts, den sie in London hatten. Brendan erinnerte sich, daß er eine sehr direkte Frage gestellt hatte. Er hatte sich etwas unwohl dabei gefühlt, als wäre ihm bewußt gewesen, daß es eigentlich nicht recht war, so etwas zu fragen.

»Also, was sind wir nun? Reich, wie wir's Oma O'Hagan vorspielen, oder arm, wie wir bei Onkel Vincent und Opa Doyle tun sollen.«

Es wurde sehr still.

Seine Eltern sahen sich schockiert an.

»Vorspielen«, riefen sie fast wie aus einem Munde. Es ging doch nicht darum, jemandem etwas vorzuspielen, protestierten sie. Sie wollten doch nur, daß die Kinder nicht mit Dingen herausplatzten, die die alten Leute irritieren oder langweilen könnten, das war alles.

Und Brendan dachte daran zurück, wie er zum ersten Mal den Hof gesehen hatte. Drei Tage hatten sie bei Oma O'Hagan in Dublin verbracht, und dann diese lange ermüdende Fahrt! Mutter und Vater schienen darüber verärgert zu sein, wie es in Dublin gelaufen war. Aber zumindest die Kinder hatten sich ordentlich benommen und nicht unnötiges Zeug geplappert.

Brendan wußte noch, wie er durchs Fenster die kleinen irischen Felder betrachtet hatte. Die Eltern waren auf Helen nicht gut zu sprechen, weil sie am Bahnhof irgendeinen Unsinn gemacht hatte, und das ausgerechnet im Beisein von Oma O'Hagan. Anna saß still in ein Buch versunken da. Mutter und Vater hatten ständig etwas miteinander zu flüstern.

Niemand hatte ihn auf den Anblick vorbereitet, der sich ihm bot: das kleine Steinhaus und der Hof voller kaputter Maschinen. In der Tür wartete sein Großvater, alt, gebeugt und schäbig gekleidet, in zerrissener Jacke und kragenlosem Hemd. Daneben stand Onkel Vincent, eine größere und jüngere Ausgabe von seinem Vater, allerdings in einem Anzug, der fast ehrbar aussah.

»Willkommen daheim«, hatte Opa Doyle gesagt. »Aus diesem Land hier kommt ihr, Kinder. Es ist großartig, euch alle wieder hier zu haben, weit weg von all diesen roten Bussen und Menschenmassen, jetzt könnt ihr eure Füße wieder auf euren eigenen Grund und Boden setzen.«
Einmal war Opa Doyle zu Besuch in London gewesen. Brendan wußte es von den Fotos – dem einen vorm Buckingham Palast, das an der Wand hing, und den vielen anderen in den Alben. Er konnte sich kaum noch an den Besuch erinnern. Als er jetzt diese beiden Männer in der Haustür stehen sah, hatte er das merkwürdige Gefühl, nach Hause gekommen zu sein. Wie in den Kinderbüchern, die er früher gelesen hatte, wenn ein Abenteuer dem Ende zuging und die Kinder aus dem dunklen Wald herausfanden. Er traute sich nicht zu sprechen, weil er Angst hatte, damit alles zu zerstören.
Damals waren sie eine Woche dort geblieben. Opa Doyle war so gebrechlich, daß er kaum noch aus dem Haus ging. Aber Vincent hatte sie überall herumgeführt, manchmal nahm er sie in seinem alten Auto mit dem Viehanhänger mit. Den Anhänger hatte er bis heute nie ausgetauscht. Oft hatte Vincent keine Lust, ihn abzuhängen, und so ratterte er gemütlich hinter dem Auto her, selbst wenn keine Schafe zu transportieren waren.
Normalerweise schaute Vincent zweimal am Tag nach den Schafen. Sie hatten die schlechte Angewohnheit, hin und wieder auf den Rücken zu fallen und mit den Füßen in der Luft liegenzubleiben. Dann mußte man ihnen wieder aufhelfen.
Anna wollte wissen, ob nur Onkel Vincents Schafe so etwas taten oder ob alle Schafe so seien. Für den Fall, daß es wirklich nur eine Besonderheit der Doyleschen Tiere war, wollte sie zu Hause in London lieber nicht mehr groß darüber reden. Vincent hatte ihr einen seltsamen Blick zugeworfen und recht freundlich angemerkt, daß man ruhig zugeben konnte, daß die

Schafe hinfielen. Bei der Rasse kam das recht häufig vor, sogar in England.
Dann hielt Vincent manchmal an, um eine Mauer zu reparieren. Er erklärte ihnen, daß die Schafe ständig die niedrigen Steinmauern durchbrachen und dabei Teile davon herausrissen. Er versicherte Anna, noch bevor sie danach fragen mußte, daß auch das zu den üblichen Unarten von Schafen im allgemeinen gehörte.
In der Stadt nahm er die Kinder in eine Bar mit hohen Barhockern mit und kaufte ihnen Limonade. Keiner von ihnen war je zuvor in solch einem Lokal gewesen. Helen bat um ein Glas Bier, bekam aber keines. Vincent wäre es recht gewesen, aber der Mann hinter der Theke meinte, sie sei noch zu jung.
Es war Brendan schon damals aufgefallen, daß Vincent sich nicht die Mühe machte, die Kinder irgend jemandem vorzustellen. Er erwähnte weder, daß sie seine Nichten und sein Neffe waren, die hier eine Woche Ferien machten, noch daß sie normalerweise in Pinner lebten, einem hübschen, grünen Vorort im Norden Londons, und an den Wochenenden im Sommer gewöhnlich Tennis spielten. Mutter und Vater hätten das sicher fast jedem unter die Nase gerieben. Vincent benahm sich einfach so wie immer: Er sprach wenig und, wenn er etwas gefragt wurde, antwortete er langsam und unbefangen.
Brendan hatte das Gefühl, daß Vincent lieber nicht allzu viele Fragen beantworten wollte. Schon damals, in jenen Ferien, hatten sie manchmal gemeinsam kilometerweite Spaziergänge unternommen und dabei kaum ein Wort gewechselt. Brendan hatte es immer außerordentlich erholsam gefunden.
Für Brendan war es schrecklich, als die Woche vorbei war.
»Vielleicht kommen wir wieder«, hatte er bei der Abfahrt zu Vincent gesagt.
»Vielleicht.« Vincent klang nicht gerade überzeugt.
»Warum, glaubst du nicht?« Sie lehnten am Tor des kleinen

Gemüsegartens. Es waren nur ein paar Reihen Kartoffeln und Sorten wie Kohl, Karotten und Pastinaken darin, die nicht viel Arbeit machten. Vincent hatte erklärt, daß man sich bei solchen Gemüsearten nicht gleich kaputtschuftet, wenn man sich ein bißchen darum kümmert.

»Ach, es wurde viel darüber spekuliert, ob ihr alle wieder hierher zurückkommen wolltet, aber ich glaube, es ist nichts daraus geworden. Nicht, nachdem sie den Hof gesehen haben.«

Brendan bekam Herzklopfen.

»Zurückkommen – nicht nur auf Urlaub, meinst du?«

»Aber deswegen seid ihr doch hier, oder?«

»Wirklich?«

Sein Onkel warf ihm einen freundlichen Blick zu.

»Was soll's! Mach dir keine Gedanken, Brendan, mein Junge. Leb einfach dein Leben, so gut es geht, und eines Tages kannst du dann verschwinden, so daß sie dich nicht mehr erwischen.«

»Wann sollte dieser Tag kommen?«

»Du wirst wissen, wenn es soweit ist«, hatte Vincent gemeint, während er seine wenigen Kartoffelreihen betrachtete.

Und Brendan hatte es tatsächlich gewußt.

Als die Familie nach diesen Ferien wieder in London war, hatte sich einiges verändert. Zum einen bekam Vater wieder seine alte Arbeitsstelle, und sie mußten nicht länger nur so tun, als ob er einen Job hätte. Und zum anderen gab es mit Helen alle möglichen fürchterlichen Auseinandersetzungen. Immer wieder bestand sie darauf, nicht allein zu Hause gelassen zu werden. Sie fragte tagtäglich jeden darüber aus, wann er weggehen und wieder zurückkommen würde, und wenn sie einmal auch nur fünf Minuten allein gewesen wäre, richtete sie es so ein, daß Brendan sie von der Schule abholte.

Er hatte herausfinden wollen, was mit ihr los war, aber Helen zuckte nur mit den Achseln und meinte, daß sie einfach das Alleinsein haßte.

Dabei hätte man davor im Rosemary Drive bestimmt keine Angst haben müssen. Brendan hätte sich im Gegenteil solche Zeiten herbeigesehnt, wo er mal alleine sein konnte, ohne das ständige Geschwätz beim Essen und ohne den Tisch decken zu müssen und dabei darüber zu diskutieren, was es jetzt und was zur nächsten Mahlzeit geben sollte. Ihm war unbegreiflich, daß Helen nicht jeden friedlichen Augenblick genoß.
Vielleicht war das der Grund, warum sie Nonne werden wollte. Vielleicht wollte sie endlich Frieden. Oder hatte sie nach wie vor das Bedürfnis gehabt, unter Leuten zu sein, und gemerkt, daß die Zahl der Bewohner im Rosemary Drive schrumpfte, als Anna in ihre eigene Wohnung zog und Brendan beschloß, für immer in Irland zu bleiben?
Es war seltsam, daß er mit dieser Familie auf engstem Raum zusammengelebt hatte, wochen-, monate- und sogar jahrelang, daß er endlose Gespräche geführt hatte und sie alle doch so wenig kannte.
An dem Tag, als in seiner Schule eine Ausstellung über die möglichen Arbeitsbereiche für Berufsanfänger informierte, hatte Brendan beschlossen, auf diesen steinigen Bauernhof zurückzukehren. Es gab Infostände über Aufstiegschancen in der Computerbranche, im Einzelhandel, bei der Telefongesellschaft, in Londoner Transportgesellschaften, im Bankwesen und in der Armee. Brendan schlurfte bedrückt von einem zum anderen.
Damals, bei ihrem Familienurlaub, hatte sie noch Opa Doyle »daheim« willkommen geheißen. Inzwischen war er bereits gestorben. Sie waren nicht einmal zum Begräbnis heimgefahren. Es war ja nicht wirklich ihr »Zuhause«, hatte Mutter gemeint, und Opa Doyle wäre der erste gewesen, der ihr da zugestimmt hätte. Vincent hatte auch gar nicht damit gerechnet, schließlich gab es ja keine Nachbarn, die sich hätten wundern oder schlecht über sie reden können, weil sie nicht kamen. In der Gemeindekirche, die sie immer besuchten, wurde eigens eine Messe für

den Verstorbenen gelesen, und alle Gemeindemitglieder, die sie kannten, sprachen ihnen ihr Beileid aus.
Der Schuldirektor hatte gesagt, daß die Entscheidung über den zukünftigen Lebensweg etwas sehr Wichtiges sei. Es war nicht vergleichbar mit der Frage, in welches Kino man gehen oder welchen Fußballverein man unterstützen wolle. Und plötzlich erkannte Brendan wie in einer Vision, daß er dem allen entfliehen mußte: den ständigen Diskussionen darüber, ob diese oder jene Entscheidung nun die richtige war oder nicht. Er hatte keine Lust mehr, allen Leuten vorzugaukeln, daß er lieber eine Managementausbildung machen wolle und keine Lehre als Verkäufer, oder was er sonst nach alles vorspielen sollte. Mit der größten Klarheit, die er je gekannt hatte, wußte er, daß er zu Vincents Hof zurückkehren würde, um dort zu arbeiten.
Der Rosemary Drive 26 in Salthill war kein Ort, von dem man einfach so, ohne große Erklärungen, verschwinden konnte. Aber Brendan war klar, daß dies die allerletzte Erklärung sein würde, die er jemals abzugeben hatte. Er wollte es als Feuertaufe ansehen, die Zähne zusammenbeißen – Augen zu und durch.
Es war noch schlimmer gewesen, als er es sich je hätte vorstellen können. Anna und Helen hatten geweint und ihn angefleht, doch nicht wegzugehen. Auch seine Mutter hatte geweint und gefragt, womit sie das verdient habe. Vater wollte vor allem wissen, ob es Vincent war, der Brendan zu diesem Entschluß getrieben hätte.
»Vincent weiß nicht einmal was davon, daß ich komme«, hatte er geantwortet.
Nichts konnte ihn von seinem Entschluß abbringen. Brendan hatte selbst nicht gewußt, daß er zu so viel Willensstärke fähig war. Der Kampf dauerte vier Tage.
Seine Mutter kam hin und wieder mit einer Tasse Kakao und setzte sich zu ihm aufs Bett. »Alle Jungen machen mal so eine Phase durch, das ist ganz normal. Sie wollen auf eigenen Füßen

stehen, sich von Mutters Rockzipfel losreißen. Ich habe deinem Vater vorgeschlagen, dich ein bißchen auf Urlaub zu Vincent rüberfahren zu lassen. Vielleicht bringt dich das auf andere Gedanken.«
Brendan hatte abgelehnt. Es wäre nicht ehrlich gewesen, denn wenn er erst einmal gegangen war, würde er nicht mehr zurückkehren.
Sein Vater machte auch ein paar Annäherungsversuche: »Hör zu, Junge! Vielleicht war ich da kürzlich abends ein bißchen schroff, als ich dir unterstellt habe, daß du nur diesen alten Steinhaufen erben willst. Ich wollte nicht, daß es so hart klingt. Aber du weißt ja, wie es für andere aussehen wird. Du weißt selber, was die Leute davon halten werden.«
Brendan wußte es nicht, damals so wenig wie heute.
Aber Vincents Blick, als er ihn die Straße heraufkommen sah, würde er niemals vergessen.
Er hatte den ganzen Weg von der Stadt aus zu Fuß zurückgelegt. Vincent stand mit seinem alten Hund »Shep« in der Küchentür. Er schützte mit der Hand seine Augen vor der Abendsonne, als Brendan näher kam und er im Licht des Sonnenuntergangs seine Umrisse erkannte.
»Gut«, sagte er.
Brendan sagte gar nichts. In dem kleinen Handkoffer, den er bei sich trug, befand sich sein ganzes Hab und Gut für ein neues Leben.
»Da bist du ja«, hatte Vincent noch hinzugefügt. »Dann komm halt rein.«
Kein einziges Mal fragte er an jenem Abend, warum Brendan gekommen war und wie lange er vorhatte zu bleiben. Es interessierte ihn weder, ob die Verwandtschaft in London von seinem Aufenthalt wußte, noch, ob sie alle damit einverstanden waren.
Vincent war der Ansicht, daß sich das alles mit der Zeit von

selbst herausstellen würde, und allmählich, während der nächsten Wochen und Monate, tat es das auch.
Die Tage kamen und gingen. Niemals fiel auch nur ein hartes Wort zwischen den beiden Doyles, dem Onkel und dem Neffen. Es wurden überhaupt nur wenige Worte gewechselt. Wenn es Brendan einmal einfiel, eine Tanzveranstaltung in der Nähe zu besuchen, fand Vincent das alles in allem eine phantastische Idee. Mit seiner eigenen Tanzerei war es zwar nie weit her gewesen, aber vom Hörensagen wußte er, daß es ein großartiger Sport sein mußte. Er holte die Dose aus dem Küchenschrank, in der das Geld aufbewahrt wurde, und gab Brendan 40 Pfund, damit er sich ausstaffieren konnte.
Hin und wieder nahm sich Brendan selbst etwas aus der Dose. Anfangs hatte er noch um Erlaubnis gefragt, aber Vincent setzte dem ein Ende und erklärte, das Geld sei für sie beide da, er solle nur nehmen, was er brauche.
Das Leben war teuer geworden, und Brendan ging hin und wieder in einer Bar arbeiten, um die Kasse um ein paar zusätzliche Pfund aufzubessern. Falls Vincent davon wußte, hätte er nichts dazu gesagt, weder dafür noch dagegen.
Brendan mußte lächeln, als er daran dachte, wie anders sich alles entwickelt hätte, wenn er im Rosemary Drive geblieben wäre.
Er vermißte seine Familie nicht. Er wußte nicht einmal, ob er sie überhaupt jemals geliebt hatte, zumindest ein wenig. Und wenn nicht, war er deswegen anormal? Was er auch las, es kam überall das Thema »Liebe« vor. In Filmen drehte sich alles darum, und die Zeitungen waren voll davon, was alles aus Liebe oder unerfüllter Leidenschaft geschehen konnte. Vielleicht war er ja doch ein Sonderling, unfähig zu lieben.
Vincent war wahrscheinlich genauso, deshalb schrieb er auch nie Briefe und unterhielt sich nie eingehend mit den Leuten. Darum mochte er dieses Leben hier in den Hügeln, die steinigen Straßen und den friedvollen Himmel darüber.

Es war wohl ein wenig ungewöhnlich, zweiundzwanzig zu werden, ohne es einem anderen mitzuteilen, sagte sich Brendan. Sein Onkel Vincent hätte ihn nur gedankenversunken angeschaut und gesagt: »Tatsächlich?« Er hätte ihm weder gratuliert noch vorgeschlagen, darauf anzustoßen.
Vincent machte gerade einen ausführlichen Spaziergang. Zum Mittagessen wollte er zurück sein. Es sollte kalten Speck und reichlich Tomaten geben. Dazu standen Pellkartoffeln auf dem Speiseplan, denn ein Mittagessen ohne ein paar große mehlige Kartoffeln war kein richtiges Mittagessen. Hammel oder Lamm gab es nie. Nicht etwa aus Feingefühl den Schafen gegenüber, mit denen sie ja ihren Lebensunterhalt verdienten, sondern weil sie keinen Gefrierschrank hatten wie ihre Nachbarn, die zu jeder Jahreszeit ein Schaf schlachten konnten. Außerdem wollten sie sich nicht dazu hinreißen lassen, beim Schlachter eine Menge Geld für das Fleisch der Tiere hinzulegen, die sie selbst für eine viel geringere Summe an ihn verkauft hatten. Aber dazu war der Fleischer ja berechtigt, sobald das fertig verarbeitete Fleisch in seiner Ladentheke auslag.
Der Briefträger Johnny Riordan fuhr mit seinem kleinen Lastwagen vor.
»Da ist ein ganzer Stapel Briefe für dich dabei, Brendan. Du scheinst Geburtstag zu haben«, meinte er gut gelaunt.
»Stimmt!« Brendan war genauso wortkarg geworden wie sein Onkel.
»Ist ja toll! Dann gibst du uns später ein Bier aus, was?«
»Kann sein.«
Die Karte von seinem Vater hatte ein lustiges Bild von einer Katze vorne drauf. Ziemlich ungewöhnlich für einen Vater, mit dem man kaum noch Kontakt hat. Er hatte nur mit »Vater« unterschrieben. Kein Zusatz wie »In Liebe« oder »Mit besten Wünschen«, nichts dergleichen. Na ja, es war schon in Ordnung so. Brendan schickte seinem Vater auch gewohnheitsmäßig jedes

Jahr eine Glückwunschkarte, die er nur mit seinem Namen unterzeichnete.
Mutters Karte war ausgeschmückter, sie schrieb, daß sie es kaum glauben konnte, einen so erwachsenen Sohn zu haben, und ob er wohl eine Freundin hätte und ob sie es wohl je erleben durfte, daß er heiratete.
Die von Helen war voller Friedens- und Segenswünsche. Sie fügte ein paar Zeilen über die Schwestern hinzu und über das Wohnheim, das sie eröffnen wollten, und darüber, wieviel Geld sie dafür brauchten. Außerdem schrieb sie, daß zwei der Schwestern wie Straßenmusikanten am Piccadilly-Bahnhof Gitarre spielen wollten und es darüber unterschiedliche Meinungen in der Gemeinschaft gab. Helen setzte immer voraus, daß Brendan all die tausend Leute, von denen sie zu berichten hatte, beim Namen kannte und sich für ihr Tun und Lassen interessierte. Zum Schluß stand da noch: »Bitte nimm Annas Brief ernst.«
Er hatte die Post in der richtigen Reihenfolge geöffnet. Bedächtig öffnete er Annas Brief. Vielleicht enthielt er ja schlechte Nachrichten – daß Vater Krebs hatte oder Mutter operiert werden mußte ... Als er von dem ganzen Tamtam um die silberne Hochzeit las, nahm sein Gesicht einen verächtlichen Ausdruck an. Es hatte sich nichts geändert, einfach gar nichts! Für seine Familie schien die Zeit stehengeblieben zu sein, sie steckten fest in einer Welt von kitschigen Karten und bedeutungslosen Ritualen. Schwester Helens scheinheilige Anordnung, Annas Brief ernst zu nehmen, stieß ihn nur noch mehr ab. Es sah so aus, als wollte sie Anna den Schwarzen Peter zuschieben, ihm Bescheid zu sagen.
Wie immer, wenn er in Familienangelegenheiten hineingezogen wurde, fühlte er sich gereizt und nervös. Er stand auf und ging hinaus. Er hatte vor, ein Stück hinauf auf die Hügel zu gehen, um nach einer Mauer zu sehen. Es konnte sein, daß daran mehr

gemacht werden mußte, als nur ein paar Steine wieder aufzuschichten, wie sie es so oft taten.
Unterwegs traf er Vincent, der gerade dabei war, ein Schaf, das im Zaun feststeckte, aus seiner mißlichen Lage zu befreien. Das Schaf war verängstigt, schlug aus und wehrte sich, so daß es fast unmöglich war, ihm zu helfen.
»Du kommst gerade recht«, sagte Vincent. Gemeinsam konnten sie das ängstliche Schaf so weit beruhigen, daß sie es zuletzt doch befreit hatten. Es blökte wie verrückt und schaute sie dumm an.
»Was ist überhaupt los mit ihm – ist es verletzt?« wollte Brendan wissen.
»Nein, hat keinen Kratzer abgekriegt.«
»Was soll dann das Gebrüll?«
Vincent schaute das erschöpfte Schaf lange an. »Das ist die, die sich auf ihr Lamm gelegt hat. Hat das arme kleine Ding glatt totgedrückt«, sagte er.
»Dämliches Mutterschaf«, sagte Brendan. »Erst hockt sie sich auf ihr gesundes Lamm, und dann bleibt sie auch noch im Zaun stecken. Kein Wunder, daß Schafe so einen schlechten Ruf haben.«
Vertrauensvoll blickte ihn das Tier an und gab ein lautes »Määh« von sich.
»Sie weiß nicht, daß ich sie beleidigt habe«, meinte Brendan.
»Ein bißchen was scheint es ihr doch auszumachen. Sie sucht nach ihrem Lamm.«
»Weiß sie denn nicht, daß sie es erstickt hat?«
»Sie hat keine Ahnung. Woher sollte sie das auch wissen?« antwortete Vincent.
Die zwei Männer gingen einträchtig zurück zum Haus, um das Mittagessen herzurichten.
Vincents Blick fiel auf die Briefumschläge und die Karten.
»Aha, du hast Geburtstag«, sagte er. »Na so was.«
»Ja«, entgegnete Brendan mürrisch.

Sein Onkel schaute ihn eine Weile an.
»Es ist nett von ihnen, daß sie an dich denken. Wenn du nur mich hättest, würde wahrscheinlich keiner dran denken.«
»Ich lege keinen Wert darauf, daß jemand an mich denkt, zumindest nicht so.« Er war immer noch schlecht gelaunt, während er die Kartoffeln wusch und in den großen Topf mit Wasser gab.
»Soll ich sie für dich auf den Kaminsims stellen?«
Das war gar nicht Vincents Art.
»Lieber nicht. Ich mag das nicht.«
»Na gut.« Vincent sammelte die Karten fein säuberlich ein und legte sie auf einen Stapel. Kommentarlos registrierte er Annas langen, mit Schreibmaschine geschriebenen Brief. Beim Essen wartete er darauf, daß der Junge endlich den Mund aufmachte.
»Anna ist der Meinung, ich sollte nach England rüberfahren, um bei so einer silbernen Hochzeit ein bißchen Theater zu spielen. *Silbern*«, spöttelte er.
»Wie viele sind das?« wollte Vincent wissen.
»Fünfundzwanzig glorreiche Jahre.«
»So lange sind sie schon verheiratet? Du lieber Himmel!«
»Warst du nicht auf ihrer Hochzeit?«
»O Gott, Brendan, was in aller Welt sollte ich auf einer Hochzeit anfangen, frage ich dich?«
»Sie wollen, daß ich rüberfahre. Ich denke gar nicht daran!«
»Also gut. Wir alle tun das, was wir wollen.«
Darüber mußte Brendan lange nachdenken.
»Letzten Endes tun wir das wohl«, sagte er.
Sie zündeten sich ihre Zigaretten an und tranken dazu Tee aus großen Tassen.
»Außerdem wollen sie mich eigentlich gar nicht dabeihaben. Ich würde sie nur in Verlegenheit bringen. Mutter müßte sich vor all den Leuten rechtfertigen und erklären, warum ich dies oder das nicht gemacht habe und nicht so oder so aussehe. Und Vater

würde mich aushorchen und mir mit seinen Fragen auf die Nerven fallen.«
»Gut! Du hast ja gesagt, daß du nicht fährst, also was soll's?«
»Es ist erst im Oktober«, stellte Brendan fest.
»Tatsächlich? Im Oktober?« Vincent sah verwirrt aus.
»Ich weiß. Das sieht ihnen ähnlich, sich schon jetzt darüber den Kopf zu zerbrechen.«
Sie ließen das Thema eine Weile auf sich beruhen, aber man sah Brendan an, daß er durcheinander war, und sein Onkel wußte, daß er wieder davon anfangen würde.
»Andererseits, einmal alle paar Jahre hinzufahren ist ja nicht gerade oft. Wenn man es von der Seite betrachtet, ist es eigentlich kein großes Opfer, das man ihnen bringt.«
»Es liegt bei dir, Junge.«
»Ich nehme an, du würdest mir weder zu dem einen noch zu dem anderen raten, stimmt's?«
»Stimmt!«
»Vielleicht haben wir gar nicht genug Geld für die Überfahrt.« Brendan schaute zur Keksdose. Das könnte die Rettung sein.
»Für die Überfahrt würde es immer reichen, das weißt du doch.«
Er wußte es. Er hatte nur gehofft, eine Ausrede zu haben, sogar sich selbst und Vincent gegenüber.
»Außerdem wäre ich da nur einer von vielen. Wenn ich sie schon besuche, fahre ich lieber einmal dorthin, wenn sonst niemand kommt.«
»Ganz wie du meinst.«
Draußen war ein Blöken zu hören. Das Schaf, das so dämlich aussah und sein eigenes Lamm erstickt hatte, hielt noch immer nach ihm Ausschau. Es näherte sich dem Haus in der Hoffnung, daß es sich dorthin verirrt hatte. Vincent und Brendan sahen zum Küchenfenster hinaus. Das Schaf schrie immer noch.
»Selbst wenn ihr Kind am Leben geblieben wäre, hätte sie eine miserable Mutter abgegeben«, sagte Brendan.

»Davon hat sie keine Ahnung. Sie lebt nur aus irgendeinem Instinkt heraus. Sie möchte wohl gerne nachsehen, ob alles in Ordnung ist.«
Das war eine der längsten Reden, die sein Onkel je gehalten hatte. Brendan schaute ihn an und beugte sich zu ihm hinüber. Freundschaftlich legte er seinen Arm um die Schulter des älteren Mannes, dessen Güte und dessen freimütiger Charakter ihn tief berührten.
»Ich gehe jetzt in die Stadt, Vincent«, sagte er und zog seinen Arm wieder zurück. »Vielleicht schreibe ich ein paar Briefe, oder ich geh noch ein Glas Bier trinken heute abend.«
»In der Keksdose ist genug«, meinte Vincent sanft.
»Ich weiß schon, ich weiß!«
Brendan ging in den Hof hinaus, vorbei an dem einsamen Mutterschaf, das noch immer nach seinem Lamm rief, und ließ den alten Wagen an, um in die Stadt zu fahren. Er würde hinfahren, zu dieser Silberhochzeit. Es war ja nur eine kurze Zeit in seinem Leben, das er ansonsten so lebte, wie er es wollte. Ein wenig davon konnte er entbehren, um seiner Familie zu zeigen, daß bei ihm alles in Ordnung war und auch er noch immer zur Familie gehörte.

3

Helen

Der alte Mann schaute Helen erwartungsvoll an. Er hatte eine junge Frau, Mitte Zwanzig, in grauem Pullover und Rock vor sich. Ihr Haar war mit einem schwarzen Band hochgebunden, schien sich aber jeden Moment lösen und wild und lockig auf ihre Schulter fallen zu wollen. Sie hatte dunkelblaue, unruhige Augen und Sommersprossen auf der Nase. Die schwarze Plastiktüte, die sie bei sich trug, schlenkerte sie hin und her.
»Fräulein«, sagte der alte Trunkenbold, »könnten Sie mir einen Gefallen tun?«
Helen hielt sofort an, genau wie er es erwartet hatte. Aus jahrelanger Beobachtung hatte er gelernt, Passanten zu unterscheiden: Die einen gingen immer stur weiter, die anderen blieben stehen.
»Natürlich. Was kann ich für Sie tun?« fragte sie.
Fast hätte er einen Schritt zurück gemacht. Allzu bereitwillig und entgegenkommend war ihr Lächeln. Gewöhnlich murmelten die Leute irgendwas, von wegen sie hätten kein Kleingeld oder wären in Eile. Selbst wenn sie so aussahen, als ob sie einem Penner wie ihm helfen wollten, legten sie nie einen solchen Eifer an den Tag.
»Ich will kein Geld«, sagte er.
»Natürlich nicht«, entgegnete Helen, als ob das das letzte wäre, was man von einem erwartet, dessen Mantel mit einer Schnur zusammengehalten wird und der in der Hand eine leere Ingwerweinflasche schwenkt.

»Ich möchte nur gerne, daß Sie in das Geschäft da reingehen und mir eine neue Flasche besorgen. Die Schweine wollen mich nicht bedienen. Die sagen, ich darf ihr Geschäft nicht betreten. Also, wenn ich Ihnen jetzt zwei Pfund in die Hand drücke, könnten Sie doch da reingehen und das für mich erledigen.«
Der Plan schien ihm so brillant, daß seine kleinen wachsamen Augen zwischen der wilden Haarmähne und dem grauen Stoppelbart blitzten.
Helen biß sich auf die Lippe und sah ihn eindringlich an. Natürlich war er Ire, das waren sie alle, oder zumindest Schotten. Walisische Säufer blieben anscheinend lieber in ihren Tälern, und Engländer betranken sich nicht in einem solchen Ausmaß, wenigstens nicht in aller Öffentlichkeit. Es war schon merkwürdig.
»Ich glaube, Sie haben bereits genug.«
»Wie wollen Sie das wissen? Darum geht's doch überhaupt nicht. Das ist hier gar nicht die strittige Frage.«
Helen war beeindruckt, wie gewählt sich der Alte ausdrücken konnte. Diese Redewendungen: »die strittige Frage ...« Wie konnte einer, der solche Ausdrücke benutzte, sich so gehenlassen und in der Gosse landen?
Bei dem Gedanken fühlte sie sich gleich schuldig. In dem Stil hatte Großmutter O'Hagan immer geredet, und Helen hätte sofort Einspruch erhoben. Und jetzt, mit einundzwanzig, ertappte sie sich dabei, daß sie ähnlich gedacht hatte.
»Es ist nicht gut für Sie«, meinte Helen und fügte hinzu: »Ich habe gesagt, ich würde Ihnen einen Gefallen tun. Wenn ich Ihnen aber noch mehr Alkohol gebe, tue ich Ihnen ganz bestimmt keinen Gefallen damit.«
Solche Spitzfindigkeiten und Haarspaltereien liebte der Säufer. Er war bereit, sich mit ihr zu messen.
»Aber, gute Frau, es geht doch gar nicht darum, mir Alkohol zu *geben*«, triumphierte er. »Das hat nichts mit unserer Abmachung

zu tun. Sie sollen nur als mein Handelsagent in Sachen Wein fungieren.« Er strahlte über seinen Sieg.
»Nein, damit bringen Sie sich nur um.«
»Genausogut könnte ich woanders was besorgen. Mit meinen zwei Pfund krieg' ich überall was. Worum es jetzt geht, ist, daß Sie mir zuerst Ihr Wort geben und es dann nicht halten. Erst wollen Sie mir einen Gefallen tun, und dann machen Sie einen Rückzieher.«
Helen stürmte in den kleinen Lebensmittelladen.
»Eine Flasche Apfelwein«, bettelte sie mit blitzenden Augen.
»Welche Sorte?«
»Weiß ich nicht – irgendeinen. Den da!« Sie zeigte auf eine ausgefallene Flasche. Von draußen klopfte der Betrunkene ans Fenster, schüttelte den Kopf mit dem struppigen Haar und versuchte, auf eine andere Marke zu deuten.
»Die ist doch nicht etwa für diesen Säufer da draußen?« wollte der junge Verkäufer wissen.
»Nein, für mich«, erwiderte Helen schuldbewußt und offensichtlich nicht wahrheitsgemäß. Fieberhaft deutete der Betrunkene auf eine bestimmte Weinsorte.
»Hören Sie, geben Sie ihm nichts, Fräulein ... ich bitte Sie!«
»Verkaufen Sie mir jetzt diese Flasche Wein oder nicht?« Zeitweise hatte Helen etwas Autoritäres an sich.
»Zwei Pfund achtzig«, forderte der Verkäufer. Helen klatschte das Geld auf die Ladentheke, und genauso unfreundlich wurde die Flasche für sie in eine Plastiktüte gepackt.
»Und«, sagte Helen. »Habe ich jetzt getan, was Sie wollten oder nicht?«
»Nein! Das Zeug ist nichts als Rattenpisse, verpackt in ein nettes Jahrmarktsfläschchen. Das trink' ich nicht!«
»Na, dann eben nicht!« Helen stiegen Tränen in die Augen.
»Und außerdem geb ich mein gutes Geld nicht für so was da aus.«

»Dann betrachten Sie es als Geschenk.«
»Oh, Euer Hochwohlgeboren, das Fräulein hat also Kohle«, sagte er. Zu diesem Zeitpunkt hatte er bereits ein gutes Viertel von dem Wein in sich hineingekippt. Er hielt die Flasche fest, die immer noch in der Plastiktüte steckte.
Sein Blick war Helen nicht ganz geheuer. Der Mann steigerte sich in einen Gefühlsausbruch hinein, vielleicht konnte er sogar aggressiv werden. Verängstigt schaute sie ihn an und sah, wie eine riesige Menge des geschmähten Apfelweins in seiner Kehle verschwand.
»Urin von Nagetieren«, schrie er. »Diese Würmer in ihren Läden füllen ihn in Flaschen ab und verleihen ihm den hochtrabenden Namen ›Alkohol‹!«
Wieder trommelte er heftig gegen das Fenster. »Kommt raus, ihr Betrüger und Verbrecher! Kommt raus und rechtfertigt euch für diesen Dreck!«
Vor dem Geschäft waren fein säuberlich Gemüsekisten mit Äpfeln, Orangen, losen Kartoffeln und Körbchen mit Pilzen aufgebaut. Systematisch begann der Mann mit der halbleeren Weinflasche in der Hand, den Inhalt der Kisten auf die Straße zu kippen.
Die Angestellten kamen herausgerannt. Zwei hielten ihn fest, einer holte die Polizei.
»Vielen Dank«, sagte der junge Mann, der Helen bedient hatte. »Da haben Sie uns ja was Nettes eingebrockt!«
»Sie wollten ja, verdammt noch mal, nicht auf mich hören«, schrie der Mann, dem schon Schaum vor dem Mund stand.
»So eine wie die hört auf niemanden, Kumpel«, meinte der ebenfalls zornige Geschäftsinhaber und versuchte dabei, den Betrunkenen bewegungsunfähig zu machen.
Verlegen entfernte sich Helen von der Szenerie. Sie ging beinahe seitwärts, so als ob sie dem Chaos und den Unannehmlichkeiten, die sie angerichtet hatte, nicht den Rücken zukehren wollte.
Aber derlei Dinge passierten ihr so oft.

Helen fand, daß ständig, egal, wo sie auch war, etwas schiefging.
Sie wollte Schwester Brigid zu Hause im Konvent nichts von dem Zwischenfall erzählen, das würde nur zu Mißverständnissen führen. Die Schwestern würden sicher nicht verstehen, daß das alles sowieso passiert wäre. Hätte ihm niemand was zu trinken gekauft, wäre der Mann vielleicht noch aufgebrachter und aggressiver geworden. Er hätte sogar das Fenster einschlagen und jemanden verletzen können. Aber Helen wollte mit dieser Geschichte niemanden in Aufregung versetzen. Brigid würde sie mit Sicherheit traurig anschauen und sich fragen, wieso Helen auf Schritt und Tritt von Problemen verfolgt wurde.
Die dumme Geschichte könnte sogar den Tag noch länger hinauszögern, an dem Helen die Erlaubnis bekommen sollte, ins Kloster einzutreten und ein gleichberechtigtes Mitglied der Gemeinschaft zu werden, anstatt, wie jetzt, nur ein Anhängsel zu sein. Was mußte sie denn noch beweisen? Warum schob Schwester Brigid immer wieder den Zeitpunkt hinaus, an dem Helen richtig in die Gemeinschaft aufgenommen werden sollte? Sie arbeitete genauso hart wie jede andere. Jetzt lebte sie schon drei Jahre mit ihnen zusammen, und immer noch hatte sie das Gefühl, nur vorübergehend geduldet zu werden.
Selbst die unbedeutendsten und zufälligsten Ereignisse wurden Helen als Unsicherheit ausgelegt. Es war schrecklich unfair, und sie wollte der langen Fehlerliste nichts hinzufügen, indem sie auch noch von dem Durcheinander erzählte, vor dem sie gerade davonlief. Gewiß würden sie wieder ihr die Schuld für alles in die Schuhe schieben.
Statt dessen wollte sie lieber an die silberne Hochzeit ihrer Eltern denken und sich überlegen, wie sie etwas zu dem Fest beitragen konnte.
Na ja, daß sie kein Geld oder etwas Vergleichbares hatte, war ja

offensichtlich. In der Beziehung konnte man also nichts von ihr erwarten. Und zu dem Armutsgelübde, das sie auf sich genommen hatte – oder, besser gesagt, nehmen wollte – kam noch, daß sie augenblicklich etwas weltfremd war. Sie hatte das Fahrwasser des täglichen Lebens verlassen. Und obwohl sie wie die anderen Schwestern jeden Tag hinausging, um zu arbeiten, hatte sie doch nicht den rechten Blick für die materielle Seite des Lebens, auf die sich Mutter und Anna konzentrierten. Und genausowenig lag es ihr, Nachbarn und Freunde zusammenzutrommeln. Vielleicht könnte sie einen besonderen Gottesdienst oder eine Liturgie zu diesem Anlaß abhalten lassen ... Aber Helen bezweifelte, daß der alte Gemeindepriester aus der Kirche, die die Doyles immer besuchten, sich in der Liturgie der Erneuerung auskannte.

All das wollte sie lieber Anna überlassen, die für solche Dinge viel Zeit hatte. Anna reagierte oft empfindlich, wenn Helen sich anschickte, zu helfen. Es war manchmal besser, gar nichts zu tun und mit ruhiger Stimme nur »ja, Anna«, »nein, Anna«, »drei Taschen voll, Anna« zu sagen. Das hätte ihr auch Brigid geraten. Sie war eine große Befürworterin der leisen Töne. Genauer gesagt, war sie dafür, daß Helen solche anschlug. Helen kam das oft zu milde oder sogar geheuchelt vor, aber Brigid war der Ansicht, daß die Welt im allgemeinen genau das hören wollte. Und zu manchen Zeiten mußte Helen schweren Herzens zugeben, daß Brigid vielleicht recht hatte.

Mutter wollte natürlich immer, daß man Dinge untertrieb oder manches überspielte oder – was am häufigsten vorkam – gar nicht erst erwähnte. Das Schweigen war ihr noch lieber als die leisen Töne. Wahrscheinlich wäre es ihr am liebsten gewesen, wenn Helen taubstumm zur Welt gekommen wäre.

Mit diesen Gedanken war Helen im Schwesternwohnheim St. Martin's angekommen. Brigid nannte es nie »Kloster«, obwohl es tatsächlich eines war, sondern nur »St. Martin's« oder »Zuhause«. Aber sie kritisierte Helen auch nicht, wenn sie diesen förmlicheren und offiziielleren Ausdruck benutzte, um den roten Backsteinbau zu charakterisieren, in dem elf Frauen wohnten, die tagtäglich ihrer Arbeit als Sozialarbeiterinnen in verschiedenen Londoner Dienststellen nachgingen.

Nessa arbeitete mit jungen Müttern – die meisten waren noch nicht einmal sechzehn – und versuchte, ihnen etwas über Säuglingspflege und Kindererziehung beizubringen. Vor langer Zeit hatte sie selbst ein Kind gehabt und es alleine erzogen, aber mit drei Jahren war es gestorben. Helen wußte nicht mehr, ob es ein Junge oder ein Mädchen gewesen war. Die anderen Schwestern sprachen selten davon. Aber für Nessa gab es nichts Schöneres, als sich um Kinder zu kümmern. Brigid arbeitete für gewöhnlich in der Tagesstätte für Obdachlose, verpflegte sie und sorgte dafür, daß sie baden konnten und entlaust wurden. Schwester Maureens Arbeitsbereich war eine Rehabilitationsgruppe von Ex-Sträflingen. Die Zeiten, in denen Nonnen wie sie sich lediglich damit beschäftigten, die großen Tische im Empfangszimmer zu polieren, in der Hoffnung, daß mal ein Bischof zu Besuch käme, waren längst vorbei. Sie taten Gottes Werk in der Welt draußen, und dazu bot sich in Londons Straßen reichlich Gelegenheit.

Seitdem sie nach St. Martin's gekommen war, hatten sie Helen schon auf verschiedenen Gebieten eingesetzt. Gerne hätte sie gemeinsam mit Schwester Brigid in der Tagesstätte gearbeitet, am liebsten wäre es Helen sogar gewesen, wenn Brigid die Tagesstätte ihr ganz anvertraut und sich nur von Zeit zu Zeit erkundigt hätte, wie sie zurechtkäme. Helen glaubte, daß sie auf diese Weise etwas wirklich Nützliches und Besonderes hätte leisten können. Wenn man erst einmal sah, wie sie sich mit ruhiger Hand dieser Aufgabe und dem Wohlergehen so vieler Menschen widmen konnte, ließ es sich vielleicht eher beweisen, daß sie in der Lage war, ein vollwertiges Mitglied der Gemeinschaft zu werden.

Ihr war klar, daß Gehorsam zu den wichtigen Faktoren gehörte, aber das, so glaubte sie, würde ihr keine Schwierigkeiten bereiten, ebensowenig wie Armut und Keuschheit. Es lag nicht in ihrer Absicht, Gesetze zu brechen und neue Regeln aufzustellen, sie wollte sich jeder Vorschrift beugen. Sie brauchte kein Geld für Juwelen und Yachten, die bloße Vorstellung fand sie schon zum Lachen. Und Keuschheit? Ja, sie war sich sicher, daß sie damit leben wollte. Das einzige Mal, daß sie die Kehrseite dieser Medaille kennengelernt hatte, konnte sie in diesem speziellen Punkt nur bestärken.

Sie hatte in der Küche gearbeitet, ihre Aufgaben als Dienstmädchen erledigt, wenn sie an der Reihe war. Es war ihr ein Rätsel, warum Schwester Brigid es nicht wollte, daß sie diesen Ausdruck benutzte: »Dienstmädchen«, obwohl er heutzutage in einer respektablen, fast scherzhaften Weise verwendet wurde. Schulabgängerinnen sagten oft, sie wollten erst ein bißchen als Dienstmädchen jobben, bevor sie Skiurlaub machten, und meinten damit, daß sie bei jemandem den Haushalt führen wollten. Australier, die für ein Jahr nach England kamen, fanden oft Arbeit in Restaurants, Bars oder als »Dienstmädchen«. Es war kein abfälliges Wort.

Helen seufzte bei dem Gedanken an all die Abgründe, die sich in der Verständigung untereinander immer wieder auftaten. Sie schloß die Tür zum »St. Martin's« auf und ging hinein. Diesen Monat war Schwester Joan an der Reihe, den Haushalt zu führen, wie Brigid es genannt haben wollte. Als sie Helen hereinkommen hörte, rief Joan ihr aus der Küche zu: »Du kommst genau zur rechten Zeit, Helen. Ich nehme dir die Sachen gleich ab. Du hättest es nicht besser abpassen können.«

Helen zuckte zusammen, als ihr einfiel, wozu sie diese schwarze Plastiktüte mitgenommen hatte, die sie auf dem Heimweg leer neben sich herschwenkte. Sie hätte zum Markt gehen sollen, um bei den Händlern nach billigen Gemüseresten zu fragen. Sie hatte es zuvor schon einmal vergessen, deshalb wollte sie ja in diesen Gemischtwarenladen, wo sie statt dessen ihrem Landsmann geholfen hatte, seine Leber noch schneller zu ruinieren, als er es ohnehin schon tat. Man hatte ihr drei Pfund mitgegeben, um Gemüse zu besorgen, und sie kaufte damit Apfelwein für einen Alkoholiker!

»Setz dich, Helen, davon geht doch die Welt nicht unter«, beruhigte sie Joan, die zwar die Einzelheiten der Geschichte nicht kannte, aber sehr wohl ahnte, daß irgend etwas nicht stimmte und es wohl kein Gemüse für den Eintopf geben würde.

»Setz dich hin und hör auf zu weinen, Helen. Ich schrubbe nur noch ein paar von den Kartoffeln da, dann koche ich dir ein Täßchen Tee. Dann essen wir eben Pellkartoffeln mit etwas Käse, das schmeckt genauso gut.«

Nessa war müde. Es war ein ausgesprochen schlimmer Tag gewesen.

Eine achtzehnjährige Mutter hatte wimmernd in der Ecke gesessen, während ein Sozialarbeiter und eine Polizeibeamtin über ihr Schicksal berieten. Ihr Baby würde leben – dank Nessa – aber was war das für ein Leben?

Die Mutter war zwei Tage lang nicht im Zentrum aufgetaucht, und Nessa hatte begonnen, sich Sorgen zu machen. Die Tür zu ihrem Wohnblock flog ständig auf und zu, und als Nessa eintrat, fiel sie fast über den kleinen Simon, der den dreckigen Korridor entlangkrabbelte. Überall lagen Bierdosen und Flaschen herum, es roch nach Urin, alle paar Meter gab es etwas Gefährliches – kaputte Fahrräder, scharfkantige Kisten. Simon steuerte allen Ernstes auf die offene Tür zu. Eine Minute später wäre er auf der Straße gewesen, wo weder Auto- noch Motorradfahrer je ein krabbelndes Kind vermuteten. Er hätte tot sein können.

Nun war er also am Leben, sein von den stinkenden Windeln wund gewordener Po war verarztet. Damit er sich, mit all den Bakterien, denen er ausgesetzt war, nicht infizierte, hatte er eine Tetanusspritze bekommen, und sein blaues Auge war Gott sei Dank nicht schwer verletzt. Nessa war sich sicher, daß ihn seine Mutter nicht geschlagen hatte, sie war nur zu unbeholfen, um sich um ihn zu kümmern. Sobald er aus dem Krankenhaus kam, sollte er in Pflege gegeben werden. Ein ganzes Leben im Heim lag vor ihm.
Nessa war nicht in der richtigen Stimmung für Helens Tränen und Erklärungen. Sie schnitt ihr das Wort ab.
»Also du hast schon wieder das Gemüse vergessen? Laß gut sein, Helen. Wie wär's, wenn wir uns einfach ein bißchen Ruhe gönnen, das täte uns bestimmt einmal gut.«
Helen brachte nur noch heraus: »Ich habe bloß alles auf mich genommen, damit Schwester Joan keine Schuld bekommt.«
»Wer, um Himmels willen, sollte auf die Idee kommen, Schwester Joan oder irgendeiner anderen die Schuld zu geben? Laß den Quatsch, ja?«
Das war die schärfste Bemerkung, die je im St. Martin's gefallen war, wo sonst nur Frieden herrschte und Rücksicht genommen wurde.
Schwester Joan und Schwester Maureen sahen Nessa entsetzt nach, die bleich und müde nach oben ging.
Helen schaute alle drei an und brach wieder in Tränen aus.

Schwester Brigid schien es nie zu merken, wenn irgend etwas in der Luft lag. Das war sehr bezeichnend für sie. Helen empfand diese Tatsache manchmal als Schwäche, eines der wenigen Anzeichen von Gefühllosigkeit bei einer ansonsten so bemerkenswerten Persönlichkeit. Zu anderen Zeiten fragte sie sich wieder, ob diese Eigenschaft nicht tatsächlich ein Segen war und Brigid sie deshalb ganz bewußt pflegte.

Als sie sich alle gesenkten Hauptes hinsetzten und darauf warteten, daß Schwester Brigid mit einfachen Worten das Essen segnete, wurden weder Helens rote Augen noch ihr fleckiges Gesicht erwähnt. Niemand nahm zur Kenntnis, wie bleich und niedergeschlagen Nessa aussah, obwohl sich alle ein wenig um sie bemühten, ihr eifrig die Speisen reichten und sie öfter anlächelten als die anderen am Tisch. Zusammen mit Brigid, der Schwester Oberin – die diesen Titel nie benutzte –, waren es elf Frauen. Brigid hatte Helen einmal streng dafür getadelt, daß sie sie »Ehrwürdige Mutter« genannt hatte.
»Aber das bist du doch?« fragte Helen verblüfft.
»Hier sind wir Schwestern in einer Gemeinschaft. Dies ist unser Zuhause, keine Institution mit Rängen, Reglementierungen und Hackordnungen.«
Zuerst fiel es Helen schwer, das zu begreifen, aber jetzt, drei Jahre später, war sie überzeugt, daß Brigid ihre Stellung als Oberin zu Recht hatte. Sie biß sich auf die Lippe und beobachtete die zehn Frauen, die ihr schlichtes Mahl verzehrten und miteinander schwatzten. Dadurch, daß Helen das Gemüse vergessen hatte, war das Essen ja noch karger geworden.
Die Frauen unterhielten sich zwanglos über die Arbeit, die sie den Tag über verrichtet hatten. Es waren sachliche, lustige, optimistische Dinge, wie man hier besser helfen und da gegen Kürzungen vorgehen konnte.
Brigid wollte nicht, daß sie ihre Probleme mit an den Abendbrottisch oder überhaupt mit nach Hause brachten. Dadurch sollte verhindert werden, daß die Stimmung im St. Martin's durch die zahlreichen Sorgen und Ängste niedergedrückt wurde, die während der Arbeit mit der traurigeren Seite der Gesellschaft zwangsläufig entstanden. Die Schwestern würden nur deprimiert und weniger leistungsfähig sein, wenn sie auch abends noch über all das Elend und den Schmerz redeten, denen sie in ihren unterschiedlichen Wirkungskreisen begegneten. All

dem mußten sie auch einmal entkommen, sie mußten abschalten und sich zurückziehen können. Den Luxus, in Exerzitien zu gehen, den frühere Generationen von Nonnen noch hatten, konnten sie sich nicht erlauben, aber andererseits mußten sie auch nicht die gleichen Anforderungen erfüllen und nicht dieselbe Verantwortung übernehmen wie ausgebildete Sozialarbeiter, die verheiratet waren und Familie hatten. Im Leben der Schwestern gab es ja weder Kinder, die Zeit, Liebe und Zuwendung brauchten, noch gesellschaftliche Verpflichtungen oder eine intensive Zweierbeziehung. Brigid erklärte ihnen oft, daß solche kleinen Nonnengemeinschaften wie die ihre sich ideal eigneten, um den offensichtlich immer größer werdenden Nöten in den Straßen Londons zu begegnen. Das einzige, was sie zu fürchten hatten, war übertriebene Selbstkritik oder zu eifrige Besorgnis. Beides führte ihrer Meinung nach dazu, daß ihre Hilfe wichtigtuerisch und damit weniger effektiv würde.

Helen schaute in die Runde: Außer Nessa, die noch immer recht mitgenommen wirkte, sahen alle aus wie Frauen, die ein sorgenfreies Leben führten. Aus ihren Gesprächen hätte man nicht auf Anhieb erraten können, daß einige von ihnen den Tag auf Gerichtshöfen, in Polizeistationen, Wohlfahrtszentren, besetzten Häusern und heruntergekommenen Sozialwohnungen zugebracht hatten, oder wie Helen bei einer Kleiderausgabestelle.

Helen freute sich, daß die anderen lachen mußten, als sie ihnen von der Landstreicherin erzählte, die am Morgen bei ihr einen Mantel holen wollte. Helen war für die Aussortierung, Reinigung und Reparatur der Kleidung zuständig, die in das Büro gebracht wurde. Eine chemische Reinigungsfirma stellte ihnen nach Geschäftsschluß ihre großen Maschinen zur Verfügung, nachdem sie sich zuvor versichert hatte, daß zahlende Kunden nicht erfahren würden, daß dort auch ausgediente Kleidung für Landstreicher gereinigt wurde.

Die Frau war sehr aufdringlich gewesen. »Nichts in Grün! Das habe ich schon immer als sehr unvorteilhaften Farbton empfunden, Schwester. Nein, Rot ist mir doch etwas zu schrill. Zu meiner Zeit trugen nur ganz bestimmte Sorten von Frauen Rot. Ein nettes Rosa vielleicht, oder ein Hauch Lila ... Nein? Also, am sichersten fahre ich dann wohl mit einem Braunton. Es ist zwar vielleicht nicht so leicht und luftig für den Frühling, aber dennoch ...« Helen Doyle seufzte tief. Sie war eine gute Schauspielerin, sie imitierte die Frau so perfekt, daß die anderen sie so klar vor sich sehen konnten, als ob sie selber dabeigewesen wären.
»Du solltest zur Bühne gehen, Helen«, sagte Joan bewundernd.
»Kann ja sein, daß sie das eines Tages macht«, warf Maureen arglos ein.
Helens Gesicht verdunkelte sich. »Wie sollte ich, wenn ich doch hier sein werde? Warum könnt ihr alle nicht glauben, daß ich hierbleibe? Ich gehöre so weit zu euch, wie ihr mich laßt.« Ihre Lippen zitterten gefährlich.
Schwester Brigid lenkte ein: »Wie stand ihr denn der braune Mantel, Helen?« fragte sie bestimmt. Es war ganz offensichtlich eine Warnung.
Mit Mühe kehrte Helen wieder zu ihrer Geschichte zurück. Die Frau hatte auch noch ein Tuch von ihr haben wollen. »Etwas, das dazu paßt«, hatte sie gesagt, so als ob sie in der Accessoires-Abteilung eines Modehauses gewesen wäre.
»Schließlich habe ich einen gelben Hut mit brauner Feder für sie aufgetrieben, und die gelbe Brosche, die ich selber trug, gab ich ihr noch dazu. Ich sagte, das würde die ganze Farbzusammenstellung irgendwie abrunden. Die Frau war davon sehr angetan und nickte wie die Königin-Mutter persönlich. Dann nahm sie ihre vier Plastiktüten voller Krimskrams und ging Richtung Parkbänke davon.«
»Gut, Helen«, sagte Schwester Brigid anerkennend. »Wenn du

den Leuten das Gefühl vermittelst, sie seien in einem Modehaus mit reichlich Auswahl, dann machst du es genau richtig. Diese Frau hätte gewiß nie etwas angenommen, das sie für ein Almosen hielt. Gut gemacht!«
Auch die anderen lächelten, und Nessa strahlte sogar.
»Für diese alten Sonderlinge kann ich mir keine bessere vorstellen als Helen«, sagte sie, als ob sie ihren Gefühlsausbruch von vorhin wiedergutmachen wollte. »Du triffst doch immer wieder genau ihre Wellenlänge.«
»Wahrscheinlich ist es ja dieselbe wie meine«, sinnierte Helen. »Ihr wißt doch ›Um die Leute zu kennen, muß man selbst so sein wie sie‹, oder wie man so sagt.«
»Aus dir wird nie eine Stadtstreicherin, Helen«, meinte Brigid liebevoll. »Du würdest deine Plastiktüten verlieren.«
Das Gelächter um den Abendbrottisch von St. Martin's war warm und herzlich. Helen fühlte sich geborgen und richtig zu Hause.

Mitten in der Nacht glaubte Helen, Nessa zu hören, die die Treppen hinunterging. Es war ein altes hellhöriges Haus, in dem ständig etwas knarrte und quietschte. Wenn jemand durchs Haus ging oder hustete, bekam es jeder mit – wie in einer Familie.
Helen war drauf und dran, aufzustehen und mit in die Küche hinunterzugehen, eine Tasse Kakao zu trinken und ein bißchen zu plaudern. Aber sie zögerte. Brigid meinte oft, es sei das letzte, was Leute brauchten, die sowieso schon aus dem Gleichgewicht sind, wenn man ihnen auch noch mit Tee und übertriebenem Mitgefühl auf die Nerven fällt. Helen war anderer Meinung. Genau das hatte sie sich immer gewünscht. Zu Hause hatte es das nie gegeben. Vater war immer zu müde gewesen, Mutter hatte zu viele Befürchtungen, Anna zuviel zu tun, und Brendan zog sich lieber zurück. Deshalb hatte sie ja diese neue Familie

gefunden. Hier war für Mitgefühl immer Zeit. Darum ging es ja bei ihrer Arbeit: ums Zuhören.
Sicher hätte sie jetzt zu Nessa hinuntergehen sollen, um ihr ein wenig zuzuhören und vielleicht von dem Betrunkenen heute zu erzählen, und wie sehr die ganze Geschichte sie mitgenommen hatte. Vielleicht aber auch nicht. Während sie noch hin und her überlegte, hörte sie, wie Schwester Brigid leise die Treppe hinunterging.
Helen schlich zum Treppengeländer, um besser hören zu können, was da unten gesprochen wurde.
Seltsamerweise ging es lediglich um den Garten und das, was angepflanzt werden sollte. Sträucher wären gut fürs Auge, wenn man sich dort ein wenig ausruht, wie Brigid meinte.
»Wann ruhst du dich jemals aus?« Aus Nessas Tonfall sprachen gleichermaßen Tadel und Bewunderung.
»Ich ruhe mich oft aus. Für mich ist das wie das Aufladen von Radiobatterien, es gibt mir neue Energie, jedem von uns.«
»Du scheinst niemals müde zu werden, Brigid.«
»Oh doch, das bin ich durchaus. Ich werde ja auch älter. Bald bin ich vierzig.«
Nessa lachte laut. »Mach dich nicht lächerlich – du bist erst vierunddreißig!«
»Na ja, Vierzig ist der nächste Meilenstein. Das macht mir nichts aus. Ich habe halt nur nicht mehr soviel Energie wie früher. Wer soll das mit dem Garten übernehmen, Nessa? Ich habe zu viele Wehwehchen und Schmerzen. Und dich können wir bei den Kindern nicht entbehren.«
»Nach dem heutigen Tag habe ich das Gefühl, daß ich nur allzu leicht entbehrt werden kann. Ich habe überhaupt kein Urteilsvermögen ...«
»Pst, pst ... Wen sollen wir fragen? Es ist nämlich keine leichte Arbeit, dieses Fleckchen da in etwas zu verwandeln, was Ruhe und Frieden ausstrahlt.«

»Helen etwa?« Nessa klang zweifelnd.
Helen oben am Geländer fühlte, wie ihr die Röte ins Gesicht stieg.
»Oh, sie würde es bestimmt tun, und sie hätte sehr viele Einfälle...« Auch Schwester Brigid schien zu zögern. »Es ist nur...«
Nessa fiel ihr sofort ins Wort. »Es ist nur so, daß sie nach der halben Arbeit die Lust daran verlieren würde, und all die Pflanzen, die wir dann bereits gekauft haben, gehen ein. Das meinst du doch, oder?«
Helen spürte die Wut in sich hochsteigen.
»Nein, ich will nur nicht, daß sie denkt, sie bekäme eine Arbeit zugeschoben, die nicht wirklich etwas mit... unserer Arbeit zu tun hat. Verstehst du?«
»Aber das hat alles mit unserer Arbeit zu tun, oder etwa nicht?« Nessa klang überrascht.
»Ja, du weißt das, das ist mir schon klar, aber Helen versteht es nicht. Na ja, wir werden sehen... Komm, Nessa, wenn wir Alten dieser Gemeinschaft noch irgend etwas nutzen wollen, sollten wir uns wohl heute nacht noch ein paar Stunden Schlaf gönnen.« Schwester Brigid lachte. Sie hatte so ein angenehmes, warmes Lachen, das einem das Gefühl von Zugehörigkeit und Geborgenheit vermittelte.
»Danke, Brigid.«
»Ich habe nichts getan und nichts gesagt.«
»Es ist die Art, wie du etwas tust und sagst.« Offensichtlich ging es Nessa jetzt besser.
Helen schlüpfte in ihr Zimmer zurück und stand lange Zeit mit dem Rücken zur Tür da.
Sie glaubten also, sie könne nichts zu Ende bringen. Sie würde es ihnen zeigen, bei Gott, das würde sie!
Sie würde diesen Garten mit ihren eigenen Händen umgraben, etwas Magisches würde sie daraus machen. Alle könnten sie dort sitzen und nachdenken und die Ruhe genießen. Und sie würden herausfinden, daß Schwester Helen mehr als alle anderen wußte,

daß jede Arbeit, die für die Gemeinschaft getan wurde, genauso wichtig war wie alles andere. Dann wären sie gezwungen, damit einverstanden zu sein, daß Helen ihre Gelübde ablegte. Sie wäre endlich ein vollständiger Teil ihrer Welt. Und in Sicherheit – vor all dem anderen da draußen ...

Wie bei allem, was Helen in die Hand nahm, erlebte sie auch bei der Gestaltung des Gartens Höhen und Tiefen. Sie fand drei junge Burschen, die sehr darauf erpicht waren, die Schwestern bei der großen Aufgabe zu unterstützen, eine Oase der Ruhe zu schaffen. Sie erklärten sich mit Freude bereit, ein bißchen bei der schweren Arbeit zu helfen. Sie brachten Spaten und Schaufeln mit, aber Schwester Joan berichtete, daß sie unvorstellbare Mengen Tee konsumierten und nicht irgendeine Sorte Butter oder Margarine, sondern einen ganz bestimmten Brotaufstrich forderten. Mittags fragten sie dann, ob es nicht irgendwas zu essen gäbe. Nervös antwortete Schwester Joan, daß die Nonnen ihre Mahlzeiten alle abends einnahmen, aber weil sie fürchtete, daß die freiwilligen Helfer sonst alles stehen und liegen lassen würden, rannte sie hinaus, um Proviant zu kaufen.
Nach drei Tagen bedankte sich Schwester Brigid bei ihnen und machte ihnen verständlich, daß man ihre Freundlichkeit nicht weiter ausnutzen wollte.
Die Jungs hatten allerdings bereits angefangen, das gute Essen und die überwältigende Großzügigkeit der Nonnen zu genießen, und wollten gar nicht mehr so recht gehen.
Sie verließen den Ort in einem wahrscheinlich noch schlimmeren Zustand, als sie ihn vorgefunden hatten. Zwar war die Erde umgegraben, aber ein Plan oder eine mögliche Einteilung des Ganzen war nicht ersichtlich.
Dennoch arbeitete Helen unermüdlich weiter. Sie grub um, bis sie Blasen an den Händen hatte, und ihre knapp bemessene Freizeit verbrachte sie in Bibliotheken, wo sie in den Garten-

büchern vor allem die Kapitel studierte, die sich mit den »ersten Versuchen« beschäftigten.
Sie lernte den Unterschied zwischen den verschiedenen Bodenarten kennen.
Jeden Abend erzählte sie den Schwestern erstaunliche Dinge über geschlechtliche Beziehungen in der Pflanzenwelt.
»In der Schule haben sie nie etwas davon erwähnt«, entrüstete sie sich. »Solche Dinge muß man doch, um Himmels willen, wissen, daß alles, selbst im Garten, weiblich und männlich ist und sich wie verrückt fortpflanzen will.«
»Wir wollen doch hoffen, daß sich tatsächlich alles gut fortpflanzen wird, so hart, wie du arbeitest«, meinte Brigid. »Du bist wirklich großartig, Helen. Ich weiß nicht, wo du die Energie hernimmst.«
Helen errötete vor Freude. Und als dann später das Problem der Beetbepflanzung auf sie zukam, konnte sie sich noch immer an diese Lobesworte erinnern. Eine nette Frau, die von sich behauptete, die Schwestern wirklich zu bewundern, obwohl sie selbst nicht römisch-katholisch war und mit dem Papst in absolut gar nichts übereinstimmte, machte ihnen einige hübsche Pflanzen zum Geschenk. Nachdem Helen sie gepflanzt hatte, erklärte sie den anderen, noch ganz rot im Gesicht vor Erschöpfung, daß sie unheimliches Glück gehabt hätten. Das alles im Gartencenter zu kaufen hätte ein Vermögen gekostet, keiner könne sich vorstellen, wie teuer solche Pflanzen waren.
Sie hatte kaum ausgeredet, als die Neuigkeit eintraf, daß alle Pflanzen aus einem Park und dem Garten eines nahe gelegenen Hotels ausgegraben worden waren. Das hatte ein schier endloses Nachspiel. Die Erklärungen, die beide Seiten abgaben, schienen höchst unbefriedigend. Helen meinte, ihre Quelle in Schutz nehmen zu müssen, und war nicht bereit, den Namen des »Wohltäters« preiszugeben. Aber mittendrin verplapperte sie

sich, indem sie anmerkte, daß Mrs. Harris die Pflanzen unmöglich vorsätzlich gestohlen haben konnte. Das genügte den zwei Polizeibeamtinnen, um festzustellen, von wem die Rede war. Mrs. Harris kam nicht zum ersten Mal mit dem Gesetz in Konflikt. Bei der Polizei war sie als »moderner Robin Hood« bekannt; sie stahl Kleider von irgendeiner Wäscheleine, bügelte sie und verschenkte sie an andere Leute.
Die Nonnen bemerkten seufzend, daß nur Helen imstande war, auf eine wie Mrs. Harris hereinzufallen.
Brigid war sogar der Ansicht, daß nur Helen es fertigbrachte, sie alle mit hineinzuziehen, aber sie schwieg.
Helen stellte fest, daß die Gartenarbeit allein sie nicht ausfüllte. Selbst nachdem sie die Gemeinschaft davon überzeugen konnte, daß sie nicht vorhatte, weiterhin die Hilfe von maßlosen Essern und notorischen Pflanzendieben in Anspruch zu nehmen, hatte sie das Gefühl, sie könnte mehr Aufgaben übernehmen als die einer Gärtnerin. Sie war entschlossen, ihre Rolle so gut wie möglich zu spielen, und erklärte sich bereit, die Hälfte der Hausarbeit mit zu übernehmen, damit Schwester Joan oder Schwester Maureen den halben Tag für etwas anderes frei hatten.
Es funktionierte – einigermaßen, jedenfalls.
Die Schwestern gewöhnten sich daran, daß Helen mal den Tisch nicht abgewischt hatte oder mal ihre Wäsche im Regen hängen ließ. Sie wußten auch, daß es ihr nie auffiel, wenn Seife oder Cornflakes ausgingen. Helen schaffte es auch nicht, die Spültücher richtig auszuwringen und zum Trocknen aufzuhängen. Aber immerhin, sie war da, eifrig und hilfsbereit.
Und sie ging auch ans Telefon und stellte die Leute mehr oder weniger zufrieden, die vorbeikamen und Anfragen hatten.
Deshalb war sie auch gerade zur Stelle, als Renata Quigley kam, um die diensthabende Schwester zu sprechen.
Renata – groß, dunkelhaarig, Mitte Dreißig und seit fünfzehn Jahren mit Frank Quigley verheiratet.

Was, um Himmels willen, konnte sie wollen, und wie war es möglich, daß sie Helen in St. Martin's aufgespürt hatte? Helen fühlte, wie ihr Herz raste, sie konnte es fast klopfen hören. Gleichzeitig hatte sie in der Magengrube ein Gefühl, als ob eiskaltes Wasser hindurchliefe.
Seit der Hochzeit hatte sie Renata nicht mehr getroffen, aber natürlich hatte sie in Illustrierten und in den Wirtschaftszeitungen, die Vater mit nach Hause brachte, Fotos von ihr gesehen. Mrs. Frank Quigley, die frühere Miss Renata Palazzo, wie sie einen Witz zum besten gibt oder sich beim Rennen amüsiert, wie sie dem »Lehrling des Jahres« einen Preis verleiht oder sich zwischen den Großen und Mächtigen auf einer Wohltätigkeitsveranstaltung sehen läßt.
Sie war noch viel schöner, als Helen geglaubt hatte. Mutter hätte Renatas Haut als »blaß« bezeichnet, aber sie schimmerte olivfarben und wunderschön in Verbindung mit den großen dunklen Augen und dem glänzenden dunklen Haar mit dem teuren Schnitt. Ihr Schal war sehr kunstvoll mit Hilfe einer Brosche zusammengehalten und so geschickt drapiert, als sei er ein Bestandteil der übrigen Kleidung, die in Grün und Gold gehalten war. Dazu trug sie eine Lederhandtasche mit grünen und goldenen Quadraten.
Sie sah besorgt aus, und ihre langen dünnen Hände mit den dunkelrot lackierten Fingernägeln hielten die kleine Patchwork-Tasche fest umschlungen.
»Kann ich bitte mit der leitenden Schwester sprechen?« fragte sie Helen.
Helen schaute sie mit offenem Mund an. Renata Quigley erkannte sie nicht. Plötzlich kam ihr ein alter Film in Erinnerung, in dem eine hübsche Schauspielerin direkt in die Kamera schaute und bemerkte: »Niemand schaut einer Nonne ins Gesicht.« Das war eine von diesen Aussagen, die Schwester Brigid zur Weißglut getrieben hätten. Helen hatte es nie vergessen. Bis

zu diesem Augenblick war ihr jedoch noch nie bewußt geworden, wieviel Wahrheit darin lag. Da stand Renata Quigley auf der Türschwelle und sah Helen direkt ins Gesicht, ohne in ihr die Tochter von Deirdre und Desmond Doyle zu erkennen, den Freunden ihres Mannes.
Helen, die damals der Auslöser für so viele Schwierigkeiten gewesen war.
Aber vielleicht hatte sie es ja nie erfahren. Mit einem erneuten Schock kam es Helen in den Sinn, daß Renata damals vielleicht gar nichts davon gewußt hatte.
Während ihr all das durch den Kopf ging, stand Helen in der Tür, ein Mädchen in grauem Pullover und Rock, um den Hals hing ein Kreuz, und ihre Haare waren mit einem schwarzen Band zurückgebunden. Vielleicht war sogar ihr Gesicht schmutzig, denn als sie die Türglocke gehört hatte, war sie gerade bei der Gartenarbeit gewesen.
Vielleicht sah sie noch nicht einmal wie eine Nonne aus.
Es war offensichtlich, daß Renata sie nicht mit dem Kind in Verbindung brachte, das sie aus dem Rosemary Drive in Pinner gekannt hatte, als sie jetzt um eine Unterredung bat.
»Es tut mir leid – außer mir ist niemand da«, sagte Helen, als sie sich wieder einigermaßen gefangen hatte.
»Gehören Sie zur Gemeinschaft?« Renata schien zu zweifeln.
»Ja – na ja. Ich gehöre hier in St. Martin's zum Haus, ich bin eine der Schwestern.« Das war zwar nur die halbe Wahrheit, aber Helen war entschlossen, Renata Quigley nicht gehen zu lassen, bevor sie wußte, warum sie überhaupt gekommen war.
»Die Angelegenheit ist ein bißchen kompliziert, Schwester«, meinte Renata nervös.
Helen lächelte von einem Ohr zum anderen.
»Also, kommen Sie nur herein, setzen Sie sich und erzählen Sie mir, um was es geht. Dazu sind wir schließlich da«, sagte sie.

Sie trat zurück und hielt die Tür auf, um die Frau von Frank Quigley ins St. Martin's hereinzulassen, in Helens Zuhause.
Dieses Gesicht – dieses dunkle, schmale Gesicht mit den hohen Backenknochen –, Helen Doyle kannte es so gut. Sie konnte sich noch genau an Mutters Worte erinnern, als sie mit einiger Genugtuung bemerkte, daß auch dieses Gesicht irgendwann zu dick würde; alle Italienerinnen in mittleren Jahren endeten mit einem Doppelkinn, auch wenn sie früher einmal schlanke Mädchen gewesen waren mit schmalen, vollkommenen Gesichtsformen. Das hat etwas mit ihrer Ernährung zu tun, mit dem ganzen Lebensstil und den erstaunlichen Mengen Olivenöl, die sie verputzen konnten.
Als Helen noch ein Kind war, hatte sie sich über das Genörgel ihrer Mutter geärgert. Was kümmerte es sie? Warum versuchte Mutter immer fieberhaft, bei allen Menschen Schwachpunkte und Fehler zu finden?
Aber später, später schaute sich Helen die Fotografien von diesem Gesicht an und wünschte, ihres wäre genauso, ihre Haut wäre so zart und schimmerte so golden und sie hätte solche Grübchen anstatt Sommersprossen und Pausbacken. Sie hätte alles dafür gegeben, so dichtes dunkles Haar zu haben, wie sie es von den Fotos kannte, und um solche großen Ohrringe am Ohr tragen zu können. Doch Helen hätte damit eher wie eine Zigeunerin ausgesehen, die von einem Lager wegläuft, Renata Palazzo dagegen gaben sie das Flair einer exotischen Prinzessin aus einem fernen Land.
»Ich bin hier, weil ich von einer gewissen Schwester Brigid gehört habe ... ich dachte, die könnte vielleicht ...« Renata zögerte.
»Betrachten Sie mich einfach als Schwester Brigids Vertreterin«, schlug Helen vor. Das entsprach in gewisser Hinsicht der Wahrheit. Sie war ja für das Haus verantwortlich, wenn die anderen nicht da waren. Das konnte man auch als Vertretung ansehen.
»Ich will gerne für Sie tun, was ich kann.«

Helen unterdrückte alle anderen Gedanken, die sich ihr aufdrängten. Sie schloß einfach die Tür vor der Vorstellung von Renatas silbergerahmtem Porträt auf einem kleinen Tisch mit langem, weißen, bis auf den Boden reichenden Tischtuch, und von Frank Quigley, dem Freund ihres Vaters, dem Tränen in den Augen standen. Sie wollte nur an das Jetzt denken. Eine Frau war hilfesuchend ins St. Martin's gekommen, und Schwester Brigid war gerade nicht da. Helen hatte die Verantwortung.
»Es ist nur ... Sie sind noch sehr jung ...« Renata war im Zweifel.
Helen beruhigte sie. Sie hatte ihre Hand am Wasserkessel und hielt einen Moment lang inne, um Renata anzuschauen.
»Nein, nein. Ich habe viel mehr Erfahrung, als Sie annehmen.«
Sie fühlte sich ein bißchen wirr im Kopf. Konnte sie tatsächlich vor Renata Quigley, der Frau von Frank Quigley, diese Worte aussprechen?
Es war im Rosemary Drive damals fast nicht auszuhalten gewesen, als Vater seinen Job verloren hatte. Helen mußte daran zurückdenken, und alles zog noch einmal wie ein Film an ihr vorüber. Es erinnerte sie daran, wie sie einmal fürs St. Martin's einen Videorecorder besorgt hatte, nachdem ihr die Firma versicherte, sie dürften ihn einen Monat lang umsonst benutzen und es seien keinerlei Verpflichtungen damit verbunden. Wie immer hatte auch das wieder riesige Schwierigkeiten nach sich gezogen.
Aber nichts hatte Helen so beunruhigt wie die Zeit, als Vater Palazzo verließ. Allabendlich wurde Kriegsrat abgehalten, und Mutter hatte sie eindringlich gewarnt, ja niemandem etwas davon zu erzählen.
»Aber warum«, wollte Helen flehentlich wissen. Sie konnte es nicht ertragen, daß ihre Geschwister die Situation einfach hinnahmen. »Warum muß es geheim bleiben? Es ist doch nicht Va-

ters Schuld, daß ein anderer jetzt seine Stelle eingenommen hat. Er kann jederzeit wieder eine Arbeit finden – irgendeine.«
Helen konnte sich noch daran erinnern, wie ihre Mutter sie angefaucht hatte:
»Dein Vater will nicht ›irgendeine Arbeit‹, sondern zu Palazzo zurück. Und das ist auch bald wieder soweit, also wird bis dahin nicht darüber gesprochen, hörst du, Helen? Außerhalb dieses Hauses verliert ihr kein Wort darüber. Alle sollen denken, euer Vater ginge wie üblich zu Palazzo arbeiten.«
»Aber wie soll er dann Geld verdienen?« hatte Helen wissen wollen.
Das war eine vernünftige Frage. Bis heute hatte sie nicht bereut, sie gestellt zu haben, im Gegensatz zu anderen Dingen, die sie gesagt, gefragt oder geäußert hatte.
Anna hatte nichts gesagt, »um ihnen das Leben nicht unnötig schwerzumachen«, wie sie meinte.
Und Brendan sagte nichts, weil es eben so seine Art war, nichts zu sagen.
Aber Helen konnte sich nicht zurückhalten.
Sie war ein sechzehnjähriges, erwachsenes Mädchen im letzten Schuljahr. Sie wollte nicht wie Anna auf der Schule bleiben und das Abitur machen – obwohl sie sich in vieler Hinsicht doppelt so intelligent vorkam wie ihre Schwester –, sondern die Welt kennenlernen, mal hier, mal dort hineinschnuppern und sehen, wie es ist, wenn man ins Berufsleben einsteigt.
Helen sprühte vor Lebensfreude. Manch einer hielt sie für viel jünger als sechzehn, ein großes Schulkind. Andere allerdings schätzten sie auch um einiges älter, eine quirlige Studentin, die auf die Zwanzig zugeht.
Frank Quigley hatte keine Ahnung, wie alt sie war, als sie ihn an jenem Nachmittag in seinem Büro aufsuchte.
Miss Clarke, ein Drachen von einer Frau, hatte wie gewöhnlich aufgepaßt, daß keiner unangemeldet bei ihm eindrang. Helen

fragte sich, ob sie wohl immer noch dort arbeitete. Bestimmt hatte sie inzwischen die Hoffnung aufgegeben, Mr. Quigley könnte ihr eines Tages in die Augen schauen und feststellen, wie schön sie war, wenn sie keine Brille trug.
Helen hatte die Jacke ihrer Schuluniform unten beim Pförtner gelassen und die obersten Knöpfe der Bluse geöffnet, um erwachsener auszusehen. So hatte sie eher Aussichten, daß der »Drache« sie hineinließ. Kaum jemand konnte Helen lange Widerstand leisten, wenn sie so richtig in Fahrt war. Während sie sich eine Erklärung nach der anderen einfallen ließ, bewegte sie sich langsam auf sein Büro zu, und ehe der »Drache« sich versah, war Helen auch schon drinnen.
Sie glühte vor Aufregung.
Überrascht hatte Frank Quigley aufgeschaut.
»Sieh mal an, Helen Doyle! Ich bin sicher, das hier ist nicht gerade der Ort, wo man dich normalerweise vermuten würde.«
»Ich weiß.« Sie lachte ungezwungen.
»Anstatt bei irgendwelchen Leuten ins Büro zu platzen, solltest du lieber in die Schule gehen.«
»Ich tue einiges, was ich eigentlich nicht sollte.«
Sie hatte sich mit hochgezogenen Schultern auf die Kante seines Schreibtisches gesetzt und ließ die Beine schwingen. Er beobachtete sie interessiert. Helen wußte, daß es richtig gewesen war, hierher zu kommen. Das Schweigen im Rosemary Drive war nicht der richtige Weg, mit der Sache fertig zu werden. Man mußte sich den Problemen stellen.
»Was kann ich für dich tun?« Er war galant, wenngleich er sich dabei über sie lustig machte. Eigentlich sah er gar nicht schlecht aus, mit seinen dunklen Locken. Natürlich war er alt – genauso alt wie ihr Vater, aber irgendwie anders.
»Ich schlage vor, du lädst mich zum Essen ein«, entgegnete Helen. Etwas in der Art sagten die Leute im Film und in Fernsehspielen immer. Wenn es bei denen klappte, würde es bei

ihr vielleicht auch funktionieren. Sie fühlte sich aber gar nicht so kühn und zuversichtlich, wie ihr Lächeln vermuten ließ.
»Zum Essen?« – er lachte kurz und bellend. »O Gott, Helen, ich weiß ja nicht, was du dir von unserem Lebensstil hier für Vorstellungen machst ...« Er hielt inne, als er ihr enttäuschtes Gesicht sah.
»Ach, zum Teufel! Ich war schon seit Jahren nicht mehr zum Mittagessen aus.«
»Und ich noch nie«, sagte Helen nur.
Das saß!
Sie gingen in ein italienisches Restaurant. Es war beinahe stockfinster, und auf den Tischen standen Kerzen.
Immer wenn Helen die Sprache auf ihren Vater bringen wollte, wich Frank aus. Aus Fernsehserien wußte sie, daß das Gespräch bei wichtigen Geschäftsunterredungen immer dann auf den Punkt kam, wenn man beim Kaffee angelangt war.
Es gab keinen Kaffee, sondern Sambucca, einen nach Lakritz schmeckenden Likör mit einer Kaffeebohne darin. Der Ober zündete ihn an. So etwas Phantastisches hatte Helen noch nie gesehen.
»Das ist ja wie ein Geburtstagskuchen für Erwachsene«, sagte sie entzückt.
»Du bist ziemlich erwachsen für eine Siebzehnjährige«, meinte Frank. »Oder bist du schon älter?«
Jetzt war sie im Vorteil. Wenn er sie für älter als sechzehn hielt, würde er ihr besser zuhören und sie ernster nehmen.
»Fast achtzehn«, log sie.
»Für ein Schulmädchen hast du wohl schon einiges erlebt«, meinte er.
»Ich kenne mich ganz gut aus«, entgegnete Helen.
Wenn er sie für erfahrener hielt, als sie war, würde er ihr nur um so besser zuhören, wenn die Gelegenheit kam, ihr Anliegen zur Sprache zu bringen.

Aber es kam nicht soweit.
Frank zeigte Zuneigung und Bewunderung für sie, er hatte ihr sogar die Wange getätschelt und ihr Gesicht im Kerzenlicht betrachtet, um nachzusehen, ob nicht etwa Rotweinspuren um den Mund zu sehen waren, die sie später in der Schule verraten konnten.
»Ich gehe nicht zurück zur Schule«, sagte Helen nachdrücklich. Sie sah Frank Quigley direkt in die Augen. »Das weißt du genauso gut wie ich.«
»Zweifellos hatte ich es gehofft«, sagte er, und seine Stimme klang dabei etwas heiser. Irgend etwas an der Art, wie er ihre Wange streichelte und mit ihrem Haar spielte, machte es ihr schwer, den Job ihres Vaters zur Sprache zu bringen. Sie fand es irgendwie unpassend, davon anzufangen, wo er doch ihr gegenüber so aufmerksam war. Es fiel ihr ein Stein vom Herzen, als er vorschlug, wieder zu ihm zu gehen, um sich eingehender unterhalten zu können.
»Du meinst, ins Büro?« Helen war unsicher. Der »Drache« würde sie nur ständig unterbrechen.
»Ich rede nicht vom Büro«, sagte er sehr eindringlich und sah sie dabei an. »Das weißt du genauso gut wie ich!«
»Zweifellos hatte ich es gehofft«, wiederholte sie seine Worte.
Sein Appartement lag in einem sehr noblen Wohnblock. Mutter hatte sich oft darüber ausgelassen, daß sie es nicht verstehen konnte, warum Frank Quigley sich nicht ein standesgemäßes Eigenheim kaufte, wo er doch nun ein verheirateter Mann war. Aber bestimmt hoffte er darauf, einmal dieses große weiße Haus mit den schmiedeeisernen Toren und dem riesigen gepflegten Garten zu übernehmen – den Wohnsitz der Palazzos.
Aber Mutter konnte ja nicht wissen, wie phantastisch diese Wohnung war. »Wohnung« war ganz sicher nicht der richtige Ausdruck. Das Ganze erstreckte sich über zwei Etagen. Über eine wunderschöne Treppe gelangte man nach oben. Der Bal-

kon, der mit einem Tisch und Stühlen bestückt war, verlief in voller Länge an Wohn- und Schlafzimmer, den beiden Räumen des oberen Stockwerks, vorbei.
Sie traten durch die Wohnzimmertür hinaus, um die Aussicht vom Balkon zu genießen. Und als sie die Wohnung durch die Schlafzimmertür wieder betraten, überkam Helen plötzlich eine Erkenntnis, die ihr das Herz fast stocken ließ.
Automatisch fuhr ihre Hand zur Kehle, ein unwillkürlicher Ausdruck ihrer Angst. »Aber deine Frau...«, sagte sie.
Viel später, als sie alles noch einmal durch ihre Gedanken ziehen ließ, fiel ihr so manches ein, was sie hätte sagen können, oder wohl auch besser gesagt hätte. Wie war es nur möglich gewesen, daß das einzige, was sie damals herausbrachte, ausgerechnet diese Worte waren, die so leicht mißverstanden werden konnten und den Eindruck erweckten, sie wäre willig oder sogar begeistert und fürchte lediglich, entdeckt zu werden.
»Renata ist nicht hier, Helen«, hatte Frank sanft geantwortet. »Das weißt du ebenso gut wie ich, genauso wie uns beiden klar war, daß du nicht mehr in die Schule zurückgehen würdest.«

Helen hatte gehört, daß es nicht gesund sei, etwas aus dem Gedächtnis zu verdrängen und so zu tun, als wäre es niemals geschehen. Aber das war ihr völlig egal – sie hatte trotzdem lange Zeit versucht, jenen Nachmittag zu vergessen. Diesen Augenblick, als ihr klar wurde, daß es kein Zurück mehr gab – den wilden, verärgerten Blick, als sie zunächst vor ihm zurückscheute. Sein Drängen, der nackte Schmerz, der Stich und die Angst, Frank könnte so sehr die Kontrolle über sich verlieren, daß er ihr buchstäblich etwas antun und sie umbringen würde. Und dann die Art, wie er sich zur Seite rollen ließ und stöhnte – nicht so wie zuerst, sondern jetzt vor Scham und Zorn.
»Du hast mir weisgemacht, du hättest schon einiges erlebt«,

sagte er. Er saß auf der Bettkante und hielt den Kopf in die Hände gestützt. Bleich, nackt und lächerlich sah er dabei aus.
Helen hatte in der anderen Betthälfte gelegen, neben ihr eine Fotografie von Renata im silbernen Rahmen. Ihr schmales Gesicht mit dem olivfarbenen Teint, das sie ruhig und mißbilligend anzublicken schien. Als ob sie immer gewußt hätte, daß das eines Tages passieren würde.
Helen lag da und betrachtete das Bild der Mutter Gottes. Es war ein bekanntes Motiv, die »Heilige Mutter, Beschützerin unserer Wege«. Sie hatte all das nicht über sich ergehen lassen müssen, um Unseren Herrn zu bekommen. Bei ihr war es durch ein Wunder geschehen. Helen betrachtete das Bild, weil sie vermeiden wollte, Frank Quigley, den Freund ihres Vaters, anzuschauen, wie er in seine Hände weinte. Und außerdem brauchte sie so die weißen, blutverschmierten Bettlaken nicht zu sehen und sich zu fragen, wie schwer er sie wohl verletzt hatte und ob sie nicht besser einen Arzt aufsuchen sollte oder ob sie jetzt vielleicht schwanger war.
Sie wußte nicht, wieviel Zeit verstrichen war, bevor sie sich aufraffte, ins Badezimmer zu gehen, um sich zu waschen. Es sah nicht nach einer sehr schweren Verletzung aus. Die Blutung hatte aufgehört.
Vorsichtig zog sie sich an und puderte sich mit Renatas Körperpuder, der nicht etwa wie normalerweise in einer Dose aufbewahrt war, sondern in einer großen Glasflasche mit weicher rosa Puderquaste.
Als sie zurückkam, war Frank bereits angezogen. Er war ganz bleich.
»Das Bett...«, fing sie an.
»Vergiß das verdammte Bett...«
»Soll ich...?«
»Du hast schon genug angerichtet«, fauchte er.
Helen stiegen die Tränen in die Augen. »Ich hab genug ange-

richtet? Was habe ich denn getan? Ich wollte nur über meinen Vater und seine Entlassung reden. Du warst es doch, der das alles gemacht hat ...!« Sie fuchtelte mit der Hand in Richtung Bett.

Er schaute zerknirscht. »Dein Vater – du hast das alles nur gemacht, damit Desmond seinen miesen kleinen Job zurückbekommt? Gott im Himmel, du machst dich zur Hure, um deinem Vater einen wertlosen, unbedeutenden Job im Supermarkt zu beschaffen?«

»Es ist kein unbedeutender Job.« Helens Gesicht glühte vor Zorn. »Er war da eine wichtige Persönlichkeit, und jetzt hat man ihn einfach gefeuert. Und Mutter will nicht, daß wir irgendwem etwas davon erzählen – weder den Nachbarn noch der Verwandtschaft, absolut niemandem. Und jeden Morgen verläßt Vater das Haus und tut so, als ginge er zur Arbeit ...«

Frank sah sie ungläubig an.

»Ja, wirklich. Und ich wollte einfach mit dir zum Essen gehen und darüber reden, wie schrecklich das alles ist, und gerade du solltest es verstehen, weil du doch früher auf der Schule Vaters Freund warst, als ihr zusammen in den Brothers über Steinmauern geklettert seid – das hat er mir erzählt. Und dir geht es jetzt so gut, du hast die Tochter vom Chef geheiratet und all das ... Mehr hab ich nicht gewollt. Ich habe mich nicht zur Hure gemacht. In meinem ganzen Leben habe ich noch nie mit jemandem geschlafen, und mit dir hatte ich es auch nicht vor. Wie hätte ich wissen sollen, daß du dich in mich verliebst und das alles passieren würde. Und jetzt schiebst du einfach mir die Schuld in die Schuhe.« Sie brach in Tränen aus.

Er nahm sie in die Arme und drückte sie an sich.

»O Gott, du bist ja noch ein Kind. Was habe ich bloß getan? Allmächtiger, was habe ich getan?«

Sie schluchzte eine Weile in sein Jackett. Dann hielt er sie von sich weg. Auch er hatte jetzt Tränen in den Augen.

»Ich werde das nie wiedergutmachen können. Eigentlich kann ich nicht viel mehr, als dir zu versichern, daß es mir leid tut. Ich hätte nie im Leben ... wenn ich nicht geglaubt hätte ... ich war mir so sicher, daß ... aber das ist jetzt egal! Jetzt geht es erst einmal um dich.«
Helen fragte sich, ob er sie wohl schon immer geliebt hatte oder ob es gerade eben passiert war. Es war so einfach, sich zu verlieben.
»Wir werden das alles vergessen müssen«, sagte sie. Sie wußte, daß es in solchen Fällen immer die Frau war, die die Sache in die Hand nehmen mußte. Männer waren zu schwankend und ließen sich allzu leicht in Versuchung führen. Helen empfand es ohnehin nicht als Versuchung. Wenn sich das immer so abspielte, so wollte sie die Angelegenheit – soweit es sie betraf – gerne dem Rest der Welt überlassen.
»Es ist nun mal passiert; das kann man nicht so leicht vergessen. Ich werde alles tun, es wiedergutzumachen.«
»Ja, aber wir können uns nicht mehr treffen, das wäre nicht fair.« Sie schaute zu der Fotografie von Renata hinüber.
Helen fand, daß er durcheinander aussah. »Nein, natürlich nicht«, meinte er.
»Und keiner von uns wird irgend jemandem etwas davon erzählen.« Sie war aufgeregt wie ein kleines Mädchen.
»Um Himmels willen, nein – absolut niemandem!« versprach er und sah zutiefst erleichtert aus.
»Und mein Vater?« Es war nicht hinterlistig gemeint. Helen redete so wie immer, begierig, den Sinn und die Last dessen, was sie zu sagen hatte, loszuwerden, ohne darauf zu achten, ob dafür gerade der rechte Zeitpunkt war und ob sie nicht vielleicht die Gefühle eines anderen verletzte.
Sie sah, wie sich Frank Quigleys Gesicht schmerzlich verzog.
»Dein Vater wird einen Job bekommen. Er hat mir gegenüber behauptet, er bräuchte keinen. Angeblich wollte er sich umse-

hen und hätte eine Menge Angebote.« Franks Stimme klang kalt. »Er wird wieder bei Palazzo eingestellt. Nicht von heute auf morgen – zuerst muß ich noch mit Carlo reden. Solche Dinge muß man taktvoll angehen. Das kann eine Weile dauern.«
Helen nickte energisch.
»Und du, Helen? Ist mit dir alles in Ordnung? Wirst du mir verzeihen?«
»Natürlich! Es war ein Mißverständnis.« Es hörte sich so übereifrig an, als ob auch sie ihren Kopf gerne aus der Schlinge ziehen wollte.
»Genauso sehe ich das auch, Helen. Und, bitte, hör mir zu: Das einzige, was ich dir sagen kann, ist, daß es nicht immer so sein wird wie dieses Mal ... Es wird schön sein, und dich glücklich machen.« Er bemühte sich sehr, ihr zu erklären, daß sie ihr Liebesleben nicht an dieser unsanften Geschichte messen konnte.
Er hätte genausogut zur Wand sprechen können.
»Und ich kann wegen des Lakens wirklich nichts tun? In die Wäscherei geben oder so ...?«
»Nein.«
»Aber wie wirst du das erklären?«
»Bitte, Helen, bitte!« Sein Gesicht war schmerzverzerrt.
»Soll ich jetzt gehen, Frank?«
Er sah aus, als könnte er es immer noch nicht ganz fassen.
»Ich fahre dich ...« Seine Stimme verhallte. Man konnte an seinem Gesicht ablesen, daß er keine Ahnung hatte, wo er sie überhaupt hinfahren sollte.
»Nein, nicht nötig; ich kann auch den Bus nehmen. Ich weiß ja, wo ich bin. Ich fahre einfach mit dem Bus heim und sage ... na ja, ich sage, mir geht's nicht gut, oder so.« Helen kicherte ein wenig. »Irgendwie stimmt es ja auch. Aber, Frank ... es ist so ... ich habe kein Fahrgeld. Könntest du vielleicht ...?«

Sie konnte nicht verstehen, warum Frank Quigley Tränen die Wange herunterliefen, als er ihr die Münzen gab und in ihrer Hand verschloß.

»Wird es dir auch gutgehen?« Er bettelte förmlich um eine Bestätigung. Auf das, was sie sagte, war er nicht vorbereitet gewesen.

»Frank!« Helen mußte in bißchen lachen. »Ich bin kein Kind mehr, um Himmels willen. Ich bin letzte Woche sechzehn geworden; ich bin erwachsen. Ich werde mit dem Bus schon nach Hause finden.«

Dann ging sie, weil sie den Ausdruck auf seinem Gesicht nicht länger ertragen konnte.

Falls es ihm nicht gelang, seine Gefühle unter Kontrolle zu halten, wenn er sie sah, durfte Frank nicht mehr in ihr Elternhaus kommen. Zumindest redete sie sich das ein.

Helen konnte sich jedenfalls nicht erinnern, Frank seit damals je wieder im Rosemary Drive gesehen zu haben. Er ließ sich ständig entschuldigen – entweder war er auf Reisen oder auf einer Konferenz oder mit Renata bei irgendwelchen Verwandten in Italien. Immer tat es ihm außerordentlich leid, aber es paßte eben gerade von der Zeit her nicht. Mutter glaubte, daß er sich wohl zu gut für sie war. Aber war es nicht trotz allem großartig, daß sie niemals unterwürfig darum bitten mußte, seinen alten Freund wieder bei Palazzo arbeiten zu lassen? Letztendlich war es Herr Palazzo persönlich gewesen, dem die Erkenntnis kam, daß man so nicht mit einem qualifizierten leitenden Angestellten umspringen konnte.

Helen hatte nie erfahren, ob ihr Vater davon wußte, daß Frank die treibende Kraft war. Es war nicht leicht, mit ihrem Vater zu reden. Fast als ob er fürchtete, verletzt zu werden, hatte er eine kleine Mauer um sich herum aufgebaut. Genauso wie Mutters Mauer sie davor bewahren sollte, sich jemals eine Blöße zu geben.

Die letzten Monate auf der Schule schienen kein Ende zu nehmen. Seit diesem seltsamen Nachmittag war die Welt anders geworden. Immerzu fürchtete Helen, mißverstanden zu werden. Als sie der Leiter des Schulchors eines Tages bat, ihn in den Lagerraum zu begleiten, um ihm zu helfen, Notenständer in die Aula zu tragen, fing sie an zu schreien. Der Mann hatte sie nicht einmal berührt, aber plötzlich überkam sie diese überwältigende Angst, er könnte auf die Idee kommen, sie wollte ihn verführen, und dann würde er vielleicht all diese schmerzhaften Dinge mit ihr tun und am Ende ihr die Schuld geben. Zu guter Letzt machte er ihr tatsächlich Vorhaltungen und sagte, sie sei eine neurotische, hysterische Verrückte, eine Unruhestifterin, und wenn sie auch die letzte Frau auf Erden wäre, er würde sie nicht einmal mit der Feuerzange anrühren.

Die Schuldirektorin schien der gleichen Meinung zu sein. Sie stellte Helen in scharfem Ton zur Rede, warum sie zu schreien angefangen hatte, obwohl sie doch zugab, daß weder von einem Angriff, geschweige denn von einem Annäherungsversuch die Rede gewesen sein konnte.

Helen antwortete verstockt, sie wisse es nicht. Sie hatte einfach dieses Gefühl gehabt, daß sie in einer Situation war, mit der sie nicht zurechtkam, und wenn sie nicht geschrien hätte, wäre womöglich sonstwas passiert, und dann wäre alles zu spät und zu verzwickt gewesen.

»Ist dir so etwas schon einmal passiert?« Die Direktorin brachte nicht besonders viel Verständnis für sie auf. Helen Doyle war schon immer eine schwierige Schülerin gewesen, so überschwenglich, immerzu darauf erpicht, zu gefallen, und egal, was sie tat, ständig löste sie dabei eine Lawine von Schwierigkeiten aus.

Helen verneinte, allerdings nicht sehr überzeugend.

Die Direktorin hatte geseufzt: »Tja, du kannst davon ausgehen, daß dir solche Dinge immer und immer wieder zustoßen wer-

den, Helen. Es liegt einfach in deiner Natur. Solche Situationen, mit denen du nicht umgehen kannst, werden dir ständig begegnen, außer du reißt dich in Zukunft am Riemen und paßt besser auf, was du tust.«
Es klang so endgültig, als hätte sie Helen zu einer lebenslänglichen Freiheitsstrafe verdonnert.
Helen war wie benommen, so unfair fand sie das Ganze.
Genau zu diesem Zeitpunkt hatte sie beschlossen, Nonne zu werden.
Und nun, nach Jahren, war es fast soweit. Besser gesagt, sie wäre bereits Nonne gewesen, wenn Schwester Brigid nicht so felsenfest davon überzeugt wäre, daß Helen das Kloster nur als Vorwand benutzte, um sich zu verstecken. Dabei waren die Zeiten, in denen man ein religiöses Leben noch auf diese Weise mißbrauchen konnte, doch vorbei.
Helen fühlte sich geborgen im St. Martin's, selbst in diesem Moment, als sie sich mit einer großen Tasse Kaffee zu der wunderschönen Renata Quigley setzte. Dieses Gesicht hatte sie damals, an diesem schrecklichen Tag beobachtet, wie es sie aus ihrem silbernen Rahmen heraus anstarrte, und trotzdem fühlte sie sich sicher, geschützt vor den Erinnerungen und Ängsten jener Zeit.
»Erzählen Sie mir, was Sie hierher führt, und ich will sehen, ob wir etwas für Sie tun können«, ermunterte Helen Renata. Dabei setzte sie dieses strahlende Lächeln auf, das ihr immer die Zuneigung aller einbrachte, die sie zum ersten Mal trafen.
»Es ist sehr einfach«, erwiderte Renata. »Wir wollen ein Baby.«
Es war wirklich sehr einfach – und dabei auch sehr traurig. Helen hörte ihr zu, während sie sich an ihrer Tasse Kaffee festhielt. Angeblich war Frank mit sechsundvierzig Jahren zu alt. Lächerlich! Aber für eine Adoption wollte das Amt ihn deswegen nicht mehr in Betracht ziehen. Außerdem stand es um seine Gesundheit nicht zum besten; er hatte Herzprobleme. Nichts

Ernstes: Arbeitsstreß; heutzutage haben das alle Geschäftsleute. Wenn Eltern ihre Kinder selbst in die Welt setzten, fragte niemand, in welche schrecklichen Zustände sie vielleicht hineingeboren wurden, egal, wie verrucht die Gegend und wie übel die Behausung auch sein mochte. Keiner hinderte irgend jemanden daran, Kinder zu bekommen. Aber für eine Adoption mußte alles mehr als perfekt sein.

Renata war zu Ohren gekommen, hin und wieder würde ein Kind in ein gutes, liebevolles Elternhaus gegeben, an eine Mutter und einen Vater, die das Kleine lieben würden, als wäre es ihr eigenes. Solche Fälle hatte es ganz sicher schon gegeben. Man müßte nur mit den richtigen Leuten zusammenkommen.

Ihr Blick war voller Sehnsucht.

Helen tätschelte die Hand der Frau, die einst aus dem silbernen Rahmen heraus auf sie herabgeschaut hatte.

Helen hatte Renata vorgeschlagen, Nachforschungen anzustellen und sich in einer Woche erneut zu treffen. Sie fand es klüger, im Augenblick Schwester Brigid nicht einzuschalten. Als die Autorität, die Schwester Brigid nun mal darstellte, würde sie gezwungen sein, sich ganz stur an bestehende Gesetze zu halten. Am besten sah Helen alleine zu, ob sich da etwas machen ließe. Oder? Aber sicher!

Sie erzählte niemandem davon. Die Schwestern fanden, sie mache einen fiebrigen und aufgeregten Eindruck, und Helen hielt die Gemeinschaft mit Geschichten über das Gedeihen ihres Gartens bei Laune.

»War ein Besucher da?« wollte Brigid wissen.

»Nein, eigentlich nicht – also, nur die, die sonst auch immer kommen.« Helen vermied es, ihr ins Gesicht zu sehen. Es war das erste Mal, daß sie im St. Martin's bewußt gelogen hatte. Zwar fühlte sie sich nicht ganz wohl dabei, aber schließlich ging es ihr ja um einen guten Zweck.

Wenn sie doch nur diese eine Sache zustande brächte, wenn ihre Hoffnung sich erfüllen würde, dann hätte ihr Leben schon jetzt, mit einundzwanzig, einen Sinn gehabt.
Zur Zeit war Nessa an der Reihe, halbtags den Küchendienst zu übernehmen. Von allen Bewohnerinnen des St. Martin's hielt sie es am wenigsten mit Helen aus. Helen ging ihr normalerweise auch aus dem Weg, wenn sie zusammen zum Dienst eingeteilt waren, aber diesmal wich sie ihr nicht von der Seite.
»Was passiert eigentlich mit den Kindern, die von wirklich unmöglichen Müttern zur Welt gebracht werden, Nessa? Würdest du sie nicht am liebsten von Anfang an in einem guten Elternhaus unterbringen?«
»Es spielt keine Rolle, was ich am liebsten täte. Ich habe auf dieser Welt nichts zu bestimmen.« Nessa war kurz angebunden. Sie wollte den Küchenboden schrubben, und Helen stand ihr ständig im Weg.
»Aber wäre das Kind damit nicht viel besser dran?«
»Paß doch bitte auf, Helen! Da habe ich gerade gewischt.«
»Und ihr müßt jede Geburt melden, egal, von welcher Mutter das Kind ist?«
»Was meinst du damit?«
»Ich meine, müßt ihr da zur Stadtverwaltung oder aufs Standesamt gehen oder so und sagen, wer das Kind ist?«
»Nein, nicht immer.«
»Aha! Und warum nicht?«
»Weil das normalerweise nicht meine Aufgabe ist. Es kommt darauf an. Helen, meinst du nicht, du könntest ebensogut aus der Küche verschwinden, wo du doch sowieso nichts zu tun hast? Dann könnte ich hier endlich putzen.«
»Und es kommt überhaupt nicht vor, daß ein Baby mal nicht registriert wird?«
»Wie sollte das möglich sein?«
»Keine Ahnung!« Helen war enttäuscht. Sie hatte gehofft, es

gäbe da vielleicht einen längeren Zeitraum, in dem alles etwas undurchsichtig war und niemand recht wußte, um wen oder was es sich bei einem Baby handelte. Es war ihr nicht bewußt gewesen, daß der Wohlfahrtsstaat seine Bürger zumindest am Anfang und am Ende ihres Lebens überwachte.
»Und was ist mit Findelkindern, mit Babys, die in Telefonzellen oder Kirchen ausgesetzt werden? Wo kommen die dann hin?«
Nessa sah alarmiert auf. »Um Gottes willen, Helen! Sag bloß nicht, du hast eins gefunden!«
»Nein, leider nicht«, erwiderte Helen. »Aber wenn es so wäre, müßte ich es dann anmelden?«
»Aber nein, Helen, du doch nicht. Wenn DU ein Baby finden würdest, könntest du es natürlich behalten und hübsch anziehen, wenn du es nicht vergessen würdest. Es würde sogar etwas zu essen bekommen, wenn es dir gerade einfiele und es zufällig gerade nichts Interessanteres zu tun gäbe.«
»Warum bist du so abscheulich zu mir, Nessa?« fragte Helen.
»Weil ich eben nun mal ein ziemlich abscheulicher Mensch bin.«
»Das kannst du nicht sein. Du bist eine Nonne. Und anderen gegenüber benimmst du dich auch nicht so.«
»Das stimmt wohl. Das ist das einzige Gute daran, daß man wenigstens nicht zu jedem abscheulich ist.«
»Und warum hast du es ausgerechnet auf mich abgesehen?«
Helen schien nicht beleidigt oder verletzt zu sein, es war reines Interesse, nicht mehr.
Nessa fühlte sich schuldig.
»Ach, lieber Himmel, ich bin einfach gereizt. Ich hasse es, diesen verdammten Boden wischen zu müssen, und du bist so jung und sorglos und bekommst alles, was du willst. Es tut mir leid, Helen. Verzeih mir – ich bitte dich immer um Verzeihung. Ehrlich!«

»Ich weiß schon«, sagte Helen nachdenklich. »Es geht vielen so, oft. Ich scheine irgendwie die schlimmsten Eigenschaften in den Leuten zu wecken.«
Als Helen zurück zum Garten schlenderte, schaute Nessa ihr besorgt nach. Über irgend etwas machte sich das konfuse Mädchen Sorgen, und zwar mehr, als man von ihr gewohnt war.

Helen rief bei Renata Quigley an. Dieselbe Adresse, dasselbe Appartement, wahrscheinlich sogar dasselbe Bett. Sie erklärte Renata, daß sie immer noch Nachforschungen anstellte, aber es sei nicht so einfach, wie manch einer sich das vielleicht vorstellt.
»Ich habe nie gedacht, daß es leicht wird«, seufzte Renata. »Aber es ist schon erträglicher, zu all diesen Veranstaltungen gehen zu müssen und auf dieser Feier und jener zu erscheinen, wenn ich weiß, daß ein so gütiger Mensch wie Sie sich meiner Probleme annimmt, Schwester.«
Helen fuhr der Schreck in die Glieder. Schlagartig wurde ihr bewußt, daß sie Frank und Renata Quigley ja bei der Silberhochzeit ihrer Eltern treffen würde.
Damals, als Frank und ihr Vater noch gleichgestellt waren, war Frank Quigley der Trauzeuge gewesen.
Bevor sich alles geändert hatte.
Der Garten war soweit fertig, dort lief inzwischen alles mehr oder weniger von selbst. Schwester Joan war von der Arbeit in der Kleiderausgabestelle begeistert. Sie konnte so geschickt mit der Nadel umgehen, daß sie im Handumdrehen Änderungen vornahm oder einem alten Mann schnell die Knöpfe auf dem Jackett versetzen konnte. Dann machte sie ihm das Kompliment, wie toll er damit aussähe und daß es doch vor allem auf die richtige Paßform ankäme. Er sollte das Gefühl bekommen, das Jackett sei maßgeschneidert.
Für Helen gab es keine richtige Arbeit, keinen rechten Wirkungskreis.

Wieder einmal fragte sie Brigid, ob sie nicht bald ihre Gelübde ablegen durfte.

»Es ist sehr grausam, mich nicht aufzunehmen. Immerhin arbeite ich schon sehr lange und ernsthaft hier mit. Du kannst nicht mehr behaupten, es sei nur eine vorübergehende Laune von mir, oder?« Sie bettelte und flehte sie geradezu an.

»Du hast es zu eilig, Helen. Das habe ich dir von Anfang an gesagt. Hier geht es nicht zu wie in einem Film-Kloster irgendwo im Wald, wo die Leute hinkommen, um ihren Frieden zu finden. Hier wird hart gearbeitet. Hier mußt du bereits deinen Frieden gefunden haben und ihn hierher mitbringen.«

»Jetzt habe ich ihn gefunden«, beteuerte Helen.

»Nein, du hast Angst davor, mit den Leuten da draußen im richtigen Leben konfrontiert zu werden, deshalb bist du hier bei uns.«

»Ihr habt doch alle viel mehr mit dem ›richtigen Leben‹ zu tun als irgend jemand sonst. Ich habe mich noch nie in einer Gemeinschaft so wohl gefühlt wie in eurer. Ganz ehrlich.«

»Das ist aber noch nicht alles. Vor allem bist du hier, weil du vor irgend etwas fliehst. Das kann so nicht weitergehen, denn es ist nicht unsere Aufgabe, ein Zufluchtsort zu sein. Ob es nun Männer sind oder Sex oder die Angst davor, sich dem Konkurrenzkampf im Beruf zu stellen, wir haben keine andere Wahl, als uns damit auseinanderzusetzen und damit fertig zu werden. Aber es gibt etwas, wovor du dich versteckst.«

»Ich glaube, es hat ein bißchen was mit Sex zu tun.«

»Na gut, dann mußt du dich dem eben nicht mehr hingeben.« Brigid lachte. »Geh für ein paar Jahre in die Welt zurück, Helen, ich bitte dich darum! Du kannst mit uns in Kontakt bleiben, und wenn du dann noch immer glaubst, daß das hier dein Zuhause ist, kommst du zurück, und wir überdenken alles noch einmal. Ich bin wirklich der Meinung, du solltest gehen. Es wäre nur zu deinem Besten.«

»Du bittest mich allen Ernstes zu gehen?«
»Ich schlage es dir jedenfalls vor. Aber verstehst du denn auch, was ich damit meine, daß es hier anders zugeht als im richtigen Leben? Wenn nicht, müßte ich entweder darauf bestehen, daß du gehst, oder ich würde dich stärker fördern. Ich werde einfach das Gefühl nicht los, daß du hier zu sehr behütet bist.«
»Bitte, laß mich doch noch ein bißchen hierbleiben.«
»Du kannst noch bis zum fünfundzwanzigsten Hochzeitstag deiner Eltern bleiben«, schlug Brigid überraschend vor. »Der läßt dir anscheinend keine Ruhe. Und dann werden wir weitersehen.«
Helen fühlte sich so elend wie schon lange nicht mehr, als sie Schwester Brigids kleines Arbeitszimmer verließ.
Sie sah so traurig aus, daß Schwester Nessa sie fragte, ob sie nicht Lust hätte, mit ihr bei den jungen Müttern zu arbeiten. Eine solche Aufforderung sprach sie zum ersten Mal aus.
Helen schloß sich ihr an, und zwar ausnahmsweise schweigend und ohne ständig zu quasseln.
»Bitte sei aber nicht mißbilligend, ja Helen?« bat Nessa sie nervös. »Keiner erwartet einen Urteilsspruch von uns, wir sollen ihnen nur helfen, mit ihrer Situation zurechtzukommen.«
»Klar«, sagte Helen.
Sie saß genauso teilnahmslos da wie die Mädchen, die zum Teil niedrig dosierte Antidepressiva nahmen oder mit der Angst vor einem Zuhälter leben mußten, der eine Abtreibung von ihnen verlangt hatte. Ab und zu schaute Nessa besorgt zu ihr hinüber. Aber Helen war ruhig und gehorsam. Sie tat alles, um was sie gebeten wurde. Sie machte sich in gewisser Weise sogar recht nützlich, denn sie suchte die Mädchen in ihren Wohnungen auf, die nicht erschienen waren. Nessa war immer schnell beunruhigt seit dem Zwischenfall mit dem kleinen Simon, der damals aus seiner Wohnung fast in den Berufsverkehr hinausgekrabbelt wäre.

Nessa bat Helen am späten Nachmittag, Yvonne zu besuchen, die mit ihrem zweiten Kind im achten Monat schwanger war. Die ältere Tochter stand wartend an der Tür. Es war ein hübsches Mädchen mit den jamaikanischen Augen ihres längst verschwundenen Vaters und dem schottischen Akzent ihrer Mutter, die sie mit sechzehn zur Welt gebracht hatte.
»Mami macht dauernd ›uuhuuu‹«, erklärte sie hilfsbereit.
»Na großartig«, meinte Helen und brachte die Kleine ins Haus zurück.
Aus dem Badezimmer waren Yvonnes Schreie und ihr Stöhnen zu hören.
Auf einmal faßte Helen Mut.
»Du solltest besser in dein Zimmer gehen«, forderte sie das pausbäckige Mädchen kurzerhand auf. Dann schob sie zur Sicherheit noch eine Kommode vor die Tür, damit das Kind auch wirklich nicht herauskonnte.
Anschließend machte sie sich daran, sich um die Mutter zu kümmern, die, wie sie dachte, auf der Toilette eine Fehlgeburt hatte.
Aber inmitten von Blut, Geschrei und dem unverkennbaren Geruch von Rum, der überall in der Luft hing, konnte Helen ein leises Wimmern vernehmen.
Das Baby war also am Leben.

Yvonne konnte sich an überhaupt nichts erinnern. Sie war derart betrunken, daß der ganze Tag wie ein schrecklicher Nebel an ihr vorüberzog.
Sie erzählte ihr, daß sie das Baby verloren und in der Toilette hinuntergespült hatte.
Die Sanitäter waren behutsam und freundlich mit ihr umgegangen, als sie sie auf die Bahre legten. Sie hatten sich ratlos überall umgesehen, sogar in der Kloschüssel hatten sie nachgeschaut.

»Uns wurde gesagt, sie hätte bald Entbindungstermin gehabt. Es ist doch sicher unmöglich, einen voll ausgereiften Fetus auf diese Art loszuwerden.«

Aber Helen, diese junge Frau mit dem kühlen Blick, die angegeben hatte, als ehrenamtliche Sozialarbeiterin im Wohlfahrtszentrum für Mutter und Kind zu arbeiten und bei den Schwestern von St. Martin's zu leben, versicherte ihnen, sie habe mehrmals gehört, wie die Kette der Toilette gezogen wurde, als sie vor der Tür gestanden habe und nicht in die Wohnung konnte. Dann hätte sie alles blutüberströmt vorgefunden.

Das kleine rundliche, dreijährige Mädchen schien ihre Aussage zu bekräftigen. Es erzählte, wie seine Mutter lange Zeit »uuhuuu« gemacht und Helen eine ganze Weile an der Tür gestanden hatte.

Nessas Gesicht war aschfahl. Sie bemühte sich, den Gedanken zu verdrängen, all das wäre nicht geschehen, wenn sie nur jemand anderen statt ausgerechnet Helen geschickt hätte. Aber Helen war tatsächlich eine Ewigkeit weggeblieben. Sie hatte bei Nessa angerufen und ihr erzählt, daß es Schwierigkeiten gab, daß sie aber bestimmt noch hineinkäme, wenn sie nur das Kind überreden könnte, die Tür zu öffnen. Sie hatte das Telefon eines nahe gelegenen Geschäfts benutzt, wo sie angehalten hatte, um sich eine Flasche Milch zu kaufen, denn sie fühlte sich so schwach bei dem Gedanken an das, was sie wohl hinter der Tür erwarten würde.

Yvonne lag in ihrem Krankenhausbett, und ihre Dreijährige war vorübergehend in einem örtlichen Waisenhaus untergebracht, so lange, bis ihr endgültiger Heimaufenthalt geregelt war. Am selben Abend erzählte Helen Brigid, daß sie sich unruhig fühlte und einen Spaziergang machen wollte.

»Du bist den ganzen Abend schon so unruhig«, meinte Brigid abwesend. »Du warst jetzt bestimmt schon ein halbes Dutzend mal im Garten draußen.«

»Ich wollte nur nachsehen, ob alles in Ordnung ist«, erwiderte Helen.

Vorsichtig hob sie das kleine Bündel auf – den Jungen, der einmal die Palazzo-Millionen erben würde – und nahm es in die Arme. Sie hatte den Kleinen behutsam in Handtücher und eines ihrer Nachthemden gewickelt und zusätzlich eine weiche blaue Decke um ihn geschlungen, die sonst immer zusammengelegt über ihrer Stuhllehne hing.

Helen schlüpfte durchs Hintertor von St. Martin's und lief so lange, bis ihr die Beine schwer wurden. Dann ging sie in ein Geschäft, in dem sie niemand kannte. Also konnte auch niemand behaupten, eine der Schwestern mit einem Baby auf dem Arm gesehen zu haben. Dort fand sie ein Telefon und rief Renata an.

»Ich habe es!« rief sie triumphierend in den Hörer.

»Wer spricht da? Was haben Sie?«

»Renata, ich bin's, Schwester Helen vom St. Martin's. Ich habe Ihr Baby.«

»Aber nein, das ist doch nicht möglich!«

»Doch! Aber ich muß es Ihnen jetzt geben, heute abend noch, sofort.«

»Es ist ein kleiner Junge? Sie haben einen kleinen Jungen für uns?«

»Ja. Er ist noch sehr klein, erst einen Tag alt.«

Renata gab ein Kreischen von sich. »Aber nicht doch! Ein Tag alt! Er wird sterben; woher soll ich denn wissen, wie ich mit einem so kleinen Kind umgehen muß?«

»Ich weiß es auch nicht, aber ich habe ihm eine Flasche Milch gekauft. Es sieht so aus, als würde er sie mir vom Finger lutschen«, sagte Helen bloß.

»Wo sind Sie?«

»Natürlich in London; etwa zwei Meilen vom Kloster entfernt. Haben Sie Geld, Renata?«

»Was für Geld?« Sie klang besorgt.
»Genug für ein Taxi.«
»Ja, natürlich.«
»Dann komme ich zu Ihnen in die Wohnung und übergebe Ihnen das Kind. Es soll niemand etwas davon erfahren.«
»Ja, aber ... ich weiß nicht, vielleicht sollte ich noch warten bis ... ich weiß nicht, was ich tun soll!«
»Ich habe große Schwierigkeiten auf mich genommen, um ihn zu bekommen.« Helen klang müde.
»Oh, ich weiß, Schwester. Ich bin dumm! Es ist nur, das kommt alles so plötzlich, und er ist noch so klein.«
»Ich bin sicher, daß Sie alles lernen werden. Sie können ja jederzeit jemanden anrufen und fragen. Kann ich jetzt ein Taxi nehmen? Kann sein, daß es ein paar Pfund kostet...«
»Ja, gut, dann kommen Sie jetzt.«
»Und Frank ist nicht da, oder?«
»Frank? Woher wissen Sie denn, daß mein Mann so heißt?«
»Sie haben es mir erzählt«, redete Helen sich heraus und biß sich auf die Lippen.
»Ja, wahrscheinlich. Ich weiß nicht, was ich sagen soll!«
Der Taxifahrer meinte, er wolle da nicht mehr hinausfahren, denn er sei bereits auf dem Heimweg. Seine Richtung war Südlondon, er wollte nicht meilenweit draußen in Wembley herumkurven.
Er sah, wie ihr Tränen in die Augen traten.
»Steigen Sie ein, bevor ich meine Meinung ändere«, sagte er. »Immerhin haben Sie es ja schon. Das muß man positiv sehen. Stellen Sie sich vor, ich hätte es entbinden müssen!«
»Da haben Sie recht«, erwiderte Helen, und der Taxifahrer warf ihr einen besorgten Blick zu. Ob er in Wembley die Fahrt wohl auch bezahlt bekam?
Sie nannte ihm die Adresse des Wohnblocks, als ob sie sie in- und auswendig wußte, und bat ihn dann zu warten. Die Dame des Hauses würde sofort herunterkommen und bezahlen.

Später erzählte er seinen Kollegen, daß er sofort Probleme gewittert hatte, als er sie sah. Gleich in dem Moment, als sich ihre Augen mit Tränen füllten, weil er meinte, er würde lieber nach Süden fahren als da hoch nach Wembley, wo schon die Wälder anfingen. Das war doch am Abend vollkommen normal. Immerhin schien alles wie am Schnürchen zu laufen, meinte er. Die Dame kam mit einem Geldbeutel herunter. Sie hatte Klasse und sah fremdländisch aus. Dann warf sie einen Blick auf das Baby und fing an zu schreien.
»Da ist ja Blut dran, und es ist ganz verformt. Nein, nein, das will ich nicht! Das Baby ist noch gar nicht soweit. Nein, niemals!«
Sie kehrte dem Mädchen in dem grauen Pulli und dem Rock den Rücken zu und schlug die Hand vor den Mund. In dem Moment kam einer im Landrover angefahren und sprang heraus. Mit einem Blick überschaute er die Lage und schüttelte die fremdländische Frau so heftig, daß ihr fast der Kopf abfiel, dann nahm er das Kind und bemerkte schließlich die junge, graugekleidete Frau, die er zu kennen schien. Dabei rief er immerzu: »O mein Gott!«, als ob sie von einem anderen Stern gekommen wäre.
Dann wurde ein Geldbündel ins Taxifenster gestopft. Es war viermal soviel, wie die verdammte Fahrt nach Wembley raus gekostet hatte. Der Taxifahrer mußte also weiter und sollte nie erfahren, um was es da eigentlich gegangen war und wie die Geschichte endete.
Sie endete schlecht. Wie anscheinend alles, was Helen Doyle jemals angepackt hatte.
Sie wollte die Wohnung nicht betreten. Jetzt weinte auch sie, sogar noch lauter als Renata, aber keine von den beiden konnte es an Lautstärke mit dem Geschrei des verängstigten und hungrigen Babys aufnehmen, das am selben Morgen in einer Toilette zur Welt gekommen war.

Schwester Brigid wurde herbeigerufen, um das ganze Szenario zu entwirren. Sie kam in Begleitung einer bleichen, aber gefaßten Nessa.
Nessa versorgte das Baby, und Brigid hörte sich die hysterisch hervorgebrachten Erklärungen an.
Die Italienerin erzählte, daß sie sich nur hatte erkundigen wollen, ob nicht eine Mutter ihr Kind privat zur Adoption freigeben wollte. Sie hatte von niemandem verlangt, einfach ein Baby für sie zu stehlen.
Der hochgewachsene irische Geschäftsmann verteidigte Helen und meinte, daß sie nur das Beste gewollt habe, so wie immer, nur leider könne der Rest der Welt die Dinge nicht so sehen. Es war, als weckte Helen gleichzeitig Zuneigung und Entsetzen in ihm.
Er klärte sie darüber auf, daß er Helens Eltern kannte. Desmond Doyle war einer seiner ältesten Freunde.
»Sie ist die Tochter von diesen Doyles?« Für Renata war das ein erneuter Schock.
»Ja, sie kann nicht gewußt haben, daß wir das sind.« Der Mann sprach in einem Ton, der wie eine Warnung klang. Brigid sah von einem bestürzten Gesicht zum anderen und versuchte, die Zeichen zu deuten, die da ausgetauscht wurden.
Helen öffnete den Mund. »Aber ich wußte es! Ich habe es gewußt! Gerade deshalb, weil es Frank war, habe ich das alles getan. Sonst hätte ich nie jemandem ein Baby weggenommen und die ganzen Lügen erzählt. Wäre es nicht um ihn gegangen, ich hätte nie das Leben des Babys aufs Spiel gesetzt. Ich hatte das Gefühl, ich sei es ihm schuldig, nach allem, was passiert war, nach alldem ...«
Seit sie erwachsen war, hatte Brigid ihr ganzes Leben lang mit Menschen zu tun gehabt. Hauptsächlich mit solchen, die sich in Not befanden. Sie hatte keine Ahnung, was man nun am besten sagen sollte, aber sie meinte, was auch immer es war, es durfte

111

ganz sicher nicht von Helen kommen. Helen hatte sich in Rage geredet, unter Tränen und Schluchzen brachte sie ihre Geschichte heraus.
»Ich habe doch nicht gewollt, daß es so ausgeht. Aber sie hätten ihm ein so gutes Leben bieten können, so viel Geld. Und Frank ist schon zu alt, um noch ein Kind zu adoptieren. Sie hat auch gesagt, daß er schon Herzanfälle hatte.«
»Das hast du ihr erzählt?« fuhr Frank seine Frau an.
»Ich dachte, sie sei eine Nonne, die uns nicht kennt. Wie hätte ich wissen sollen, daß sie die Tochter von diesen verdammten Doyles ist?«
Helen achtete gar nicht darauf. »Ich wollte alles wiedergutmachen. Ich wollte versuchen, alles ins rechte Lot zu bringen, und einiges richtigstellen. Mein Leben verlief so gut, nach alledem. Ich habe alles bekommen, was ich wollte, und bei Frank lief es schief. Er hat keine Kinder und leidet an Herzanfällen; er ist so gestraft ... Ich wollte, daß es ihm bessergeht.«
Renata schaute jetzt verwirrt von einem zum anderen. Drüben im anderen Zimmer hatte Nessa es geschafft, das Baby zu beruhigen, und Helen schnappte wieder nach Luft.
»Arbeiten Sie immer noch mit Mr. Doyle zusammen?« fragte Brigid schnell.
»Ja, und er half Vater, als er damals gefeuert wurde. Er bat Mr. Palazzo, ihn wieder einzustellen ...«
Brigid sah eine Chance, dem Ganzen zu entkommen. Sie stand auf, während sie sprach.
»Also hat Helen beschlossen, impulsiv, wie sie nun mal ist, Ihnen dafür zu danken, indem sie Ihnen ein Kind zukommen läßt, da man auf normalem Weg nicht so leicht an eins herankommt. Stimmt's?«
Frank Quigley sah in Schwester Brigids graue Augen. Sie strahlten Kompetenz, Sachlichkeit und Stärke aus. Vielleicht war die Generation ihrer Eltern noch irisch gewesen, doch jetzt sprach

sie mit einem Londoner Akzent. Brigid erinnerte ihn an kluge Geschäftsleute, mit denen er schon zu tun gehabt hatte.
»Genauso ist es, Schwester.«
Helen weinte noch immer. Brigid befürchtete, daß sie auch noch mehr erzählen würde. Offenbar versuchte sie, die Situation in den Griff zu bekommen, als sie den Arm um Helens Schulter legte.
»Komm, wir bringen dich nach Hause ins St. Martin's, Helen. Das ist jetzt das beste.«
»Darf ich Sie hinfahren?« fragte Frank.
»Nein, das ist nicht nötig. Aber vielleicht könnten Sie uns ein Minicar oder ein Taxi bestellen, Mr. Quigley?«
In diesem Augenblick kam Nessa herein. Das Baby war eingeschlafen. Sie wollten es in das Krankenhaus bringen, in dem sie bekannt waren und das auch sie gut kannten. Dort würde man sich schon um das Kleine kümmern.
»Irgendwie ist es schade, Schwester.« Frank sah Schwester Brigid lange an, und sie erwiderte seinen Blick.
In vieler Hinsicht war es schade. Frank und seine Frau hätten dem Jungen alles geben können, unter anderem auch mehr Liebe, als Yvonne ihm jemals schenken würde.
»Ja, aber wenn wir das tun, bricht alles zusammen. Wirklich alles.«
Er glaubte, sie wäre nahe daran, nachzugeben.
»Nicht alles, nur ein bißchen Papierkram. Die Mutter glaubt doch, er wäre tot.«
»Bitte«, flehte Renata. »Bitte Schwester!«
»Ich bin nicht Gott, noch nicht einmal Salomon«, sagte Brigid.
Sie wußten, daß es ihr schwerfiel. Die beiden gutaussehenden Eheleute rückten näher zusammen. Helen beobachtete sie mit einem schmerzlichen Ausdruck.
Der Pförtner war gebeten worden, ein Taxi zu rufen, und das

merkwürdige Quartett ging zum Lift. Die noch immer weinende Helen wurde von Schwester Brigid gestützt, und die rothaarige Schwester Nessa trug das winzige Baby in seiner blauen Decke auf dem Arm.
Renata berührte Helens Arm.
»Ich danke Ihnen, Schwester Helen. Ich weiß, Sie haben es gut mit mir gemeint«, sagte sie.
»Schwester Helen hat ein großes Herz«, meinte Brigid.
»Danke«, sagte Frank an der Tür. Er sah dabei nicht etwa Helen an, sondern schaute bewundernd in Brigids graue Augen.
»Es gibt Länder, wo so etwas legal ist. Wenn Sie möchten, können Sie mich einmal besuchen und sich erkundigen. Ich werde Ihnen sagen, was ich weiß«, erklärte sie.
»Auf Wiedersehen, Frank«, verabschiedete sich Helen.
»Danke, Helen. Schwester Brigid hat recht: Du hast wirklich ein großes Herz.« Er berührte ihre Wange.
Im Taxi schwiegen sie anfangs. Dann fing Helen an zu reden:
»Du hast mich ›Schwester Helen‹ genannt. Heißt das, ich darf bleiben?«
»Es heißt, wir bitten dich jetzt noch nicht zu gehen. Aber nun, wo du mit Dingen konfrontiert wurdest, denen du zuvor aus dem Weg gegangen bist, verspürst du ja vielleicht nicht mehr so sehr das Bedürfnis, dich zu verstecken. Es kann ja sein, daß du jetzt auch anderswo mit dem Leben zurechtkommst oder sogar in der Welt herumreisen willst.«
Dieses Mal hatte Helen nicht das Gefühl, daß Brigid sie fortschicken wollte. Sie fühlte sich so gut wie schon lange nicht mehr.
Sie schaute zu Schwester Nessa hinüber, die das winzige Baby fest an ihre Brust drückte.
»Findest du es nicht traurig, daß du den Jungen nicht behalten kannst, Nessa?« fragte sie in einem Anflug von Großzügigkeit.
»Um dich für das zu entschädigen, das gestorben ist. So eine Art

Ersatz, um dich darüber hinwegzutrösten. Das wäre doch was, oder?«

Sie bemerkten noch nicht einmal den Blick, den sich die beiden Frauen zuwarfen, und wie dann jede auf ihrer Seite zum Taxifenster hinaussah.

4

Desmond

Natürlich war der Laden an der Ecke teurer als ein Supermarkt, aber weil er eben an der nächsten Ecke lag und abends länger geöffnet hatte, mußte man eben bereit sein, etwas mehr auszugeben.

Desmond schaute gerne dort vorbei. Wie schaffte Suresh Patel es bloß, so viele Waren auf seinen Regalen zu stapeln, ohne daß sie alle herunterfielen? Desmond sagte oft, daß Mr. Patel ein Geheimnis haben müßte. Drüben, in der Supermarktkette »Palazzo-Lebensmittel«, wo Desmond arbeitete, verfolgte man eine vollkommen andere Strategie. Allen Artikeln wurde soviel Raum wie möglich gegeben, damit der Kunde herumgehen und in Ruhe auswählen konnte und auf diese Weise möglichst noch Dinge in seinen Wagen packte, die ursprünglich gar nicht auf der Einkaufsliste standen. Die Art, wie Mr. Patel sein Geschäft führte, war da genau das Gegenteil. Der Laden war die Rettung, wenn einmal der Zucker ausgegangen war oder man vergessen hatte, rechtzeitig etwas zum Abendessen einzukaufen, und das Geschäft, in das man sonst immer ging, schon geschlossen hatte. Manchmal kamen auch Kunden, um schnell die Abendzeitung oder eine Dose Bohnen zu besorgen. Mr. Patel sagte immer, man sollte nicht glauben, auf wie viele Leute zu Hause ein einsamer Abend wartete. Da war er schon besser dran, er konnte immerhin in seinem Geschäft stehen und mit den Leuten reden, die ein und aus gingen.

Desmonds Frau Deirdre meinte, sie hätte zwar nichts gegen Mr. Patel persönlich, er sei immer äußerst höflich und zuvorkom-

mend, aber es sei eben alles um einiges teurer. Das Geschäft bestand aus einem wilden Sammelsurium, so wie in den Tante-Emma-Läden, in denen sie früher zu Hause nie eingekauft hatten, weil die Sachen vielleicht ... na ja, nicht so frisch waren.
Und sie verstand auch nicht, warum Desmond seine Zeitung immer in dem Laden kaufte. Er hätte sie doch genausogut gleich nach der Arbeit kaufen und auf dem Nachhauseweg lesen können.
Desmond wußte nicht so recht, wie er es ihr erklären sollte. Das kleine Geschäft hatte etwas Bodenständiges an sich. Es war nicht von den Konjunkturschwankungen weit entfernter Zuliefererfirmen und den großen multinationalen Konzernen abhängig. Wenn ein Kunde nach etwas Bestimmtem fragte, machte sich Mr. Patel wirklich Gedanken darum. Wie damals, als Desmond rote Johannisbeermarmelade verlangte.
»Ist das Gelee oder Konfitüre?« hatte Mr. Patel mit Interesse gefragt.
»Ich glaube, es gibt beides.« Auch Desmond interessierte sich jetzt für die genaue Definition. Sie einigten sich darauf, daß, wenn die Marmelade einmal bestellt war, sie ihren Platz zwischen den diversen Senfsorten, den Chutneys und den kleinen grünen Gläsern mit Pfefferminzsoße bekommen würde.
»Bald werde ich die Geschmäcker und Vorlieben einer gepflegten britischen Vorstadt ganz genau kennen, gut genug, um ein Buch darüber zu schreiben, Mr. Doyle.«
»Ich glaube, Sie kennen sich schon jetzt sehr gut aus, Mr. Patel.«
»Ich stehe erst am Anfang, Mr. Doyle. Aber es ist alles sehr interessant. In Ihrem Land sagt man doch immer, daß sich das ganze menschliche Leben genau hier abspielt. Der Meinung bin ich auch.«
»Für meine Arbeit trifft das genauso zu, nur daß ich es nicht so zu schätzen weiß wie Sie.« Desmond lächelte wehmütig.

»Ach, das kommt nur davon, daß Ihre Arbeit soviel wichtiger ist als meine.«

Deirdre Doyle hätte ihm zugestimmt, Mr. Patel behandelte Desmond Doyle zu Recht mit Respekt. Schließlich war er bereits Sonderprojektleiter bei Palazzo, obwohl er noch keine Fünfzig war. Palazzo war ein Name wie »Sainsbury's« oder »Waitrose«. Na ja, vielleicht nicht ganz, aber in manchen Gegenden hatte Palazzo dasselbe Ansehen, und zu Hause in Irland, wo man die anderen großen Namen sowieso nicht kannte, hörte sich »Palazzo« sogar noch grandioser an.

Die Patels wohnten natürlich nicht im Rosemary Drive, sondern in einem anderen Viertel, in das Inder oder Pakistanis besser paßten, wie Deirdre es ausdrückte, wenn jemand das Gespräch auf dieses Thema brachte.

Aber Desmond wußte, daß Suresh Patel in Wirklichkeit in den winzigen Lagerräumen hinter seinem kleinen Geschäft lebte, zusammen mit seiner Frau, seinen beiden Kindern und seinem Bruder. Mrs. Patel konnte nicht Englisch, und der Bruder war dick und sah aus, als ob er irgendeine Krankheit hätte. Gewöhnlich saß er da und lächelte ausgesprochen freundlich, aber er sprach nicht viel und machte sich offenbar in dem Laden an der Ecke nicht besonders nützlich.

Aus irgendeinem Grund, den er selbst nicht recht kannte, hatte Desmond es niemals erwähnt, daß die Familie Patel dort wohnte und daß ihre zwei Kinder, tadellos gekleidet mit Schuluniformen, Klubjacke und Brille, jeden Morgen aus dieser winzigen Behausung herauskamen. Desmond befürchtete, daß die Patels irgendwie an Ansehen einbüßen würden, wenn die Leute erfuhren, daß sie in einer so kleinen Unterkunft lebten. Und irgendwo, tief in seinem Unterbewußtsein, spürte er auch, daß Deirdre denken könnte, die ganze Nachbarschaft sei durch die Tatsache gedemütigt, daß Pakistanis hier nicht nur ihr Geschäft führten, sondern auch lebten.

Am frühen Morgen war viel los in dem Laden. Da kamen Leute herein, die die Zeitung oder eine Tafel Schokolade kauften oder Orangensaft und plastikverpackte Sandwiches, lauter Dinge, die einen Pendler auf dem Weg zur Arbeit mehr oder weniger am Leben erhielten. Das Öl im Getriebe der britischen Industrie.

Allerdings war Desmond über seine Rolle in der britischen Industrie nicht allzu glücklich. Er war unterwegs zur Hauptverwaltung von »Palazzo Lebensmittel« – mittlerweile die neuntgrößte Supermarktkette in Großbritannien –, um dort seiner Arbeit nachzugehen. Als er 1959 dort angefangen hatte, hieß sie einfach nur »Prince«. Damals hatten er und Frank gerade erst die Mayo-Universität verlassen und waren mit dem Zug und der Fähre nach London gereist, um ihr Glück zu machen. Sie kamen während der großen Hitzewelle an, die monatelang dauerte, und dachten, im Paradies gelandet zu sein.

Wenn Desmond seine allmorgendliche Strecke vom Rosemary Drive zur Wood Road und der Bushaltestelle an der Ecke zurücklegte, dachte er oft an diese Zeiten zurück, als er und Frank noch hinter den Theken der beiden Prince-Geschäfte standen und alles noch viel einfacher war. An manchen Tagen schnitten sie Schinken auf, an anderen waren sie für die Fensterdekoration zuständig. Sie sahen ihre Kunden täglich und kannten alle, die dort arbeiteten.

Es war Frank, der erkannt hatte, daß man in einer Firma wie dieser große Aufstiegschancen hatte. Es war kein Job, in dem man nicht vorankam. »Prince-Lebensmittel« waren dabei, Neuland zu erschließen, sie wuchsen, und bald würden sie expandieren, und Frank konnte Geschäftsführer in der einen Filiale und Desmond in der anderen werden, wenn sie ihre Trümpfe richtig ausspielten. Frank war das ausgezeichnet gelungen, während es Desmond immer schwerer gefallen war, eine Gelegenheit beim Schopf zu packen. Aber er erkannte mit Wehmut, daß sich alles

veränderte und er sich immer weiter von den Menschen entfernte, je höher er aufstieg, weil er sich von Frank antreiben, mitzerren und überreden ließ. Und im Grunde war es ja immer gerade der Kontakt zu Menschen gewesen, den er in erster Linie gesucht hatte.
Damals war Desmond Doyle ein dünner, drahtiger junger Mann gewesen, mit dichtem hellbraunem Haarschopf. Seine Kinder hatten ihn oft wegen einer Fotografie gehänselt und meinten, er sähe darauf wie ein richtiger Halbstarker aus, aber ihre Mutter hatte sich das stets verbeten. Sie sagte dann immer mit Nachdruck, junge Männer mit Stil hätten damals eben so ausgesehen. Inzwischen hatte er sich verändert. Er mußte seine Haare auf ganz bestimmte Weise kämmen, damit sie seinen Kopf noch bedeckten, und seine Kragenweite war inzwischen um einiges größer als damals in jenem ersten Sommer, als seine ganze Garderobe nur aus zwei Hemden bestand, weil er sich nicht mehr leisten konnte, und immer eines davon über einer Stuhllehne zum Trocknen hing.
Er nahm an, daß sich viele Menschen an die alten Zeiten als »gute Zeiten« erinnerten, obwohl sie vor allem von Armut geprägt gewesen waren. Ihm ging es jedenfalls so.
Desmond konnte nie nachvollziehen, was die Leute am Palazzo-Gebäude so besonders toll fanden. Sie hielten es für ein Musterbeispiel von Art déco, ein Meisterstück der dreißiger Jahre. Seiner Meinung nach hatte es mehr Ähnlichkeit mit den großen unmenschlichen Gebäuden, die man aus Dokumentationen über osteuropäische Länder kannte. Es war ein viereckiger, bedrohlich wirkender Bau, wie Desmond fand. Seltsam, daß das Haus unter Denkmalschutz stand und in Zeitungsartikeln seine perfekten Proportionen gelobt wurden.
Als es darum ging, das Gebäude für Palazzo zu erwerben, hatte Frank den Ausschlag gegeben. Zu dem Zeitpunkt hatte es gerade leer gestanden – die ehemalige Zentrale eines pleite

gegangenen Automobilkonzerns. Niemand außer Frank Quigley hatte gesehen, welche Möglichkeiten dieses Gebäude bot. Er, der alles wußte, meinte, man brauche Platz für das Warenlager, ein Depot und Wartungszentrum für die Lastwagen und so etwas wie eine Zentrale. Warum sollte man dies alles nicht hinter dieser großartigen Fassade zusammenfassen?
Genau das war es: eine Fassade. Wunderbare Treppenhäuser und Empfangszimmer im Parterre, aber oben ein Labyrinth von unsolide gebauten, aus Fertigbauteilen zusammengesetzten Büroräumen mit Zwischenwänden. Das Rechnungswesen war modernisiert worden, und die Arbeit wurde jetzt von Computern erledigt. Das alles war in einem modernen Anbau an der Rückseite des Komplexes untergebracht. Aber es gab da eine überdimensionale Rumpelkammer im dritten Stockwerk, wo Namen an den Türen standen und oft Leute hereinplatzten, die nur »Oh, Verzeihung« murmelten. In diesen provisorischen Lagerräumen wurden unbrauchbare Wandverkleidungen oder Dekorationsstücke aus Plastik abgestellt, für die man im Moment keine Verwendung hatte.
Dort, im Herzen dieses gut getarnten Chaos, dem nicht salonfähigen Gesicht von Palazzo, befand sich der Arbeitsplatz von Desmond Doyle, die Abteilung für Sonderprojekte. Offiziell war es die Schaltstelle für neue Strategien, Pläne, Konzepte und zündende Ideen, die die Konkurrenz aus dem Feld schlagen sollten. Aber tatsächlich hatte man Desmond Doyle hier untergebracht, damit er sein monatliches Gehalt einstreichen und seinen Abteilungsleitertitel behalten konnte, weil er der Jugendfreund von Frank Quigley war; weil sie ein gutes Stück Weges gemeinsam zurückgelegt hatten und damals, vor über einem Vierteljahrhundert, zusammen aufgebrochen waren.
Frank Quigley, der ruhige, aber einflußreiche Hauptgeschäftsführer, der Mann, der wußte, wie man weiterkommt, und der mit Hilfe der Italiener zum Überholmanöver ansetzte, als es

soweit war und der Betrieb übernommen werden konnte. Er, der die Tochter des Chefs geheiratet hatte. Ihm war es zu verdanken, daß Desmond jetzt in den dritten Stock von Palazzo hinaufstieg und schweren Herzens die Tür zu seinem Büro öffnete.
Die Abteilung für Sonderprojekte wurde gerade einer Prüfung unterzogen. Es gab eindeutige Gerüchte, daß eine große Untersuchung bevorstand. Desmond Doyle spürte, wie sich in seinem Magen das altbekannte Sodbrennen bemerkbar machte und ihm die Angst langsam die Brust zuschnüren wollte. Was hatte es wohl diesmal wieder zu bedeuten? Wollte man der Abteilung vorwerfen, ihre Aufgaben nicht zu erfüllen? Oder sollte er exakt auflisten, wieviel die letzte Warenpräsentation eingebracht hatte und ob die hochgerechneten Erfolgsprognosen stimmten, die er für die Werbung in der Kinderabteilung angegeben hatte.
Die Alka Seltzer wirkten anscheinend nicht mehr. Er aß sie wie Süßigkeiten. Er hatte die Auseinandersetzungen genauso satt wie die Notwendigkeit, sich souverän zu geben. Aber es war ja das A und O seiner täglichen Arbeit, einen schlauen und souveränen Eindruck zu machen. Mehr gab es nicht zu tun. Der Rest der Welt hätte ihn wahrscheinlich als jung bezeichnet, aber Desmond Doyle fühlte sich bereits wie ein sehr, sehr alter Mann. Ein Sechsundvierzigjähriger, der auf die Neunzig zuging. Genau das hätte er wahrheitsgemäß geantwortet, wenn jemand ihn teilnahmsvoll nach seinem Alter gefragt hätte.
Gott sei Dank hingen in seinem Büro nicht diese Fotografien, die die Wände seines Zuhauses zierten, sondern nur ein blasser Farbdruck von einer Landschaft in Connemara. Die Farben gingen irgendwie mehr ins Violette, waren blauer und eleganter, als er es in Erinnerung hatte, aber Deirdre fand, es treffe genau den Geist Westirlands und er solle das Bild als Konversationshilfe aufhängen. Wenn Besucher kamen, könnte er dar-

über sprechen und von seiner Heimat und seinen Wurzeln erzählen.
Arme Deirdre! Wie konnte sie nur glauben, daß in so einem würfelartigen Kasten von Büro solche Gespräche geführt wurden. Er war schon froh, daß sein Büro überhaupt Wände hatte und nicht nur diese Milchglasabtrennungen und daß er über einen Schreibtisch, ein Telefon und zwei Aktenschränke verfügte. Plaudereien über seine Herkunft, die auf Pastellansichten vom Mayo County basierten, waren ihm fremd. Sie würden wohl auch nie stattfinden.
Er glaubte auch nicht mehr, daß die auf Pappe geschriebenen Buchstaben auf seiner Tür irgendeine Bedeutung hatten ... Früher hatte es keine Sonderprojekt-Abteilung gegeben, es war nichts als ein konstruiertes Wort. Es hätte durchaus wirkliche Arbeitsbereiche gegeben, wie zum Beispiel die Lagerverwaltung, Ablaufplanung oder kaufmännische Leitung. Um diese Bereiche drehte sich alles in dieser Branche. Für Desmond Doyle bedeutete der Name »Sonderprojekte« überhaupt nichts, und er wußte, daß in seinem Fall auch wirklich nichts dahintersteckte. In anderen Ländern galt so eine Stellung als echter Posten mit wichtigen Funktionen, das wußte er aus der Fachpresse. Bei Palazzo aber bedeutete es nicht mehr als ein Schulterklopfen.
Desmond erinnerte sich an eine Werbeanzeige, die er vor einiger Zeit gelesen hatte, mit dem Wortlaut: »Ein Titel an der Tür ist wie ein Bigelow auf dem Fußboden.« Ein Bigelow ist eine bestimmte Art von Teppich. Es war ein netter, unschuldiger Werbeslogan, der bei jungen Führungskräften den Wunsch nach Statussymbolen wecken sollte. Er hatte Deirdre einmal davon erzählt, aber sie hatte nicht verstanden, um was es ihm dabei ging. Sie wollte wissen, warum er nicht auch einen Teppich haben sollte. Vielleicht konnten sie irgendwo einen Teppichrest ergattern und ihn am Wochenende selbst verlegen.

So konnte man Desmonds Büro ein wenig aufmöbeln, ohne daß er sich deshalb auf eine Auseinandersetzung einlassen mußte, bei der er vielleicht den kürzeren zog. Er hatte sich damals wohl oder übel zu einer Brücke überreden lassen, die seitdem unter dem Schreibtisch lag, wo sie nicht auffiel. Deirdre aber hatte die Genugtuung, daß sein Büro mit dem kleinen Teppich nach etwas Besonderem aussah.

Desmond würde seine Arbeit bei Palazzo nicht verlieren, selbst wenn die gesamte Abteilung für Sonderprojekte als überflüssig und sträfliche Zeit- und Geldverschwendung erachtet werden sollte. Die Bezeichnung »Abteilung« war sowieso unzutreffend. Er hatte da einen jungen Burschen, eine Art Praktikant, und nur hin und wieder konnte er die Dienste von Marigold in Anspruch nehmen, einem großgewachsenen australischen Mädchen mit auffallend großen Zähnen und einer wilden Haarmähne. Sie sammelte hier etwas, das sie ÜE nannte, »Übersee-Erfahrung«. Zuvor hatte sie im Vorzimmer eines Bestattungsunternehmens, als Sprechstundenhilfe eines Zahnarztes und in der Verwaltung eines Freizeitparks gearbeitet. Und all das nur, um herauszubekommen, wie es in der Welt aussah, bevor sie wieder nach Hause zurückkehren und einen Millionär aus Perth heiraten wollte, was ihr eigentliches Lebensziel war.

Sie war ein hübsches, umgängliches Mädchen, das oft auf Desmonds Schreibtisch saß und freundlich fragte, ob es irgendwelche Briefe oder Memos für sie zu tippen gäbe. Für sie war die Schreibmaschine der goldene Schlüssel zum Tor der großen weiten Welt. »Sag deinen Töchtern, daß sie unbedingt lernen müssen, mit der Schreibmaschine umzugehen, Dizzy«, riet Marigold ihm oft. Sie konnte es nicht akzeptieren, daß eine seiner Töchter einen akademischen Grad hatte und in einer Buchhandlung arbeitete und die andere so eine Art arbeitende Nonne war. Keine von beiden würde je auf Marigolds »goldenen Schlüssel« zurückgreifen.

Marigold würde viel Mitgefühl aufbringen, falls die Abteilung für Sonderprojekte wirklich geschlossen werden sollte. Sie würde Desmond erklären, daß Quigley ein Blödmann sei, der noch dazu ständig versuchte, sie in den Hintern zu kneifen. Dann würde sie ihn auf ein Bier einladen und ihm versichern, daß er für Palazzo viel zu gut sei und sich lieber nach etwas anderem umsehen sollte. Der junge schnieke Praktikant dagegen würde kaum Notiz davon nehmen und seine Nase in einen anderen Bereich der Firma stecken. Sein Vater war ein wichtiger Zulieferer. Egal, was passierte, sein Job war ihm sicher.
Genauso sicher wie Desmonds. Man hatte ihn einmal entlassen, aber das würde kein zweites Mal passieren. Dafür würde Frank Quigley schon sorgen. Seine Position, oder eine vergleichbare Stellung, war ihm auf Lebenszeit sicher. Er hatte noch fast vierzehn Jahre bei Palazzo vor sich. Bei dieser Firma ging man mit Sechzig in den Ruhestand. Eigentlich waren es nur noch gut dreizehn Jahre. So lange würde man bestimmt etwas für ihn zu tun finden.
Desmond Doyle kam niemals in die Situation, seinem alten Freund Frank gegenüber seine Existenzberechtigung nachweisen zu müssen. Auch mußte er sich für die Rolle, die er spielte, niemals rechtfertigen. Nein, wenn es etwas Unerfreuliches gab wie die anstehende Untersuchung, konnte er davon ausgehen, daß Frank fern von London dringende Geschäfte zu erledigen hatte oder bei einer wichtigen, unaufschiebbaren Besprechung nicht fehlen durfte. In solchen Fällen mußte Desmond mit Carlo Palazzo persönlich sprechen, Franks Schwiegervater, der aber in keinster Weise einem Gottvater glich.
Carlo war ein Mann, der nur seine Familie und seine weichen Lederjacken im Kopf hatte. Er wollte schon immer in der Modebranche tätig sein, und mit dem Gewinn, den Palazzo jetzt abwarf, konnte er sich Vorführräume einrichten und seinen Lebenstraum wahrmachen. Carlo Palazzo, der gutmütig wirken-

de Italiener, dessen fremdländischer Akzent sich mit jedem Jahr, das er in Nordlondon verbrachte, zu verstärken schien, war für die alltäglichen Entscheidungen, die sein Supermarktimperium betrafen, nicht selbst zuständig, er überließ die Führung des Unternehmens jenem intelligenten Mr. Quigley. Geistesgegenwärtig hatte er schon vor Jahren erkannt, daß Frank einer jener hungrigen jungen Iren war, die eine Menge auf die Beine stellten. Und außerdem gab er den richtigen Ehemann für seine Tochter ab.

Zwar waren noch keine Kinder da, und Desmond wußte, wie alle darunter litten, aber sie gaben die Hoffnung nicht auf, obwohl die Chancen von Jahr zu Jahr schlechter standen. Die beiden waren jetzt fünfzehn Jahre verheiratet, und Renata hatte die Dreißig bereits weit überschritten.

Carlo war optimistisch, was seine Enkelkinder anbelangte. Aber wenn es um seine Gewinne ging, dachte er sehr praktisch, und wenn er selber die Untersuchung durchführte, würde er sich nicht von Gefühlen oder Vertraulichkeiten leiten lassen. Er würde harte Fakten fordern und noch härtere Fragen stellen.

Desmond seufzte. »Was hat die Abteilung für Sonderprojekte in den letzten sechs Monaten zum Umsatz von Palazzo beigetragen? Können Sie bitte einmal auflisten, was Sie erreicht haben, Desmond?«

Desmond zog seinen Schreibblock näher zu sich her, um die dürftige Liste zusammenzustellen. Nicht etwa, daß ihm nichts einfiel, im Gegenteil, er sprudelte fast über vor Ideen, aber in dem ganzen Durcheinander und den Belastungen, denen er ausgesetzt war, gingen sie irgendwie unter.

Wie damals, als er vorgeschlagen hatte, auf dem Firmengelände eine Bäckerei zu eröffnen. Es lag schon lange zurück, und die Idee war ihrer Zeit um einiges voraus gewesen. Desmond hatte aber nicht genug gewagt. Er dachte nur an Brot und Gebäck. Aber die Argumentation klang so einleuchtend, daß die Firma die Sache in weit größerem Rahmen aufzog, als er sich das jemals hätte träumen lassen. Seiner Meinung nach übte der Geruch von frischgebackenem Brot eine besondere Anziehungskraft auf die Kunden aus, wenn sie zur Tür hereinkamen. Es war der eindeutige Beweis, daß das Brot hundertprozentig frisch gebacken war. Außerdem sprach die Tatsache, daß die Kunden beobachten konnten, wie das Brot unter hygienischen Bedingungen gebacken wurde, Bände über die Sauberkeit des ganzen Geschäfts.

Aber irgendwie war ihm die Sache aus der Hand geglitten. Man sprach nie von »Desmond Doyles Idee« oder davon, daß die Anregung aus der Abteilung für Sonderprojekte gekommen war. Das Projekt wurde einfach in die Abteilung für Verkaufsförderung integriert. Schließlich entstand eine eigene Bäckereiabteilung, und in allen Zeitungen erschienen Artikel und Fotografien von ihren Krapfen, Kringeln und Sauerteigbroten. Palazzo-Brot war legendär geworden.

Desmond hatte deswegen nie eine Träne vergossen, es war eben nur eine Idee gewesen, und sobald man sie an andere weitergab, war es eben nicht mehr die eigene. Genaugenommen war es egal, ob man dafür Lob erntete oder nicht, man hatte einfach nichts mehr damit zu tun. Natürlich hätte der Arbeitstag ganz anders ausgesehen, wenn so ein Einfall doch Anerkennung gefunden hätte und er für die Firma der »Mister Ideen« geworden wäre. Dann bekäme er ein größeres Büro, ein ordentliches Namensschild für die Tür und sogar einen dieser Teppiche. Mr. Palazzo würde ihn bitten, ihn Carlo zu nennen, und er würde Desmond und Deirdre zu den großen Sommerfesten in seinem riesigen weißen Haus mit Swimmingpool und großem Barbecue einladen. Und er würde Deirdre fragen, ob sie nicht vielleicht diese weiche blaue Lederjacke anprobieren wollte, die gerade aus Mailand eingetroffen war, und ihr versichern, sie sähe wunderbar darin aus und müßte sie unbedingt annehmen. Geschenkt, als Zeichen der Wertschätzung, die man ihrem Mann gegenüber empfand. Dem Ideenmann von Palazzo.

Die Liste machte einen zusammengestückelten Eindruck. Marigold kam herein und erzählte, sie hätte einen fürchterlichen Kater, der auch durch den kalten Orangensaft nicht besser geworden war, den sie sich in der Kantine geholt hatte, um ein bißchen Wodka damit zu verdünnen. Dort hatte sie gehört, daß Mr. Palazzo sich auf dem Kriegspfad befand. Angeblich hatte er eine unangenehme Unterredung mit seinen Buchhaltern hinter sich. Es hieß, es würde nicht mehr genug Taschengeld für den Unsinn mit seinen albernen Lederjacken herausspringen. Jetzt wollte er alles neu organisieren. Marigold bezeichnete ihn als dämlichen kleinen Fettkloß von einem Itaker. Wenn er bei ihr zu Hause in Australien leben würde, wäre er wohl Manns genug, sich nur mit solchen Dingen zu beschäftigen, die ihn wirklich anmachten, zum Beispiel mit diesen erbärmlichen Kleidern und Mänteln, anstatt so zu tun, als hätte er auch nur die geringste Ahnung, wie man ein Geschäft führt. Dabei war doch jedem klar, daß dieser Gangster namens Frank Quigley das für ihn erledigte.

Desmond war zutiefst gerührt, daß Marigold so entschieden für ihn Partei ergriff.

»Setzten Sie sich jetzt hierher, und regen Sie sich nicht länger auf. Das macht Ihr Kopfweh nur noch schlimmer«, sagte er mitfühlend.

Marigold sah ihn mit roten, geschwollenen Augen sorgenvoll an.

»Jesus, Dizzy, Sie sind zu gut für die kalte Dusche, die da auf Sie zukommt«, sagte sie.

»Immer mit der Ruhe. Ich komme am Kühlraum vorbei, soll ich Ihnen etwas Eis mitbringen? Ohne Eis wird es Ihnen kaum bessergehen.«

»Kein Wunder, daß Sie diesen verdammten Schuppen nie über-

nehmen werden, Sie sind ja ein menschliches Wesen«, sinnierte Marigold, den Kopf in die Hände gestützt.
Marigold war erst seit sechs Monaten bei Palazzo, sie fand aber, es sei fast schon wieder an der Zeit, sich nach etwas anderem umzuschauen. Als nächstes hatte sie an ein Hotel gedacht oder an einen Job als Empfangsdame in einem Friseursalon in Knightsbridge, wo Mitglieder der königlichen Familie ein und aus gingen.
Desmond war nicht zu überreden, den Wodka-Orange mit ihr zu teilen, aber sie erweckte der Drink zu neuem Leben. Ihr Gedächtnis kam so weit in Schwung, daß ihr sogar Einzelheiten aus ihrer Arbeitszeit in dieser Abteilung einfielen.
»Aber, mein Gott, irgendwas müssen wir doch getan haben, Dizzy«, sagte sie. Sie legte dabei die Stirn in Falten, so sehr versuchte sie, sich zu konzentrieren. »Ich meine, Sie sind doch nicht tagtäglich hier aufgekreuzt, nur um sich dieses blaßblaue Bild vom irischen Hinterland anzuschauen, oder?«
»Nein, ich glaube nicht, irgendwie sah es immer so aus, als gäbe es etwas zu tun. Aber das waren eigentlich nie meine Angelegenheiten, sondern immer die von anderen, verstehen Sie?« Es klang wie eine Entschuldigung. »Deshalb können wir das nicht als unsere Errungenschaften verbuchen. Das ist alles nicht besonders beeindruckend.«
»Wo werden sie Sie hinschicken, wenn sie die Abteilung hier schließen?«
»Das ist ohnehin das kleinste Büro. Vielleicht lassen sie mich hier, und ich bekomme nur einen anderen Vorgesetzten. Dasselbe Büro, dieselbe Arbeit, nur zu anderen Bedingungen.«
»Die würden Sie doch wohl nicht rausschmeißen?«
»Nein, nein, Marigold«, versicherte er ihr. »Da brauchen Sie keine Angst zu haben, das tun sie nicht.«
Sie lächelte ihn schelmisch an. »Sie meinen, Sie wissen, wo der Hund begraben liegt?«

»Irgendwie schon«, antwortete er.
Er sprach so gedämpft und traurig, daß Marigold nicht weiter nachhaken wollte.
»Ich geh trotzdem mal raus und seh mal, was ich mir aus den Briefen zusammenreimen kann, die ich für Sie geschrieben habe«, sagte sie.

Es kam mehr oder weniger so, wie Desmond es sich vorgestellt hatte. Carlo saß in dem kleinen Büro und ließ sich in keinster Weise von Marigolds Anstrengungen beeindrucken, die Desmond »Mr. Doyle« nannte und von Anrufern erzählte, die sie abgewiesen hätte, weil er eine Besprechung hatte. Marigold hatte für den Kaffee sogar zwei Porzellantassen mit Untertassen ausgeliehen, damit sie ihn nicht wie sonst in den knallroten Tassen mit einem D und einem Fragezeichen darauf servieren mußte.
Carlo sprach über die Notwendigkeit, Umstrukturierungen vorzunehmen, weiter zu expandieren, zu experimentieren und niemals zu stagnieren. Er erwähnte den Wettbewerb, redete von Inflation, Rezession, Unruhe in der Industrie und der Schwierigkeit, einen Parkplatz zu finden. Kurz gesagt, er brachte fast alle schwarzmalerischen Themen aufs Tablett, um die Tatsache zu unterstreichen, daß er, ob er nun wollte oder nicht, die Abteilung mit einer anderen zusammenlegen mußte. Natürlich sei sie nützlich und wichtig, aber der Sache wäre wohl am besten mit einer Umstrukturierung gedient.
Als zum zweiten Mal das Wort »Umstrukturierung« fiel, hatte Desmond das Gefühl, in einem Kino zu sitzen, in dem nonstop der gleiche Film gezeigt wurde, und die Stelle wiederzuerkennen, die er bereits beim Hereinkommen gesehen hatte.
Er hatte von all dem die Nase gestrichen voll. Die Erkenntnis überkam ihn, daß so etwas während der nächsten dreizehneinhalb Jahre immer wieder passieren würde, bis ihnen vielleicht

eines Tages einfiel, man könnte ihn am günstigsten umstrukturieren, indem man ihn auf dem Parkplatz arbeiten ließ.
Desmond fühlte sich bedrückt; wie sollte er das heute abend Deirdre erklären? Er wußte, daß weder sein Gehalt gekürzt noch die Herabstufung öffentlich bekanntgemacht würde. Nur der Titel wäre weg. Er war nun wieder beim Wesentlichen angelangt.
»Und Sie meinen, ich kann weiterhin in diesem Raum, in diesem Büro, bleiben, egal, welches Aufgabengebiet ich übernehme?« wollte er wissen.
Carlo Palazzo streckte seine großen Hände aus. »Wenn es nach mir ginge, selbstverständlich.«
»Geht es denn nicht nach Ihnen, Mr. Palazzo?«
Es stellte sich heraus, daß sein Büro umgebaut werden sollte. Es war geplant, Trennwände herauszunehmen, einen offenen Durchgang zu schaffen und für mehr Licht zu sorgen. Außerdem sollte die Inventur anders organisiert werden.
Desmond wartete geduldig. Er wußte, was jetzt kam. Es hatte keinen Sinn, es beschleunigen zu wollen.
Sein Blick fiel auf das Bild mit dem unwirklichen blauen Himmel und den sanften, grasbewachsenen Hängen. So hatte es im Mayo-County niemals ausgesehen. Der Himmel dort war sehr weit und weiß, und es gab nichts als Steinwälle und kleine braune Felder. Das Bild war nicht viel besser als eine Abbildung auf einer Schokoladentafel.
Carlo Palazzo brachte die Sache auf den Punkt.
Es mußte ja so kommen, dachte Desmond bei sich. Er spürte, wie der altbekannte saure Geschmack wieder aus seinem Bauch in den Mund stieg. Bitte, laß da irgendein Büro sein. Etwas, was keiner Erklärung bedarf. Irgendeinen Teil des Gebäudes, wo es jemanden gab wie Marigold, die die Telefongespräche annahm und sagte: »Einen Moment, ich verbinde«, wenn seine Frau anrief und wie immer ihren Mann sprechen wollte: »Desmond

Doyle, den Leiter der Sonderprojekt-Abteilung, bitte.« Mit der Betonung auf »bitte«.
Laß da bitte das Wort »Abteilungsleiter« irgendwo auftauchen, damit Deirdre nicht für den Rest ihres Lebens in einem Betrieb anrufen muß, in dem niemand weiß, wer, geschweige denn, wo ihr Mann ist.
»Also dachten wir, es ist vielleicht das beste, wenn wir Sie flexibel einsetzten, wo gerade Not am Mann ist«, erklärte Carlo Palazzo.
»Tun Sie mir das nicht an, Mr. Palazzo, bitte, alles, nur nicht das«, bat ihn Desmond Doyle.
Der Italiener sah ihn besorgt an.
»Ich versichere Ihnen, Desmond, Ihre Tätigkeit wird genauso wichtig sein, mindestens, in vieler Hinsicht. Und Sie wissen ja, es steht außer Frage, daß Ihr Gehalt unverändert bleibt ...«
»Aber wenigstens einen eigenen Schreibtisch, egal wo ...« Desmond spürte, daß ihm der Schweiß auf der Stirn stand. Allmächtiger Gott, er fing schon an zu betteln. Warum hatte er das nicht offen und ehrlich mit Frank Quigley ausdiskutieren können?
Er und Frank, die zusammen auf den steinigen Hügeln von Mayo gespielt und niemals einen solchen westirischen Himmel gesehen hatten wie auf dem Bild, sie sprachen die gleiche Sprache. Warum standen nur die vielen Jahre zwischen ihnen? Warum konnte er Frank nicht mehr direkt sagen, daß er ein Büro brauchte, auch wenn die Tür ins Nichts führte. Nach all den Jahren konnte er Deirdre nicht viel bieten. Doch bis heute lebte sie immerhin in dem Glauben, ihr Mann sei eine Führungskraft in einer großen, bedeutenden Einzelhandelsgesellschaft.
Früher hatte es eine Zeit gegeben, da konnten er und Frank über alles reden, egal was. Zum Beispiel darüber, wie Franks Vater es schaffte, innerhalb von drei Wochen eine ganze Abfindungszahlung zu verprassen, indem er der ganzen Stadt ein Saufgelage

spendierte. Oder darüber, wie sehnlichst sich Desmond damals wünschte, diesem Bauernhof mitsamt seinen wenig unterhaltsamen Brüdern und Schwestern zu entfliehen, die es anscheinend glücklich machte, die mageren, dickköpfigen Schafe auf dem kargen Land zu versorgen.

Als sie hierher gekommen waren, hatten sie sich gegenseitig von ihren ersten Erfolgen bei Mädchen erzählt, zwei unbedarfte, junge Draufgänger, die sie damals waren. Von dem Tag an, an dem sie bei Prince anfingen, hatten sie alles miteinander geteilt. Aber dann hatte Frank Appetit auf mehr bekommen, und zu dieser Zeit war es wohl passiert, daß ihre enge Freundschaft starb.

Und für Frank ging es seitdem immer nur aufwärts, unaufhörlich. Jetzt leitete er alles. Aber die Palazzos hatten die Prince-Kette aufgekauft, und nun gehörte sie ihnen. Es war bekannt, daß Carlo Palazzo keine Entscheidung ohne Frank Quigley traf, die schwieriger war als die Frage, welche Soße er zu seinen Nudeln essen sollte. Im Grunde war es also Frank gewesen, der seinen alten Kumpel Desmond dazu verdammte, ständig die Abteilung zu wechseln.

Dachte Frank nicht mehr an Deirdre, wußte er denn nicht, wie schwierig das alles für Desmond sein würde?

Heutzutage kam Frank nur noch sehr selten in den Rosemary Drive. Doch immer, wenn sie sich begegneten, hatte es den Anschein, als sei alles noch beim alten. Sie klopften sich gegenseitig auf die Schulter und lachten, und weil Desmond sich nicht an seinem niedrigen Rang auf der Karriereleiter störte, die sie vor so langer Zeit einmal gemeinsam bestiegen hatten, ließ auch Frank nie eine Bemerkung über seine hohe Position fallen. Nur damals, bei Franks Hochzeit mit Renata Palazzo, war die Kluft zwischen ihnen deutlich sichtbar zutage getreten.

Außer Desmond war keiner seines gesellschaftlichen Ranges anwesend, alle standen wesentlich höher als er.

Deirdre hatte diese Hochzeit gehaßt. Monate vorher hatte sie sich schon darauf gefreut und sogar gehofft, sie und Renata Palazzo könnten so etwas wie gute Freundinnen werden. Desmond war das von Anfang an so unwahrscheinlich erschienen, daß er seine Frau gar nicht ernst genommen hatte. Renata war um Jahre jünger als sie beide, sie kam aus einer anderen Welt. Deirdre wollte sich Renata partout als scheue italienische Einwanderin in ihrem Alter vorstellen, die so etwas wie schwesterliche Ratschläge von ihr bräuchte.

Nie würde Desmond vergessen, wie ihr Lächeln dahinschwand, wie sie in ihrem leuchtendgelben Kleid und dem dazu passenden Kunstfasermantel den anderen Frauen gegenüberstand, die reine Seide und Pelze trugen. Sie, die am Morgen noch so gut gelaunt das Haus verlassen hatte, hielt sich sogar während der Messe, bei der ein italienischer Opernsänger für die Frischvermählten das »Panis Angelicus« anstimmte, im Hintergrund. Als sie an dem großen Zelt ankamen und sich unter die Gäste mischten, die darauf warteten, empfangen zu werden, zerrte sie ständig an ihrem Kleid und an seinem Arm herum. Es war ein schwarzer Tag für sie gewesen, und ihr Schmerz hatte seinen Schatten auch auf Desmond geworfen.

Aber das war alles nicht Franks Schuld gewesen. In all den Jahren, die folgten, konnte sich Desmond darauf verlassen, daß Frank ihn mit einem freundlichen Lächeln begrüßte.

Zu Frank konnte man immer kommen. Man mußte nicht viele Worte machen, oft genügten ihm Andeutungen, um zu wissen, was man von ihm wolle.

Wo, in Gottes Namen, war Frank heute, an diesem zweiten schwarzen Tag, an dem Carlo Palazzo Desmond Doyle eröffnete, daß er kein Büro mehr haben würde, keine eigene Tür, noch nicht einmal ein Telefon auf dem Schreibtisch?

Sollte Desmond seinen Arbeitgeber vielleicht fragen, ob die Sache nicht abzukürzen war, indem er einen beigen Mantel

anzog, so wie die Männer, die die Läden säuberten, und jetzt gleich mit Eimer und Putzlappen bewaffnet runterging, um nach Ladenschluß die Gemüseregale auszuwischen? War das nicht vielleicht einfacher, als ein halbes Dutzend weiterer Peinlichkeiten abzuwarten? Aber dann kam auch in ihm die Wut hoch. Er war ja nicht auf den Kopf gefallen und nicht so dumm, daß man mit ihm auf diese Weise umspringen konnte. Er spürte, wie er die Kontrolle über seine Gesichtszüge verlor. Zu seinem Entsetzen mußte er so etwas wie Mitleid im Gesicht des älteren Mannes feststellen.
»Desmond, mein Freund, bitte«, begann Carlo unsicher.
»Es geht mir gut.« Desmond stand von seinem kleinen Schreibtisch auf. Er wäre zum Fenster geschlendert, um die verräterischen Tränen in seinen Augen zu verbergen, aber zum Schlendern war sein Büro nicht geeignet, dazu hätte er sich am Aktenschrank vorbeizwängen müssen, wobei womöglich der kleine Tisch umgefallen wäre, oder er hätte Mr. Palazzo bitten müssen, seinen Stuhl wegzurücken. Für großartige Gebärden war es hier zu eng. Und nächste Woche würde er überhaupt keinen Freiraum mehr haben.
»Ich weiß, daß es Ihnen gutgeht. Ich will nur nicht, daß Sie mich falsch verstehen. Wissen Sie ... manchmal kann ich mich trotz all der Jahre, die ich nun schon in diesem Land bin, immer noch nicht klar verständlich machen.«
»Nein, Sie können sich durchaus sehr gut verständlich machen, Mr. Palazzo, besser als ich, obwohl Englisch doch meine Muttersprache ist.«
»Aber vielleicht fühlen Sie sich durch etwas, was ich gesagt habe, verletzt. Darf ich noch einmal versuchen, es anders auszudrücken? Sie werden hier wirklich sehr geschätzt. Sie sind schon so lange in diesem Betrieb, Ihre Erfahrung ist für uns unverzichtbar ... Es ist nur so, daß die Umstände sich ändern, mal ist Ebbe, dann wieder kommt die Flut ... alles wurde ... wie soll ich es sagen ...?«

»Umstrukturiert«, sagte Desmond eintönig.
»Umstrukturiert.« Carlo Palazzo griff das Wort auf, ohne zu bemerken, daß er es selbst schon zweimal benutzt hatte. Er lächelte breit, als ob dieses Wort die Situation retten könnte.
Er sah Desmond an, daß das nicht der Fall war.
»Desmond, sagen Sie mir, was Ihnen am liebsten wäre. Nein, fassen Sie es nicht als Beleidigung auf, ich will Sie mit der Frage nicht übers Ohr hauen ... Es interessiert mich einfach, wie Ihnen die Arbeit am liebsten wäre. Was wäre Ihrer Meinung nach das Beste, was Ihnen heute passieren könnte? Angenommen, Sie könnten möglicherweise hier bleiben, wäre das Ihr Traum, Ihr Wunsch?«
Der Mann meinte es ernst, das war kein Schachzug. Carlo wollte es wirklich wissen.
»Nein, ich glaube nicht, daß es mein Traum wäre, weiter als Sonderprojektleiter in diesem Büro zu arbeiten.«
»Also«, Carlo suchte verzweifelt nach einem Silberstreifen am Horizont.
»Also was ist dann so schlimm daran, das Büro zu verlassen? Von welchem Arbeitsplatz würden Sie denn sonst träumen?«
Desmond lehnte an der Kante des Aktenschranks. Marigold hatte den Raum ein wenig mit ausgeliehenen Pflanzen verschönert. Wahrscheinlich hatte sie alle aus den Büros geholt, die mit Teppich ausgelegt waren. Desmond hoffte, daß sie nicht ausgerechnet welche von Carlos eigenen Zimmerpflanzen mitgenommen hatte. Bei dem Gedanken mußte er ein wenig lächeln, und sein Chef lächelte zurück, wobei er aus seinem Stuhl vor dem Schreibtisch gespannt zu ihm hinüberblickte.
Carlo hatte ein breites, gutmütiges Gesicht. Er sah nicht gerissen aus, eher wie einer dieser Italiener, die im Film immer den netten Onkel oder den liebenden Großvater spielen.
Carlo träumte davon, Großvater von vielen Enkelsöhnen mit teils irischen, teils italienischen Namen zu sein, die in seinem

geräumigen weißen Haus ein und aus rannten, Kinder, denen er seinen Anteil von Palazzo vermachen konnte. Träumte Desmond auch von Enkelkindern? Er wußte es nicht. Was mußte er doch für ein Dummkopf sein, nicht zu wissen, was sein Traum war, wo ihn jetzt dieser große, aufrichtige Mann danach fragte.

»Es ist schon so lange her, daß ich mir einen Traum erlaubt habe. Ich glaube fast, ich habe vergessen, was es war«, antwortete er wahrheitsgemäß.

»Ich werde meinen niemals vergessen. Ich wollte nach Mailand gehen und ins Modegeschäft einsteigen«, sagte Carlo. »Ich wollte die fähigsten Handwerker, Näher und Designer zusammenbringen und meine eigene Fabrik mit dem Namen ›Carlo Palazzo‹ gründen.«

»Über Ihrer Firma steht doch auch Ihr Name«, warf Desmond ein.

»Ja, aber es ist nicht das, was ich wollte, was ich mir erhofft hatte. Um mir meinen Lebenstraum zu erfüllen, bleibt nur noch wenig Zeit. Es war mein Vater, der mir gesagt hatte, ich solle zusammen mit meinen Brüdern und Onkeln in die Lebensmittelbranche einsteigen und mich nicht wie ein Damenschneider mit Kleidern abgeben.«

»Väter begreifen nichts«, meinte Desmond nur.

»Hat Ihr Vater ... vielleicht auch nichts begriffen?«

»Nein, einerseits hat er mich verstanden, andererseits auch wieder nicht, wenn Sie wissen, was ich damit meine. Er ist immer schon ein alter Mann gewesen. Als ich zehn war, war er schon alt, und zwar nicht nur in meiner Einbildung, er sieht auch auf allen Fotos so aus. Er verstand nur etwas von Schafen, Hügeln und Stille. Aber er hielt mich nie auf, er fand es in Ordnung, als ich ging.«

»Wie haben Sie dann damit gemeint: Väter begreifen nichts?«

»Ich bin es, der nichts verstanden hat. Ich habe alles für meinen

Sohn getan. Ich wollte, daß er die bestmögliche Ausbildung bekommt, ich habe nicht begriffen, warum er uns verlassen hat.«
»Wo ist er hingegangen?«
Das hatte die Familie außerhalb des Rosemary Drive niemals zugegeben. Nie außerhalb der eigenen vier Wände.
»Er ist weggelaufen, zurück zu den Schafen und den Steinen und der Stille.«
»Sie haben ihn aber gehen lassen.« Carlo schien keineswegs darüber entsetzt, daß Desmonds Sohn ohne Ausbildung ans Ende der Welt geflohen war.
»Aber nicht aus freien Stücken«, seufzte Desmond.
Carlo war noch immer durcheinander. »Also hätten Sie sich für Ihr Leben eine höhere Bildung gewünscht?«
Aus irgendeinem Grund tauchte das schmale, eifrige Gesicht Suresh Patels in Desmonds Vorstellung auf. Er hatte einen Ausdruck in seinen dunklen Augen, als wünschte er, seine Familie mit akademischen Graden und Auszeichnungen zu überhäufen.
»Nein, keine höhere Bildung, nur einen Platz. Ich glaube, es ging mir um einen Platz, der mir gehört.«
Carlo sah sich in dem nichtssagenden Büro um. Aus den letzten Monaten vor dem Belebungsversuch durch die geborgten Pflanzen hatte er es wahrscheinlich noch gesichtsloser in Erinnerung.
»Dieses Büro bedeutet Ihnen so viel?«
Desmond war irgendwie am Ende.
»Um ehrlich zu sein, Mr. Palazzo, ich weiß es nicht. Ich bin kein Mann mit festen Überzeugungen. Das war ich nie. Ich habe Ideen, und deshalb, nehme ich an, fanden Sie und Frank, daß ich gut hierherpassen würde. Aber es sind persönliche Ideen, keine unternehmerischen, und ich fühle mich leicht ein bißchen verloren, wenn eine Umstrukturierung oder etwas Ähnliches ansteht. Aber ich komme schon klar, ich werde zurechtkommen, ich bin immer zurechtgekommen.«

Er klang weder ängstlich noch selbstmitleidig. Eher resigniert und pragmatisch. Carlo Palazzo war erleichtert, daß diese seltsame Stimmung, woher sie auch immer gekommen sein mochte, vorüber war.
»Es ist nicht von heut auf morgen soweit, erst in zwei oder drei Wochen, und Sie werden dadurch in vielerlei Hinsicht mehr Freiheiten haben, mehr Zeit, darüber nachzudenken, was Sie wirklich wollen.«
»Mag sein.«
»Und Sie werden auf jeden Fall eine Führungsposition mit entsprechendem Titel behalten. Bis jetzt haben wir uns da noch nicht genügend Gedanken gemacht, aber wenn Frank zurück ist, da bin ich sicher...«
»Oh, er wird sich bestimmt darum kümmern«, stimmte Desmond bereitwillig zu.
»Also...« Carlo streckte ihm noch einmal seine Hände entgegen.
Dieses Mal wurde er mit einem halben Lächeln belohnt, und Desmond gab ihm die Hand, als ob er auf eine Vereinbarung einschlagen wollte, die zwischen zwei ähnlich denkenden Menschen getroffen wurde.
Carlo hielt inne, als ob ihm plötzlich etwas eingefallen wäre.
»Und Ihrer Frau geht es gut?«
»O ja, Deirdre geht's gut, danke, Mr. Palazzo, ganz ausgezeichnet.«
»Vielleicht hätte sie Lust, einmal am Abend vorbeizuschauen, um... zu uns zum Essen zu kommen – mit der Familie, Frank und Renata und so weiter, nicht wahr...? Richtig... früher waren Sie ja mal alle gute Freunde... bevor das alles... das stimmt, genau.«
»Das ist sehr freundlich von Ihnen, Mr. Palazzo.« Desmond sprach wie jemand, der wußte, daß ein solches Essen niemals stattfinden würde.

»Wäre nett, wir würden uns freuen.« Carlo antwortete im selben Tonfall.
Marigold hielt dem großen Chef, Mr. Palazzo, die Tür auf. Er lächelte ihr oberflächlich und freundlich zu.
»Danke, danke ... äm ...«
»Ich heiße Marigold«, stellte sie sich vor und versuchte, ihren australischen Akzent zu verbergen. »Ich habe das Glück, für Mr. Doyle arbeiten zu dürfen. Es gab einige wichtige Anrufe, Mr. Doyle. Ich habe allen gesagt, Sie seien in einer Besprechung.«
Desmond nickte ernst und wartete, bis die Schritte verhallt waren und Marigold ihm ein »Na, was ist passiert?« zuzischen konnte.
»O Marigold«, sagte er verdrießlich.
»Kein ›O Marigold‹, bitte! Habe ich Sie nicht gut aussehen lassen? Haben Sie nicht gehört, was ich gesagt habe? Wetten, daß er jetzt eine ganze Menge mehr von Ihnen hält? Schließlich habe ich doch gesagt, daß es ein Glück ist, für Sie arbeiten zu dürfen.«
»Wahrscheinlich glaubt er, daß wir miteinander schlafen«, erwiderte Desmond Doyle.
»Das würde mich kein bißchen stören.«
»Sie sind bestimmt das netteste Mädchen auf der Welt.«
»Und Ihre Frau?« fragte Marigold.
»Oh, ich glaube, es würde ihr nicht gefallen, wenn wir miteinander schliefen, ganz und gar nicht.«
»Ich meine, ist nicht sie das netteste Mädchen der Welt, oder war sie es nicht einmal oder so?«
»Sie ist sehr nett, wirklich sehr nett.« Er sagte es ganz sachlich.
»Also, dann habe ich wohl keine Chance.« Marigold versuchte ihn aufzuziehen.
»Palazzo ist nicht der Schlechteste. Das ist so ein großartiger irischer Ausdruck, wenn man sagt, irgend jemand sei nicht der Schlechteste, es ist ein widerwilliges Lob.«

»Dann hat er Sie also doch nicht rausgeschmissen?« Marigolds Gesicht hellte sich auf.

»Doch, genau das hat er getan.«

»Oh, Scheiße. Wann? Wo?«

»Bald, in ein, zwei Wochen, wenn Frank zurück ist.«

»Frank ist gar nicht weg«, sagte Marigold wütend.

»Nein, aber wir tun so, als wäre er weg, verstehen Sie?«

»Und wo werden Sie hingeschickt?«

»Mal da, mal dort. Wie es scheint, habe ich keinen festen Standort mehr.«

»Und was soll daran gut sein?«

Ihre Augen blickten sanft, das schöne Gesicht drückte Betroffenheit aus, und sie biß sich auf die Lippen, so ungerecht fand sie das Ganze.

Er konnte ihr Mitgefühl nicht ertragen.

»Ach, das geht schon klar, Marigold. Es hat ja auch viele gute Seiten. Ich glaube nicht, daß wir denen da oben dafür den Kampf ansagen müssen, oder?«

Er schaute sich im Büro um und machte mit seinen Armen eine theatralische Geste.

»Aber ohne eigenes Büro?« Sie schien aufgebracht zu sein, er mußte sie beruhigen.

»Das ist interessanter, als hier herumzusitzen und am Ende gar nichts zu sehen. Ich werde so meine Runden machen und Sie von Zeit zu Zeit besuchen, und Sie verschönern mir dann den Tag.«

»Hat er gesagt, warum?«

»Umstrukturierung im Betrieb.«

»Umstrukturierung am Arsch«, meinte Marigold.

»Kann schon sein, aber was soll's?«

»Sie haben nichts getan, die dürften Ihnen den Arbeitsplatz nicht wegnehmen.«

»Darum geht's wahrscheinlich, womöglich habe ich wirklich nichts getan.«

»Nein, Sie wissen genau, was ich meine. Sie sind nun mal, in Gottes Namen, leitender Angestellter und schon seit Jahren hier beschäftigt.«
»Ich werde weiterhin irgendeinen Titel für leitende Angestellte tragen ... Wir wissen noch nicht genau, welchen, aber später ...«
»Später, wenn Frank zurück ist.«
»Pst, pst.«
»Sie beide sollen doch so gute Freunde sein, dachte ich.«
»Das waren wir auch, wir sind es noch. Aber fangen Sie jetzt nicht auch noch davon an, Marigold, bitte!«
Scharf und schnell erkannte sie, um was es ging, und impulsiv, wie sie nun mal war, sprach sie es aus.
»Sie meinen, das werden Sie heute abend noch alles von Ihrer Frau zu hören bekommen, habe ich recht?«
»Einerseits schon.«
»Also, dann betrachten Sie das jetzt eben als Generalprobe.«
»Nein, danke, ich weiß, Sie meinen es gut.«
Sie sah die Tränen in seinen Augen.
»Ich meine es sehr gut mit Ihnen, und ich sage Ihnen noch was: Wenn Ihre Frau nicht weiß, daß Sie einer der besten ...«
»Aber das tut sie doch, wirklich.«
»Dann werde ich zu Ihnen nach Hause kommen und ihr sagen, was für einen wunderbaren Mann sie hat. Und wenn sie das nicht kapiert, werde ich ihr den Kopf abreißen.«
»Nein, Deirdre wird es verstehen, und bis dahin habe ich noch genug Zeit, darüber nachzudenken, wie ich es ihr beibringen und ins rechte Licht rücken kann.«
»Wenn ich Sie wäre, würde ich keine Zeit dafür verschwenden, das vorher durchzuspielen. Rufen Sie sie an, führen Sie sie in ein nettes Restaurant, so eins mit Tischdecken, zum Essen aus und bestellen Sie eine Flasche Schnaps. Sagen Sie es ihr geradeheraus, da gibt es nichts, was man ins recht Licht rücken müßte.«

»Jeder tut am Ende das, was von ihm erwartet wird, Marigold«, sagte er bestimmt.
»Und manche Leute tun überhaupt gar nichts, Dizzy«, gab sie zurück.
Er sah betroffen aus.
Impulsiv schlang sie ihre Arme um ihn. Er spürte, wie sie in seinen Armen schluchzte.
»Ich bin ein solches Großmaul«, sagte sie.
»Schon gut!« Ihr Haar roch angenehm, wie Apfelblüten.
»Ich wollte Sie aufmuntern, und jetzt sehen Sie, was ich zum Schluß dahergeredet habe.«
Ihre Stimme klang wieder natürlicher. Sanft löste er sie aus einer Umarmung und hielt sie von sich weg, dabei sah er sie bewundernd an, diese hübsche Australierin, die so alt sein mochte wie seine Anna oder ein bißchen älter. Die Tochter irgendeines Mannes auf der anderen Seite der Welt, der keine Ahnung hatte, in welchen Berufen dieses Mädchen arbeitete und wie sie mit ganzem Herzen dabei war. Er sagte nichts, sah sie nur an, bis sie sich ausgeschluchzt hatte und einigermaßen zur Ruhe gekommen war.
»Das wär' ja großartig gewesen, wenn der alte Fettkloß noch einmal zurückgekommen wäre und gesehen hätte, wie wir uns in den Armen liegen. Damit wären alle seine Ahnungen bestätigt gewesen.«
»Er wäre eifersüchtig geworden«, meinte Desmond galant.
»Von wegen, Dizzy«, sagte sie.
»Ich glaube, ich gehe ein bißchen raus«, erklärte Desmond.
»Falls jemand fragt, werde ich antworten, daß Sie sich in Ihr neues Tätigkeitsfeld einarbeiten«, meinte sie fast grinsend.
»Sagen Sie gar nichts«, erwiderte er.
Das sagte er immer.

Er rief Frank von einer Telefonzelle in der Nähe des Eingangs aus an.
»Ich bin nicht sicher, ob Mr. Quigley gerade erreichbar ist. Kann ich ihm sagen, wer ihn sprechen will?«
Es folgte eine lange Pause. Offensichtlich wurde etwas beraten.
»Nein, es tut mir sehr leid, Mr. Doyle, Mr. Quigley ist geschäftlich unterwegs, hat man Sie nicht unterrichtet? Ich glaube, Mr. Palazzos Sekretärin sollte Ihnen Bescheid sagen...«
»Natürlich, ich wollte nur wissen, ob er schon zurück ist«, erwiderte Desmond freundlich.
»Nein, nein.« Die Worte klangen bestimmt, als gälten sie einem kleinen Kind, das etwas nicht richtig verstanden hatte.
»Wenn er kommt, richten Sie ihm bitte aus, daß... daß...«
»Ja, Mr. Doyle?«
»Richten Sie ihm gar nichts aus. Sagen Sie ihm nur, Mr. Doyle hat angerufen, um gar nichts zu sagen, so wie er es sein ganzes Leben lang getan hat.«
»Ich glaube, ich habe nicht richtig...«
»Sie haben es verstanden. Aber ich sag's noch mal.« Desmond wiederholte seine Worte und empfand dabei so etwas wie Befriedigung. Er fragte sich, ob er womöglich verrückt wurde.
Es war mitten am Vormittag, und er hatte ein seltsames Gefühl von Freiheit, als er durch die großen Palazzo-Tore hinausging. Er fühlte sich wie ein Kind, das wegen irgendeiner Krankheit von der Schule nach Hause geschickt wurde.
Er dachte daran, wie er sich einmal vor Jahren in seiner Schulzeit mit Frank zusammen verdrückt hatte. Ausgebüxt waren sie. Dem Schulleiter hatten sie erzählt, sie hätten im Schulhof eine Tüte mit Chemikalien eingeatmet und ihre Augen seien davon rot geworden und sie bekämen keine Luft mehr. Sie konnten ihn tatsächlich davon überzeugen, daß sie unbedingt eine Frischluftkur brauchten, um sich zu erholen.
Selbst jetzt, nach fünfunddreißig Jahren, konnte Desmond sich

noch an das Gefühl von Freiheit erinnern, als sie über die Hügel rannten und sprangen und der Enge des Klassenzimmers so ganz und gar entronnen waren.

Was sie damals jedoch vermißt hatten, war, daß sie keine Spielkameraden auftreiben konnten. Alle anderen saßen voller Unmut in der Schule. Es fehlte ihnen eine Clique, und so waren sie doch schon früher nach Hause zurückgekehrt, als sie eigentlich vorgehabt hatten.

Irgendwie war es heute genauso. Es gab niemanden, den Desmond bitten konnte, mit ihm zu spielen, keinen, für den er, wie Marigold vorgeschlagen hatte, eine Flasche Schnaps kaufen konnte. Er hätte die Bahn zur Baker Street nehmen und zu Annas Buchhandlung fahren können, aber er wußte ja nicht, ob sie Zeit hatte. Außerdem würde er sie nur beunruhigen, denn es war gar nicht seine Art, sie dort zu besuchen. Sein einziger Sohn, dem zum Glück klargeworden war, was Freiheit bedeutet, war fortgerannt, um sie zu finden, und weit, weit weg. Seine andere Tochter in ihrem Kloster würde nicht verstehen, wie dringend er jemanden zum Reden brauchte, wie groß sein Bedürfnis war, sich mitzuteilen und sich so auf sich selbst zu besinnen.

Nach sechsundzwanzig Jahren in diesem Land war es ein Armutszeugnis, daß ihm außer seinen Kindern in ganz London niemand einfiel, den er anrufen und bitten konnte, sich mit ihm zu treffen, um zu reden. Desmond Doyle hielt sich nie für einen Jet-setter, aber er hatte Deirdre und sich immer als Ehepaar mit festem Freundeskreis gesehen. Natürlich war es so. Demnächst würden sie ihre silberne Hochzeit feiern, und es war kein Problem, Leute zu finden, die sie einladen konnten, im Gegenteil, sie mußten zusehen, wie die Zahl der Gäste zu begrenzen war.

Wie konnte er glauben, er hätte keine Freunde. Sie hatten Dutzende. Aber genau das war es ja. SIE hatten Freunde, er und Deirdre, und das wirkliche Problem hatte nichts mit Umstruk-

turierungen oder einem Titel zu tun, eigentlich ging es um ein nicht gehaltenes Versprechen.
An jenem Abend, der nun so viele Jahre zurücklag, hatte er ihr geschworen, daß er im Geschäftsleben aufsteigen würde, sein Name sollte in der Familie O'Hagan in Irland etwas gelten. Er hatte gesagt, daß Deirdre niemals arbeiten gehen müßte. Weder ihre Mutter noch irgendeine von Deirdres Freundinnen, die 1960 geheiratet hatten, waren davon ausgegangen, jemals einen Job finden zu müssen. Irland hatte sich seitdem verändert, es war jetzt mehr wie England. Mrs. O'Hagan rümpfte heutzutage nicht mehr so leicht die Nase wie früher, nur weil eine junge Frau sich fortbildete oder irgendeine Arbeit annahm, um etwas zum Bau des Eigenheims beizutragen.
Aber diese schwarzen Tage lagen weit zurück, und die Verachtung von seiten der O'Hagans war schwer zu ertragen gewesen. Desmond wußte, daß er dieses Versprechen nicht unter Zwang gegeben hatte. Er hatte Deirdres kleine Hand gehalten und sie gebeten, ihm zu vertrauen, in jener Nacht, als sie ihren Eltern die Neuigkeit beibringen wollten. Er konnte sich noch an seine Worte erinnern.
»Ich wollte immer im Handel arbeiten. Ich weiß, so etwas kann man deiner Familie nicht erzählen, aber selbst wenn fliegende Händler in die Stadt kamen, war es für mich schon von jeher ganz aufregend, so sehr habe ich es geliebt, wie sie ihre Tücher und die hellglänzenden Kämme auf dem Boden ausbreiteten. Ich wußte, um was es dabei ging.«
Deirdre hatte ihn voller Vertrauen angelächelt, es war ihr klar, daß er solche Merkwürdigkeiten wie fliegende Händler im Haus der O'Hagans niemals erwähnen würde.
»Ich will dich«, hatte er gesagt. »Mehr als alles auf der Welt, und wenn ein Mann einen Traum hat, gibt es nichts, was er nicht bezwingen könnte. Ich werde den englischen Einzelhandel erobern. Sie werden glücklich sein, daß sie dich nicht an einen

Arzt oder einen Anwalt verloren haben. Es wird der Tag kommen, an dem sie froh sein werden, daß sie sich mit einem Handelsfürsten zufriedengegeben haben.«
Deirdre hatte ihn voller Zuversicht angesehen, so wie sie es seitdem immer getan hat.
Er nahm an, daß sie immer noch sein Traum war, aber warum war sie ihm nicht eingefallen, als Mr. Palazzo ihn danach gefragt hatte?
Desmond fand sich auf seinem altbekannten Nachhauseweg. Seine Füße hatten ihn automatisch zur Bushaltestelle getragen. Um diese Tageszeit warteten da keine Menschenmengen, niemand stand Schlange. Wie angenehm war es doch, jetzt fahren zu können und nicht wie sonst im Berufsverkehr unterwegs zu sein.
Er wußte, daß Deirdre zu Hause war und diese verdammte Liste für die Silberhochzeit noch einmal durchging. Angenommen, er riefe sie doch an. Bestimmt würde sie seine Ehrlichkeit und Direktheit zu schätzen wissen.
In gewisser Weise liebte sie ihn doch, oder? So, wie er sie, und das tat er wirklich. Natürlich hatte sie sich verändert, so wie jeder andere auch, aber es wäre lächerlich gewesen, von ihr zu erwarten, immer noch die zarte blonde, begehrenswerte Deirdre O'Hagan zu sein, die sein Herz und seine Gedanken so unnachgiebig beherrscht hatte. Warum war sie nicht der Traum? Sie hatte nur etwas mit ihm zu tun. Der Traum bestand darin, sein Versprechen doch noch eines Tages wahrzumachen. Aber nicht in einer Million Jahren hätte er das Carlo Palazzo erzählen können, selbst wenn er es in Worte hätte fassen können, was ja nicht der Fall war. Jedenfalls nicht bis zu diesem Augenblick, als der Bus sich näherte.
Desmond zögerte. Sollte er vielleicht doch nicht in den Bus steigen, sondern ein Telefon suchen, um seine eigene Frau zum Essen einzuladen und ihr zu erklären, was in ihm vorging? In der

Hoffnung, es gäbe eine Möglichkeit, daß sie seine Gedanken mit ihm teilte, so wie sie damals jede Gefühlsregung miteinander geteilt hatten, als sie gegen den Willen der mächtigen O'Hagans ihre Hochzeit durchsetzten.
»Steigen Sie jetzt ein oder nicht?« fragte ihn der Schaffner aus verständlichen Gründen. Desmond hatte das Geländer festgehalten. Er dachte an Marigolds Worte: »Manche Leute tun überhaupt gar nichts, Dizzy.« Aber er war schon fast im Bus.
»Ich steige ein«, sagte er. Und sein Gesicht hatte einen so gutmütigen und harmlosen Ausdruck, daß ihn der Busfahrer, der selbst auch lieber ein anderes und besseres Leben geführt hätte, nicht weiter behelligte.
Er legte sich für Deirdre Floskeln und beschönigende Formulierungen zurecht, während er Richtung Rosemary Drive ging. Daß er ein größeres Ressort übernehmen würde, als leitender Angestellter ohne festes Büro. Er würde die Tätigkeit der Firma aus nächster Nähe kennenlernen, anstatt in seiner kleinen Klause eingeschlossen zu sein. Er wollte erwähnen, daß Frank verhindert gewesen sei und daß man sich zwar noch nicht auf eine exakte Bezeichnung für seinen Aufgabenbereich geeinigt habe, aber das Zauberwort »Leitender ...« würde auf jeden Fall vorkommen. Die Einladung zum Essen bei den Palazzos wollte er gar nicht erwähnen, denn es war ihm klar, daß sie niemals stattfinden würde.
Er nahm es Frank nicht übel, die Konfrontation vermieden zu haben. Nicht einmal, daß er die Versetzung in die Wege geleitet hatte. Wahrscheinlich hatte er recht, die Aufgaben der Abteilung für Sonderprojekte hatten tatsächlich schon andere übernommen. Mit einigem Abstand betrachtet, bot ihm Frank vielleicht sogar die Chance, in einer besseren Nische unterzukommen. Wie sie auch aussehen mochte, Desmond wünschte, er könnte mehr Begeisterung dafür aufbringen.
Deirdre würde sich wundern, daß er so unerwartet zum Mittag-

essen zu Hause auftauchte. Bestimmt machte es sie nervös, und sie würde ständig wiederholen, daß er sie hätte vorwarnen müssen. In der Aufregung darüber, daß sie nichts im Haus hatte, würde die Wichtigkeit seiner Neuigkeit untergehen.

Desmond beschloß, in den Laden an der Ecke zu gehen und Mr. Patel zu sagen, daß er auch für dieses Problem den richtigen Service anbieten sollte. Es gab dort Pizzas, aber mit viel zuviel Plastikverpackung drumherum, und Teig und Belag waren nicht im richtigen Mengenverhältnis abgestimmt. Sie waren auch nicht besonders gut. Es hätte ihm trotzdem gereicht. Oder vielleicht sollte er sich eine Dose Suppe und dazu knuspriges französisches Weißbrot holen? Hühnerklein wäre auch nicht schlecht gewesen, aber er wußte nicht, ob Mr. Patel so etwas verkaufte.

Es war keine Kundschaft im Laden, und was noch ungewöhnlicher war, es saß auch niemand an der Kasse. In den seltenen Fällen, daß Suresh Patel einmal nicht selbst dort saß wie auf einem Thron, von dem aus er weiterhin sein kleines Königreich regieren und beraten konnte, hielt den Platz doch immer irgendwer besetzt. Entweder seine stille Frau, die zwar kein Wort Englisch sprach, aber immerhin die Preise, die sie von den Etiketten ablas, eintippen konnte, oder manchmal sein junger eulenhafter Sohn oder die vorlaute kleine Tochter. Der Bruder von Mr. Patel war anscheinend nicht in der Lage, in dem Familienbetrieb seinen Mann zu stehen.

Desmond bewegte sich auf den Mittelgang zu und erkannte mit einem schwindelerregenden Gefühl, daß er mitten in einen Raubüberfall geraten war.

Ihn überkam das seltsame Gefühl, als erlebte er eine irreale, in Zeitlupe ablaufende Begebenheit. Als er die beiden Burschen in Lederjacken dabei beobachtete, wie sie den beleibten Bruder von Mr. Patel schlugen, war ihm, als sähe er bei einer Fußballübertragung eine Szenenwiederholung.

Desmond spürte wieder sein Sodbrennen, diesmal fühlte es sich noch brennender an als sonst. Er fürchtete fast, zu ersticken.
Er wich zwei Schritte zurück. Er wollte hinausrennen und Alarm schlagen, nichts wie hinaus und um die Ecke zur Straße, wo mehr Leute unterwegs waren. Und, um ehrlich zu sein, wo die beiden Ganoven ihn beim Hilfeholen nicht so leicht schnappen konnten.
Aber bevor er noch weitergehen konnte, hörte er die Stimme von Suresh Patel, der den mit Stangen bewaffneten jungen Männern etwas zurief.
»Ich bitte Sie, bitte ... Er hat nicht viel im Kopf, er weiß nichts von einem Safe. Wir haben keinen Safe. Im Nachtdepot ist Geld. Bitte schlagen Sie meinen Bruder nicht mehr.«
Mit einem neuerlichen Schock, der sich körperlich in seinem Magen niederschlug, sah Desmond, wie Mr. Patels Arm seltsam gekrümmt an ihm herunterhing. Offensichtlich hatte er schon Schläge abbekommen und war gebrochen.
Das, was jetzt folgte, hätte er selbst dann getan, wenn Marigold nicht so traurig davon gesprochen hätte, daß es Leute gab, die überhaupt nichts taten. Desmond Doyle, der so gutmütig war, daß man ihn aus seinem Büro vertrieb, damit er dort keine Wurzeln schlug, so bescheiden, daß eine junge australische Schönheit seiner Zukunft wegen Tränen vergoß, dieser Mann wußte plötzlich, was zu tun war.
Er hob einen Stapel Tabletts auf, die zur Auslage der am Morgen gelieferten Brote gedient hatten, und ließ ihn jäh auf das Genick des einen Mannes in der Lederjacke niedersausen. Der Junge, der höchstens so alt war wie Desmonds Sohn Brendan, ging mit einem dumpfen Schlag zu Boden. Der andere blickte ihn verstört an. Desmond stieß ihn mit den Tabletts und manövrierte ihn zu den Nebenräumen, in denen die Familie Patel wohnte.
»Ist Ihre Frau da drinnen?« schrie er.

»Nein, Mr. Doyle.« Suresh Patel schaute vom Boden auf, wie die Leute im Film, wenn der Retter naht.

Der Bruder, der nicht wußte, wo der Safe war, lächelte, als ob ihm das Herz zerspringen wollte.

Desmond stieß und drängte immer weiter und spürte, wie ihm noch mehr Kraft zufloß. Hinter ihm hörte er, wie im Laden Stimmen laut wurden. Es waren echte Kunden.

»Holen Sie schnell die Polizei und einen Krankenwagen«, rief Desmond Doyle. »Hier gab es einen Raubüberfall, gehen Sie schnell, man wird Sie in jedem Privathaushalt telefonieren lassen.«

Die beiden jungen Männer, die froh waren, bei dieser Heldentat den sichereren Part erwischt zu haben, rannten los, und Desmond schob eine Vitrine vor die Tür des Raumes, in den er den verblüfften jungen Mann in der Lederjacke getrieben hatte.

»Kann er so noch heraus?« fragte er.

»Nein. Die Fenster sind vergittert und so, wissen Sie, für den Fall, daß man so was wie jetzt ...«

»Geht es Ihnen gut?« Desmond kniete auf dem Boden.

»Ja, ja. Haben Sie ihn umgebracht?« Er nickte in Richtung des jungen Mannes am Boden, der gerade das Bewußtsein wiedererlangte und anfing zu stöhnen.

Desmond hatte ihm die Eisenstange abgenommen und hielt sich bereit, noch einmal zuzuschlagen, aber der Mann konnte sich nicht bewegen.

»Nein, er ist nicht tot. Aber er wird in den Knast wandern, bei Gott, er wandert in den Knast«, erwiderte Desmond.

»Vielleicht auch nicht, aber das ist jetzt nicht wichtig.« Der Ladeninhaber versuchte, wieder auf die Beine zu kommen. Er sah schwach und ängstlich aus.

»Was ist dann wichtig?« wollte Desmond wissen.

»Na ja, ich muß erst mal sehen, wer jetzt das Geschäft für mich führt – Sie sehen ja, wie mein Bruder ist, und meine Frau kann

nicht sprechen, das wissen Sie doch. Die Kinder darf ich gar nicht fragen, ob sie von der Schule zu Hause bleiben, sonst versäumen sie das Klassenziel und fallen durch die Prüfungen...«
In der Ferne hörte Desmond eine Sirene. Die beiden Helden kamen wieder hereingestürmt und berichteten, daß die Polizei schon unterwegs war.
»Machen Sie sich darum keine Sorgen«, sagte Desmond freundlich zu dem am Boden liegenden Mann. »Das wird schon geregelt.«
»Aber wer denn?«
»Haben Sie sonst noch Verwandtschaft, vielleicht Cousins, die auch so ein Geschäft führen?«
»Ja, aber die können selbst nicht von zu Hause fort. Jeder muß für sich selber zurechtkommen.«
»Ja, das ist mir klar. Aber könnten Sie mir nicht doch ihre Namen sagen, wenn wir Sie ins Krankenhaus bringen müssen. Ich kann mich ja mal mit ihnen in Verbindung setzen.«
»Das hat keinen Sinn, Mr. Doyle. Die haben doch alle keine Zeit... sie müssen alle bei sich arbeiten.«
Er sah besorgt aus, und seine Augen füllten sich mit Tränen. »Jetzt sind wir erledigt, das sieht doch ein Blinder«, meinte er.
»Nein, Mr. Patel. Ich werde das Geschäft für Sie führen. Sie müssen Ihrer Familie nur klarmachen, daß sie mir vertrauen können und ich es ehrlich meine.«
»Das können Sie doch nicht machen, Mr. Doyle. Sie haben eine verantwortliche Stellung bei Palazzo. Das sagen Sie doch nur, um mich aufzumuntern.«
»Nein, es ist die Wahrheit. Bis Sie aus dem Krankenhaus herauskommen, werde ich mich um Ihr Geschäft kümmern. Heute werden wir natürlich schließen müssen, wir hängen einfach einen Zettel an die Tür, aber morgen, um die Mittagszeit, werde ich soweit sein, daß wir wieder öffnen können.«

»Mir fehlen die Worte, wie kann ich Ihnen nur danken ...«
Auch in Desmonds Augen standen Tränen. Er merkte, wie dieser Mann ihm tiefstes Vertrauen schenkte. Suresh Patel sah in Desmond Doyle einen angesehenen Abteilungsleiter, der tun und lassen konnte, was er wollte.
Die Sanitäter waren sehr behutsam. Sie meinten, außer dem Arm sei höchstwahrscheinlich auch noch eine Rippe gebrochen.
»Das könnte ein Weilchen dauern, Mr. Doyle«, sagte Suresh Patel, als er auf der Bahre lag.
»Wir haben alle Zeit der Welt.«
»Lassen Sie mich Ihnen noch erklären, wo der Safe zu finden ist.«
»Jetzt nicht, später. Ich werde Sie im Krankenhaus besuchen.«
»Aber Ihre Frau, Ihre Familie. Sie werden nicht zulassen, daß Sie das tun.«
»Sie werden es verstehen.«
»Und hinterher?«
»Dann wird sich einiges verändert haben. Machen Sie sich darüber keine Gedanken.«
Die Polizisten wurden auch immer jünger. Diese hier waren scheinbar noch nicht mal so alt wie die beiden Schurken. Der eine war zweifellos noch jünger als Desmonds Sohn Brendan.
»Wer ist hier zuständig?« fragte der junge Polizist mit einer Stimme, die noch nicht die Entschiedenheit hatte, die sie in den nächsten Jahren sicherlich entwickeln würde.
»Das bin ich«, sagte Desmond. »Ich bin Desmond Doyle, Rosemary Drive Nr. 26, und ich werde mich so lange um das Geschäft kümmern, bis Mr. Patel wieder aus dem Krankenhaus zurück ist.«

5

Father Hurley

Niemand außer seiner Schwester wäre auf die Idee gekommen, Father James Hurley Jimbo zu nennen. Er war in den Sechzigern, hatte silbergraues Haar und einen schönen Kopf. Seiner Haltung nach zu urteilen, hätte er ein Bischof sein können, und nicht wenige Leute meinten, daß er viel eher wie ein Bischof aussah als manch einer, der tatsächlich dieses Amt bekleidete. Hochgewachsen und aufrecht, wie er war, hätte ihm die Robe gut gestanden, ja sogar noch besser als die rote Tracht des Kardinals. Aber Rom ging nicht nach dem Aussehen, und Father Hurleys Name war den Mächtigen der Kirche noch nicht zu Ohren gekommen.

Es war unmöglich, jemanden zu finden, der etwas gegen ihn gesagt hätte. Seine Gemeindemitglieder in verschiedenen Bezirken von County Dublin hatten ihn allesamt ins Herz geschlossen. Offenbar war er in der Lage, mit den Veränderungen Schritt zu halten, die nach dem Vatikanischen Konzil auf die Kirche zukamen; er ließ sich darauf ein, aber er preschte nicht vor. Er verstand es, den Allerkonservativsten mit leiser Stimme Beruhigendes und Beschwichtigendes zu sagen, ging aber scheinbar doch so weit, daß er den Laien ein gewisses Mitspracherecht einräumte. Man konnte zwar nicht gerade behaupten, daß er es allen recht machen wollte, aber er wollte auch niemanden verärgern.

Und in einem Dublin, wo der Antiklerikalismus unter den jüngeren Liberalen um sich griff, war das keine geringe Leistung. Er war kein Fernsehpfarrer, man sah ihn nie auf dem Bildschirm zu irgendeiner Frage Stellung nehmen. Er hätte sich auch nicht dazu hergegeben, die Trauung stadtbekannter Atheisten vorzunehmen, die aus reiner Angeberei nicht auf die kirchliche Heirat verzichten wollen. Doch genausowenig gehörte er zu den altmodischen Geistlichen, die im März, die Taschen gefüllt mit Fünfpfundnoten, nach Cheltenham pilgern oder die Hunde bei der Hasenjagd anfeuern. Father Hurley war in anderen Ländern herumgekommen, verfügte über Bildung und hatte ein angenehmes Auftreten. Die Leute sagten oft, er sähe aus wie ein Gelehrter. Das war ein hohes Lob. Und es amüsierte ihn, daß manche es für ein noch höheres Lob hielten, wenn behauptet wurde, er hätte mehr Ähnlichkeit mit einem anglikanischen Vikar als mit einem katholischen Pfarrer.

Anscheinend war James Hurley ohne größeres Auf und Ab von einer Gemeinde in die andere gezogen. In seiner Laufbahn zeichnete sich kein Aufstieg ab, wie ihn ein so redegewandter, kluger Mann wohl hätte erwarten dürfen, doch es ging das Gerücht, daß er sich nie um eine Beförderung bemüht hatte. Andererseits konnte man auch nicht behaupten, daß er den weltlichen Freuden entsagt hätte, nicht Father Hurley, der gute Weine schätzte, gerne Fasan und noch lieber Hummer aß.

Aber er schien immer völlig zufrieden mit seinem Schicksal zu sein, selbst als er in ein Arbeiterviertel geschickt wurde, wo er vierzehn Jugendclubs und elf Fußballmannschaften betreuen mußte, statt der Salons und privaten Pflegeheime, die er in seiner vorherigen Stellung besucht hatte.

Er hatte eine der besseren katholischen Schulen in England besucht, allerdings war es nicht seine Art, davon zu erzählen. Seine Familie war wohlhabend gewesen, und es hieß, er sei auf einem großen Gut auf dem Lande aufgewachsen. Aber auch darüber sprach er selbst nie, er lachte nur unbekümmert und meinte, die Iren täten besser daran, ihren Familienstammbaum nicht zu schütteln, denn man wüßte ja nie, was da alles herun-

terfiele. Er hatte eine Schwester, die auf dem Land lebte und mit einem wohlhabenden Anwalt verheiratet war. Von ihrem einzigen Sohn, seinem Neffen, sprach Father Hurley mit großer Zuneigung. Gregory war der einzige Aspekt in Father Hurleys Privatleben, über den er bereitwillig Auskunft gab.
Ansonsten war er nur ein sehr guter Zuhörer, der sich für die Geschichten der anderen wirklich interessierte. Aus diesem Grund hielten ihn die Leute für einen so guten Gesprächspartner. Denn er sprach nur über sie.
In die verschiedenen Pfarrhäuser, die James Hurley im Lauf seines Lebens bewohnt hatte, begleiteten ihn Bilder seiner inzwischen verstorbenen Eltern in altmodischen ovalen Rahmen. Es gab auch ein Familienfoto von Gregorys Erstkommunion und ein weiteres von seiner Schulabschlußfeier. Ein hübscher Junge, dessen Hand leicht auf der Pergamentrolle ruhte, seine Augen lächelten in die Kamera, als wüßte er viel mehr als seine Altersgenossen, die zwar in Pose gingen für die steifen, offiziellen Fotos an diesem Tag, aber das Ganze doch recht locker nahmen.
Für die Menschen, die Father Hurley ihre Lebensgeschichte, ihre Sorgen und ihren belanglosen Klatsch erzählten, war Gregory ein ideales Gesprächsthema; nach ihm konnten sie sich erkundigen, mit höflichem Blick die enthusiastische Antwort anhören und dann zu ihrem eigenen Anliegen zurückkehren. Es fiel ihnen gar nicht auf, daß ab einem gewissen Zeitpunkt Father Hurley nicht mehr von sich aus auf Gregory zu sprechen kam und daß seine Antworten vager und unbestimmter ausfielen als früher. Er war viel zu diplomatisch, um sich etwas anmerken zu lassen. Auch das war eine Eigenschaft, über die die Leute redeten; sie meinten, er würde sich bestimmt sehr gut im Auswärtigen Amt machen, als Konsul oder gar als Botschafter.
James Hurleys Mutter war gestorben, als er noch ein Kind war,

und Laura war für ihn immer Mutter, Schwester und beste Freundin in einem. Laura war fünf Jahre älter als er; mit siebzehn übernahm sie die Verantwortung für ein großes, baufälliges Haus, einen kleinen, anhänglichen Bruder und einen unnahbaren, zurückhaltenden Vater, der seinen Kindern nicht mehr Aufmerksamkeit schenkte als zuvor seiner Frau oder dem ererbten Anwesen.

All das war Father James Hurley heute klar, aber damals hatte er dauernd in der kindlichen Angst gelebt, seinen finsteren, gleichgültigen Vater noch mehr zu verletzen. Laura hätte weggehen können, auf die Universität, dachte er immer, wenn ihr kleiner Bruder nicht gewesen wäre. Statt dessen blieb sie zu Hause und machte in der nahe gelegenen Stadt eine Ausbildung als Sekretärin.

Sie arbeitete im Lebensmittelgeschäft am Ort, das schließlich von einer größeren Firma übernommen wurde; dann fing sie in der Bäckerei an, die mit drei anderen Bäckereien in der Nähe fusionierte, woraufhin sie ihre Stellung verlor. Anschließend wurde sie Sprechstundenhilfe beim Arzt, dem einige Zeit später wegen standeswidrigem Verhalten die Approbation entzogen wurde. Im Gespräch mit ihrem kleinen Bruder Jimbo bemerkte Laura öfter, sie habe scheinbar eine unglückliche Hand und bringe ihren Arbeitgebern Pech. Jimbo pflegte daraufhin vorzuschlagen, sie sollte doch in seiner Schule arbeiten, die würde dann hoffentlich auch geschlossen.

In seiner Berufung bestärkte sie ihn; gemeinsam unternahmen sie ausgedehnte Spaziergänge über die Landstraßen und saßen auf moosigen Böschungen oder auf den Steinwällen zwischen den Feldern und sprachen über die Liebe Gottes, so wie andere vielleicht über Sport oder Kinofilme.

Laura war mit Tränen in den Augen niedergekniet, um als erste den Segen ihres Bruders zu empfangen, nachdem er seine erste Messe gelesen hatte.

Ihr Vater war inzwischen verstorben, er hatte sich bis zum Ende unnahbar und unbeteiligt gezeigt. James war Priester geworden; er hätte genausogut Soldat oder Jockey werden können, für seinen Vater spielte das keine Rolle.

Während seiner Zeit im Priesterseminar hatte sich James oft Sorgen um Laura gemacht. Sie wohnte im Pförtnerhaus ihres einstigen Heims. Das große Haus war eigentlich gar nicht so groß, gemessen am dazugehörigen Landbesitz, aber es war dennoch ein stattliches Anwesen. Laura hatte jedoch nicht das Gefühl, ihre gesellschaftliche Stellung eingebüßt zu haben, weil sie in dem Häuschen lebte, dessen frühere Bewohner keine Miete zu zahlen brauchten, da sie das Tor für die Familie Hurley öffneten und wieder schlossen. Laura hatte immer fröhlich bemerkt, es sei doch viel leichter, ein kleines Haus in Ordnung zu halten als ein großes, und seit ihr Vater zunächst in ein Pflegeheim gezogen und dann vor den höchsten Richter gerufen worden war, lebte sie allein, also hatte es keinen Sinn, in dem großen Haus zu bleiben. Als es verkauft wurde, hatten sich durch James' Studium und den Heimaufenthalt des Vaters so viele Schulden angesammelt, daß das Anwesen vollständig mit Hypotheken belastet war. Auch das Bankguthaben war gering, und deshalb gab es keine Aussteuer für Miss Laura Hurley, die aufopfernde Schwester und gehorsame Tochter.

Solche Gedanken kamen Laura nicht in den Sinn. Sie war glücklich; sie ging mit ihren beiden großen Collies spazieren, die Abende verbrachte sie mit einem guten Buch vor ihrem kleinen Kaminfeuer, und tagsüber arbeitete sie in der Anwaltskanzlei am Ort. Lachend bemerkte sie, bisher habe sie es noch nicht geschafft, dieses Unternehmen in den Konkurs zu führen, so wie bei allen ihren früheren Arbeitgebern; aber immerhin hatte sie es gründlich umkrempeln können.

Zum Beispiel war es ihr gelungen, den jungen Mr. Black davon zu überzeugen, sein eingefleischtes Junggesellendasein aufzuge-

ben. Diesen Mr. Black, der einst der begehrteste Heiratskandidat im County gewesen war. Mit vierzig warf er ein Auge auf die vierunddreißigjährige Laura Hurley, und sein eiserner Entschluß, ledig, frei und ungebunden zu bleiben, geriet ins Wanken.
Dann traf der Brief ein: »Liebster Jimbo, Du wirst es nicht glauben, aber Alan Black und ich werden heiraten. Wir würden uns sehr freuen, wenn Du uns trauen könntest. Da wir, gelinde gesagt, die erste Jugendblüte schon hinter uns haben, wollen wir uns hier nicht lächerlich machen und von allen Leuten begaffen lassen. Wir würden gerne nach Dublin kommen und uns in deiner Gemeinde trauen lassen, wenn das möglich ist. Liebster Jimbo, ich habe nie gewußt, daß ich so glücklich sein und mich so geborgen fühlen kann. Es ist, als ob es vorherbestimmt gewesen wäre, daß die Dinge diese Wendung nehmen. Ich verdiene es nicht. Wirklich nicht.«
Father Hurley würde diesen Brief seiner Schwester nie vergessen, er sah ihn noch vor sich, die Worte purzelten fast durcheinander auf dem kleinen cremefarbenen Papierbogen. Er erinnerte sich, wie seine Augen vor Freude naß geworden waren, weil alles doch einen Sinn zu haben schien, wenn diese liebe Frau einen gütigen, anständigen Menschen gefunden hatte, der mit ihr leben wollte. Alan Black war ihm nicht in Erinnerung, nur, daß er früher ziemlich gutaussehend und elegant gewesen war.
Father James Hurley hatte als Neunundzwanzigjähriger das Gefühl, ein welterfahrener Mann zu sein. Und seltsamerweise empfand er sich als Beschützer seiner älteren Schwester, als er bei der Hochzeitszeremonie ihre Hand in die Alan Blacks legte. Er hoffte, daß dieser Mann mit den dunklen Augen und dem dunklen Haar, das bereits an den Schläfen zu ergrauen begann, gut zu Laura sein und erkennen würde, wie großzügig sie war und daß sie nie in irgendeiner Weise eigennützig gehandelt hatte.

Er ertappte sich mehrmals dabei, daß er die beiden mit einer Hoffnung ansah, die mehr als ein Wunsch war, es war eher ein stilles Gebet; er wollte, daß seine Schwester mit diesem großen, gutaussehenden Mann eine glückliche Beziehung hatte. Lauras Gesicht war offen und ehrlich, aber selbst heute, an ihrem Hochzeitstag, konnte man sie nicht als schön bezeichnen; ihr Haar war zurückgekämmt und wurde von einer großen cremefarbenen Schleife gehalten, die farblich zu ihrem Kostüm paßte. Die Schleife war groß genug, um als Hut oder Kopfbedeckung für die Kirche durchzugehen. Sie hatte ein wenig Gesichtspuder aufgelegt, und bei ihrem Lächeln wurde der kleinen Hochzeitsgesellschaft warm ums Herz. Aber eine schöne Frau war sie nicht. Der junge Father Hurley hoffte, daß der gutaussehende Anwalt nicht bald einer anderen den Hof machen würde.

Jahre später wunderte er sich darüber, wie unreif sein Urteil gewesen war. Wie hatte er je annehmen können, daß er Männern und Frauen in ihrem Leben, auf ihrem Weg zu Gott, Ratschläge erteilen könnte. In einer Welt voller Wechselfälle hatte es nie etwas stärkeres und treueres gegeben als die Liebe Alan Blacks zu seiner Frau. Von dem Tag an, als ihn die beiden auf dem Heimweg von ihrer Hochzeitsreise in Spanien besucht hatten, hätte dem Pfarrer klar sein müssen, daß sein eigenes Urteil, das auf Äußerlichkeiten und Eitelkeiten beruhte, oberflächlich war. Warum sollte Alan Black, ein aufgeweckter, intelligenter Mann, nicht in der Lage sein, zu erkennen, was für ein wertvoller, gütiger, liebevoller Mensch Laura Hurley war? Schließlich war es James Hurley selbst immer klar gewesen, warum sollte es da dem Anwalt Mr. Black verborgen bleiben?

Und im Laufe der Jahre wurden Father Hurleys Besuche bei seiner Schwester und ihrem Mann zur festen Einrichtung. Sie hatten das kleine Pförtnerhaus instand gesetzt und zusätzliche

Zimmer angebaut. Eines davon war ein neues Studierzimmer auf einer Seite des Hauses, das vom Boden bis zur Decke mit Büchern gefüllt war; am Abend wurde dort ein Kaminfeuer angezündet, und die drei saßen in großen Sesseln und lasen. Es war das friedlichste, glücklichste Heim, das Father Hurley kannte.
Manchmal blickte Laura aus dem Sessel auf, in dem sie es sich gemütlich gemacht hatte, und lächelte ihn an.
»Ist das nicht ein Leben, Jimbo?« sagte sie.
An anderen Tagen, an denen er zu Besuch kam, unternahm sie mit ihm Spaziergänge über die Felder und vorbei an den Steinmauern, Hecken und Gräben, die einst der Familie gehört hatten.
»Hätten wir uns je träumen lassen, daß es uns einmal so gut gehen würde, Jimbo?« sagte sie oft und zerzauste das Haar ihres jüngeren Bruders, der für sie nie der ehrwürdige Father Hurley sein würde.
Und dann erzählten ihm die beiden, daß sie an der anderen Seite des Hauses ein ähnliches, langgestrecktes, niedriges Zimmer anbauen wollten. Es sollte ein Spielzimmer für den Nachwuchs werden. Sie würden es nie das Kinderzimmer nennen, erklärten sie, sie wollten es sein oder ihr Zimmer nennen, je nachdem wie das Kind heißen würde. Kinderzimmer, das paßte nur für kleine Kinder. Ihr Sohn hieß Gregory, Father Hurley hielt das Baby zur Taufe im Arm. Ein schöner Junge mit den langen, dunklen Wimpern seines Vaters. Gregory Black.
Er blieb ihr einziges Kind; Laura meinte, sie hätten sich durchaus noch einen Bruder oder eine Schwester für ihn gewünscht, aber es sollte nicht sein. Sie sorgten jedoch dafür, daß es ihm nicht an Spielkameraden fehlte. Gregory erwies sich als ein Traumkind, wie es sich ein abgöttisch liebender Onkel nur wünschen kann.

Wenn Gregory den Wagen kommen sah, sprang er vom Fensterplatz seines eigenen geräumigen niedrigen Zimmers auf und rannte dem Onkel entgegen.
»Onkel Jim ist da«, rief er, und die alten Collies bellten und sprangen herum, und Laura eilte aus der Küche herbei.
Wenn Alan von der Arbeit nach Hause kam, lächelte er herzlich und konnte seine Freude nicht verbergen. Die Familie freute sich, wenn der Priester um die Wochenmitte ein paar Tage zu Besuch kam. Und es gefiel ihnen, wie gut er mit dem kleinen Sohn auskam.
Als Gregory um die zehn Jahre alt war, wollte er selbstverständlich Priester werden. Das war ein viel besseres Leben, als im Büro seines Vaters zu arbeiten, erklärte er den Großen mit ernster Stimme. Als Priester hatte man rein gar nichts zu tun, und die Leute zahlten einem Geld dafür, daß man die Messe las, was man ja sowieso tun würde, und man konnte sich auf die Kanzel stellen und ihnen allen sagen, was sie tun und lassen sollten, sonst würden sie in die Hölle kommen. Da er spürte, daß seine Zuhörerschaft entzückt und gleichzeitig ein wenig schockiert war, fuhr Gregory eifrig fort. Es war der beste Beruf auf der Welt. Und bei der Beichte konnte man Leuten, die man nicht mochte, die Absolution verweigern, und dann kamen sie in die Hölle, das wäre toll!
Die Familie kam auch nach Dublin, um den Pfarrer zu besuchen, und James Hurley konnte gar nicht aufhören, von diesem warmherzigen, aufgeweckten Jungen zu schwärmen. Gregory wollte alles wissen, alle Leute kennenlernen. Mit seinem Charme entzückte er griesgrämige alte Gemeindegeistliche ebenso wie schwierige weibliche Gemeindemitglieder, die sich leicht beleidigt fühlten.
»Ich glaube, du würdest wirklich einen guten Priester abgeben«, bemerkte der Onkel lachend, Gregory war damals gerade fünfzehn. »Zu dem Beruf gehört schrecklich viel Öffentlichkeits-

arbeit und die Fähigkeit, mit Leuten auszukommen, darin bist du sehr gut.«

»Das klingt vernünftig«, meinte Gregory.

Father Hurley warf ihm einen durchdringenden Blick zu. Ja, natürlich war es vernünftig, ein liebenswürdiges Gesicht aufzusetzen, statt sich wichtigtuerisch aufzuspielen, natürlich war es klug, einen Weg zu wählen, auf dem man nicht den Zorn der Obrigkeit auf sich herabbeschwor. Aber sieh mal einer an, das wußte der Junge also schon mit fünfzehn. Heutzutage wurde die Jugend schnell erwachsen.

Als Gregory einen Studienplatz an der Universität von Dublin bekam, schrieb er sich für Jura ein, auch das sei vernünftig, erklärte er. Schließlich mußte er etwas studieren, Jura war genauso gut wie jede andere Ausbildung, und gleichzeitig sahen es sein Vater, Großvater und Onkel gern, daß ein weiterer Black ins Geschäft einsteigen würde.

»Und das hast du also vor?« Father Hurley war überrascht. Gregory schien ihm zu aufgeweckt, zu lebendig, um sich in der kleinen Stadt niederzulassen. Da gab es nicht genug Abwechslung für seine scharfen Augen, die ruhelos von einem Gesicht zum andern, von einer Szene zur nächsten wanderten.

»Ich bin mir noch nicht ganz sicher, Onkel Jim. Meine Mutter und mein Vater wären bestimmt dafür, und weil ich es noch nicht weiß, ist es doch am vernünftigsten, ich lasse sie in dem Glauben, daß ich in der Kanzlei mitarbeite.«

Wieder war ein Unterton in seinen Worten, der den Onkel frösteln ließ. Der Junge hatte nicht vor, seine Familie anzulügen, er hatte nur gesagt, auf dieser Welt stehe nun einmal nichts fest, warum sollte er also eine Entscheidung treffen, die noch gar nicht anstand? Father Hurley sagte sich das ein-, zweimal, als ihm beim Abendgottesdienst Gregorys beunruhigende Äußerung in den Sinn kam. Allmählich glaubte der Priester schon, daß er sich zu einem närrischen Pedanten entwickelte. Es war einfach lächerlich, in die praktischen Pläne eines modernen jungen Mannes irgendwelche Gefahren hineinzuinterpretieren.

Gregory machte einen guten Abschluß und wurde bei diesem Anlaß allein sowie mit Vater, Mutter und Onkel fotografiert.

Das Haar seines Vaters war weiß geworden, aber er war immer noch ein schöner Mann. Er war inzwischen dreiundsechzig, zweiundvierzig Jahre älter als sein Junge. Alan Black pflegte zu sagen, daß es keine Rolle spielte, ob man achtzehn oder achtundvierzig Jahre älter war als sein Sohn, man gehörte auf jeden Fall einer anderen Generation an. Aber für ihn hatten sich alle seine Hoffnungen mehr als erfüllt; der Junge hatte nie ein Motorrad haben wollen, nie Drogen genommen oder hordenweise unerwünschte Leute mit nach Hause geschleppt. Alan Black hatte einen Bilderbuchsohn.

Gregorys Mutter Laura sah am Tag der Zeugnisverleihung gut aus. Sie zitterte nicht vor Aufregung wie andere Mütter, nur weil sie einen Sohn in die Welt gesetzt hatten, der von nun an einen akademischen Titel hinter seinen Namen schreiben konnte und bald als Solicitor in der Anwaltskammer aufgenommen werden sollte. Laura trug einen leuchtendrosa Schal zu ihrem modischen marineblauen Kostüm. Der Besuch beim Friseur hatte sie für ihre Verhältnisse viel Geld gekostet, und ihr graues Haar sah schön und elegant aus. Man hätte sie nicht für sechsundfünfzig gehalten, aber daß sie überglücklich war, konnte niemandem entgehen. Mitten im Menschengewühl auf dem Universitätsgelände nahm sie den Arm ihres Bruders, um sich bei ihm einzuhängen.

»Ich habe fast das Gefühl, daß ich zuviel Glück gehabt habe, Jimbo«, sagte sie mit ernster Miene. »Warum gibt mir Gott soviel Glück, wenn nicht alle anderen genauso glücklich sein dürfen?«

Father Hurley, der gewiß auch nicht wie einundfünfzig aussah,

bat sie zu glauben, daß Gottes Liebe für alle Menschen da sei, es war nur die Frage, wie sie damit umgingen. Laura war zu allen immer wie ein Engel gewesen, da war es nur recht und billig, daß sie in diesem wie im nächsten Leben glücklich sein durfte.
Er meinte, was er sagte, jedes einzelne Wort. Sein Blick fiel auf das müde Gesicht einer Frau, deren Sohn im Rollstuhl saß. Sie waren zur Zeugnisverleihung einer Tochter gekommen. Ein Mann war nicht dabei.
Vielleicht war sie auch zu allen wie ein Engel gewesen, dachte Father James Hurley. Aber es war schwer zu beantworten, warum Gott ihr in diesem Leben nicht ein besseres Los hatte zuteil werden lassen. Er wollte jetzt nicht darüber nachdenken.
Sie aßen in einem der besten Hotels zu Mittag. An mehreren Tischen saßen Leute, die Father Hurley offenbar kannten, und er stellte voller Stolz seine Familie vor, die gutgekleidete Schwester und den Schwager und den aufgeweckten, gutaussehenden jungen Mann.
Eine Mrs. O'Hagan und eine Mrs. Barry, zwei Damen, die sich einen kleinen Ausflug gönnten, schienen sehr erfreut darüber, den Neffen kennenzulernen, von dem sie schon so viel gehört hatten. Father Hurley wünschte, sie würden nicht auch noch darauf eingehen, wie oft und wie begeistert er von dem jungen Mann erzählt hatte. Es wurde ihm plötzlich bewußt, daß er kein anderes Gesprächsthema kannte.
Gregory konnte mit so etwas umgehen. Als sich die Familie an den Tisch setzte, grinste er seinen Onkel verschwörerisch an.
»Wenn du behauptest, ich hätte eine Begabung für Öffentlichkeitsarbeit, dann bist du aber das Genie auf dem Gebiet; du versorgst sie einfach von Zeit zu Zeit mit ein paar harmlosen Familiengeschichten, und die Leute denken, sie wissen alles über dich. Du bist schlau wie ein Fuchs, Onkel Jim.«
Das war die Rettung, so hielt man ihn wenigstens nicht für den

geschwätzigen, vernarrten Onkel. Aber er wurde dadurch einem anderen Menschenschlag zugeordnet. Denen, die ein bißchen oberflächlich sind.

Gregory Black beschloß, ein paar Jahre lang als Anwalt in Dublin zu praktizieren, um Erfahrungen zu sammeln. Er wolle seine Fehler lieber bei Fremden machen als bei den Klienten seines Vaters, meinte er. Selbst sein alter Großvater, der jetzt Ende Achtzig und schon längst nicht mehr in der Kanzlei tätig war, hielt das für eine gute Idee, und auch sein kinderloser Onkel war einverstanden. Gregorys Eltern stimmten bereitwillig zu.

»Es wäre lächerlich, ihn in der Provinz halten zu wollen, nachdem er so lange in Dublin auf sich gestellt war«, sagte Laura zu ihrem Bruder. »Und er sagt sowieso, daß er oft rauskommen und uns besuchen will.«

»Glaubt er das nur oder tut er es tatsächlich?« fragte Father Hurley.

»Oh, darauf kannst du dich verlassen, als Student war es nur schwieriger mit der Bus- und Bahnfahrerei. Aber jetzt hat er doch bald ein Auto, und dann ist es etwas anderes.«

»Ein eigenes Auto?«

»Ja, Alan hat es ihm versprochen. Wenn er einen guten Abschluß macht, bekommt er ein eigenes Auto!« Sie platzte fast vor Stolz.

Und Gregory war wirklich sehr dankbar. Er fiel ihnen allen um den Hals vor Freude. Auch sein Vater freute sich und bemerkte mit rauher Stimme, Gregory werde natürlich zu gegebener Zeit dieses Modell durch ein anderes, schickeres ersetzen. Aber für jetzt ... vielleicht ...

Gregory erklärte, er würde es fahren, bis es auseinanderfiele. Father James Hurley empfand tiefe Erleichterung und Freude darüber, daß dieser dunkelhaarige, ungeduldige junge Mann wußte, wie sehr er geliebt und gebraucht wurde, und so gut darauf reagierte.

Die glücklichen Eltern fuhren aufs Land zurück, der Onkel kehrte zufrieden in sein Pfarrhaus heim, und dem Jungen stand es frei, mit seinem Leben zu machen, was er wollte, und als kleine Starthilfe hatte er jetzt ein nagelneues Auto zur Verfügung.

Und Gregory benutzte es tatsächlich, um seine Eltern zu besuchen. Er fuhr forsch in die Einfahrt des Pförtnerhauses und streichelte die Ohren der Collies, Kinder und sogar Enkel der Hunde, die seine Mutter so geliebt hatte. Mit seinem Vater pflegte er über Rechtsfragen zu debattieren, und seiner Mutter erzählte er vom gesellschaftlichen Leben in Dublin.

Er schien viele Freunde zu haben – Männer und Frauen, wie Laura ihrem Bruder voller Eifer berichtete –, sie besuchten sich gegenseitig zu Hause und kochten sogar für einander. Manchmal backte sie eine Fleischpastete für Gregory, die er in seine Wohnung mitnehmen konnte, und sie gab ihm immer Brot mit und guten, aufgeschnittenen Landschinken und Speck und pfundweise Butter. Ein- oder zweimal fragte sich James Hurley, was wohl ihrer Meinung nach in den Läden rund um das Appartementhaus verkauft wurde, in dem sein Neffe wohnte. Seine Schwester genoß es, immer noch für den großen, gutaussehenden Jungen zu sorgen, den sie in die Welt gesetzt hatte. Warum also diese mütterliche Fürsorge in Frage stellen? Um mit den Worten seines Neffen zu sprechen: »Das wäre nicht vernünftig.«

Bei seinen Besuchen zu Hause traf er kaum je mit Gregory zusammen, weil der Priester an Wochenenden nie frei hatte. Die Samstage waren für Beichten und Hausbesuche reserviert, die Sonntage für die Heilige Messe, Krankenhausbesuche und den abendlichen Danksagungsgottesdienst. Aber wenn er hin und wieder Mitte der Woche hinausfuhr und über Nacht blieb, stellte er zufrieden fest, daß die Freude über die Besuche des Sohnes viel schwerer wog als das, was man als egoistische Haltung des einzigen Kindes hätte betrachten können.

Laura berichtete begeistert von Gregorys großem roten Wäschesack, den sie ihm genäht hatte; oft käme er einfach damit in die Küche gerannt und stopfte den ganzen Inhalt in ihre Waschmaschine.
Sie sagte das stolz, als bedürfte diese Tätigkeit einer besonderen Anstrengung. Mit keinem Wort erwähnte Laura, daß sie es war, die die Sachen aus der Maschine holte und zum Trocknen aufhängte, daß sie es war, die die Hemden bügelte und zusammenlegte und die gesamte Wäsche fertig eingepackt für die Rückreise auf dem Rücksitz seines Wagens verstaute.
Alan erzählte, wie gerne Gregory am Samstagabend mit den Eltern in den Golfclub essen ging und wie er die gepflegten Weine und das gute Essen zu schätzen wußte, das dort serviert wurde.
Father Hurley hingegen fragte sich, warum Gregory nicht wenigstens bei manchen Anlässen seine Mutter und seinen Vater in das Auto setzte, das sie ihm gekauft hatten, und mit ihnen in eines der Hotels in der Umgebung fuhr, um sie zum Essen einzuladen.
Aber wie immer war es ziemlich unvernünftig, solch negative Gedanken zu äußern. Allerdings erinnerte sich der Priester schuldbewußt daran, daß auch er früher nie auf die Idee gekommen war, seine Schwester einzuladen. Vielleicht konnte sein Armutsgelübde als Entschuldigung gelten, doch es gab einige Dinge, die ihm damals nicht in den Sinn gekommen wären. Vielleicht waren alle jungen Männer in dieser Hinsicht ähnlich.
Und mit Gregory wurde es nie langweilig. Er hatte die Begabung, viel zu reden, ohne etwas zu sagen, was man als Kompliment oder als Beleidigung auffassen konnte. In Gregorys Fall war es eine Eigenschaft, die Bewunderung und Anerkennung fand und Spaß machte.
Manchmal ging Gregory mit seinem Onkel Schwimmen, drau-

ßen in Sandycove am Forty Foot, dem bevorzugten Badeplatz der Männer. Hin und wieder schaute er auf einen Drink im Pfarrhaus vorbei, wo er das schöne Waterford-Kristallglas gegen das Abendlicht hielt und den goldenen Whiskey bewunderte, der sich in all den kleinen funkelnden Glasformen spiegelte.
»Eine feine Sache, so ein asketisches Leben«, meinte Gregory lachend.
Man konnte ihm das nicht übelnehmen, und nur einem Geizhals wäre aufgefallen, daß er nie eine Flasche Whiskey mitbrachte, um den Vorrat des Onkels wieder aufzufüllen, Askese hin oder her.

Auf einen nächtlichen Besuch Gregorys war Father Hurley in keiner Weise vorbereitet.
»Ich habe Schwierigkeiten, Jim«, erklärte er ohne Umschweife. Kein Onkel, kein »Tut mir leid, daß ich dich um drei Uhr morgens aus dem Bett hole«.
Father Hurley schaffte es, den ältlichen Gemeindegeistlichen und die ebenso ältliche Haushälterin in ihre Zimmer zurückzuscheuchen. »Es handelt sich um einen Notfall, ich kümmere mich darum«, beruhigte er sie. Als er ins Wohnzimmer kam, sah er, daß Gregory sich einen großen Drink eingeschenkt hatte. Die Augen des Jungen glänzten auffällig, es stand ihm der Schweiß auf der Stirn, und er sah aus, als hätte er schon genug getrunken.
»Was ist passiert?«
»Ein verdammter Fahrradfahrer ist mir vors Auto gefahren, kein richtiges Licht, keine Rückstrahler, nichts. Die Vollidioten, man sollte sie anzeigen, man sollte ihnen eigene Radwege bauen wie drüben auf dem Kontinent.«
»Was ist passiert?« fragte der Priester noch einmal.
»Ich weiß nicht.« Gregory sah sehr jung aus.
»Geht es ihm gut, ist er verletzt?«

»Ich habe nicht angehalten.«
Father Hurley stand auf, doch seine Beine zitterten und wollten ihn nicht tragen. Er setzte sich wieder.
»Aber wurde er verletzt, ist er gestürzt? Heilige Mutter Gottes, Gregory, du hast ihn doch nicht am Straßenrand liegenlassen?«
»Ich mußte, Onkel Jim. Ich hatte zuviel intus. Viel zuviel.«
»Wo ist er, wo ist es passiert?«
Gregory sagte es ihm, es war ein dunkler Straßenabschnitt am Stadtrand von Dublin.
»Was hattest du da zu suchen?« fragte der Priester. Es tat nichts zur Sache, aber er hatte noch nicht die Kraft, aufzustehen und zum Telefon zu gehen, um die Polizei und die Ambulanz zu informieren, daß es einen Unfall gegeben hatte.
»Ich dachte, es wäre sicherer, auf diesem Weg nach Hause zu fahren, weniger wahrscheinlich, daß man angehalten wird. Du weißt schon, ins Röhrchen blasen.« Gregory blickte auf, so wie früher, wenn er vergessen hatte, die Hunde auszuführen, oder wenn er auf einem Feld weit draußen das Tor hatte offenstehen lassen.
Aber diesmal lag ein Radfahrer in der Dunkelheit am Straßenrand.
»Bitte sag mir, Gregory, sag mir, was deiner Meinung nach passiert ist.«
»Ich weiß nicht. Herrgott, ich weiß nicht, ich habe das Fahrrad gespürt.« Er hielt inne. Sein Gesicht war ausdruckslos.
»Und dann ...«
»Ich weiß nicht, Onkel Jim. Ich habe Angst.«
»Ich auch«, sagte James Hurley.
Er griff zum Telefon.
»Nicht, nicht!« schrie sein Neffe. »Um Himmels willen, du ruinierst mich.«
James Hurley hatte die Nummer der Polizei gewählt.
»Halt den Mund, Gregory«, entgegnete er barsch. »Ich sage

ihnen nicht, wer du bist. Ich schicke sie zum Unfallort, und dann fahre ich selber hin.«

»Du kannst nicht ... du kannst doch nicht ...«

»Guten Abend, Sergeant, hier spricht Father Hurley aus dem hiesigen Pfarrhaus. Ich muß Ihnen etwas ausrichten, es ist sehr dringend, es ist ein Unfall passiert.« Er nannte die Straße und das Viertel. Es sei wahrscheinlich in der letzten halben Stunde passiert. Er schaute zu Gregory hinüber, der Junge nickte unglücklich.

»Ja, anscheinend war es Fahrerflucht.«

Die Worte klangen abscheulich endgültig. Diesmal hob Gregory nicht einmal den Kopf.

»Nein, Sergeant, ich kann Ihnen nicht mehr sagen. Es tut mir leid, es wurde mir unter dem Beichtgeheimnis mitgeteilt. Das ist alles, was ich Ihnen verraten darf. Ich fahre jetzt hinaus und sehe nach, was dem Unglücklichen ... – Nein, es wurde mir gerade gebeichtet, ich weiß nichts über das Auto oder wer der Betreffende war.«

Father Hurley holte seinen Mantel. Er sah, wie sich auf dem Gesicht seines Neffen Erleichterung ausbreitete.

Gregory blickte voller Dankbarkeit zu ihm auf.

»Daran habe ich überhaupt nicht gedacht, aber natürlich ist das ein vernünftiger Gedanke, du *kannst* es gar nicht sagen, weil es unter das Beichtgeheimnis fällt.«

»Es war keine Beichte, ich könnte es durchaus sagen, aber das werde ich nicht tun.«

»Du kannst nicht das heilige ...«

»Halt den Mund ...«

Von dieser Seite hatte er seinen Onkel noch nicht kennengelernt.

Father Hurley nahm seine kleine Tasche mit für den Fall, daß er dem schwerverletzten Opfer an einem dunklen Straßenrand bei Dublin das Sterbesakrament spenden mußte.

»Was soll ich tun?«
»Du wirst zu Fuß nach Hause gehen und dich ins Bett legen.«
»Und das Auto?«
»Ich kümmere mich um das Auto. Verschwinde nach Hause, geh mir aus den Augen.«

Der Radfahrer war eine junge Frau. Dem Studentenausweis in ihrer Brieftasche zufolge handelte es sich um Ms. Jane Morrissey. Sie war erst neunzehn Jahre alt, und sie war tot.
Die Polizisten sagten, es sei immer dasselbe, ganz gleich, wie oft sie das sahen. Ein Toter am Straßenrand, und irgendein Schwein hatte ihn einfach liegen lassen und Fahrerflucht begangen, es sei grauenhaft. Einer von ihnen nahm den Hut ab und wischte sich den Schweiß von der Stirn, der andere zündete sich eine Zigarette an. Sie schauten sich über den Priester hinweg an – ein freundlicher, sympathischer Mann in den Fünfzigern. Er betete über dem toten Mädchen und schluchzte wie ein Kind.

Er tat es alles für Laura, sagte er sich später, als er nächtelang wach lag; er konnte nicht mehr einschlafen und sieben bis acht Stunden pro Nacht in einen tiefen, traumlosen unbewußten Zustand versinken. Er hatte eine Beichte daraus gemacht, denn sonst hätte er melden müssen, daß das einzige Kind seiner Schwester Fahrerflucht begangen hatte. Und selbst unter dem Siegel des Beichtgeheimnisses hätte er den Jungen drängen müssen, alles zuzugeben und ein Geständnis abzulegen.
Im wirklichen Leben ging es anders zu als in dem alten Schwarzweißfilm mit Montgomery Clift als Priester, der sich in Gewissensqualen windet. Heute würde ein Priester darauf bestehen, daß ein Reuiger, der Absolution wünscht, die Verantwortung für seine Taten auf sich nahm und Wiedergutmachung leistete.
Aber James Hurley hatte an Laura gedacht.

Auf diese Weise konnte er sie schonen. Auf diese Weise machte er ihrem schwachen Sohn klar, daß er das Ganze als eine Angelegenheit zwischen Sünder und Beichtvater betrachtete. Eine Rechtfertigung dafür gab es weder im Zivil- noch im Kirchenrecht.
Er belog den Sergeant, er sagte, es habe sich um einen hysterischen Anrufer gehandelt, um jemanden, der zu beichten versuchte, er habe keine Ahnung, wer der Fahrer sei. Er belog den Gemeindegeistlichen, indem er von dem nächtlichen Besucher behauptete, es sei ein Mann gewesen, der um Almosen gebeten habe.
Seine Schwester belog er, als sie fragte, warum er in nächster Zeit nicht zu Besuch kommen könne. Es sei viel los in der Gemeinde. In Wirklichkeit konnte er ihnen nicht in die Augen schauen. Ihm war nicht danach, sich weiter Geschichten über Gregorys Vortrefflichkeit anzuhören.
Gregorys Auto hatte er zu einer Werkstatt am anderen Ende von Dublin gefahren, wo niemand ihn kannte. Er hatte den Inhaber angelogen und behauptet, er sei mit dem Wagen des Gemeindegeistlichen gefahren und habe ein Tor gerammt. Dem Mann gefiel es zu hören, daß auch ein Priester nicht unfehlbar ist, beulte das Blech aus und unterzog den Wagen einer gründlichen Untersuchung.
»Der Gemeindegeistliche wird jetzt denken, daß Sie ihn gut in Schuß gehalten haben«, sagte er, froh darüber, daß er ins Vertrauen gezogen wurde.
»Wieviel schulde ich Ihnen?«
»Ach, lassen Sie nur, Herr Pfarrer, das kostet gar nichts, lesen Sie ein paar Messen für mich und meine alte Mutter, ihr geht's nicht gut.«
»Ich lese keine Messen im Austausch gegen Reparaturen.« Der Priester war blaß vor Zorn. »In Gottes Namen, Mann, sagen Sie mir jetzt, wieviel es kostet?«

Erschrocken stammelte der Werkstattinhaber einen Betrag.
Father Hurley faßte sich und legte dem Mann die Hand auf den Arm. »Bitte, verziehen Sie mir, es tut mir schrecklich leid, daß ich die Beherrschung verloren und Sie so angeschrien habe. Ich bin ziemlich mit den Nerven fertig, aber das ist keine Entschuldigung. Können Sie sich vorstellen, wie leid mir das tut?«
Der Mann sah ihn erleichtert an. »Sicher, Herr Pfarrer, daß Sie den Wagen ein bißchen gegen das Tor gefahren haben, ist noch lange kein Grund, daß er sauer auf Sie ist, vor allem wenn es sich um einen achtbaren Geistlichen handelt, wie Sie einer sind. Denken Sie sich nichts dabei, es ist überhaupt nichts Schlimmes passiert.«
Father Hurley dachte an das weiße Gesicht von Jane Morrissey, neunzehn Jahre alt, Studentin der Soziologie. Ihr Kopf war seitlich mit bereits verkrustetem Blut bedeckt. Einen Augenblick lang fühlte er sich einer Ohnmacht nahe.
Er wußte, daß sein Leben nie mehr so sein würde wie vorher. Ihm war klar, daß er eine völlig andere Welt betreten hatte, eine Welt der Lügen.
Er hatte den Autoschlüssel in einen Umschlag gesteckt, den er in den Briefkasten von Gregorys Wohnung warf. Das Auto stellte er auf dem Parkplatz ab und kehrte zu Fuß ins Pfarrhaus zurück.
Er las in den Abendzeitungen über den Unfall, auf Radio Eireann hörte er den Aufruf, Augenzeugen sollten sich melden.
Als er mit dem alten Gemeindegeistlichen eine Partie Dame spielte, war er mit seinen Gedanken Lichtjahre entfernt.
»Du bist ein guter Mensch, James«, meinte der alte Priester. »Du läßt mich nicht gewinnen wie die anderen. Du bist ein sehr guter Mensch.«
Father Hurley traten Tränen in die Augen. »Nein, das bin ich

nicht, Canon, ich bin ein sehr schwacher Mensch, ein dummer, eitler und schwacher Mensch.«

»Wir sind alle dumm, schwach und eitel«, entgegnete der Gemeindegeistliche. »Aber davon abgesehen sind einige von uns auch ganz anständig, und du gehörst ganz gewiß dazu.«

Diese entsetzlichen Tage waren nun längst vorbei, doch der Schlaf stellte sich immer noch nicht ein. Zu seinem Neffen hatte Father Hurley der Form halber wieder Kontakt aufgenommen, aber ihm war nicht ganz wohl dabei.
Gregory hatte sofort angerufen und sich für das Auto bedankt. Father James Hurley hatte ganz ruhig ins Telefon gesprochen: »Tut mir leid, er ist nicht da.«

»Aber du bist doch am Apparat, Onkel Jim.« Gregory war verwirrt.

»Ich habe so viele Lügen erzählt, Gregory, kommt es da auf eine mehr überhaupt noch an?« antwortete er mit müder Stimme.

»*Bitte*. Bitte, Onkel Jim, du sollst nicht so reden. Kann jemand mithören, sag mal?«

»Keine Ahnung.«

»Kann ich zu dir kommen und mit dir sprechen?«

»Nein.«

»Morgen?«

»Nein. Bleib mir vom Hals, Gregory. Bleib weit, weit weg.«

»Aber das kann ich nicht, nicht für immer. Erstens will ich das nicht, und dann, was ist mit Mutter und Vater? Es würde aussehen ... tja, du weißt, du weißt schon, wie.«

»Ich glaube nicht, daß sie jemals auf die Wahrheit kommen, nicht in tausend Jahren. Ich denke, du kannst unbesorgt sein. Sie würden dir das nie zutrauen. Für sie ist es nur eine kleine Zeitungsmeldung, wieder mal so eine traurige Geschichte, die in Dublin passiert ist ...«

»Nein, ich meine wegen uns ... wenn wir nicht miteinander reden.«
»Irgendwann werden wir schon wieder miteinander reden. Laß mir nur Zeit. Laß mir Zeit.«

Gregory kam nicht zu ihm durch, wochenlang nicht. Wenn er am Pfarrhaus auftauchte, entschuldigte sich sein Onkel, er sei auf dem Sprung zu einem Krankenbesuch. Wenn er anrief, bekam er dieselbe Antwort.
Schließlich suchte er ihn an dem einen Ort auf, an dem er die ungeteilte Aufmerksamkeit des Mannes bekommen würde, der vor ihm weglief.
Im Beichtstuhl glitt die kleine Trennwand beiseite. Father Hurleys schöner Kopf war auf seine Hand gestützt; er blickte den Beichtenden nicht direkt an, sondern schaute mit leicht gesenktem Blick nach vorne. Die Haltung eines Zuhörers.
»Ja, mein Kind?« begann er tröstend.
»Segne mich, Vater, denn ich habe gesündigt.« Gregory sprach die rituelle Formel. Seine Stimme klang zu vertraut, als daß der Priester sie nicht erkannt hätte. Jäh blickte der Priester auf und schaute Gregory bestürzt an.
»Großer Gott, hast du beschlossen, jetzt auch noch die Sakramente zum Gespött zu machen?« flüsterte er.
»Du willst mir ja anderswo nicht zuhören, also muß ich hierherkommen, um dir zu sagen, wie leid es mir tut.«
»Das mußt du nicht mir sagen.«
»Doch, gerade dir. Gott habe ich es bereits durch einen anderen Priester gesagt. Ich habe beschlossen, jeden Monat einen Teil meines Gehalts für wohltätige Zwecke zu spenden, um es wiedergutzumachen; ich weiß, das genügt nicht. Ich habe mit dem Trinken aufgehört. Mein Gott, Onkel Jim, was kann ich denn noch tun? Bitte, sag es mir. Ich kann sie doch nicht wieder lebendig machen, ich hätte es nicht einmal damals gekonnt.«

»Gregory, Gregory.« Father Hurleys Augen waren voller Tränen.
»Aber welchen Zweck hat es denn, Onkel Jim, was bringt es denn, wenn du nicht mit mir redest und wenn du nicht nach Hause fährst, weil du nicht über mich sprechen willst? Ich meine, wenn ich in dieser Nacht auch umgekommen wäre, dann wäre alles anders gewesen, dann hättest du dich mit meinen Eltern eingeschlossen. Also sollten wir uns nicht freuen, daß wenigstens ich noch am Leben bin, obwohl dieses arme Mädchen bei einem Unfall getötet wurde?«
»Von einem Betrunkenen, der Fahrerflucht begangen hat.«
»Ich weiß, ich habe es akzeptiert.«
»Aber nicht die Strafe dafür.«
»Aber welchen *Sinn* hätte das? Sag doch mal ehrlich. Es würde meiner Mutter das Herz brechen und meinem Vater Schande bereiten und dich demütigen, und stell dir vor, es käme jetzt heraus, Wochen später, es würde alles noch viel schlimmer aussehen. Wir können diese Nacht nicht rückgängig machen. Ich wollte, ich könnte es ...«
»Na gut.«
»Was?«
»Na gut, habe ich gesagt. Vertragen wir uns wieder.«
»Ach, ich wußte, daß du nur auf dein Herz hören mußt.«
»Gut, in Ordnung, du hast recht, ich habe auf mein Herz gehört. Könntest du jetzt jemand anderen hereinlassen, der seinen Frieden mit Gott machen möchte?«
»Danke, Onkel Jim. Und Onkel Jim ...«
Der Priester schwieg.
»Würdest du einmal zu mir, in meine Wohnung zum Essen kommen? Vielleicht am Samstag. Kein Alkohol, nur ein paar Freunde. Bitte?«
»Ja.«
»Ich danke dir.«

Der Pfarrer besuchte den Jungen in seiner Wohnung. Er lernte dort zwei junge Männer und ein Mädchen kennen. Die kleine Gesellschaft unterhielt sich unbeschwert. Die Gäste tranken Wein zum Essen und debattierten angeregt darüber, ob die Kirche in Irland immer noch auf allen Gebieten den Ton angab. Father Hurley hatte Erfahrung mit solchen Gesprächen, die Kinder seiner Freunde brachten zumeist ähnliche Argumente. Er war freundlich und ausgesprochen höflich, er hatte für den einen Standpunkt genausoviel Verständnis wie für den anderen, er hatte für alles Verständnis. Sein leiser Tonfall war beschwichtigend, und er konnte den Eindruck erwecken, ein Zugeständnis zu machen, damit die Opposition ebenfalls in einem Punkt nachgab.

Der Priester beobachtete Gregory aufmerksam. Er hatte nur ein Glas mit Mineralwasser vor sich stehen. Vielleicht war der Junge wirklich erschüttert und versuchte, ein neues Leben anzufangen. Vielleicht sollte James Hurley tatsächlich sein Herz erforschen und versuchen, dem Jungen zu vergeben, auch wenn er sich selbst nicht verzeihen konnte. Er lächelte seinen Neffen an und bekam ein herzliches Lächeln zurück.

Gemeinsam räumten sie den Tisch ab und trugen die Sachen in die kleine, moderne Küche.

»Hey, Greg, was hat die Flasche Wodka hier verloren, wenn du dem Alkohol abgeschworen hast?«

»Oh, die stammt noch aus alten Zeiten, nimm sie mit«, erwiderte Gregory unbekümmert.

Father Hurley fragte sich, ob seine Seele inzwischen vergiftet war, weil ihm der Verdacht kam, daß die Augen seines Neffen für jemanden, der pures Wasser trinkt, ein wenig zu sehr glänzten. Vielleicht hatte Gregory ja in der Küche Wodka in sein Glas gekippt. Die übrigen Getränke standen auf einem Anrichtetisch.

Aber wenn er die ganze Zeit solche Gedanken hegte, dann hatte es überhaupt keinen Sinn, wieder eine Beziehung zu seinem Neffen aufzubauen. Er verbannte den Verdacht aus seinen Gedanken, zusammen mit all den anderen Dingen, mit denen er sich damals einfach nicht beschäftigen wollte.

Im Laufe der Woche fuhr er zu Laura und Alan hinaus. Sie freuten sich zu hören, daß bei dem Essen am Samstag ein Mädchen mit dabei gewesen war, vielleicht war sie ja seine derzeitige Freundin.
»Sie schien keine besondere Beziehung zu ihm zu haben.« Father Hurley kam sich vor wie eine alte Dame, die auf einer Teegesellschaft Klatschgeschichten verbreitete.
»Sie kennen sich nun schon eine ganze Weile«, erwiderte Laura glücklich. »Vielleicht ist sie doch diejenige, welche ...«
Es war ein merkwürdiger Besuch, alles, was seine Schwester und sein Schwager sagten, löste bei ihm Unbehagen aus.
Sie meinten, er solle froh sein, daß er sich in seinem Beruf an etwas halten könne, im Recht gebe es so viele Grauzonen.
Der Pfarrer lächelte bitter – als ob es auf seinem Betätigungsfeld keine Grauzonen gäbe.
Sie meinten, mit Gregory hätten sie doch wirklich Glück gehabt. Der Sohn von Bekannten hatte sich Sinn Fein angeschlossen, anfangs als Rechtsberater, dann als aktiver Kämpfer für die Sache und schließlich als regelrechtes Mitglied der provisorischen IRA.
»Zumindest hatte er Ideale, und seien sie noch so irregeleitet und verschroben«, bemerkte Father Hurley.
»Jimbo ist scheinbar verrückt geworden, dieser Haufen hat keinerlei Ideale«, rief Laura.
Und wie immer lächelte er entschuldigend. Es gab keine Möglichkeit, ihnen zu erklären, daß er jede Sache für besser hielt als die Charakterschwäche, die ihr Sohn offenbart hatte, indem er nur darauf aus war, die eigene Haut zu retten. Und er selbst war Mitwisser.

Der Pfarrer fühlte sich unbehaglich, und das sah man; also wechselte der stets diplomatische Alan Black das Thema.
»Sag mal, nimmst du in nächster Zeit vielleicht irgendwelche netten Trauungen in der besseren Gesellschaft vor? Wir lieben es, uns den Reichen und Mächtigen im Lande nahe zu fühlen, durch deine Hilfe, Jim.«
Nein, Father Hurley berichtete, die jungen Leute hätten heutzutage immer selbst einen befreundeten Priester, der die Trauung vornahm, sie wandten sich nicht mehr an die alten Familienfreunde ihrer Eltern. Nein, es stand keine piekfeine Hochzeit an. Aber eine Silberhochzeit, bemerkte er strahlend, und zwar in England.
Sie interessierten sich dafür, ebenso wie für alles andere, was er tat. Er erklärte, er habe dieses Paar 1960 getraut – man mochte kaum glauben, daß seitdem ein Vierteljahrhundert vergangen war! Die Töchter und der Sohn des Paares baten ihn teilzunehmen, sie meinten, das Ganze hätte keinen Sinn, wenn er nicht eine Zeremonie für die ganze Familie abhielte.
Laura und Alan fanden es vollkommen richtig, daß dieses Paar, wer immer die Leute auch sein mochten, Father Hurley wieder bei sich haben wollte.
»Ich kannte sie nicht sehr gut«, sagte er, fast wie im Selbstgespräch. »Ich kenne Deirdres Mutter, Mrs. O'Hagan, flüchtig, und ich kannte Mrs. Barry, die Mutter der Brautjungfer, Maureen Barry. Aber der junge Mann war mir ganz unbekannt.«
»Du hast sie nie erwähnt«, fragte Laura ihn weiter aus.
»Nein, tatsächlich nicht, wahrscheinlich traue ich ziemlich viele Leute. Manche davon sehe ich nie wieder. Allerdings bekomme ich jedes Jahr eine Weihnachtskarte von Deirdre, ich konnte mich aber nie recht entsinnen, wer sie waren, Desmond und Deirdre Doyle mit Familie...«
Er seufzte schwer.

»Mochtest du sie nicht?« wollte Laura wissen. »Du kannst es uns ruhig erzählen, wir kennen sie nicht und werden sie wahrscheinlich nie kennenlernen.«
»Nein, sie waren sehr nett, zufällig mochte ich sie wirklich. Ich hatte wohl das Gefühl, daß sie nicht gut zusammenpassen, daß sie nicht zusammenbleiben ...« Er lachte ein wenig, um die Stimmung aufzuheitern. »Aber ihr seht, ich habe mich geirrt. Sie sind jetzt seit fünfundzwanzig Jahren zusammen, und anscheinend war es kein Tag zuviel.«
»Sie müssen sich gern haben.« Laura wurde nachdenklich. »Sonst würden sie nicht wollen, daß du kommst, und ein großes Fest veranstalten und alles. Werden sie ihr Jawort noch einmal bekräftigen?«
»Ich weiß nicht, es war die Tochter, die mir geschrieben hat.«
Er verfiel wieder in Schweigen, doch in dem großen, mit Bücherregalen gesäumten Zimmer von Alan und Laura Black war Stille nichts Beunruhigendes.
Er dachte über diese Hochzeit nach, in dem Jahr, als Gregory geboren wurde. Er erinnerte sich, wie Deirdre O'Hagan in seine Sakristei gekommen war und sagte, sie habe von ihrer Mutter gehört, daß er für sechs Monate nach London versetzt werde. Es handelte sich teilweise um einen Studienaufenthalt, und teilweise erwog er auch, im Rahmen eines Seelsorgeprogramms als irischer Kaplan nach England zu gehen. Es gab so wenige englische katholische Priester, und so viele Katholiken kamen in erster oder zweiter Generation aus Irland und bevorzugten einen Geistlichen aus ihren Reihen.
Deirdre O'Hagan wirkte nervös und angespannt. Sie wollte wissen, ob er im Laufe des nächsten Monats eine Hochzeit für sie organisieren könne.
Alle Anzeichen deuteten auf eine Mußheirat, aber sie lehnte es ab, über die Gründe für die Eile zu sprechen.
Er hatte sie freundlich gebeten, doch eine Hochzeit in Dublin in

Betracht zu ziehen, aber sie blieb unnachgiebig. Die Verwandten ihres Verlobten stammten aus dem Westen.

Aber Dublin war von Westirland aus doch gewiß besser zu erreichen als London?

Deirdre O'Hagan hatte er als hübsche, ständig kichernde Studentin in Erinnerung; ihre Eltern, Kevin und Eileen O'Hagan waren engagierte, wohlhabende Gemeindemitglieder. Doch nun schien die junge Dame einen eisernen Willen entwickelt zu haben. Sie werde in London heiraten, erklärte sie, es sei ein Zugeständnis an ihre Familie, daß sie sich für einen Geistlichen entschied, den die O'Hagans kannten und mochten, aber natürlich, wenn er es nicht einrichten könne, dann werde sie sich nach jemand anderem umsehen.

Wie sich Father Hurley erinnerte, hatte er damals versucht, das Mädchen über die Gründe für ihre überstürzte Entscheidung auszufragen. Er hatte ihr geraten, nicht übereilt und aus falschen Motiven heraus in den Stand der Ehe zu treten.

Offensichtlich wirkten seine Fragen spießig und neugierig, denn er entsann sich, daß ihre Stimme klar wie eine Glocke und kalt, eiskalt geklungen hatte.

»Nun gut, Herr Pfarrer, wenn man Ihre Einstellung zur Ehe übernehmen würde, dann käme kein Mensch mehr auf die Idee zu heiraten, und plötzlich müßte man feststellen, daß die ganze menschliche Rasse ausgestorben ist.«

Trotz dieses unangenehmen Vorspiels war die Hochzeit selbst ein sehr schönes Ereignis. Die Verwandten des jungen Mannes, einfache, kleine Bauern aus dem Westen, waren nicht sehr zahlreich erschienen. Die O'Hagans waren hingegen stark vertreten. Father Hurley erinnerte sich an einen netten Mann, Kevin, ruhig und nachdenklich, der inzwischen, vor einigen Jahren, gestorben war, aber Eileen war auch heute noch rüstig.

Die Brautjungfer war jene schöne junge Frau gewesen, Maureen

Barry, die inzwischen Inhaberin dieser eleganten Modegeschäfte war. Er hatte sie erst kürzlich gesehen, als er die Totenmesse für ihre Mutter las. Ob sie wohl zu dieser Feier nach London reisen würde? Und ob er selbst fahren würde, wußte er auch noch nicht. Wieder seufzte er.
»Du bist heute nicht gut in Form, Jimbo.« Laura machte sich Sorgen.
»Ich wäre gerne ein alter, gesetzter Priester, weißt du, der sich über alles absolut sicher ist und überhaupt keinen Zweifel mehr hat.«
»In dem Fall wärst du unausstehlich«, erwiderte sie herzlich.
Alan blickte von seinem Buch auf. »Ich weiß, was du meinst, es wäre leichter, wenn es nur ein Gesetz gäbe, das man ausführen und befolgen müßte. Schlimm wird es erst, wenn man versucht, jeden einzelnen Fall aufgrund des Tatbestands zu beurteilen, dann kommt alles durcheinander.«
James Hurley blickte seinen Schwager durchdringend an, aber der Jurist sprach ohne Hintergedanken; er hatte keine Ahnung, welches Unheil sein Sohn angerichtet hatte. Er dachte nur an das Kreisgericht und einen Richter, der hier nachsichtig und dort streng urteilt, je nachdem, was er über den Menschen weiß, der vor ihm steht.
»Du würdest wie die Nazis enden, wenn du keine eigenen Entscheidungen treffen könntest«, tröstete ihn Laura.
»Manchmal sind sie aber nicht richtig.« Sein Gesicht war noch immer sorgenvoll.
»Du würdest nie etwas tun, was du in dem Augenblick nicht für richtig hältst.«
»Und danach? Was geschieht dann?«
Laura und Alan schauten sich an. Jim war sonst nie so.
Schließlich ergriff Alan wieder das Wort. »Tja, es ist wenigstens nicht wie früher, als manche Richter mit dem Todesurteil schnell bei der Hand waren. Du hast ja niemanden zum Tode ver-

urteilt.« Auch diese Bemerkung erzielte nicht die erhoffte beruhigende Wirkung.
»Nein. Nein, zum Tode nicht.«
»Wollen wir mit den Hunden spazierengehen?« schlug Laura vor.
Bruder und Schwester wanderten mit lebhaften, festen Schritten über die Felder, die ihnen seit ihrer Kindheit vertraut waren.
»Vielleicht kann ich helfen?« fragte sie vorsichtig.
»Nein, Laura, ich bin ein schwacher Mensch, daß ich euch meine dunkle Seite gezeigt habe.«
»Du bist immer noch mein kleiner Bruder, auch wenn du inzwischen ein ehrwürdiger, bedeutender Priester geworden bist.«
»Ich bin weder ehrwürdig noch bedeutend. Ich habe nie eine eigene Pfarrei bekommen, ich wollte keine. Ich will keine Verantwortung übernehmen.«
»Warum solltest du auch. Niemand ist dazu gezwungen.«
»Es gibt aber einige Dinge, für die man Verantwortung übernehmen muß.«
Sie wußte, daß das Thema damit für ihn abgeschlossen war, und seine Stirn schien sich zu glätten, als sie im schwindenden Licht nach Hause gingen.

Wenn die ganze schreckliche Geschichte überhaupt einen Wert haben sollte, durfte er sich nicht mehr so gehenlassen, das war ihm an diesem Nachmittag klargeworden. Was für einen Sinn hatte es, der Schwester und dem Schwager einerseits Kummer zu ersparen, nur um ihnen in anderer Hinsicht Sorgen zu bereiten? Er hatte ihnen die Wahrheit erspart, daß ihr Sohn in betrunkenem Zustand eine Radfahrerin getötet und sich danach aus dem Staub gemacht hatte, denn sie sollten ihren Seelenfrieden bewahren. Warum also diesen Frieden stören, indem er sie denken ließ, daß es ihm schlechtging und er kurz vor dem Nervenzusammenbruch stand?

In den darauffolgenden Monaten verschloß er sein Herz gegen die Zweifel und kämpfte gegen das Gefühl an, die einzige Familie zu hintergehen, die er je hatte und je haben würde. Er begann, über die Witze seines Neffen unbeschwert zu lachen, und es gelang ihm, nicht zusammenzuzucken, wenn Gregory unsensiblere Bemerkungen machte. Der Priester sagte sich immer wieder, von einem fehlbaren menschlichen Wesen Vollkommenheit zu erwarten würde dem geoffenbarten Wort Gottes zuwiderlaufen.

Er war froh über die schlichte Freude, die Gregory Blacks Eltern an ihrem Sohn hatten. Er rief sich in Erinnerung, daß ihm in all den Jahren seiner Gemeindearbeit nie eine Familie begegnet war, in der so viel Frieden und echte Einigkeit herrschten. Vielleicht mußten sie zu ihren Lebzeiten den Preis dafür nicht mehr bezahlen.

Er zwang sich weiterzumachen, wenn er sah, wie sich Gregory vor dem Essen großzügig Gin einschenkte, während des Essens reichlich Wein trank und sich anschließend Whiskey zu Gemüte führte. Der Vorsatz, nichts mehr zu trinken, hatte nicht lange gehalten. Genausowenig wie die Freundin.

»Sie ist zu resolut, Onkel Jim«, hatte Gregory lachend erklärt, als er mit Father Hurley über Land fuhr, reichlich schnell für dessen Geschmack. »Weißt du, für sie ist alles absolut. Keine Grauzone.«

»Das ist in gewisser Weise bewundernswert«, meinte Father Hurley.

»Es ist unerträglich, niemand kann so sicher sein, so bestimmt.«

»Hast du sie geliebt, was meinst du?«

»Ich hätte sie wahrscheinlich lieben können, aber nicht mit dieser Schwarzweißmalerei, diesem Ehrenhaft und Unehrenhaft, entweder bist du ein Heiliger oder ein Teufel. Im wirklichen Leben geht es anders zu.«

Father Hurley betrachtete das schöne Profil des Sohnes seiner Schwester. Der Junge hatte das Mädchen vergessen, das er getötet hatte. Die Zweideutigkeit und Heuchelei dieser Nacht hatte er buchstäblich aus seinen Gedanken verbannt. Er nahm seinen Onkel mit, weil Father Hurleys Wagen kaputt war, und Gregory wollte Mitte der Woche nach Hause fahren, um mit seinem Vater über ein Darlehen zu reden. Da war etwas im Kommen, er hatte da etwas erfahren, eine Chance, wie sie sich nur einmal im Leben bietet. Etwas, was er eigentlich gar nicht wissen sollte, aber wenn er jetzt investierte. Mann!
Father Hurley fühlte sich elend, daß er so ins Vertrauen gezogen wurde. Aber was war er denn schon, nur ein weiterer Mensch in der Grauzone. Jemand, der bereit war zu lügen, wenn es vernünftig erschien. Es war ein merkwürdiger Besuch. Gregorys Vater erschien sich dafür entschuldigen zu wollen, daß er die Summe nicht aufbringen konnte, die Gregory brauchte. Auch war er ein wenig verblüfft, daß er nicht genau erfuhr, wofür sie benötigt wurde.
Gregory lächelte tapfer, erklärte dann aber, er wolle zum See hinausfahren, um eine Weile allein zu sein.
Nachdem er gegangen war, sagte Laura, es sei doch ein guter Gedanke von ihm, sich draußen an den See zu setzen, um mit seinem Ärger fertig zu werden. Sie wünschte, Alan hätte ihm das verdammte Geld gegeben, denn wenn sie einmal nicht mehr wären, würde es ihm sowieso gehören, warum sollte er es nicht jetzt schon haben?
Um halb elf war Gregory immer noch nicht zurück.
Father Hurley wußte, daß er im Pub war, im Rasthaus an der Straße zum See. Er sagte, er wolle selbst gerne einen Spaziergang machen, es sei eine schöne Nacht. Zu Fuß waren es vier Kilometer. Er fand seinen Neffen an der Bar, wo ihm ein weiterer Drink verweigert wurde.
»Komm schon, ich fahre dich nach Hause«, sagte er und hoffte,

daß sein Tonfall den stockbesoffenen Neffen nicht verärgern würde.
Als sie am Auto waren, stieß in Gregory weg.
»Ich kann selber fahren.« Seine Stimme war stahlhart. Als der junge Mann hinterm Steuer saß, hatte James Hurley nur noch die Wahl, mitzukommen oder ihn alleine fahren zu lassen.
Er öffnete die Beifahrertür.
Es gab endlos viele Kurven, und der Straßenbelag war schlecht.
»Ich bitte dich, mach langsam, du weißt nicht, was hinter der nächsten Kurve kommt, wir können unmöglich die Scheinwerfer sehen.«
»Bitte mich nicht«, entgegnete Gregory, während er auf die Straße schaute. »Ich verabscheue Leute, die bitten und betteln.«
»Dann fordere ich dich auf ...«
Der Eselskarren stand vor ihnen, bevor sie ihn auch nur sehen konnten. Das erschrockene Tier bäumte sich auf und sorgte dafür, daß die beiden alten Männer und ihre Habseligkeiten auf der Straße landeten.
»Um Gottes willen.«
Hilflos beobachteten sie, wie der Esel, brüllend vor Schmerz, den Karren über den einen der alten Männer zog und langsam die Böschung zum See hinabrutschte.
Father Hurley rannte zu dem Karren, in dem zwei Kinder weinten.
»Es passiert euch nichts, wir sind da, wir sind da«, rief er.
Im Rücken spürte er den Atem seines Neffen.
»Du bist gefahren, Onkel Jim, in Christi Namen, ich bitte dich.«
Der Priester blieb nicht stehen. Er nahm das erste kleine Mädchen auf den Arm und brachte es in Sicherheit, dann das zweite, und mit größter Kraftanstrengung zog er auch den schreienden Esel die Böschung hinauf.
»Hör mir zu, ich flehe dich an! Denk darüber nach, es ist doch

ganz vernünftig. Gegen mich haben sie so viel in der Hand, aber dir können sie gar nichts anhaben.«
Es war, als hätte Father Hurley ihn gar nicht gehört, er hatte die Kinder und den Karren wieder auf die Straße gebracht, wo die beiden verwirrten alten Männer saßen. Einer hielt sich den Kopf, und zwischen seinen Fingern sickerte Blut heraus.
Im Mondlicht war Gregorys Gesicht kreidebleich vor Schreck.
»Es sind Straßenhändler, Onkel Jim, sie dürfen gar nicht unterwegs sein ohne Zeichen oder Warnsignal und Beleuchtung ... niemand könnte dir etwas vorwerfen ... die Leute haben gehört, wie du gesagt hast, daß du mich nach Hause fährst.«
Father Hurley kniete neben dem alten Mann nieder und zwang ihn, die Hände wegzunehmen, so daß er die Wunde sehen konnte.
»Es ist alles in Ordnung, mein Freund, es ist alles in Ordnung, sobald jemand kommt, bringen wir Sie ins Krankenhaus, es sind bestimmt nur ein, zwei Stiche.«
»Was wirst du tun, Onkel Jim?«
»O Gregory.«
Der Priester betrachtete mit Tränen in den Augen den einzigen Sohn der beiden Menschen, denen heute nacht klarwerden sollte, daß das Leben auf dieser Erde vielleicht doch nicht so gut war und daß es Leute gab, die bisher schon zuviel Glück gehabt hatten.

6

Maureen

Das eine, worauf Maureens Mutter bestanden hätte, wäre sie noch am Leben gewesen, war eine angemessene Beerdigung. Maureen wußte genau, was das hieß. Es hieß, rechtzeitig Anzeigen in die Zeitung zu setzen, damit alle teilnehmen konnten, es hieß, eine wohlüberlegte Einladung nach Hause folgen zu lassen, nicht für alle, sondern für die richtigen Leute. Und zwar sowohl am Tag der Aufbahrung in der Kirche als auch am darauffolgenden, zur eigentlichen Beerdigung.
Maureen traf alle Vorkehrungen mit äußerster Sorgfalt, als letzte Hommage an die Mutter, die ihr alles gegeben und sie zu dem gemacht hatte, was sie war.
Sie trug einen wunderbar geschnittenen schwarzen Mantel und bestellte sich eine Friseurin ins Haus, damit sie in tadelloser Aufmachung vor den Menschen erscheinen konnte, die in die Kirche kamen. Für Maureen hatte das nichts mit Eitelkeit zu tun, sie erfüllte lediglich die letzten Wünsche ihrer Mutter: daß Sophie Barry von ihrer vortrefflichen und treuen Tochter Maureen, der erfolgreichen Geschäftsfrau und angesehenen Dubliner Bürgerin, zur letzten Ruhe gebettet und öffentlich betrauert wurde.
Auch die Drinks und Cocktailhäppchen, die in dem großen Salon serviert wurden, hätten ebenso die Billigung der Mutter gefunden wie die Art und Weise, wie sich Maureen unter den Gästen bewegte, blaß, aber ruhig, hier Leute einander vorstellte, sich dort bedankte, und dabei stets im Kopf hatte, ob es ein Kranz, eine Beileidskarte oder ein Brief war, für den es Dank zu sagen galt.

Sie hatte stets zustimmend genickt, wenn jemand erklärte, ihre Mutter sei eine wunderbare Frau gewesen, denn das entsprach ganz einfach der Wahrheit. Sie pflichtete auch bei, es sei besser, daß die Krankheit ihrer Mutter nicht lange gedauert hatte, und sie beklagte die Tatsache, daß man mit achtundsechzig zu jung zum Sterben sei; sie war erfreut, daß so viele Leute bemerkten, wie stolz ihre Mutter auf die einzige Tochter gewesen war.
»Sie kannte kein anderes Thema.«
»Sie hatte ein Album voller Andenken an alles, was Sie erreicht haben.«
»Sie sagte, Sie seien ihr nicht nur eine Tochter, sondern auch eine Freundin gewesen.«
Tröstende Worte, sanfte Berührungen, taktvolle Gesten. Das alles hätte Mutter gefallen. Niemand betrank sich und wurde laut, aber es war bei der ganzen Veranstaltung ein Stimmengewirr hörbar, das Mutter als Anzeichen für eine gelungene Zusammenkunft gewertet hätte. Mehrmals ertappte sich Maureen dabei, wie sie sich vornahm, ihrer Mutter anschließend davon zu erzählen.
Aber freilich hörte man dergleichen oft, es war nicht ungewöhnlich. Besonders wenn man sich sehr nahegestanden hatte. Und eine so enge Mutter-Tochter-Beziehung wie die zwischen Sophie Barry und ihrem einzigen Kind Maureen gab es selten.
Möglicherweise kam das daher, daß Sophie Witwe war und Maureen so viele Jahre ohne Vater gelebt hatte. Weil sie sich so ähnlich sahen, interpretierten die Leute oft mehr in ihr Verhältnis hinein, als wirklich vorhanden war. Sophie war erst mit Ende Fünfzig grau geworden, und auch dann waren ihre dunklen, stahlgrauen Haare noch ebenso schön und glänzend, wie es zuvor ihre rabenschwarzen gewesen waren. Sie hatte bis zuletzt Größe 38 getragen und gemeint, sie wollte lieber sterben, als eines dieser zeltartigen Gewänder anzuziehen, in denen sich so viele Frauen jenseits eines bestimmten Alters sehen ließen.

Bei ihren unbeschwerteren Freunden und Bekannten machte sich Sophie mit ihrer tadellosen Erscheinung und ihren strengen Maßstäben nicht immer beliebt. Aber sie bekam von ihnen, was sie wollte: uneingeschränkte Bewunderung, solange sie lebte.

Und Maureen würde dafür sorgen, daß dies so blieb – auch in Anbetracht dessen, was nun zu erledigen war. Das Haus sollte nicht mit ungehöriger Eile zum Verkauf angeboten werden; auf dem schlichten schwarzgerahmten Sterbebild würde ein geschmackvolles Gebet stehen, so daß man es als Erinnerung auch an protestantische Freunde schicken konnte. Keine kitschigen Sprüche, kein Foto. Mutter hätte gesagt, so etwas würden nur Dienstmädchen machen. Maureen würde nicht auf die Idee kommen, ihr Andenken so zu entehren.

Freunde hatten angeboten, ihr dabei zu helfen, die Sachen ihrer Mutter durchzusehen, so etwas könne einen ganz schön aus der Fassung bringen, meinten sie, oft sei es leichter, wenn ein Außenstehender mithilft. Es ließe sich dann alles sachlicher betrachten und in Kategorien ordnen. Aber Maureen dankte lächelnd und versicherte ihnen, sie würde das gerne selbst erledigen. Sie war gar nicht darauf erpicht, alles alleine durchzusehen, aber Mutter hätte nicht um alles in der Welt zugelassen, daß ein Fremder private Unterlagen zu Gesicht bekam.

Pfarrer Hurley, der seit Jahren mit der Familie bekannt war, bot seine Hilfe an. Er meinte, man fühle sich oft recht einsam bei dem Geschäft und er gäbe sich schon damit zufrieden, ihr einfach nur Gesellschaft zu leisten. Er meinte es gut, und Mutter hatte ihn immer geschätzt; ihrer Meinung nach machte er der Kirche Ehre, ein sympathischer, sehr kultivierter Mann der alle maßgeblichen Leute kannte; ein hohes Lob aus ihrem Munde. Aber dennoch hätte Mutter ihn nicht mit ihren Privatpapieren behelligt. Er konnte mit gütigen, bewegenden Worten predigen, ja, er war genau der richtige Priester für diese Pfarrei, aber bei

Privatangelegenheiten konnte man ihn nicht hinzuziehen. Das blieb Maureen alleine überlassen.

Walter würde natürlich auch helfen wollen. Aber das kam gar nicht in Frage. Walter war bei der ganzen Angelegenheit auf Distanz gehalten worden. Maureen hatte nicht vor, ihn zu heiraten oder den Anschein zu erwecken, sie sei auf ihn angewiesen. Warum sollte sie also zulassen, daß er bei den Begräbnisfeierlichkeiten als Mann an ihrer Seite auftrat? Dies würde einen völlig falschen Eindruck erwecken bei all den alten Waschweibern, den Freundinnen ihrer Mutter, die über ihr eigenes Leben nichts zu berichten hatten und statt dessen Mutmaßungen über die Kinder der anderen anstellten. Maureen, die mit sechsundvierzig noch unverheiratet war, mußte ihnen jahrelang Anlaß zu Tratsch und Spekulationen gegeben haben, dachte sie mit bitterer Genugtuung.

Der freundliche, höfliche Walter, der nach allgemeinem Dafürhalten als Partner für sie in Frage kam, weil er ebenfalls ledig war, aus einer angesehenen Familie stammte und eine gute Anwaltskanzlei hatte. Wenn Maureen wollte, dann konnte sie Walter heiraten, das war ihr klar. Er liebte sie nicht, und sie empfand für ihn nichts, was auch nur entfernt mit Liebe zu tun hatte. Aber Walter war ein Mann, der in diesem Lebensabschnitt keine Liebe mehr erwartete. Früher, als er noch jünger war, hatte es vielleicht ein, zwei Liebeleien gegeben oder vielleicht sogar eine echte Beziehung, aus der nichts wurde.

Walter hatte seine Männerfreundschaften bei der Law Library, und er nahm regen Anteil am gesellschaftlichen Leben. Ein alleinstehender Mann war immer gefragt.

Mutter hatte Walter gemocht, aber sie war viel zu intelligent, um ihrer Tochter Walter aufzudrängen. Auf jeden Fall wäre Mutter die letzte gewesen, die das Argument gebracht hätte, man müsse sich gegen die Einsamkeit im Alter absichern. Man brauchte sich doch nur anzusehen, wie ausgefüllt ihr Leben auch in den Jahren ohne Mann gewesen war.

Sobald Maureen klargestellt hatte, daß sie Walter nicht als Lebenspartner in Betracht zog, hatte ihre Mutter sie nicht mehr mit der Idee bedrängt. Sie schlug nicht mehr vor, Walter zu einem Bridgeabend, einem Theaterbesuch oder einem Ausflug zum Aga-Khan-Pokal beim Reit- und Springturnier einzuladen. Walter war freundlich, höflich und konnte nach mehreren Gläsern guten Rotweins sogar ein wenig emotional werden. Manchmal sprach er von Einsamkeit und den großen Opfern, die auf dem Altar der Karriere gebracht wurden. Aber Maureen lachte ihn freundlich an und bat ihn zu überlegen, was um alles in der Welt sie oder er geopfert hätten. Sie hatten schöne Wohnungen, gute Autos, einen großen Freundeskreis und die Freiheit hinzufahren, wo sie wollten. In Maureens Fall nach London und New York, um Kleider einzukaufen, in Walters Fall nach Westirland zum Fischen.
In einem Dublin, wo ein solches Verhältnis allmählich akzeptiert worden wäre, hatten sie keine Liebesbeziehung. Eines Abends war ein dahingehender Vorschlag gemacht und abgelehnt worden, wobei sich beide Seiten gleichermaßen charmant und gesittet verhielten; es wurde auch ein zweiter Anlauf unternommen, für den Fall, daß die erste Absage nur der Form halber erfolgt war. Aber sie blieben zwei attraktive Singles, die sich oft über den Tisch hinweg resignierte Blicke zuwarfen, wenn wieder einmal eine Gastgeberin auf die geniale Idee gekommen war, sie beide zu einer Dinner-Party einzuladen.
Es entbehrte nicht einer gewissen Ironie, daß von allen Männern, die je in Maureens Leben getreten waren, der einzige, der in Mutters Augen geeignet erschien, einer war, der zu spät kam, der auftauchte, als Maureen wußte, daß sie ihren Lebensstil nicht mehr ändern wollte. Hätte sie Walter, den jungen, ernsten Anwalt, in den Zwanzigern kennengelernt, während sie alle Kraft investierte, um ihr Geschäft aufzubauen, dann hätte sie sich vielleicht damit abgefunden, ihn zu heiraten. So viele ihrer

Freundinnen hatten sich mit Männern zufriedengegeben, die sie wohl kaum im eigentlichen Sinne geliebt hatten. Das war nicht die große Liebe gewesen bei den Hochzeitsfeiern, zu denen Maureen in den sechziger Jahren immer wieder eingeladen wurde, es waren Interessengemeinschaften, Fluchten, Kompromisse, Absprachen. Deirdre O'Hagan, die sich allen widersetzt und ihre erste Liebe geheiratet hatte, in diesem langen Sommer, als sie alle in London waren, das war vielleicht wirklich Liebe gewesen. Doch obwohl sie sogar Deirdres Brautjungfer gewesen war und sie beide in der Nacht vor der Hochzeit in einem Zimmer geschlafen hatten, war Maureen nicht sicher, ob Deirdre Desmond Doyles Nähe so sehr brauchte und sich so verzweifelt nach ihm sehnte, wie sie selbst sich nach Frank Quigley sehnte.

Es war eine seltsame Freundschaft zwischen Maureen und Deirdre. Ihre Mütter waren so darauf erpicht gewesen, daß die beiden Mädchen Freundschaft schließen sollten, bis sie schließlich mit vierzehn nachgaben und sich bereit erklärten, miteinander zum Tennis zu gehen und später zu Tanzveranstaltungen oder den Partys, die Samstag abends im Rugby-Club stattfanden.

Als die Mädchen zu studieren anfingen, hatten sie sich tatsächlich angefreundet. Und beide wußten, daß ihre Rettung bei der anderen lag. Wenn Maureen sagte, sie wolle mit Deirdre irgendwohin gehen, war ihre Mutter beruhigt. In der Familie O'Hagan war es dasselbe, Deirdre konnte immer Sophie Barrys Tochter als Vorwand benutzen.

Aus diesem Grund konnten die beiden auch in jenem Sommer zusammen nach London fahren. Der Sommer, in dem sie eigentlich zu Hause für die Abschlußprüfung lernen sollten. Der Sommer, in dem sie auf der Fähre nach Holyhead Desmond Doyle und Frank Quigley kennenlernten.

Maureen fragte sich, was Frank Quigley sagen würde, wenn er gewußt hätte, daß Mutter tot war. Sie hatte keine Vorstellung davon, wie er jetzt sprach, ob sich sein Tonfall verändert hatte und ob er so wie viele Iren redete, die schon fünfundzwanzig Jahre in London waren, mit zwei unterschiedlichen Elementen in der Stimme und verräterischen Worten aus beiden Kulturen, die einem an unpassender Stelle herausrutschten.

Sie hatte über ihn gelesen; wer hatte noch nichts über Frank Quigley gelesen? Seine Kurzbiographie durfte nicht fehlen, wenn über Iren berichtet wurde, die in Großbritannien Karriere gemacht hatten. Manchmal sah sie Bilder von ihm mit dieser mürrisch dreinblickenden Italienerin, die er geheiratet hatte, um in der Hierarchie von Palazzo noch weiter aufzusteigen.

Gut möglich, daß Frank heutzutage so höflich gewesen wäre, ein taktvolles Kondolenzschreiben auf einer Karte mit Goldschnitt zu schicken. Vielleicht war er aber auch so realistisch, und seine rauhe Schale hatte sich so sehr bewahrt, daß er sagen würde, sie hätte ein Vierteljahrhundert früher sterben sollen.

Eines aber wußte Maureen, nämlich daß Frank Quigley ihre Mutter nicht vergessen hatte, genausowenig, wie er Maureen je vergessen würde.

Es hatte nichts mit Arroganz zu tun, wenn sie überzeugt war, daß ihre erste Liebe sich mit der gleichen Intensität an sie erinnerte wie sie sich an ihn, sofern sie den Gedanken an ihn überhaupt aufkommen ließ. Sie wußte einfach, daß es so war. Dennoch spielte es keine Rolle; vielleicht hörte er durch Desmond und Deirdre von dem Todesfall, aber es war schwer zu sagen, ob sie noch miteinander befreundet waren.

Wie man hörte, arbeitete Desmond immer noch bei Palazzo, aber trotz der großartigen Berichte, die Mrs. O'Hagan von Zeit zu Zeit über die Managementkarriere ihres Schwiegersohns lieferte, hatte Maureen das Gefühl, daß Desmond irgendwo auf einer unteren Ebene steckengeblieben war und ihn auch die Förderung und Freundschaft seines alten Gefährten Frank nicht mehr weiterbrachten.

Der Tag, an dem Maureen die Sachen ihrer Mutter durchsehen mußte, ließ sich nicht endlos aufschieben. Sie beschloß daher, sich an dem Sonntag nach der Beerdigung damit zu befassen. Es würde nicht lange dauern, wenn sie ihren Verstand gebrauchte und sich nicht von allem, was sie in die Hand nähme, aus dem seelischen Gleichgewicht bringen ließ.

Geweint hatte sie schon, als man ihr im Krankenhaus Mutters Brille mit Etui gab. Irgendwie schien dieser Anblick trauriger als alles andere: das Zeichen von Mutters schwächer gewordenem Augenlicht in dem nutzlosen kleinen Etui, das man ihr überreichte. Maureen, die sonst so entschlossen handelte, hatte nicht gewußt, was sie damit anfangen sollte. Die Brille steckte immer noch in einem Seitenfach ihrer Handtasche. Mutter wäre nicht so sentimental gewesen. Sie wäre ebenso gelassen und praktisch damit umgegangen wie mit allem anderen.

Sie hatten nur einmal Streit gehabt, das war schon lange her, und es ging dabei weder um Frank Quigley noch um einen anderen Mann. Mutter hatte gemeint, die Modebranche mache keinen guten Eindruck und wirke nicht seriös genug.

Maureen hatte ihrem Ärger Luft gemacht, war es denn, zum Teufel noch mal, wirklich so wichtig, welchen Eindruck etwas machte? Es kam darauf an, wie es wirklich war, um was es eigentlich ging, nur das zählte. Mutters kühles Lächeln machte sie nur noch zorniger. Maureen war wütend davongestürmt, zunächst nach Nordirland, wo sie sich eine solide Grundlage im Textileinzelhandel aneignete. Sie wandte sich an zwei Schwestern, die ein elegantes Modegeschäft führten und erfreut und geschmeichelt waren, daß die schöne dunkelhaarige Universitätsabsolventin aus Dublin zu ihnen gekommen war, um ihr Handwerk von Grund auf zu lernen. Dann ging sie nach London.

Damals wurde ihr klar, daß die Freundschaft mit Deirdre nie sehr tief gegangen war; während Maureens Aufenthalt dort sahen sie sich selten. Deirdre war zu der Zeit mit zwei Kleinkin-

dern zu Hause angebunden, während Maureen ständig Messen und Ausstellungen besuchte und lernte, worauf es ankam. Maureen erzählte Deirdre nichts über das abgekühlte Verhältnis zu ihrer Mutter, denn sie fürchtete, die Familie O'Hagan würde umgehend davon in Kenntnis gesetzt, und vermutlich hatte auch Deirdre Geheimnisse, Sorgen und Probleme, in die sie Maureen nicht einweihte.
Und schließlich war die Abkühlung ja auch nicht von Dauer. Sie war ohnehin nie zu einer ausgesprochenen Feindschaft ausgeartet. Mutter und Tochter hatten immer durch Postkarten, kurze Briefe und Telefongespräche Kontakt gehalten. Also konnte Mutter Eileen O'Hagan erzählen, wie gut Maureen mit allen Aspekten des Lebens zurechtkam. Also blieb der schöne Schein gewahrt. Der schöne Schein spielte für Mutter eine wichtige Rolle. Maureen beschloß, diese Haltung bis zum Ende und bis über das Grab ihrer Mutter hinaus zu respektieren.
Maureen Barry lebte in einem der ersten Appartementhäuser, die in Dublin gebaut worden waren. Von ihrer Wohnung brauchte sie zehn Minuten zu Fuß und zwei Minuten mit dem Auto zu dem großen Haus, in dem sie geboren war und wo ihre Mutter ihr Leben lang gewohnt hatte. Das Anwesen war Mutters Zuhause gewesen, und Vater hatte eingeheiratet. Für die kurze Ehe, die sie geführt hatten. Maureen war sechs Jahre alt gewesen, als er in Übersee starb, das war vor vierzig Jahren.
Sein Todestag jährte sich bald, in drei Wochen; eine merkwürdige Vorstellung, daß Maureen ganz alleine zu der Messe gehen sollte, die sie immer für seinen Seelenfrieden lesen ließen. Solange sie sich erinnern konnte, war sie mit ihrer Mutter hingegangen. Die Messe fand immer um acht Uhr morgens statt. Mutter hatte gesagt, es gehöre sich nicht, andere Leute in die persönliche Trauer und die Gedenkfeier einzubeziehen. Aber Mutter hatte den anderen immer erzählt, daß sie die Messe besucht hatten.

Die Lösung, die Mutter und Tochter in der Wohnungsfrage gefunden hatten, war ebenfalls ein Punkt in der Beziehung der beiden Frauen gewesen, der allgemein hochgelobt wurde. So manch andere Mutter hätte sich an ihre Tochter geklammert und sie so lange wie möglich im Haus der Familie festgehalten und den verständlichen Wunsch junger Leute, das Nest zu verlassen, ignoriert oder nicht ernst genommen. Und es gab weniger pflichtbewußte Töchter, die in eine andere Stadt gezogen wären. Nach London vielleicht oder gar nach Paris. Maureen hatte etwas erreicht in der Welt der Mode. Daß sie mit vierzig Jahren zwei Geschäfte besaß, auf denen ihr Name stand, war keine geringe Leistung. Und es waren elegante Geschäfte. Sie hielt sich bald in dem einen, bald im anderen auf, für jede Filiale hatte sie eine gute Geschäftsführerin engagiert, die selbständig arbeitete. So hatte Maureen die Hände frei, um einzukaufen, auszuwählen oder auch die modebewußten Frauen zum Mittagessen zu treffen, deren Geschmack sie beobachtete und sogar formte. Sie fuhr viermal jährlich nach London und jeden Frühling einmal nach New York. Sie genoß ein Ansehen, wie es ihre Mutter nie für möglich gehalten hätte, in den finsteren Tagen, in der trübseligen Zeit, als sie jede Begegnung miteinander vermieden hatten. Diese Phase hatte zum Glück nicht lange gedauert, und jede Beziehung hatte schließlich ihre Tiefpunkte, sagte sich Maureen. Auf jeden Fall wollte sie jetzt nicht an diese Zeit zurückdenken, nicht so bald nach Mutters Tod.
Es war tatsächlich eine vernünftige Entscheidung gewesen, zwar getrennt, aber doch in nächster Nähe zu wohnen. Mutter und Tochter sahen sich beinahe täglich. In all den Jahren, seit Maureen die eigene Wohnung bezogen hatte, war es nie vorgekommen, daß ihre Mutter unangemeldet vor der Tür stand. Ihr wäre es nicht im Traum eingefallen, bei einer jungen Frau vorbeizuschauen, die vielleicht gerade Gäste hatte und ungestört sein wollte.

Bei Maureens Besuchen in ihrem Elternhaus waren hingegen keine so strengen Regeln einzuhalten. Sie war dort jederzeit willkommen, aber Mutter hatte durchblicken lassen, daß kurz nach einer Bridgeparty ein besonders günstiger Zeitpunkt war, um auf einen Sherry hereinzuschauen, weil dann jeder Gelegenheit hatte, nicht nur die elegante Tochter zu bewundern, sondern auch deren offensichtliche Zuneigung für ihre Mutter.

Am Sonntag ging Maureen zu dem Haus, wo sie durch die bunten Fensterscheiben der Dielentür nie wieder ihre Mutter sehen würde, wie sie leichten Schrittes den Flur herunterkam, um ihr die Tür zu öffnen. Es war ein merkwürdiges Gefühl, das leere Haus zu betreten, denn jetzt waren keine netten Freunde und Verwandte da, deren Anwesenheit ihr manches erleichtert hätte. Mutters Busenfreundin Mrs. O'Hagan, Deirdres Mutter, hatte Maureen mit großem Nachdruck gebeten, sie zu besuchen, zum Abendessen vorbeizuschauen, das Haus der O'Hagans als Ersatz für ihr Elternhaus anzusehen.

Das Angebot war gut gemeint, aber wohl nicht ganz das richtige. Maureen war kein kleines Mädchen mehr, nein, um Himmels willen, sie war eine Frau in mittleren Jahren. Es schickte sich nicht, daß Mrs. O'Hagan sie zu sich nach Hause einlud, wie sie es vor dreißig Jahren getan hatte, als sie und Mutter beschlossen hatten, daß sich Deirdre mit Maureen anfreunden sollte.

Mutter hatte immer viel darauf gegeben, was Eileen O'Hagan über dies und jenes dachte. Eileen und Kevin waren ihre besten Freunde. Sie hatten Mutter immer eingeladen, mit ihnen ins Theater oder zum Pferderennen zu gehen. Soweit Maureen sich erinnern konnte, hatten die beiden nie versucht, einen passenden zweiten Ehemann für Sophie Barry zu finden. Oder vielleicht hatten sie es doch getan. Maureen hätte davon wohl nichts mitbekommen.

Auf dem Weg zu ihrem Elternhaus, der sie durch sonnige Straßen führte, fragte sich Maureen, wie ihr Leben wohl verlaufen wäre, wenn Mutter wieder geheiratet hätte. Hätte ein Stiefvater sie ermutigt oder gegen sie Partei ergriffen, als sie, wie sie es ausdrückte, eine Laufbahn in der Modebranche einschlagen wollte, während ihre Mutter fand, das sei nichts anderes als ganz gewöhnlicher Textilhandel und sie selbst nur eine bessere Verkäuferin?

Ob ihre Mutter wohl vor Jahren mit Männern kokettiert hätte? Schließlich fühlte sich Maureen selbst mit sechsundvierzig noch nicht zu alt für sexuelle Beziehungen, warum sollte sie also unterstellen, daß ihre Mutter sich zu alt gefühlt hätte? Aber die Frage hatte sich in ihrem Leben nicht gestellt.

Sie hatten viel über Maureens junge Männer geredet, und darüber, daß sie alle den Anforderungen nicht ganz gerecht wurden. Aber ein Mann für Mutter war nie ein Thema gewesen. Sie schloß die Tür auf, und als sie das sogenannte Vormittagszimmer betrat, fröstelte sie ein wenig, weil das kleine Feuer fehlte, das sonst immer brannte. Maureen schaltete die Elektroheizung ein und schaute sich um.

Als sie am Sonntag vor zwei Wochen hiergekommen war, hatte sie sofort bemerkt, wie bleich und ängstlich ihre Mutter aussah. Sie hatte Schmerzen, vielleicht nur Verdauungsbeschwerden, aber ... Maureen hatte schnell gehandelt, ihrer Mutter behutsam ins Auto geholfen und sie ohne Hast ins Krankenhaus gefahren. Warum den Arzt aufschrecken und bei seinem Sonntagsfrühstück stören, hatte sie zu Mutter gesagt, fahren wir doch einfach in die Klinik, zur Abteilung für ambulante Patienten. Im Krankenhaus war immer jemand da, dort würde man sie beruhigen.

Mutter, die jetzt noch ängstlicher aussah, stimmte zu, und selbst in dieser Situation war Maureen schweren Herzens aufgefallen, daß ihre Mutter, die sonst so deutlich sprach, nuschelte und nicht mehr klar artikulierte.

Sie wurden sofort vorgelassen, und eine Stunde später wartete

Maureen vor der Intensivstation, wo man ihr mitteilte, ihre Mutter habe einen schweren Schlaganfall erlitten, von dem sie sich vielleicht nicht wieder erholen würde.

Mutter erholte sich dennoch, hatte aber ihr Sprachvermögen eingebüßt; in ihren glänzenden, glühenden Augen schien ein Flehen zu liegen, jemand möge diese unwürdige Situation beenden.

Sie konnte nur Maureens Arm drücken: einmal für ja, zweimal für nein. Maureen hatte allein mit ihr gesprochen:
»Hast du Angst, Mutter?«
Nein.
»Du glaubst daran, daß du bald wieder gesund wirst, nicht wahr?«
Nein.
»Ich möchte, daß du daran glaubst, du mußt einfach. Nein, tut mir leid: darauf kannst du natürlich keine Antwort geben. Ich meine, willst du wieder gesund werden?«
Nein.
»Aber sicher doch, für mich, Mutter, für alle deine Freunde, wir wollen, daß du wieder gesund wirst. O Gott, wie sage ich es nur richtig, damit du mir antworten kannst? Weißt du, daß ich dich liebe? Sehr sogar?«
Ja, und der Ausdruck der Augen entspannte sich ein wenig.
»Und weißt du, daß du die beste Mutter bist, die man sich wünschen kann?«
Ja.
Dann war sie müde geworden, und kurze Zeit später verlor sie das Bewußtsein.

Sie hatten recht gehabt, die Freunde, die sich später in diesem Raum versammelt hatten, in Mutters Vormittagszimmer, das Morgensonne bekam, als sie genickt und erklärt hatten, Sophie Barry hätte es nicht ausgehalten, abhängig und pflegebedürftig zu sein. Es war besser, daß ihr der Schmerz und die Erniedrigung erspart geblieben waren.

Lag dieser Sonntag morgen wirklich erst zwei Wochen zurück? In mehr als einer Hinsicht kam es ihr wie zehn Jahre vor.
Maureen öffnete die schwarzen Plastikbeutel. Sie wußte, daß sie sehr viele Sachen ihrer Mutter tatsächlich wegwerfen konnte. Es gab niemanden, dem es dem Atem verschlagen hätte beim Anblick der Erinnerungsstücke an Kavalleriebälle von anno dazumal oder der Programme längst vergessener Konzerte, die mit einem unleserlichen Gekritzel signiert waren. Da waren keine Enkelkinder, die die Welt der Vergangenheit bestaunt hätten. Und Maureen, die Vielbeschäftigte, hatte nicht die Zeit, sich dergleichen anzusehen, also würde vieles auf den Müll wandern.
Sie saß an dem kleinen Schreibtisch: eine Antiquität. Vielleicht stellte sie ihn in ihrer eigenen Wohnung in die Diele. Das unpraktische Ding stammte noch aus einer Zeit, als Damen darauf nur kurze Briefe und Einladungskarten schrieben. Mit der Welt von heute hatte es nichts zu tun. Mrs. O'Hagan war überrascht gewesen, daß Maureen ihre Wohnung behalten wollte. Sophie hätte gewollt, daß das Haus in Familienbesitz blieb, da war sie sicher. Aber Maureen blieb eisern. Ihr Leben war zu ausgefüllt, um nebenbei ein Haus sauberhalten zu können, das so viele Winkel und Nischen hatte wie dieses. Ihre Wohnung war maßgeschneidert für sie: für ihre Garderobe gab es wandfüllende Einbauschränke, das Arbeitszimmer mit richtigen Aktenschränken diente als kleines Büro, das große Wohnzimmer eignete sich für Gesellschaften, und von der Küche aus überblickte sie den Eßtisch, so daß sie sich mit ihren Gästen unterhalten konnte, während sie ihnen das Abendessen servierte.
Nein, wieder in dieses Haus einzuziehen wäre ein Rückschritt gewesen. Mutter wußte das genausogut wie sie.
Zu allererst sah sie die Finanzen durch. Überrascht stellte sie fest, wie unordentlich und zerstreut Mutter in letzter Zeit geworden war. Der Anblick der Zettel, die sich Mutter als

Gedächtnisstütze geschrieben hatte, stimmte sie traurig: hier eine Zahlungserinnerung, da eine Rückfrage. Für Maureen wäre es ein leichtes gewesen, ein unkompliziertes Zahlungssystem einzurichten, wie sie selbst es hatte. Die Sache wäre in fünf Minuten erledigt gewesen, ein Brief an die Bank mit der Bitte, jeden Monat per Dauerauftrag Strom- und Gasrechnung, Versicherungsbeiträge und so weiter zu überweisen. Damit wären ihrer Mutter all diese letzten Mahnungen und verständnislosen Briefe erspart geblieben. Offenbar hatte sie den Eindruck erweckt, ihr Leben noch wesentlich besser im Griff zu haben, als es wirklich der Fall war.

Außerdem fand sich ein schier endloser Briefwechsel mit einem Börsenmakler. Wie alle aus ihrer Generation war auch Mutter überzeugt gewesen, daß sich Reichtum in Aktien und Wertpapieren bemaß. Allerdings waren nur die Briefe des Brokers vorhanden; von ihrem Teil der Korrespondenz hatte Mutter keine Kopien aufbewahrt. Hier offenbarte sich eine betrübliche Geschichte, die von Verwirrung und Enttäuschung zeugte.

Maureen fühlte sich traurig und erschöpft, als sie die Antworten auf offensichtlich nörglerische Anfragen durchgelesen hatte; Mutter hatte offenbar immer wieder Erklärungen verlangt, warum von Aktien, die, wie alle Welt wußte, hervorragend waren, so gut wie nichts übrig war. In einem kurzen, energischen Brief teilte Maureen dem Broker mit, ihre Mutter sei gestorben, und bat ihn, ihr detaillierte Angaben über die Zusammensetzung und den jetzigen Wert des Portefeuilles zu schicken. Sie wünschte, sie hätte sich stärker eingemischt, aber Mutter hatte stets so eine würdevolle Haltung gezeigt, es gab einfach eine Grenze, die man nicht überschritt.

Maureen verwahrte alle Briefe, die sie geschrieben hatte, in ihrer schmalen Aktenmappe. Fotokopieren würde sie sie später, in ihrer eigenen Wohnung. Mr. White, Mutters ehemaliger Anwalt, hatte ihre Tüchtigkeit schon gelobt; leider habe nicht jede junge Frau soviel Organisationstalent. Aber wie hätte sie auch ein so großes Geschäft aufbauen sollen ohne Sachverstand in Finanzfragen und Management? Der Anwalt hatte ihr Mutters Testament gezeigt, ein schlichtes Dokument, in dem stand, daß sie alles ihrer geliebten Tochter Mary Catherine (Maureen) Barry hinterließ und ihr für all die Jahre treuer Liebe und Fürsorge dankte. Das Testament stammte aus dem Jahre 1962, war also kurz nach der Versöhnung verfaßt worden, nachdem Mutter akzeptiert hatte, daß Maureen nicht bereit war, ihre Lebenspläne aufzugeben. Seit dem Tage, an dem Sophie Barry ihren Dank für die treue Liebe und Fürsorge ihrer Tochter niedergeschrieben hatte, waren dreiundzwanzig Jahre vergangen. Gewiß hatte ihre Mutter nicht damit gerechnet, daß Maureen noch über zwei Jahrzehnte ledig und ihre vertraute Freundin bleiben würde.

Die Sache nahm mehr Zeit in Anspruch, als sie angenommen hatte, und sie spürte einen Verlust von einer ganz anderen Dimension als die Trauer bei der Beerdigung. Es war, als habe sie jetzt ihre Vorstellung von ihrer Mutter als nahezu vollkommenen Menschen eingebüßt. Dieses in die Schublade des hübschen Schreibtisches gestopfte Durcheinander ließ das Bild einer übellaunigen, alten Frau erstehen, die verwirrt und reizbar war. Mit der ruhigen, schönen Sophie Barry, die bis vor zwei Wochen in ihrem Thronzimmer, in diesem ihrem Vormittagszimmer mit den geschmackvollen Möbeln, residiert hatte, schien das alles nichts zu tun zu haben. Diese Seite ihrer Mutter zu entdecken behagte Maureen nicht.

Sie hatte sich eine Tasse Kaffee gekocht, um wieder Energie für ihre Aufgabe zu tanken, und griff resolut nach dem nächsten großen, dicken Umschlag. Sie erinnerte sich, wie ihre Mutter zu sagen pflegte: »Maureen, mein Kind, eine Sache, die es wert ist, sich damit zu befassen, ist es auch wert, richtig erledigt zu werden.« Dieser Satz war auf alles anwendbar, sei es, sich das

Gesicht zweimal täglich mit Mutters Spezialcreme zu reinigen und anschließend mit Rosenwasser zu besprengen oder noch sechs zusätzliche Tennisstunden zu nehmen, damit sie bei den Sommerpartys eine entsprechende bessere Figur machte. Wenn Mutter sie jetzt sehen könnte, was Maureen bezweifelte, dann würde sie gewiß zugeben, daß die aufopfernde Tochter ihre Aufgabe richtig erledigte.

Auf die Papiere, die Maureen in dem Umschlag mit der Aufschrift »Anwalt« fand, war sie vollkommen unvorbereitet. Sie vermutete, noch mehr Unterlagen über Aktien und Rentenpapiere vorzufinden, aber diesmal handelte es sich um Briefe von einem ganz anderen Anwalt, und sie waren vierzig Jahre alt. Der Umschlag enthielt eine Reihe von Rechtsdokumenten, die alle aus dem Jahr 1945 stammten. Und aus ihnen ging hervor, daß Maureens Vater Bernhard James Barry während seines Aufenthaltes in Nordrhodesien kurz nach dem Krieg keineswegs an einer Virusinfektion gestorben war. Er hatte Frau und Kind verlassen, um mit einer anderen Frau in Bulawayo zu leben, das damals zu Südrhodesien gehörte.

Schlagartig wurde Maureen klar, daß sie – nach ihrem Informationsstand – womöglich einen siebzigjährigen Vater hatte, der noch am Leben war und in Bulawayo, Simbabwe, lebte. Ja, sie hatte vielleicht sogar Stiefgeschwister, Männer und Frauen, die nicht viel jünger waren als sie selbst. Die Frau, die als seine »Lebensgefährtin« bezeichnet wurde, hieß Flora Jones und stammte aus Birmingham in England. Verstört dachte Maureen, daß ihre Mutter gesagt haben würde, Flora sei ein Dienstmädchenname.

Sonst war es nicht Maureens Art, sich mitten am Sonntagvormittag einen hochprozentigen Drink zu genehmigen, denn die in jeder Hinsicht so disziplinierte Maureen Barry war sich stets darüber im klaren, wie gefährlich es war, allein zu trinken. Sie hatte zu viele ihrer Freunde dieser Gewohnheit verfallen sehen, wenn sie nach einem anstrengenden Tag ihren Feierabend allein verbringen mußten. Das hatte sie, wie alles andere auch, von ihrer Mutter gelernt. Mutter sagte, Witwen könnten sich leicht das Picheln angewöhnen, wenn sie sich nicht etwas am Riemen rissen. Witwen – was fiel Mutter eigentlich ein, ihr vierzig Jahre lang etwas vorzumachen? Was für ein Vertrauen war das überhaupt, wenn sie über das wichtigste Ereignis in ihrem Leben mit ihrer Tochter nicht sprechen konnte? Was für eine Sorte Frau war dazu imstande, den Mythos, man habe ihren Mann im Ausland begraben müssen, in alle Ewigkeit weiterzuspinnen?

Eine neuerliche Schockwelle schüttelte Maureen wie die Nachwirkung eines Erdbebens, als ihr zu Bewußtsein kam, daß ihre Mutter in Vollbesitz ihrer geistigen Kräfte Jahr für Jahr im Mai eine Messe für das Seelenheil von Bernard James Barry hatte lesen lassen, einen Mann, der währenddessen zumindest in den ersten Jahren, wenn nicht die ganze Zeit über, noch am Leben gewesen war.

Da stand eine Karaffe mit Whiskey. Der Geruch erinnerte Maureen daran, wie sie vor vielen Jahren einmal Zahnschmerzen gehabt hatte und Mutter ihr dann einen whiskeygetränkten Wattebausch aufs Zahnfleisch legte, um den Schmerz zu betäuben. Mutter hatte sie so sehr geliebt.

Maureen schenkte sich ein großes Glas Whiskey pur ein, leerte es und brach in Tränen aus.

Ihr wurde klar, wie einsam sie im Grunde war, denn es gab keine Menschenseele, der sie das alles hätte erzählen können. Sie hatte keine Busenfreundin, die sie anrufen konnte, kein Haus, wo sie jederzeit willkommen war und die erschütternde Neuigkeit hätte loswerden können. Genau wie ihre Mutter war sie zu reserviert, um echte Nähe zuzulassen. Es gab keinen Mann, den sie so weit in ihre Gedanken eingeweiht hatte, daß sie ihn hätte ins Vertrauen ziehen können. Ihre Arbeitskolleginnen hatten keine Ahnung von ihrem Privatleben. Die Freunde ihrer Mutter... o ja... die wären sicher interessiert. Du meine Güte, bei den O'Hagans würde sie gewiß offene Ohren für ihre Geschichte finden.

Flora. Flora Jones, ein Name wie aus einer Musical-Komödie. Und nun hören Sie Miss Flora Jones, die Carmen Miranda unserer Stadt. Da waren Briefe über eine mögliche Scheidung und kopierte Schreiben von Mutters Anwalt, in denen bis zum Überdruß wiederholt wurde, daß es in Irland keine Scheidung gebe und seine Klientin zudem eine überzeugte Katholikin sei, aber darum ging es eigentlich gar nicht. Die Frage, um die es ging, war offensichtlich Geld. Maureen blätterte immer noch ungläubig in den Dokumenten – die akribisch geordnet waren –, da war noch eine jüngere, resolutere Mutter am Werk gewesen. Sie hatte sich vor vierzig Jahren noch fest im Griff gehabt und war in ihrer Verletztheit und Wut entschlossen gewesen, dem Mann, der sie verlassen hatte, auch noch den letzten Penny abzunehmen. Eine Summe war bezahlt worden, die nach heutigem Geldwert schwindelerregend gewesen wäre. Der Anwalt von Bernard James Barry in Bulawayo schrieb an Sophie Barrys Anwalt in Dublin, sein Klient sei bereit, den Großteil seines Vermögens flüssig zu machen, um für seine Frau und seine älteste Tochter zu sorgen. Sein Klient Mr. Barry habe inzwischen, wie Mrs. Barry bereits wisse, mit Miss Flora Jones eine zweite Tochter, deren Geburt er unter allen Umständen zu legitimieren wünsche.

Mutter hatte eine außerordentliche Antwort auf diesen Brief verfaßt und sich dabei ganz genauso ausgedrückt, wie sie sprach. Maureen konnte ihre Stimme hören, als sie das Schreiben las. Sie konnte förmlich die Stimme ihrer Mutter hören, langsam, gemessen, deutlich, eine jüngere, kräftigere Stimme als die, die sich in letzter Zeit hatte vernehmen lassen. »... wie Du sicherlich einsiehst, kommt zwar eine Scheidung niemals in Frage, weil die Regeln der Kirche, der wir beide angehören, das nicht zulassen, aber in einem anderen Land kann ich gegen Dich und das, was Du tust, nichts unternehmen. Ich schreibe diesen Brief ohne Zustimmung der Anwälte, aber ich glaube, Du wirst mich dennoch richtig verstehen. Ich habe Deine Unterhaltszahlung für Maureen und mich akzeptiert und werde Dich vor keinem Gericht und nach keiner Rechtsprechung weiter belangen. Ich gebe Dich vollkommen frei, aber nur unter der einen Bedingung, daß Du nie mehr nach Irland zurückkehrst. Ich werde Deinen Tod bekanntgeben. Heute ist der 15. April. Wenn Du diesen Brief mit dem Versprechen, daß Du niemals wieder nach Irland zurückkehren wirst, an mich zurückschickst, dann werde ich sagen, daß Du am 15. Mai im Ausland an einer Virusinfektion verstorben seist.

Wenn Du Dein Versprechen jemals brechen oder versuchen solltest, mit Maureen in irgendeiner Weise Kontakt aufzunehmen, auch nachdem sie volljährig geworden ist, dann versichere ich Dir, daß Du es bis zum Ende Deiner Tage bereuen wirst...«
In diesem Tonfall sprach Mutter sonst nur mit einem Geschäftsmann, der sie irgendwie beleidigt, oder mit einem Handwerker, der seine Arbeit nicht zu ihrer Zufriedenheit erledigt hatte.
Er hatte ihre Bedingungen akzeptiert, der Mann in Bulawayo, der Mann, der angeblich seit vierzig Jahren tot war. Er hatte den Brief, wie sie es verlangte, zurückgeschickt. Mit einer kleinen, perlenverzierten Klammer war eine Postkarte darangeheftet. Sie zeigte in braunem Sepiadruck Berge und die Savanne. Auf der Postkarte stand: »Ich starb am 15. Mai 1945 an einer Virusinfektion.«
Maureen legte den Kopf auf den Schreibtisch ihrer Mutter und weinte, als wollte ihr das Herz im Leib zerspringen.
Sie merkte nicht, wie die Zeit verging. Und als sie auf die Uhr schaute, konnte sie der Stellung der Zeiger keine Bedeutung beimessen. Es war entweder Viertel nach zwei oder zehn nach drei. Noch war es hell, also mußte es Tag sein.

Sie hatte das Haus um zehn Uhr betreten, also befand sie sich wohl schon seit zwei Stunden in Halbtrance.

Sie ging im Zimmer herum und spürte, wie das Blut allmählich wieder in ihren Venen zirkulierte. Wenn jemand durch das Fenster des Vormittagszimmers hereingeschaut hätte, so hätte er eine große, dunkelhaarige Frau erblickt, die wesentlich jünger aussah als sechsundvierzig und offenbar die Arme um die Taille ihres schicken blau-rosa Wollkleids verschränkt hatte.

Tatsächlich hielt Maureen mit der Hand den Ellbogen des jeweils anderen Arms, als wollte sie verhindern, daß sie nach diesem Schock auseinanderbrach.

Sie verspürte einen Zorn auf ihre Mutter, nicht nur weil sie diesen Mann so in Bausch und Bogen aus ihrem Leben verbannt und ihm verboten hatte, mit seinem eigen Fleisch und Blut Kontakt aufzunehmen, sondern sie empfand auch lodernde Wut, weil sie nicht verstand, warum in aller Welt ihre Mutter, die dieses Geheimnis doch so lange gehütet hatte, nicht wenigstens die Unterlagen vernichtet hatte?

Wenn Maureen diese Papiere nicht gefunden hätte, so hätte sie niemals etwas davon erfahren. Sie wäre glücklicher gewesen, hätte sich in der Welt, die sie sich geschaffen hatte, sicherer und weniger verletzbar gefühlt.

Warum war ihre Mutter so nachlässig und grausam gewesen? Sie mußte doch gewußt haben, daß Maureen die Unterlagen eines Tages finden würde.

Aber natürlich wußte Mutter, daß Maureen sie nicht verraten würde. Maureen würde den schönen Schein bis zum Ende wahren.

Das würde sie, zum Teufel noch mal, nicht tun. Einen Dreck würde sie tun.

Plötzlich dämmerte ihr, daß sie in dieser ganzen absurden Posse tun und lassen konnte, was sie wollte. Sie hatte keine melodramatischen Schwüre über angebliche Todesfälle geleistet. Sie

hatte niemandem versprochen, mit ihrem Vater nicht Kontakt aufzunehmen – aus Angst vor irgendeiner schrecklichen Strafe.
Bei Gott, sie würde ihn finden, ihn oder Flora oder ihre Halbschwester.
Bitte, hoffentlich sind sie noch am Leben. Bitte laß mich meinen Vater durch dieses Sammelsurium von Unterlagen finden. Der letzte Brief stammte aus dem Jahr 1950 und bestätigte eine letzte Kapitalüberschreibung.
Bitte, Gott, mach, daß er noch am Leben ist. Siebzig ist doch noch nicht so alt.
Sie fing an zu arbeiten, und zwar mit derselben kontrollierten, fieberhaften Energie, die sie am Vorabend ihres ersten großen Mode-Ausverkaufs verspürt hatte, als sie fast die ganze Nacht lang in den Lagerräumen gestanden, Kleider runtergesetzt, neu katalogisiert und die Einnahmen des folgenden Tages geschätzt hatten.
Diesmal ordnete sie die Habe ihrer Mutter unter anderen Gesichtspunkten. Sie fand zwei Schachteln, die sie mit alten Fotos und Erinnerungen an ihre Kindheit füllte.
Wenn sie diesen Mann fand und wenn er nicht ganz herzlos war, so würde er wissen wollen, wie sie bei ihrer Erstkommunion ausgesehen hatte oder in ihrer Hockeykleidung oder vor ihrem ersten Tanzabend.
Dinge, die sie unter anderen Umständen sorgfältig zerrissen und vernichtet hätte, wurden nun in Schachteln mit der Aufschrift »Andenken« verstaut.
Sie sortierte und ordnete und räumte auf, bis sie zum Umfallen müde war. Dann schnürte sie die Beutel mit dem Müll zu, legte die Kleider und andere Dinge zusammen, die an Vincent de Paul, eine Wohltätigkeitsorganisation, gehen sollten, und bestellte sich ein Taxi, um die Schachteln mit den Andenken in ihre Wohnung zu befördern.
Es gab jetzt keine Schublade mehr, die nicht leergeräumt und

gesäubert worden wäre. Den Großteil der gewöhnlichen Küchenausstattung erhielt Mrs. O'Neill, die seit Jahren für Mutter geputzt hatte. Jimmy Hayes, der den Garten gepflegt hatte, bekam den Rasenmäher und alle Gartengeräte, die er gebrauchen konnte. Maureen schrieb ihm außerdem, er solle sich für den Eigengebrauch alle Pflanzen mitnehmen, die er besonders mochte, und sie möglichst bald abholen. Jetzt hatte sie beschlossen, das Haus so schnell wie möglich zum Verkauf anzubieten.
Ihre Hand ruhte auf dem kleinen Schreibtisch, den sie auf ihre Diele hatte stellen wollen. Sie tätschelte die Tischplatte und sagte: »Nein.« Sie wollte ihn nicht mehr. Sie wollte nichts mehr aus diesem Haus.
Der Taxifahrer half ihr mit den Schachteln. Und weil er neugierig war, erzählte sie ihm, daß sie die Hinterlassenschaft ihrer Mutter ausgeräumt hatte. Er zeigte Mitgefühl.
»Ist es nicht ein Jammer, daß Sie niemanden haben, der Ihnen bei so einer Arbeit hilft?« meinte er.
Das bekam sie oft in der ein oder anderen Form zu hören. War es denn auch nicht seltsam, daß ein hübsches Mädchen wie sie nicht geheiratet und eine eigene Familie gegründet hatte?
»Oh, mein Vater hätte das alles erledigt, aber er war fort, weit fort«, erklärte sie.
Jetzt hatte sie ihren Vater erwähnt. Der erstaunte Blick des Taxifahrers störte sie nicht, und auch nicht der merkwürdige Eindruck, den es machte, daß der Vater weit weg war, während die Mutter starb.
Sie hatte das Gefühl, ihn wieder zum Leben zu erwecken, indem sie ihn erwähnte.
Zu Hause nahm sie ein ausgiebiges, langes Bad und fühlte sich anschließend besser, hatte aber einen Bärenhunger. Sie rief Walter an.
»Ich bin absolut egoistisch und nutze dich geradezu aus, du kannst also ohne weiteres nein sagen, aber gibt es nicht irgend-

welche netten Restaurants, die Sonntag abend aufhaben? Ich würde unheimlich gerne essen gehen.«

Walter sagte, es gäbe nichts, was er lieber täte. Er arbeite gerade an einem besonders anstrengenden Gutachten, für das es keine oder tausend Lösungen gäbe, die alle unbefriedigend seien. Er würde liebend gerne ausreißen.

Dann saßen sie zusammen bei Kerzenlicht und bestellten gutes Essen und Wein.

»Du siehst ein bißchen fiebrig aus«, meinte Walter besorgt.

»Mir geht viel durch den Kopf.«

»Ich weiß, du hast bestimmt einen schlimmen Tag hinter dir«, sagte er.

Über den Tisch hinweg warf sie ihm einen schelmischen Blick zu. Sie ist niemals schöner gewesen, dachte er.

»Ich weiß, es ist nicht der richtige Zeitpunkt, der kommt ohnehin nie, aber vielleicht hättest du Lust...«

»Ja?«

»Nun, wir könnten doch zusammen Urlaub machen, irgendwo, wo es uns beiden gefällt, vielleicht Österreich. Du hast einmal gesagt, du würdest gerne dort hinfahren?«

»In Österreich kann man nicht fischen, Walter«, wandte sie lächelnd ein.

»Man kann wahrscheinlich auch keine Modemessen besuchen, aber zwei Wochen lang würden wir das doch aushalten, oder?«

»Nein, Walter, wir würden uns gegenseitig zum Wahnsinn treiben.«

»Wir könnten uns ja in Ruhe lassen.«

»Geht das nicht besser, wenn jeder für sich bleibt?« Sie schenkte ihm ein strahlendes Lächeln.

»Du hast doch irgendwas vor.« Er sah verletzt und verwirrt aus.

»Ja, das habe ich, doch ich kann es dir noch nicht erzählen. Aber bitte, vergiß den heutigen Abend nicht, und daß ich dir etwas sagen wollte. Ich lasse dich nicht lange im unklaren.«

»Wie lange?«
»Ich weiß nicht, aber nicht lange.«
»Ist es ein anderer Mann? Ich weiß, es klingt abgedroschen, aber du hast so einen Blick an dir.«
»Nein, es ist kein anderer Mann. Nicht in diesem Sinne. Ich erzähle es dir bestimmt, ich habe dich noch nie angelogen, und wenn ich es dir sage, wird dir alles klar.«
»Jetzt kann ich aber nicht mehr warten«, sagte er.
»Ich weiß, ich halte es auch kaum noch aus. Wenn die Leute doch nur am Sonntag arbeiten würden, warum machen nur alle sonntags den Laden dicht?«
»Du und ich, wir arbeiten am Sonntag«, klagte Walter.
»Ja, aber die Büros in aller Welt haben geschlossen, verdammt noch mal.«
Er wußte, es hatte keinen Sinn weiterzufragen, er würde nichts aus ihr herausbekommen. Er beugte sich vor und tätschelte ihre Hand.
»Ich muß dich wohl wirklich lieben, daß ich dir so ein Theater durchgehen lasse.«
»Oh, Walter, zum Teufel mit dir, natürlich liebst du mich nicht, kein bißchen, aber du bist ein großartiger Freund, und ich bin mir sicher, obwohl ich es gar nicht ausprobieren will, daß du auch im Bett phantastisch bist.«
Der Kellner kam gerade rechtzeitig, um Maureens ausgefallenes Kompliment mitzubekommen, deshalb verzichtete Walter auf eine Antwort.
Sie schlief wenig. Um sechs Uhr war sie schon aus den Federn, geduscht und angezogen. Die Zeitverschiebung betrug drei Stunden. Als erstes wollte sie die internationale Auskunft anrufen und die alten Nummern durchgeben; das würde sich hoffentlich nicht zu lange hinziehen. Sie wäre fast schwach geworden und hätte Walter gefragt, ob es ein internationales Verzeichnis der Juristen in aller Welt gäbe, das man am Gerichtshof

einsehen konnte. Aber nein, sie durfte keine Einzelheiten preisgeben, keine Andeutungen machen. Später würde sie ihm alles erzählen. Er hatte es verdient. Sie hatte noch nicht entschieden, was sie den anderen sagen würde, wenn sie ihren Vater fand – falls sie ihn fand.
Es war nicht so schwierig, wie sie befürchtet hatte. Die Telefonate waren wahrscheinlich zwanzigmal so teuer wie Inlandsgespräche, aber das kümmerte Maureen nicht.
Die Anwaltskanzlei in Bulawayo gab es nicht mehr. Hilfsbereite Telefonistinnen besorgten für sie Listen mit den Namen anderer Anwälte, und schließlich fand sie heraus, daß die betreffende Kanzlei nach Südafrika umgezogen war. Sie telefonierte mit Leuten in Städten, an die sie noch nie einen Gedanken verschwendet hatte, selbst wenn ihr die Namen schon einmal untergekommen waren ... Bloemfontein, Ladysmith, Kimberley, Queenstown.
Schließlich machte sie einen der Anwälte ausfindig, die die Briefe aus Pretoria unterzeichnet hatten. Maureen faßte sich kurz.
Sie erklärte, ihre Mutter sei verstorben und es sei ihr letzter Wille gewesen, daß sie, Maureen, mit ihrem Vater Kontakt aufnehmen sollte: An wen könne sie sich jetzt wegen der Nachforschungen wenden?
Eine solche Akte würde man nicht vierzig Jahre lang aufbewahren, erklärte ihr der Mann.
»Aber Sie haben sie doch nicht weggeworfen. Rechtsanwälte werfen nie etwas weg.«
»Können Sie nicht bei Ihrer Rechtsstreitpartei Nachforschungen anstellen?«
»Das habe ich schon, die wissen nichts. Die Anwaltskanzlei habe sich verändert, sagen sie, und es stimmt, daß sie sämtliche Unterlagen meiner Mutter zurückgegeben haben. Ich muß es also bei Ihnen versuchen.«

Trotz seines Akzents und seiner Art, die Silben zu verkürzen, hatte der Mann eine freundliche Stimme.

»Mir ist durchaus klar, daß es sich um einen regelrechten Auftrag handelt, wenn Sie Nachforschungen für mich anstellen, und ich bin bereit, ein angemessenes Honorar für Ihren Zeitaufwand und Ihr Fachwissen zu bezahlen«, erklärte Maureen. »Wäre es Ihnen lieber, wenn ich der Form halber über einen Anwalt Kontakt zu Ihnen aufnehme?«

»Nein, ich habe den Eindruck, daß man ohne weiteres mit Ihnen persönlich verhandeln kann.«

Sie konnte geradezu hören, wie er lächelte, am anderen Ende der Welt, ein Mann, dem sie nie begegnet war, in einem Land, das weder sie (noch ihre Freunde) je besuchen würden, aus politischen Gründen, versteht sich. Mutter hatte sich einmal zu der Äußerung hinreißen lassen, die Weißen dort täten ihr leid, weil sie ihre ganzen Privilegien und ihre hübschen Häuser opfern müßten. Aber das war nicht gut angekommen, und Mutter schnitt das Thema nie wieder an, schließlich war sie nicht dumm.

Der Anwalt erklärte, er werde sie bald zurückrufen.

»Ich frage mich, ob Sie sich vorstellen könne, wie bald ich Ihren Anruf erwarte.«

»Ich glaube schon«, antwortete er mit seinem Silben verschluckenden Akzent. »Wenn ich gerade einen Elternteil verloren hätte und hoffen würde, den anderen zu finden, dann hätte ich es auch eilig.«

Maureen wußte nicht, wie sie den Dienstag und den Mittwoch überstehen sollte. Der Mann aus Pretoria rief sie am Mittwoch um acht Uhr morgens an und gab ihr die Adresse einer Anwaltskanzlei in London.

»Lebt er noch oder ist er tot?« wollte sie wissen und wartete, mit der Hand an der Kehle, auf die Antwort.

»Das haben sie mir nicht gesagt, ganz ehrlich nicht«, sagte er bedauernd.

»Aber diese Leute wissen es?« flehte sie.
»Diese Leute können eine Nachricht an den Betreffenden weiterleiten.«
»Haben sie etwas angedeutet?«
»Ja, das haben sie.«
»Was?«
»Daß er am Leben ist. Daß Sie mit dem Mandanten persönlich sprechen werden.«
»Ich weiß nicht, wie ich Ihnen danken soll«, erwiderte Maureen.
»Es bleibt abzuwarten, ob Sie wirklich einen Grund haben, mir zu danken.«
»Ich werde es Ihnen sagen. Ich rufe Sie zurück.«
»Schreiben Sie mir lieber, Sie haben genug für Telefonate ausgegeben. Oder noch besser, Sie kommen einmal in unser Land und besuchen mich.«
»Ich glaube kaum, daß ich das tun werde. Wer weiß, ob Sie für mich in Frage kommen. Welcher Altersklasse gehören Sie denn überhaupt an?«
»Bitte reden Sie nicht so mit mir. Ich bin dreiundsechzig, verwitwet und habe ein schönes Haus in Pretoria.«
»Alles Gute«, wünschte sie ihm.
»Ich hoffe, er lebt noch und ist gut zu Ihnen«, sagte der Fremde aus Südafrika.
Auf ein Gespräch mit dem Anwalt aus der Londoner Kanzlei mußte sie anderthalb Stunden warten.
»Ich habe keine Ahnung, warum Sie mich sprechen wollen«, erklärte er etwas verärgert.
»Ich auch nicht«, gab Maureen zu. »Aber ursprünglich wurde vereinbart, daß mein Vater und ich zu Lebzeiten meiner Mutter keinen Kontakt zueinander aufnehmen sollten. Ich weiß, das klingt wie ein Andersen-Märchen, aber so war es. Bitte hören Sie mir zwei Minuten zu. Ich kann es Ihnen rasch erklären, ich bin geübt in solchen geschäftlichen Besprechungen.«

Der englische Anwalt verstand, um was es ging. Er versprach, sich wieder zu melden.
Maureens Vertrauen in die Geschwindigkeit, mit der Juristen ans Werk gingen, wuchs rapide. Walter erzählte ihr oft von Verzögerungen und vertagten Terminen, und sie selbst kannte das endlose Palaver über Verträge mit Lieferfirmen. Aber plötzlich, mitten im wichtigsten Ereignis ihres ganzen Lebens, war sie auf zwei Anwaltskanzleien gestoßen, die anscheinend begriffen, wie dringend die Angelegenheit war. Offenbar spürten sie Maureens Ungeduld und reagierten darauf. Am Donnerstag abend hörte sie den Anrufbeantworter in ihrer Wohnung ab, aber es war nichts drauf außer einer freundlichen Einladung von Mutters Freundin Mrs. O'Hagan, sie könne jederzeit abends auf einen Sherry vorbeischauen, so wie sie es bei ihrer armen Mutter getan hatte. Und da war noch eine Nachricht von Walter, der am Wochenende nach Westirland fuhr, wo man wunderbar wandern und großartig essen konnte und, wie er meinte, natürlich auch fischen. Aber darauf könne er auch ganz verzichten, wenn Maureen Lust hätte, mitzufahren.
Sie lächelte. Er war wirklich ein guter Freund.
Dann klickte es zweimal, weil jemand angerufen und wieder aufgelegt hatte, ohne eine Nachricht zu hinterlassen. Sie war unruhig und ärgerte sich dann über sich selbst. Wie konnte sie nur damit rechnen, daß diese Leute so schnell arbeiteten. Und angenommen, ihr Vater war tatsächlich am Leben und in England, wie es jetzt den Anschein hatte ... vielleicht wollte er ja gar nichts mit ihr zu tun haben, oder er wollte schon, aber Flora war dagegen oder seine Tochter. Plötzlich wurde ihr klar, daß er noch mehr Kinder haben könnte.
Sie ging in der Wohnung auf und ab, durchmaß mit verschränkten Armen ihr langes Wohnzimmer. Sie konnte sich nicht erinnern, sich schon einmal so gefühlt zu haben, so unfähig, eine Entscheidung zu treffen.

Als das Telefon klingelte, schreckte sie hoch und meldete sich zaghaft.

»Maureen Barry. Spricht dort Maureen Barry?«

»Ja.« Sie hauchte mehr, als daß sie sprach.

»Maureen, hier ist Bernie«, erklärte die Stimme. Und dann war es still, als wartete der andere gespannt darauf, was sie sagen würde.

Sie konnte aber nichts sagen, sie brachte kein Wort heraus.

»Maureen, man hat mir gesagt, daß du versucht hast, mit mir Kontakt aufzunehmen, wenn das nicht so ist ...« Er hätte beinahe aufgelegt.

»Sind Sie mein Vater?« flüsterte sie.

»Ich bin jetzt ein alter Mann, aber ich war dein Vater«, erwiderte er.

»Dann bist du es immer noch.« Sie zwang sich, ihre Stimme unbeschwert klingen zu lassen. Das war die richtige Antwort gewesen, sie hörte, wie er ein wenig lachte.

»Ich habe schon einmal angerufen«, sagte er. »Aber da hat sich eins von diesen Geräten gemeldet, du hast so förmlich geklungen, da mußte ich wieder auflegen, ohne etwas zu sagen.«

»Ich weiß, Anrufbeantworter gehören verboten«, sagte sie. Wieder hatte sie den richtigen Ton getroffen, er entspannte sich.

»Aber ich habe noch einmal angerufen, nur um deine Stimme zu hören, und hab gedacht: Da spricht Maureen, das ist wahrhaftig der Klang ihrer Stimme.«

»Und hat dir die Stimme gefallen?«

»Nicht so gut wie bei einem richtigen Gespräch. Ist das jetzt wirklich ein richtiges Gespräch?«

»Ja, wir sprechen wirklich miteinander.«

Sie schwiegen, aber das war nicht belastend, es war einfach, als müßten sie sich beide erst an das seltsame Ritual des Miteinandersprechens gewöhnen.

»Würdest du mich gerne sehen?« fragte sie.
»Es gibt nichts, was ich mir mehr wünsche. Aber könntest du es denn einrichten, zu mir nach England zu kommen? Ich bin nicht mehr so rüstig, ich könnte nicht nach Irland fahren, um dich zu besuchen.«
»Das ist kein Problem. Ich komme, sobald es dir recht ist.«
»Ich bin heute nicht mehr der Bernie, den du einmal gekannt hast.«
Offensichtlich wollte er, daß sie ihn Bernie nannte und nicht Vater. Wenn Mutter von ihm sprach, hatte sie ihn immer den armen Bernard genannt.
»Ich habe dich sowieso nie gekannt, Bernie, und du hast mich nur eine kurze Zeit gekannt, also müssen wir beide keinen Schock befürchten. Ich gehe auf die Fünfzig zu, eine Frau im mittleren Alter.«
»Jetzt übertreibst du.«
»Nein, das stimmt wirklich. Ich bin zwar noch nicht grau, weil ich Stammkundin beim Friseur bin ...« Sie merkte, daß sie gesprächig wurde.
»Und Sophie ... sie hat es dir gesagt ... bevor sie ...« Er zögerte.
»Sie ist vor zwei Wochen gestorben ... Bernie ... es war ein Schlaganfall, es ging schnell, und sie hätte sich nicht mehr erholt, es war am besten so ...«
»Und du ...?«
»Mir geht es gut. Aber was ist mit unserer Verabredung, wo kann ich dich besuchen, und Flora und deine Familie?«
»Flora ist tot. Sie starb, kurz nachdem wir von Rhodesien fortgingen.«
»Das tut mir leid.«
»Ja, sie war eine wunderbare Frau.«
»Und Kinder?« Maureen fand, daß es wirklich ein ungewöhnliches Gespräch war. Es klang so normal, es lief so glatt, und doch sprach sie mit ihrem eigenen Vater, einem Mann, den sie vierzig

Jahre lang für tot gehalten hatte, bis vor vier Tagen die Wahrheit ans Tageslicht kam.

»Da ist nur Catherine. Sie ist in den Staaten.«

Maureen war irgendwie erleichtert.

»Was macht sie dort, arbeitet sie, ist sie verheiratet?«

»Nein, keins von beiden, sie ist mit diesem Rockmusiker davongegangen, acht Jahre ist sie jetzt mit ihm zusammen. Sie zieht sozusagen mit ihm durch die Gegend und sorgt dafür, daß er sich überall wie zu Hause fühlt. Mehr wünscht sie sich nicht vom Leben, sagt sie. Sie ist glücklich.«

»Dann hat sie wirklich Glück gehabt«, erwiderte Maureen, fast ohne zu überlegen.

»Ja, das hat sie wirklich, nicht wahr? Weil sie niemandem weh tut. Die Leute sagen, sie hat es zu nichts gebracht, aber das glaube ich nicht. Ich glaube, sie hat es zu etwas gebracht, weil sie erreicht hat, was sie wollte, ohne einem anderen weh zu tun.«

»Wann kann ich zu dir kommen, Bernie?« fragte sie.

»Oh, je eher, desto besser, am besten gleich«, meinte er.

»Wo bist du?«

»Kannst du dir vorstellen, daß ich in Ascot bin?« sagte er.

»Ich komme morgen«, versprach sie.

Vor ihrer Abreise sah Maureen rasch ihre Post durch. In ihre Wohnung kam fast nur Privatpost, was mit der Arbeit zu tun hatte, ging an ihre Hauptfiliale. Da waren ein paar Rechnungen, Wurfsendungen und ein Brief, der wie eine Einladung aussah. Er kam von Anna Doyle, der ältesten von Deirdre O'Hagans Kindern, eine offizielle Einladung zur Silberhochzeit ihrer Eltern und eine Karte, auf der sich Anna für die lächerlich frühe Einladung entschuldigte und erklärte, sie wolle nur sichergehen, daß die Hauptpersonen kommen konnten. Vielleicht könne Maureen Bescheid geben.

Maureen betrachtete die Einladung, fast ohne sie wahrzunehmen. Eine Silberhochzeit schien so ein kleiner Meilenstein im

Vergleich zu dem Abenteuer, auf das sie sich gerade einließ. Sie wollte jetzt nicht darüber nachdenken, ob sie hinfuhr.

Es war ein sehr komfortables Seniorenwohnheim. Bernard Barry hatte die Kolonien mit Stil verlassen, stellte Maureen fest. Sie hatte am Flughafen Heathrow einen Wagen gemietet und war zu der angegebenen Adresse gefahren.
Allerdings hatte sie die Vorsichtsmaßnahme ergriffen, vorher im Heim anzurufen und sich zu erkundigen, ob ihr Besuch für den Vater nicht zu anstrengend wäre, der, wie er sagte, an schwer rheumatischer Arthritis litt und sich von einem leichten Herzanfall erholte.
Sie hatte erfahren, daß er in bester Verfassung war und ihre Ankunft schon mit Ungeduld erwartete.
Er trug einen Blazer mit buntem Wappen; seine Krawatte war sorgfältig gebunden, und er sah aus wie der perfekte Gentleman – leicht gebräunt, volles graues Haar. Er benutzte zwar einen Stock und ging langsam, aber er war in jeder Hinsicht ein Mann, den ihre Mutter in Dublin gern unter ihren Gästen gesehen hätte. Und sein Lächeln brach einem fast das Herz.
»Ich habe den Egon-Ronay-Führer, Maureen«, erklärte er, nachdem sie ihn geküßt hatte. »Ich denke, wir sollten ausgehen und unser Wiedersehen mit einem guten Mittagessen feiern.«
»Bernie, du sprichst mir aus der Seele«, antwortete Maureen.
Und er benahm sich tatsächlich, als könnte er sehen, was sie von ihm erhoffte. Keine Rechtfertigungen, keine Entschuldigungen. Im Leben bot sich einem nicht oft die Chance, glücklich zu werden. Seiner Tochter Catherine nahm er es nicht übel, daß sie die ihre ergriffen hatte, und er warf Sophie nicht vor, daß sie ihr Glück in dem gesellschaftlichen Status gesucht hatte. Nur er selbst mochte daran nicht festhalten.
Über Maureen war er gut informiert, die ganze Zeit über hatte er Kontakt gehalten – bis Kevin O'Hagan starb. Er hatte Kevin

an die Adresse seines Clubs geschrieben und ihn gebeten, ihn über seine Kleine auf dem laufenden zu halten. Er zeigte Maureen ein Album, das er angelegt hatte; darin hatte er Zeitungsberichte über Maureens Geschäfte gesammelt, aus Illustrierten ausgeschnittene Fotos von Maureen bei diesem Ball oder bei jenem Empfang. Fotos von Maureen mit Deirdre O'Hagan, auch eins, das sie in ihrem Brautjungfernkleid zeigte.
»Sie feiern dieses Jahr ihre silberne Hochzeit, kannst du dir das vorstellen?« Maureen zuckte zusammen, als sie das Bild mit der höchst uneleganten Hochzeitskleidung der sechziger Jahre sah. Wie konnten sie sich damals nur so geschmacklos kleiden, hatte sie ihr Gespür für Kleidung denn erst viel später entwickelt?
Mr. O'Hagan hatte regelmäßig geschrieben. Erst als Bernard Barrys Brief mit einer kurzen Mitteilung vom Club zurückgeschickt worden war, hatte er vom Tod seines Freundes erfahren. Er hatte Kevin O'Hagan gebeten, zu Hause keinen Hinweis auf die Korrespondenz aufzubewahren, denn es war Teil der Abmachung gewesen, daß Maureens Vater als Toter betrauert werden sollte.
Vater und Tochter unterhielten sich angeregt, wie alte Freunde, die viel gemeinsam haben.
»Bist du jemals einer großen Liebe begegnet, ohne ihr zu folgen?« fragte er, während er an seinem Brandy nippte. Mit siebzig könne man sich ruhig ein wenig Luxus gönnen, meinte er.
»Eigentlich nicht, keine große Liebe.« Sie war unsicher.
»Aber vielleicht etwas, das eine große Liebe hätte werden können?«
»Damals habe ich das geglaubt, aber inzwischen denke ich, daß ich mich geirrt habe. Es wäre nie gutgegangen. Wir hätten uns gegenseitig im Weg gestanden, wir waren zu verschieden. Es wäre undenkbar gewesen, in vieler Hinsicht.« Maureen war sich

bewußt, daß ihre Stimme wie die ihrer Mutter klang, als sie das sagte.
Es fiel ihr leicht, diesem Mann von Frank Quigley zu erzählen, Frank, den sie mit zwanzig so sehr geliebt hatte, daß sie meinte, ihr Körper und ihre Seele müßten explodieren. Diese Worte kamen ihr ganz mühelos über die Lippen, obwohl sie sie noch nie ausgesprochen hatte.
Sie erzählte, daß sie in diesem Sommer alles mit Frank gemacht hatte – außer mit ihm zu schlafen. Was sie zurückgehalten hatte, war nicht die übliche Furcht vor Schwangerschaft gewesen, sondern die sichere Ahnung, daß sie sich nicht noch stärker binden durfte, weil er niemals in ihr Leben gepaßt hätte.
»Warst du selbst davon überzeugt, oder hat Sophie dir das gesagt?« Seine Stimme klang sanft, ohne Vorwurf.
»Oh, ich war selbst davon überzeugt, zutiefst überzeugt. Ich dachte, es gibt zweierlei Kategorien von Menschen: wir und die anderen. Und Frank gehörte zweifelsfrei zu den anderen. Genauso wie Desmond Doyle, aber irgendwie hat Deirdre O'Hagan es geschafft, sich darüber hinwegzusetzen. Ich erinnere mich, daß wir bei der Hochzeit alle so taten, als kämen Desmonds Leute von irgendeinem Gutshof im Westen, und nicht aus einer Hütte irgendwo in den Bergen.«
»Es ist ihr wohl doch nicht ganz gelungen, sich darüber hinwegzusetzen«, bemerkte Maureens Vater.
»Du meinst, Mr. O'Hagan hat dir darüber geschrieben?«
»Ja, ein wenig. Vermutlich war ich ein Ansprechpartner für ihn, der weder jetzt noch künftig etwas mit der Sache zu tun haben würde.«
Dann erzählte Maureen, wie Frank Quigley am Tag ihrer Zeugnisverleihung unaufgefordert nach Dublin gekommen war. Wie er hinten im Saal stand und Freudenschreie ausstieß und ihr zujubelte, als sie nach vorn ging, um ihre Urkunde entgegenzunehmen.

Anschließend hatte er sie zu Hause besucht. Es war grauenhaft gewesen.

»Hat Sophie ihn vor die Tür gesetzt?«

»Nein, du kennst doch Mutter, oder vielleicht auch nicht, aber das hätte sie nie getan. Sie hat ihn mit ihrer Freundlichkeit fast umgebracht, sie war einfach bezaubernd ... ›Ach, sagen Sie mal, Frank, könnte es sein, daß mein verstorbener Mann und ich Ihre Familie getroffen haben, als wir in Westport waren‹ ... du weißt schon, solche Sachen.«

»Ich weiß.« Er sah traurig aus.

»Und Franks Benehmen wurde irgendwie immer schlimmer, alles, was sie tat, ließ ihn noch sturer und dümmer und ungehobelter erscheinen. Er nahm während des Essens seinen Kamm heraus und kämmte sich und betrachtete sich dabei in dem kleinen Spiegel am Sideboard. Ach, und er rührte seinen Kaffee um, als wollte er den Boden aus der Tasse schlagen. Ich hätte ihn umbringen können, und mich hätte ich auch umbringen können, weil es mir etwas ausmachte.«

»Und was hat deine Mutter gesagt?«

»Oh, etwas in der Art wie ›Möchten Sie noch Zucker, Frank? Oder vielleicht wäre Ihnen eine Tasse Tee lieber gewesen?‹ Weißt du, furchtbar höflich, sie ließ sich nicht anmerken, daß etwas nicht stimmte, außer man wußte Bescheid.«

»Und anschließend?«

»Anschließend hat sie einfach gelacht. Sie hat gesagt, er sei sehr nett, und hat gelacht.«

Das Gespräch stockte.

»Aber ich habe das alles mitgemacht«, bemerkte Maureen ernst. »Ich kann nicht behaupten, daß sie ihn hinausgeworfen hat, so war sie nicht. Sie hat ihm nie das Haus verboten, manchmal hat sie sich sogar nach ihm erkundigt, mit einem milden Lachen. Es war, als hätten wir aus Versehen den armen Jimmy Hayes, unseren Gärtner, zum Abendessen eingeladen. Und ich habe mitgemacht, weil ich ihr recht gab, ich habe genauso gedacht wie sie.«

»Und hast du es bereut?«

»Nicht sofort, er hat lauter Bösartigkeiten von sich gegeben und mich eingebildete Schlampe genannt und was nicht noch alles. Damit hätte er beinahe bewiesen, daß Mutter recht hatte und daß ich recht hatte. Er sagte, ich würde schon sehen, daß man ihn eines Tages in den höchsten Häusern im Land empfangen würde, und dann würde es mir und meiner boshaften alten Mutter leid tun, daß wir ihn in unserem verseuchten Haus nicht willkommen geheißen hatten. So ungefähr hat er sich ausgedrückt.«

»Weil er verletzt war«, meinte ihr Vater einfühlsam.

»Ja, ja natürlich. Und selbstverständlich wurde er dann auch ein reicher Kaufmann, und Deirdre O'Hagan heiratete seinen ebenso ungebildeten und unakzeptablen besten Freund ... also behielt er recht. Sein großer Tag kam tatsächlich.«

»Und ist er glücklich?«

»Keine Ahnung, ich glaube nicht. Vielleicht ist er aber auch quietschvergnügt. Ich weiß es nicht.«

»Du bist großartig, Maureen ...«, sagte ihr Vater plötzlich.

»Nein, das bin ich nicht, ich bin ausgesprochen dumm, und ich war viel zu lange dumm. Es hätte niemandem weh getan, um deine Worte zu gebrauchen, es hätte überhaupt niemandem weh getan, wenn ich mit zwanzig zu meiner Mutter gesagt hätte, ich gehe mit Frank Quigley fort, ob er jetzt eine ehrwürdige Ahnenreihe hat oder nicht.«

»Vielleicht wolltest du sie nicht verletzen, schließlich hatte ich sie verlassen, du wolltest nicht, daß es ihr ein zweites Mal passierte.«

»Aber ich wußte doch gar nicht, daß du sie verlassen hattest, ich dachte, du seist an einem schrecklichen Virus gestorben.«

»Es tut mir leid.« Er sah zerknirscht aus.

»Und ich freue mich, du alter Schurke«, sagte sie. »Ich bin noch nie in meinem Leben so glücklich gewesen.«

»Red kein dummes Zeug, ein alter Mann, der bald einen Rollstuhl braucht.«
»Willst du nicht nach Dublin kommen und mit mir zusammenwohnen?« fragte sie.
»Nein, meine liebste Maureen, das will ich nicht.«
»Du brauchst nicht in einem Heim zu wohnen, du bist kerngesund. Ich kann dafür sorgen, daß du gut versorgt wirst, nicht in Mutters Haus, wir suchen uns gemeinsam etwas anderes. Etwas Größeres als meine Wohnung.«
»Nein, ich habe Sophie ein Versprechen gegeben.«
»Aber sie ist doch jetzt tot, du hast dein Versprechen gehalten, solange sie am Leben war.«
Seine Augen sahen traurig aus.
»Nein, so eine Abmachung ist eine Frage der Ehre. Die Leute würden sich ein ganz anderes Bild von ihr machen, weißt du, sie würden alles, was sie je gesagt hat, in einem anderen Licht sehen. Sie würde dadurch im nachhinein gedemütigt. Du weißt, was ich meine.«
»Ja, aber du bist eigentlich zu ehrenhaft, sie hat dir nicht die Chance gegeben, zu deiner eigenen Tochter Kontakt zu halten. Sie hat mir diese Chance genommen, das war unfair uns beiden gegenüber. Bis vor ein paar Tagen habe ich geglaubt, du wärst tot.«
»Aber zumindest hat sie es dir zum Schluß doch noch gesagt«, meinte Bernard Barry und sah nun wieder glücklich aus.
»Was?«
»Nun, zumindest hat sie dir gesagt, es sei ihr Wunsch, daß du mich suchst. Das habe ich von den Anwälten erfahren. Als sie wußte, daß sie sterben würde, wollte sie, daß du die Chance hättest, mich wiederzusehen.«
Maureen biß sich auf die Lippen. Ja, das hatte sie selbst, Maureen, zu Anfang erzählt, als sie die ersten Nachforschungen in Bulawayo anstellte.

Sie betrachtete das Gesicht ihres Vaters genau.
»Ich muß sagen, daß ich gerührt war und mich gefreut habe. Ich hielt sie für unerbittlich. Kevin O'Hagan hat mir geschrieben, daß sie jedes Jahr eine Messe für mich lesen ließ.«
»Ich weiß«, bestätigte Maureen, »sie ist bald wieder fällig.«
»Sie hat also etwas getan, was sie nicht hätte tun müssen. Ich bin es ihr schuldig, nicht zurückzukehren und damit ihren Ruf zu ruinieren, Kind. Ich kenne dort ohnehin niemanden mehr seit Kevins Tod, und ich würde nur von allen neugierig bestaunt werden. Nein, ich bleibe hier, mir gefällt es hier, und du kommst von Zeit zu Zeit und besuchst mich, und auch deine Schwester Catherine mit ihrem jungen Mann wird kommen, und ich lebe wie Gott in Frankreich.«
Maureen traten die Tränen in die Augen. Sie würde ihm niemals sagen, daß Mutter sie gar nicht ausgeschickt hatte, ihn zu suchen, sie würde ihm seine guten Gedanken nicht nehmen, wie er so dasaß und sich wie Gott in Frankreich fühlte, während die Sonne unterging.
»Ich werde oft einen Vorwand finden, dich zu besuchen, vielleicht eröffne ich ein Geschäft hier in Ascot oder in Windsor. Das meine ich erst.«
»Natürlich, und wirst du nicht auch zur Silberhochzeit von Kevins Tochter rüberkommen? Ist das nicht auch ein guter Vorwand?«
»Vielleicht fahre ich da gar nicht hin. Frank Quigley war Trauzeuge, weißt du. Es soll eine Art Wiedersehensfeier von allen Beteiligten sein, bei der man alte Erinnerungen aufwärmt und so.«
»Ist das nicht ein Grund mehr, hinzufahren?« meinte Bernie Barry, der sonnengebräunte Mann mit dem verschmitzten Blick, der sich vor vierzig Jahren auf einer Geschäftsreise verliebt und den Mut gehabt hatte, seinen Traum zu leben.

7

Frank

Er konnte sich nicht vorstellen, warum sich alle so anstellten, wenn es ums Reisen ging. Frank stieg liebend gerne in sein Auto, um 100 Meilen oder mehr zurückzulegen und die Wegweiser auf der Autobahn an sich vorbeiziehen zu lassen. Dabei hatte er das Gefühl, frei zu sein und sich auf ein Abenteuer einzulassen. Selbst wenn er nur zu einer Speise- und Getränkemesse fuhr, die er schon ein dutzendmal besucht hatte, machte ihm die Reise Spaß. Und warum auch nicht? Wie er sich oft und gerne in Erinnerung rief, fuhr nicht jeder auf der Autobahn einen Rover, das neueste Modell, mit eingebauter Stereoanlage, die den bequemen, eleganten Innenraum mit Musik erfüllte. Oder, wenn er Lust hatte, auch mit *Italienisch für Geschäftsleute*. Bei Palazzo wußte niemand, daß Frank Quigley jedes Wort Italienisch verstand, das in seiner Gegenwart gesprochen wurde. Er ließ sich nicht einmal durch ein Wimpernzucken anmerken, daß er das gerade Gesagte verstanden hatte – nicht einmal, wenn es um ihn selbst ging – dann erst recht nicht!

Manchmal dachte Frank, sein Schwiegervater Carlo Palazzo hätte Verdacht geschöpft, aber wenn es tatsächlich so war, behielt er es für sich. Und er hätte Frank deshalb nur um so mehr bewundert. Er hatte Frank schon vor langer Zeit wissen lassen, daß man ihn beobachtet und aufgebaut habe und er bei der Tochter des Chefs niemals etwas erreicht hätte, wenn Carlo Palazzo und sein Bruder das nicht so gewollt hätten.

Frank war sich bereits darüber im klaren, es überraschte ihn nicht, daß Vater und Onkel darauf bedacht waren, ein reiches

Mädchen wie Renata vor Mitgiftjägern zu beschützen. Er wußte auch, daß er für sie in Frage kam, weil er es einfach nicht nötig hatte, die Palazzo-Prinzessin zu heiraten, um in der Unternehmenshierarchie aufzusteigen. Er brauchte nicht einmal die Firma Palazzo selbst, denn Frank Quigley wäre in jedem britischen Unternehmen willkommen gewesen. Er hatte keine Initialen hinter seinem Vornamen, ja er konnte nicht einmal einen Schulabschluß vorweisen. All das brauchte er nicht. Er hatte sowohl die Neigung als auch die Fähigkeit, tage- und nächtelang hart zu arbeiten. Das war den Palazzos schon vor fünfzehn Jahren klar gewesen, als sie zuließen, daß Frank ihre Renata zum Essen einlud. Die Familie wußte, daß er die dunkle, schüchterne Erbin des Palazzo-Vermögens nicht anrühren würde, bis sie verheiratet waren. Und sie wußten auch, daß es sich, wenn er seiner Frau jemals im geringsten untreu werden würde, um eine anonyme, diskrete Affäre handeln würde, von der zu Hause nichts bekannt wurde. Es würde nicht die Andeutung eines Skandals geben.

Frank seufzte über diese ungeschriebenen Gesetze. Er hatte die Grenzen des Erlaubten ein-, zweimal überschritten, aber das war nichts Ernstes gewesen. Bis jetzt. Jetzt war die Situation völlig anders, und er brauchte soviel Zeit wie möglich für sich, damit er sich darüber klarwurde, was zu tun war. Wenn es ums Geschäft ginge, wenn es nur ums Geschäft ginge ... ja, dann wüßte er genau, was zu tun wäre. Aber die Beziehung zu Joy East war nicht geschäftlich. Nicht, wenn sie nur mit ihrem gelben T-Shirt bekleidet war und erhobenen Hauptes durch ihr Haus ging, stolz und selbstsicher; und sich seiner Bewunderung sicher sein konnte, an den langen vergnüglichen Nachmittagen, die er auf ihrem Bett verbrachte und mit staunendem Lächeln ihre braune Haarpracht mit den goldenen Strähnen betrachtete, ihre makellosen Zähne und ihre langen, gebräunten Beine.

Joy East war die Graphikerin, die Palazzo in die schicken Zeitschriften gebracht und das billige Image der Firma aufpoliert hatte, genauso wie Frank Quigley den Umsatz gesteigert und das Unternehmen modernisiert hatte, bis es sich von der Masse der sogenannten Supermärkte abhob und eine Spitzenposition erreichte. Joy East hatte ihm an jenem ersten Abend, an dem sie sich mit mehr als nur geschäftlichem Interesse begegneten, erklärt, sie seien das ideale Paar. Keiner von beiden war bereit, seinen Lebensstil zu verändern, also war auch keiner in der Lage, den anderen dazu zu zwingen. Joy wollte ihre Unabhängigkeit und Freiheit nicht missen und Frank seine Ehe mit der Tochter des Chefs nicht gefährden. Wer hätte besser zueinander gepaßt als zwei Leute, die alles zu verlieren hatten, wenn sie sich dumm benahmen, und nur gewinnen konnten, wenn sie ihre Zweisamkeit in aller Diskretion genossen? All das signalisierte sie ihm teils durch Worte, teils durch Blicke und teils, indem sie sich quer über den Restauranttisch beugte und ihn auf den Mund küßte.

»Ich habe mich zuerst umgesehen«, erklärte sie lachend. »Es ist niemand da außer ein paar Touristen.«

Es war aufregend gewesen, damals, und das war es auch heute noch. Frank hatte selten Frauen wie Joy getroffen. Die feineren, ja sogar die wichtigsten Themen der Frauenbewegung waren ihm entgangen, und daher kam ihm diese neue Unabhängigkeit sehr exotisch vor. Joy East war stolz darauf, ledig zu sein. Sie hätte mit Dreiundzwanzig beinahe geheiratet, erzählte sie ihm, war aber noch einmal davongekommen. Sie hatte die Sache ein paar Tage vor der Hochzeit abgeblasen. Ihr Vater hatte wutentbrannt reagiert, und sie mußten noch immer einen Großteil der Kosten für die Hochzeitsfeier und den Kuchen und die Limousinen abbezahlen. Ganz zu schweigen von dem Getratsche und der Aufregung. Allen wäre es lieber gewesen, sie hätte geheiratet, nur um ihnen diese peinliche Situation zu ersparen. Und der

Mann? Oh, der ist auch noch mal davongekommen, meinte Joy lachend, sie dachte gar nicht mehr an ihn.
Sie wohnte in einem kleinen Eckhaus in einem Viertel, das noch kein bißchen en vogue gewesen war, als sie einzog, in dem aber nun täglich die Umzugslastwagen neuer eleganter Nachbarn hielten. In Joys Garten hinter weißen, mit wildem Wein bewachsenen Mauern war man ungestört. Und in ihrem geräumigen Wohnzimmer fanden bequem sechzig Leute Platz, wenn sie eine Party gab. Joy gab wunderbare Partys, und sie sagte oft, es sei schrecklich leicht, Leuten zu schmeicheln, indem man sie auf zwei Stunden zu Drinks und Cocktailhappen zu sich nach Hause einlud.
Bei Palazzo machte sie sich damit jedenfalls sehr beliebt. Wie großzügig von Miss East, pflegte der Vorstand zu sagen, damit übertreffe sie bei weitem das, was sie dem Unternehmen schuldig sei. Die Geschäftsleitung brachte ihr noch mehr Wohlwollen entgegen und geizte nicht mit bewundernden Worten. Joy East brachte es fertig, Kunden, Presseleute, ausländische Geschäftspartner und lokale Würdenträger ohne viel Aufhebens in ihr Haus einzuladen. Mit der Vorbereitung beauftragte sie einen Partyservice, und anschließend ließ sie eine Putzfirma kommen. Joy machte Frank klar, daß es ihr gar keine Umstände machte, im Gegenteil, das Ganze war sogar recht nützlich. Auf diese Weise wurde ihr Haus einmal im Monat professionell geputzt, und sie hatte einen Kühlschrank voller Horsd'œuvres. Zierat und Wertgegenstände räumte sie vor jeder Party weg. Man wußte nie, ob Fremde nicht etwas mitgehen ließen, da stellte man besser vierzig große blaue Glasschalen als Aschenbecher auf. Die hatte Joy in irgendeinem Kaufhaus für 1 Pfund das Stück gekauft. In einem Karton in der Garage verwahrte sie noch einmal vierzig von der Sorte – auf einem hohen Regal über dem kleinen Sportwagen.
Frank Quigley, der gutaussehende Hauptgeschäftsführer von

Palazzo, und Joy East, die Designerberaterin, die vom Art-Déco-Firmengebäude bis zu den gestylten Einkaufsbeuteln für das Image des Unternehmens zuständig war, hatten seit drei Jahren ein Verhältnis und konnten mit Fug und Recht behaupten, daß niemand Bescheid wußte. Sie machten sich nichts vor wie andere Paare, die sich für unsichtbar hielten. Sie wußten einfach, daß niemand auch nur den geringsten Verdacht schöpfte. Denn sie waren sehr vorsichtig und hielten sich stets an bestimmte Spielregeln.

Zum Beispiel telefonierten sie nie, außer wenn es etwas Geschäftliches zu bereden gab. Und in der Wohnung der Quigleys rief Joy überhaupt nicht an. Nachdem die Beziehung begonnen hatte, brachte Frank Renata auch nicht mehr zu irgendwelchen gesellschaftlichen Anlässen in Joy Easts Haus. Frank wollte seine Frau nicht der unwürdigen Situation aussetzen, in einem Haus bewirtet zu werden, in dem er selbst an so vielen Nachmittagen der Woche auf ganz andere Weise zu Besuch war. Er würde nicht zulassen, daß seine Frau ihren Pelzmantel auf dem breiten Bett ablegte, auf dem er und Joy so viele Stunden verbrachten. Obwohl er sich geschworen hatte, daß Renata niemals etwas von der Beziehung erfahren würde, fand er doch, es ihr schuldig zu sein, nicht so zu tun, als wäre er nur ein gewöhnlicher Gast in einem Haus, in dem er sich in Wahrheit so heimisch fühlte. Im übrigen hatte er nicht das Gefühl, sie zu betrügen, denn Frank hatte seine Fähigkeit, sein Leben in klar abgegrenzte Bereiche einzuteilen, immer für seine stärkste Eigenschaft gehalten. Darin war er schon immer ein Meister. Er verschwendete keinen Gedanken an seinen gewalttätigen, betrunkenen Vater und seine schwache Mutter, die alles immer wieder verzieh ... nicht mehr, seit er sie verlassen hatte und nach London gezogen war. Aber wenn er heimfuhr und seine Eltern und Geschwister besuchte, die nie aus der kleinen Stadt in Westirland herausgekommen waren, erzählte er nichts über sein Leben in London, ja, er verbannte es sogar aus seinen Gedanken. Er schaffte es, sich nicht gerade schäbig, aber zumindest ungekämmt zu präsentieren. Keiner von ihnen hätte erraten, was für eine Rolle er in der Welt des Einzelhandels und im gesellschaftlichen Leben Londons spielte. Für ihren einmaligen Pflichtbesuch bei seiner Familie hatte er Renata einen formlosen Tweedmantel gekauft und ihr erklärt, sie sollte den Luxus, den sie in Wembley genossen, herunterspielen. Renata hatte sehr schnell begriffen und war, fast ohne ein Wort zu verlieren, mit den Frauen in der Küche verschwunden, während sich Frank mit seinen Brüdern unterhielt und hier eine kleine Investition anbot, dort interessiert war, sich einzukaufen ... womit er nur bezweckte, sie auf höfliche, unauffällige Weise finanziell zu unterstützen. Während der vier Tage, die er am Ort seiner Kindheit verbrachte, blieben seine lederne Aktentasche und seine maßgefertigten Schuhe nebst Renatas Seidenschals und Schmuck im Kofferraum des Mietwagens eingeschlossen.

Frank hatte gesagt, daß man allem die Intensität nahm, wenn man das eine Leben führte, während man die ganze Zeit Erinnerungen an ein anderes mit sich herumschleppte. Besser, man kostete das Leben, das man gerade führte, voll aus, ohne Bezüge und Verbindungen herzustellen.

Also war es auch nicht angebracht, die nichtsahnende Ehefrau ins Haus der Geliebten mitzubringen.

Wenn umgekehrt die Quigleys eine Gesellschaft gaben, wie sie es zu Weihnachten immer taten, hieß es, Miss East sei nicht in der Stadt. Auf neutralem Boden trafen sie aber sehr wohl zusammen, zum Beispiel bei Franks Schwiegervater, aber das Gespräch drehte sich dann immer um die Arbeit. Frank war in der Lage, sich von dem anderen Aspekt ihres gemeinsamen Lebens buchstäblich loszusagen und unschuldig über Pläne und Projekte zu plaudern. Das prickelnde Gefühl des Verbotenen, das, wie er wußte, andere angesichts einer außerehelichen Bezie-

hung verspürten, war ihm unbekannt. Er wußte, daß es Joy genauso ging. Es mußte ihr einfach genauso gehen. Schließlich war sie es gewesen, die die Spielregeln festgelegt hatte.
Joy hatte immer wieder betont, daß sie beide kein übertriebenes Verantwortungsgefühl füreinander zu haben bräuchten. Sie würde keinesfalls die Qualen der typischen »anderen« leiden, das hatte sie ihm versichert. Die traurige Vorstellung von einer armen Joy, die an Weihnachten mit einem Sandwich dasitzt und Jingle Bells im Radio hört, würde ihm erspart bleiben. Nein, sie hatte ihn mit dreißig kennengelernt, nachdem sie bereits zehn Jahre lang mehr oder weniger allein gelebt hatte. Ihr standen hundert Möglichkeiten offen, Weihnachten zu verbringen, und sie würde ihre Zeit nicht damit verschwenden, sich verlassen zu fühlen. Beide würden die Zeit genießen, die ihnen gegeben war, ohne sich ihre Karrieren oder ihre Zukunftspläne zu ruinieren. Joy war frei wie ein Vogel und fuhr, wohin sie wollte, ohne Frank zu fragen. Wenn eine Reise in die Staaten fällig war, dann flog sie eben, und bis zu ihrer Rückkehr fand er andere Möglichkeiten, seine Nachmittagsstunden auszufüllen.
Es war idyllisch gewesen ... ja, ein richtiges Nachmittagsidyll, drei Jahre lang. Im Sommer saßen sie oft im warmen Garten im Schutze der Mauern, tranken kühlen Weißwein und schälten Pfirsiche und Birnen füreinander. Im Winter machten sie es sich auf dem dicken, flauschigen Teppich vor dem Kamin bequem und betrachteten das Spiel der Flammen. Und niemals verloren sie ein Wort darüber, wie schade es sei, daß sie nicht eine Woche, einen Urlaub, ein ganzes Leben miteinander verbringen konnten. Auch Renatas Name wurde nie erwähnt. Genausowenig wie der Name Davids, des Mannes in der Werbeagentur, der sich große Hoffnungen auf die wunderschöne Joy East machte und ihr riesige Blumensträuße schickte. Manchmal ging sie am Wochenende mit ihm aus, aber Frank und Joy fühlten sich in

ihrer Beziehung so unabhängig, daß Frank niemals fragte, ob sie mit David schlief oder ob dessen Aufmerksamkeiten seine eigene Position in irgendeiner Weise gefährden könnten. Er nahm an, daß Joy mit einer überzeugenden Geschichte über Arbeit und Bindungsscheu ihre Distanz zu David wahrte.

Frank hatte den Erzählungen von Kollegen gelauscht, Männern, die, wie sie es ausdrückten, ein bißchen Spaß hatten, sich ein wenig amüsierten und meinten, es liefe alles glatt. Immer und in jedem Fall hatten die Ereignisse dann eine verheerende Wendung genommen. Und das war ausnahmslos für den Außenstehenden klar zu erkennen und vorhersehbar gewesen, niemals aber für die Betreffenden selbst. Frank prüfte seine eigene Liebschaft mit Joy genauso gründlich, wie er einen Geschäftsvertrag oder ein ihm vorgelegtes Angebot geprüft hätte. Wenn die Beziehung irgendwelche Schwachpunkte hatte, so war er blind dafür gewesen. Zumindest bis zur Weihnachtsfeier bei Palazzo im vergangenen Jahr, bei der die Probleme angefangen hatten. Und selbst da waren sie ihm noch klein und unbedeutend erschienen. Anfangs.

Ihm stand alles noch ganz deutlich vor Augen. In Supermärkten tat man sich schwer mit Weihnachtsfeiern, wie sie alle anderen Firmen veranstalteten, da buchstäblich den ganzen Tag Kunden ein und aus gingen. Doch Frank war sich darüber im klaren, wie wichtig Feiern und Zusammengehörigkeitsgefühl waren, besonders zu den Jahresfesten.

Frank hatte Carlo überredet, die Feier jedes Jahr am Sonntag vor Weihnachten durchzuführen, und zwar um die Mittagszeit. Carlo, als Weihnachtsmann verkleidet, war auch dabei und beschenkte die Kinder. Ehefrauen und Kinder durften nicht fehlen, und jedes Kind erhielt ein kleines Geschenk und einen Papierhut. Weil es ein Familienfest war, blieben einem die peinlichen Situationen der üblichen Bürofeten erspart – junge Sekretärinnen, die sich hinter Aktenschränke verzogen, wenn

ihnen schlecht wurde, und ältere Manager, die sich mit einem Striptease lächerlich machten.
Renata hatten die Weihnachtsfeiern immer gefallen. Sie konnte gut mit Kindern umgehen, organisierte Spiele und besorgte Luftschlangen. Jahr für Jahr, solange Frank zurückdenken konnte, hatte sein Schwiegervater die Tochter liebevoll beobachtet und bemerkt, sie habe so eine gute Hand für Bambinos, es sei doch ein Jammer, daß sie keine eigenen Bambinos hätten. Und jedes Jahr zuckte Frank mit den Schultern und erwiderte, die Wege des Herrn seien unergründlich.
»An Liebe fehlt es nicht«, pflegte er zu sagen, und Carlo nickte dann ernst und empfahl Frank, doch tüchtig Steaks zu essen, eine gehörige Portion rotes Fleisch habe noch keinem Mann geschadet. Jahr für Jahr war es dasselbe, Carlo bewies Geduld und lächelte freundlich. Das konnte man wegstecken, es war nicht als Demütigung gemeint und wurde auch nicht als solche verstanden. Frank sah darin die liebevolle, vielleicht etwas taktlos ausgedrückte Trauer eines alten Mannes. Das war einer der wenigen Bereiche, in denen er Carlo Palazzo geduldig ertrug. Wenn es ums Geschäft ging, unterhielten sie sich als gleichberechtigte Partner, immer.
Aber die letzte Weihnachtsfeier war anders gelaufen. Joy East war normalerweise für die Dekoration des großen Lagerhauses verantwortlich, in dem das Fest stattfand. Natürlich beschäftigte sie sich nicht selbst damit, die Wände mit Kreppapier zu verkleiden und die Tische mit den Wurstsemmeln und den Pasteten vorzubereiten; vielmehr entwarf sie die Farbgestaltung und ließ riesige Papierdekorationen oder, wie in irgendeinem Jahr, gigantische Sonnenblumen liefern. Sie beauftragte jemanden mit der Herstellung großer Glocken aus Silberpapier. Und sie sorgte dafür, daß auf einem mit grünem Boi bezogenen Tisch die Geschenke für Carlo, den Weihnachtsmann, bereitstanden und die Fotografen der Lokalpresse oder sogar von überregiona-

len Zeitungen erschienen. Gemeinsam mit Frank hatte Joy einen riesigen Weihnachtskalender entworfen, auf dem die Namen aller Beschäftigten standen. Der Druck kostete so gut wie nichts, und doch nahmen alle Palazzo-Mitarbeiter den Kalender voll Stolz mit nach Hause und bewahrten ihn für das nächste Jahr auf. Manchmal gab so eine Geste den Ausschlag, es sich noch einmal zu überlegen, wenn jemand daran dachte zu kündigen. Wer verließ schon gerne einen Arbeitgeber, der einem das Gefühl vermittelte, zur Familie zu gehören, vor allem, wenn der eigene Name neben Vorstandsmitgliedern und leitenden Angestellten auf einem Kalender stand.

Vor dem letzten Fest hatte Joy angekündigt, sie könne zur Vorbereitung der Weihnachtsfeier nichts beitragen. Sie mußte unbedingt diese Verpackungsmesse besuchen. Das war wichtig, sie brauchte neue Ideen.

»Aber die findet doch jedes Jahr um diese Zeit statt, ohne daß du hinfährst«, wandte Frank ein.

»Willst du mir vorschreiben, was ich zu tun und zu lassen habe?« Ihre Stimme klang eiskalt.

»Natürlich nicht. Es ist nur, daß es doch schon von jeher so war ... deine Ideen für die Weihnachtsfeier ... immer. Lange bevor du und ich ... immer.«

»Und du hast geglaubt, es würde auch immer so bleiben ... lange nachdem du und ich?«

»Was ist los, Joy? Wenn du mir etwas sagen willst, dann sag es.« Er reagierte schroff, um seinen Schock zu überspielen.

»Oh, ich will nie etwas sagen, das kannst du mir glauben. Das kannst du mir wirklich glauben. Entweder, ich sage etwas, oder ich sage nichts, etwas nur sagen zu wollen, kommt gar nicht in Frage.« Er betrachtete sie aufmerksam, sie nuschelte etwas, als sie das Wort »glauben« wiederholte. Es war undenkbar, daß Joy East mitten am Tag etwas getrunken hatte. Er verbannte den Verdacht aus seinem Kopf.

»Dann ist es ja gut«, erwiderte er mit gespielter Fröhlichkeit, »denn ich bin genauso, wenn ich etwas sagen will, dann sage ich es. Wir sind aus demselben Holz geschnitzt, Joy.«
Sie lächelte ihn merkwürdig an, fand er.
Als sie von der Verpackungsmesse zurückkehrte, trafen sie sich wie verabredet bei ihr zu Hause. Einer der vielen Gründe, warum die Affäre so ungefährlich war, bestand darin, daß Joy tatsächlich zu Hause arbeitete, in einem kleinen, freundlichen, lichtdurchfluteten Atelier, und Frank also oft einen legitimen Vorwand hatte, sie zu besuchen. Noch besser war aber, daß sie nicht weit vom Büro der Wirtschaftsprüfer wohnte, die als Steuerberater für Palazzo arbeiteten. Frank hatte noch legitimere Gründe, dieses Büro regelmäßig aufzusuchen. Wenn sein Wagen in der Gegend gesichtet wurde, hatte er ein gutes Alibi.
Joy berichtete, sie habe auf der Verpackungsmesse nicht viel gemacht, es sei nur anspruchsloses Zeug gewesen.
»Warum bist du dann überhaupt hingefahren?« fragte Frank gereizt.
Es war an ihm hängengeblieben, andere Leute zu finden, die an Joys Stelle die Halle für das Fest vorbereiteten, und niemand war so begabt wie sie.
»Ich brauchte Abwechslung, Erholung, ein bißchen Freizeit«, erwiderte sie bedächtig.
»Mein Gott, um mich zu erholen, würde ich wirklich nicht auf eine Messe fahren«, hielt er ihr entgegen.
»Man erholt sich ganz gut, wenn man das Hotelzimmer nicht verläßt.«
»Und was hast du in deinem Hotelzimmer gemacht, was so wichtig war?« fragte er kalt.
»Ich habe nie behauptet, es wäre wichtig, Oder?«
»Nein.«
»Es war überhaupt nicht wichtig, was ich in meinem Zimmer gemacht habe. Ich habe Kataloge gelesen, der Zimmerservice

hat mich mit gutem, kühlen Weißwein versorgt. Och, und dann war da noch ein netter Schotte, der Chef einer Schreibwarenfirma. Aber das war alles gar nicht wichtig.«
Frank erbleichte, verlor aber nicht die Selbstbeherrschung.
»Legst du es darauf an, mich zu verletzen?« wollte er wissen.
»Aber wie wäre das möglich, wir sind doch aus demselben Holz geschnitzt, wie du so oft bemerkst. Du hast dein Leben mit deiner Frau, und ich habe mein Leben mit merkwürdigen Liebesabenteuern. Das hat doch nichts mit Verletzen zu tun.«
Sie lagen auf Joys Bett. Frank griff nach den Zigaretten in der schmalen Schachtel auf dem Nachtkästchen.
»Normalerweise brauche ich hier nicht zu rauchen, aber was du sagst, hat sich irgendwie bei mir festgesetzt und macht mich unruhig«, erklärte er und zündete sich eine an.
»Ha, es ist alles ein Spiel, nicht wahr?« meinte Joy in liebenswürdigem Ton. »Ich habe lange darüber nachgedacht, während ich weg war. Was uns beide verbindet, ist nicht Liebe, keine große Leidenschaft, die einen dazu bringt, etwas Verrücktes zu tun ... es ist nur ein Spiel. Wie Tennis, der eine serviert, der andere muß versuchen, den Schlag zu parieren ...«
»Es ist viel mehr als ein Spiel ...« begann er.
»Oder wie Schach.« Joy wirkte jetzt verträumt. »Der eine macht einen geschickten Zug, und dann reagiert der andere mit einem noch besseren.«
»Du weißt sehr gut, was uns verbindet, es hat keinen Sinn, sich Phantasiebezeichnungen dafür auszudenken. Wir lieben uns ... aber wir haben dieser Liebe Grenzen gesetzt, du und ich. Und wir bewundern einander, und wir sind glücklich miteinander.«
»Es ist ein Spiel«, wiederholte sie.
»Also, Leute, die miteinander Golf oder Squash oder Schach spielen, sind doch Freunde, Joy. Um Gottes willen, du beschließt doch nicht, den Tag mit jemandem zu verbringen, den du nicht magst. Benutz diesen Vergleich, wenn es dir Spaß

macht, sag immerzu Spiel, Spiel, Spiel. Aber das heißt überhaupt nichts. Es ändert nichts. Wir sind immer noch die Alten. Du und ich.«
»Oh, du beherrscht das Spiel echt gut.« Sie lachte voller Bewunderung. »Du versuchst alles zu verwischen, fragst gar nicht erst, ob es den Schotten wirklich gegeben hat oder nicht. Ich glaube, du wärst ein sehr gefährlicher Gegner in einem Spiel.«
Er drückte seine Zigarette aus und griff nach Joy, drückte sie an sich und verbarg, während er sprach, sein Gesicht in ihrem braunen, glänzenden Haar mit den goldenen Strähnen und dem Duft nach Zitronenshampoo.
»Genauso wie du ... eine schreckliche Gegnerin. Ist es nicht gut, daß wir die besten Freunde und das beste Liebespaar sind und gar keine Feinde?«
Aber er gab sich fröhlicher, als er sich fühlte, und ihr Körper reagierte nicht auf ihn. Ihr verhaltenes Lächeln wirkte beunruhigend und hatte nichts mit Vergnügen zu tun, das sie empfinden mochte oder auch nicht.
Bei der Weihnachtsfeier trug Joy ein berückend schönes blauweißes Kleid. Der leuchtendweiße Kragen war tief ausgeschnitten und enthüllte viel Brust und einen teuren, spitzenbesetzten BH. Ihr Haar glänzte wie Gold und Kupfer. Sie sah zehn Jahre jünger aus als dreiunddreißig und wirkte wie ein junges, schönes Mädchen auf Männerfang. Beunruhigt beobachtete Frank, wie sie sich durch die Menge der Palazzo-Mitarbeiter bewegte. Diesmal stand zweifelsfrei fest, daß sie getrunken hatte. Und zwar schon bevor sie auf der Feier erschien.
Frank spürte, wie sich sein Magen vor Nervosität zusammenzog. Mit einer nüchternen Joy wäre er gut zurechtgekommen, aber unter Alkoholeinfluß war sie eine unbekannte Größe. Die schrecklichen, unberechenbaren Wutausbrüche seines Vaters kamen ihm plötzlich in den Sinn. Er erinnerte sich, daß bei einem solchen Ausbruch einmal das ganze Abendessen im Feuer gelan-

det war ... es war fast vierzig Jahre her, aber er sah die Szene so deutlich vor sich, als hätte sie sich gestern abgespielt. Und es hatte sich Frank eingeprägt, daß sein Vater das nicht absichtlich getan hatte. Die ganze Nacht beteuerte er ihnen immer wieder, daß er sein Abendessen eigentlich essen wollte. So hatte Frank Betrunkene fürchten gelernt. Er selbst trank wenig, und er beobachtete genau, ob seine Manager und das Verkaufspersonal Anzeichen von Alkoholismus zeigten. Ihn beherrschte das Gefühl, daß man sich auf einen so gefährlichen Menschen nicht verlassen konnte. Wahrscheinlich war er in Ordnung, aber man war sich nie sicher. Als er Joy Easts betörendes Lächeln und ihren tiefen Ausschnitt sah, während sie den Raum durchquerte und immer wieder an den Tischen haltmachte, um sich nachzuschenken, war er sich gar nicht mehr sicher, daß der Tag gut ausgehen würde.
Ihr erstes Opfer war Carlo, der sich hinter den Kulissen in sein Weihnachtsmannkostüm zwängte.
»Wunderbar, Mr. Palazzo«, sagte sie. »Wunderbar, Sie sind einfach umwerfend. Sie gehen hinaus und erzählen ihnen, was der Weihnachtsmann in ihre Lohntüten tut, wenn sie brave kleine Mädchen und Jungs sind und sich wie brave kleine Ameisen abrackern.«
Carlo war verwirrt, doch Frank handelte schnell und zog Joy fort.
»Joy, wo sind die Schiffchen für die Kinder? Bitte?« drängte er.
Sie trat ganz nahe an ihn heran, und er sah, daß sie leicht schielte.
»Wo sind die Schiffchen?« wiederholte sie. »Die Schiffchen werden von deiner Frau verwaltet. Der heiligen Renata. Santa Renata.« Sie grinste breit. »Das wäre ein hübsches Lied ... Santa Renata ...« Sie sang es zur Melodie von »Santa Lucia« und schien davon so angetan, daß sie noch lauter wurde. Frank ging etwas auf Abstand. Er mußte sie hinausschaffen, und zwar schnell.

Genau in diesem Augenblick erschien Renata, um zu erklären, daß die Geschenke für Mädchen in rosa Papier eingewickelt waren, die für Jungen dagegen in blaues. In einem Jahr hatte ihr Vater den Mädchen gräßliche Monster und Spinnen geschenkt, und den Jungen Spiegel und Kamm. Diesmal ging man kein Risiko ein.
»Das ist gut so, Renata, gehen Sie besser kein Risiko ein«, sagte Joy.
Renata musterte sie verblüfft. Noch nie hatte sie Joy East in einer solchen Aufmachung gesehen.
»Sie sehen ... sehr schick aus ... sehr elegant«, bemerkte Renata.
»Danke, Renata, *grazie, grazie mille*«, sagte Joy und machte eine übertriebene Verbeugung.
»Ich habe Sie noch nie in solchen Kleidern und so lebenslustig gesehen ...« Renata sprach ruhig, aber in ihrer Stimme schwang Bewunderung mit. Sie fingerte am Saum ihrer teuren, aber ziemlich nichtssagenden Wolljacke herum. Sie hatte wahrscheinlich viermal soviel gekostet wie Joys auffälliges Kleid, aber neben ihr sah Renata wie ein Vogel in bescheidenem Federkleid aus: dunkles Haar, blasser Teint und ein Designer-Kostüm in lila und rosa, und die Jacke war mit lila Wildleder eingefaßt, aber nichts, was ins Auge stach, rein gar nichts.
Joy blickte Renata unverwandt an.
»Ich sage Ihnen, warum ich so anders aussehe. Ich habe einen Mann. Einen Mann in meinem Leben. Deshalb ist alles anders.«
Joy blickte lächelnd in die Runde und war hoch erfreut über die Aufmerksamkeit, die ihr Nico Palazzo, Carlos Bruder, Desmond Doyle und eine Gruppe leitender Angestellter schenkten. Auch Renata lächelte unsicher. Sie wußte nicht genau, welche Antwort von ihr erwartet wurde, und sie schaute sich suchend nach Frank um. Er würde wissen, was zu tun war.
Frank hatte unterdessen das Gefühl, daß der eisige Klumpen in

seinem Magen zerbarst und von eiskaltem Wasser weggespült wurde. Er konnte nichts tun. Dieses Gefühl der Ohnmacht brachte ihn fast an den Rand des Zusammenbruchs.
»Habe ich Ihnen von diesem Mann erzählt, Frank?« fragte Joy schelmisch. »Sie sehen mich nur als Karrierefrau, aber in meinem Leben ist auch Platz für Liebe und Leidenschaft.«
»Aber gewiß doch.«
Frank sprach mit ihr, als würde er einem verrückten Hund gut zureden. Selbst wenn er keine Beziehung zu Joy gehabt hätte, wäre dieses Verhalten von ihm erwartet worden. Er glättete die Wogen, blieb distanziert und fand schließlich einen Ausweg. Inzwischen mußten alle gemerkt haben, in was für einem Zustand Joy war, es mußte ihnen aufgefallen sein. War ihm nur deshalb klar, daß sie die Kontrolle über sich verloren hatte, weil er sie so gut kannte, weil er drei Jahre lang jede Eigenart ihres Gesichts und ihres Körpers mit eigenen Händen erforscht hatte? Alle anderen in der Runde schienen Joys Verhalten als normale Weihnachtsstimmung zu deuten. Wenn er sie jetzt bremsen konnte, bevor sie weiterredete, war vielleicht noch nicht alles verloren.
Joy war sich bewußt, daß sie ein Publikum hatte und kostete die Situation aus. Sie sprach jetzt mit einer Kleinmädchenstimme, die Frank vollkommen neu war. Sie sah sehr dumm aus, dachte er leidenschaftslos, in nüchternem Zustand wäre sie die erste gewesen, die eine Frau kritisiert hätte, die mit einem so gekünstelten Lispeln sprach.
»Aber in diesem Unternehmen ist es verboten, irgend jemanden zu lieben außer Palazzo, nicht wahr? Wir alle lieben Palazzo, wir dürfen keinen anderen lieben.«
Die Umstehenden lachten, selbst Nico war erheitert, sie faßten Joys Bemerkung als gutmütiges Geplänkel auf.
»O ja, am meisten lieben wir das Unternehmen, dann kommen die anderen«, meinte Nico.

»Wir würden der Firma untreu werden, wenn wir jemand andern mehr liebten«, erklärte Desmond Doyle lachend.
Frank warf ihm einen dankbaren Blick zu; der arme Desmond, sein bester Freund aus alten Zeiten in Irland, kam ihm unabsichtlich zu Hilfe, indem er die Situation entschärfte. Vielleicht konnte man ihn zu einer weiteren Bemerkung ermutigen.
»Du bist nie untreu gewesen, Desmond«, sagte Frank und lockerte seine Krawatte. »Du bist gewiß ein langjähriger, loyaler Palazzo-Mitarbeiter.« Nach dieser Äußerung wurde ihm flau im Magen, denn plötzlich dämmerte ihm, daß Desmond nach der Rationalisierung entlassen worden war und welche Anstrengungen er unternommen hatte, um dem Freund wieder eine Anstellung zu verschaffen. Aber Desmond war die Ironie entgangen, und er schickte sich gerade zu einer fröhlichen Antwort an, als sich Joy East wieder vernehmen ließ.
»Jeder sollte nur mit der Firma verheiratet sein. Wenn man bei Palazzo anfängt, muß man das Unternehmen heiraten, Palazzo heiraten. Das ist schwierig, sehr schwierig. Außer für Sie, Frank. Sie haben es doch geschafft, nicht wahr? Sie haben tatsächlich eine Palazzo geheiratet!«
Selbst der begriffsstutzige Nico hatte wohl inzwischen gemerkt, daß etwas nicht stimmte. Frank mußte schnell handeln, durfte aber nicht den Eindruck erwecken, nervös zu sein. Er mußte soviel Rücksicht zeigen, wie sie einer normalerweise vorbildlichen Kollegin zukam, wenn sie sich vor aller Augen lächerlich machte.
»Ja, Sie haben recht, und ich bin froh, daß Sie mich erinnert haben, denn mein Schwiegervater wird gleich ein gehöriges Donnerwetter loslassen, wenn wir die Geschenke nicht bald parat haben. Renata, sollten sich die Kinder nicht schon anstellen ... oder macht jemand eine Durchsage, oder was?«
In den Vorjahren hatte Joy East alles perfekt organisiert und vorbereitet. Auf Renatas Gesicht breitete sich Erleichterung aus.

Sie hatte gemeint, etwas Beleidigendes, Spöttisches herauszuhören, aber da Frank offenbar nichts dabei fand, hatte sie sich wohl getäuscht.
»Ich glaube, wir sollten Papa Bescheid sagen, daß es soweit ist«, sagte sie und ging zu ihrem Vater.
»Ich glaube, wir alle sollten Papa Bescheid sagen, daß es soweit ist«, sagte Joy zu niemand bestimmtem.
Desmond Doyle und Nico Palazzo sahen sich verwundert an.
»Joy, Sie sind sicher müde nach der anstrengenden Verpackungsmesse«, verkündete Frank unüberhörbar. »Wenn Sie wollen, fahre ich Sie nach Hause, bevor es hier zu turbulent wird.«
Er bemerkte die Erleichterung auf den Gesichtern der Zuhörer. Mr. Quigley fand immer eine Lösung, in jeder Situation.
Sein Lächeln, als er Joy anblickte, wirkte hart und distanziert. Es signalisierte ihr unmißverständlich, daß dies ihre einzige Chance war, sich aus der peinlichen Lage, in die sie alle gebracht hatte, zu befreien. Noch eine Chance würde sich nicht bieten. Sein Lächeln sagte ihr ferner, daß er keine Angst hatte.
Joy hielt seinem Blick ein paar Sekunden stand.
»In Ordnung«, sagte sie, »sagen wir, ich wäre müde nach der Verpackungsmesse, müde und sehr, sehr überspannt, und daß ich nach Hause gebracht werden muß.«
»Ja, sagen wir es einfach«, erwiderte Frank leichthin. »Richtet Renata aus, daß sie mir ein schönes Jungengeschenk vom Weihnachtsmann aufheben soll« rief er. »Ich bin gleich wieder da, um es in Empfang zu nehmen.«
Sie schauten ihm voller Bewunderung nach, wie er Miss East, die sich sehr sonderbar benommen hatte, aus dem großen Saal und zum Parkplatz hinaus führte.
Im Auto herrschte vollkommenes Schweigen, sie wechselten kein Wort. An der Eingangstür gab sie ihm ihre kleine Handtasche, und er nahm den Schlüssel heraus. Auf dem niedrigen Glastisch stand eine Flasche Wodka, die zu einem Drittel geleert

war, und ein Rest Orangensaft. Daneben stapelten sich ungeöffnete Weihnachtskarten, und ein kleiner, eleganter Koffer schien darauf hinzudeuten, daß sie gerade angekommen war oder kurz vor der Abreise stand. Schockiert stellte er fest, daß sie ihren Koffer, nachdem sie von der Messe zurückgekehrt war, offenbar nicht ausgepackt hatte.

»Kaffee?« fragte er und brach damit das Schweigen.

»Nein, danke.«

»Mineralwasser?«

»Wenn's sein muß.«

»Es muß nicht sein, es ist mir vollkommen egal, was du trinkst, aber ich würde nicht einmal einem Hund mehr Alkohol geben, als du bereits intus hast.«

Seine Stimme klang eiskalt.

Joy blickte von dem Sessel, in den sie sich sofort hatte fallen lassen, zu ihm auf.

»Du haßt Alkohol, weil dein Vater ein Säufer war«, sagte sie.

»Du wiederholst nur, was ich dir erzählt habe. Willst du noch mehr Erkenntnisse zum besten geben, oder kann ich jetzt endlich auf die Weihnachtsfeier zurück?«

»Du würdest mich gerne schlagen, aber das bringst du nicht fertig, weil du gesehen hast, wie dein Vater deine Mutter schlug«, sagte sie mit einem aufgesetzten Lächeln.

»Sehr gut, Joy, gut gemacht.« Er preßte die Hände fest zusammen und hätte gerne auf etwas eingeschlagen, einen Stuhl oder die Wand, egal was, nur um die Anspannung loszuwerden, die er spürte.

»Ich habe nichts gesagt, was nicht stimmt, überhaupt nichts.«

»Nein, wirklich nicht, und schön hast du es gesagt. Ich gehe jetzt.«

»Du gehst nicht, Frank, du wirst dich jetzt hinsetzen und mir zuhören!«

»Nein, da täuschst du dich. Mein Vater war ein Säufer, und

deshalb habe ich schon oft genug Betrunkenen zugehört und weiß, daß es vollkommen sinnlos ist. Am nächsten Tag können sie sich an rein gar nichts mehr erinnern. Ruf doch die Zeitansage an und erzähl, was du auf dem Herzen hast, da hört man gerne rührselige Geschichten von Leuten, die voll sind wie eine Strandhaubitze.«
»Du mußt mir zuhören, Frank, du mußt es wissen.«
»Ein andermal, wenn du meinen Namen aussprechen kannst, ohne zu stottern.«
»Wegen der Messe, ich war gar nicht dort.«
»Das hast du mir schon gesagt, du hast mir von einem Schotten erzählt, schon in Ordnung. Behaupte jetzt bloß nicht, das läßt dir keine Ruhe?«
»Ich war nicht einmal in der Nähe der Messe, ich habe London nicht verlassen.«
Ihre Stimme klang merkwürdig, und sie wirkte etwas nüchterner.
»So?« Er war immer noch auf dem Sprung.
»Ich war in einer Klinik.« Sie hielt inne. »Um abtreiben zu lassen.«
Er steckte den Autoschlüssel wieder in die Hosentasche und kehrte ins Zimmer zurück.
»Das tut mir leid«, sagte er, »es tut mir wirklich leid.«
»Das ist nicht nötig.« Sie sah ihn nicht an.
»Aber warum, wie...?«
»Ich habe die Pille nicht vertragen. Ich habe öfter die Marke gewechselt... aber trotzdem...«
»Du hättest es mir sagen sollen...« Seine Stimme war jetzt sanft. Er verzieh ihr.
»Nein, es war meine Entscheidung.«
»Ich weiß, ich weiß. Aber trotzdem...«
»Also ging ich in dieses Krankenhaus... ein sehr angenehmes Haus eigentlich, es ist eine richtige Entbindungsklinik, nicht

nur für Abbrüche, wie sie dort sagen ...« Ihre Stimme zitterte ein wenig.
Er legte seine Hände auf ihre, die Kälte war vergessen. »Und war es sehr schlimm, war es schrecklich?« Sein Blick war voll Sorge.
»Nein.« Ihr Gesicht hellte sich auf, sie lächelte ihn an, und diesmal war ihr Lächeln nur ein wenig schief. »Nein, es war überhaupt nicht schrecklich. Denn als ich das Haus betrat und auf mein Zimmer ging, setzte ich mich hin und überlegte eine Weile, und da hab ich mich gefragt ... Warum mache ich das? Warum versuche ich, ein menschliches Wesen loszuwerden? Ich hätte gerne einen Menschen um mich. Ich wünsche mir einen Sohn oder eine Tochter. Also habe ich meine Entscheidung geändert. Ich habe ihnen gesagt, ich hätte beschlossen, den Abbruch nicht durchführen zu lassen. Und statt dessen mietete ich mich für ein paar Tage in einem Hotel ein und kam dann wieder nach Hause.«
Betroffen sah er sie an.
»Das kann doch nicht wahr sein.«
»O doch, es ist wahr. So, jetzt weißt du, warum du nicht einfach wieder zur Weihnachtsfeier abhauen konntest. Du mußtest es wissen. Es war nur fair, daß du es erfährst. Und zwar alles.«

Und wenn Frank Quigley ein alter Mann werden sollte – was seine Ärzte für höchst unwahrscheinlich hielten – diesen Augenblick würde er niemals vergessen. Den Tag, an dem er erfuhr, daß er Vater werden sollte, aber nicht der Vater von Renatas Kind, den die Palazzo-Sippe beglückwünschen und in die Arme schließen würde. Nein, ein Vater, der gesellschaftlich geächtet und von dem Leben abgeschnitten sein würde, das er sich ein Vierteljahrhundert lang aufgebaut hatte. Genausowenig würde er Joys Gesicht vergessen, als sie es ihm sagte, wohlwissend, daß sie zum erstenmal in ihrer höchst gleichberechtigten Beziehung alle Trümpfe in der Hand hielt. Und dabei war ihr bewußt, daß sie, obwohl sie betrunken und aufgewühlt war und alle Spielregeln außer acht ließ, dennoch die Stärkere war. Das verdankte sie der Natur, die dafür sorgte, daß Frauen die Kinder bekamen. Das war der einzige Grund ihrer Überlegenheit. Frank Quigley hätte vor niemandem die Waffen gestreckt – doch gegen die Grundregeln der menschlichen Fortpflanzung war er machtlos. In der Situation hatte er natürlich genau das richtige getan. Er hatte bei der Weihnachtsfeier angerufen und Bescheid gesagt, daß er sich noch ein wenig um Joy kümmern müsse. Dann setzte er sich zu ihr und sprach mit ihr, aber gleichzeitig arbeitete sein Verstand fieberhaft. Während seine Worte beruhigend auf sie einwirkten, trat er in Gedanken eine Reise in die Zukunft an. Seinen spontanen Reaktionen ließ er nur einen Augenblick freien Lauf, als er die Vorstellung auskostete, ein Kind gezeugt zu haben. Wenn Carlo das wüßte, würde das Gerede über rotes Fleisch ein Ende haben. Wenn Carlo es wüßte. Carlo durfte es niemals erfahren. Und Renata wäre so verletzt, daß es nicht wiedergutzumachen wäre. Nicht nur wegen seiner Untreue und der Erkenntnis, daß er jahrelang direkt vor ihrer Nase eine Liebesbeziehung unterhalten hatte, sondern auch, weil die andere ein Kind zustande gebracht hatte, und zwar genau das, welches Renata versagt blieb.

Während Frank Joys fiebrige Stirn streichelte und ihr versicherte, er stünde zu ihr und sei hoch erfreut über die Nachricht und die Wendung, die alles genommen hatte, überlegte er ganz kühl und logisch, was er als nächstes zu tun hatte, welche Wege ihm offenstanden.

Er flößte der weinenden Joy tassenweise schwachen Tee ein, fütterte sie mit dünngeschnittenem Butterbrot und ging dabei im Geiste seine verschiedenen Möglichkeiten durch und prüfte, welche Nachteile sie mit sich brachten. Wenn er den Weg gefunden hatte, auf dem die wenigsten Schwierigkeiten und Gefahren lauerten, würde er ihn einschlagen.

Joy könnte das Kind bekommen, und er würde anerkennen, daß es von ihm war. Er würde sagen, daß er sich nicht scheiden lassen wolle, aber es sei nur recht und billig, daß sein Sohn oder seine Tochter nicht ganz ohne väterliche Zuwendung aufwachsen sollte. Diese Möglichkeit erwog er kurze Zeit, nur um sie dann wieder zu verwerfen.

In einer freieren Gesellschaft würde das funktionieren. Aber nicht bei den Palazzos. Keine Sekunde lang.

Angenommen, Joy würde das Kind bekommen, aber die Identität des Vaters nicht preisgeben. Diese Lösung war in den achtziger Jahren für eine emanzipierte Frau durchaus denkbar. Aber wieder hatte man es mit den Palazzos zu tun. Die Leute würden die Stirn runzeln, es würde Spekulationen geben, und schlimmer noch, wenn Joy je wieder einen über den Durst trank, würde alles herauskommen.

Angenommen, er stritt die Vaterschaft ab und behauptete einfach, daß Joy log? Er fragte sich, warum er diese Möglichkeit überhaupt in Betracht zog. Joy war eine Frau, mit der er aus freien Stücken sehr viel Zeit verbracht hatte, er liebte sie nicht nur, weil sie sich im Bett gut verstanden, er liebte auch ihren Verstand und die Art, wie sie reagierte und sich verhielt. Frank wußte nicht, warum ihm diese Lösung überhaupt in den Sinn gekommen war. Er hatte nie daran gedacht, Carlo abzusägen und die Firma zu übernehmen. Er hatte Renata nicht nur wegen ihres Geldes und ihrer gesellschaftlichen Stellung umworben und geheiratet. So ein Mistkerl war er nicht. Warum also auch nur einen Gedanken daran verschwenden, der Frau, die drei Jahre lang seine Geliebte gewesen war, den Rücken zu kehren, der Frau, die sein Kind zur Welt bringen würde? Er betrachtete sie, wie sie mit hängendem Kiefer linkisch im Sessel saß, und schaudernd wurde ihm klar, wie sehr er den Alkohol und seine Auswirkungen fürchtete. Er wußte, daß er Joy nie wieder vertrauen oder sich ihr anvertrauen konnte, ganz gleich, was jetzt geschah.

Angenommen, er überredete sie, den Abbruch doch machen zu lassen – zum Besten aller Beteiligten? Immerhin war es ja noch zwei Wochen lang ungefährlich. Vielleicht konnte er sie dazu überreden.

Aber wenn es ihm nicht gelang, riskierte er eine hysterische Reaktion. Und wenn sie hart bliebe und das Kind bekäme, in dem Wissen, daß er eine Abtreibung befürwortete, dann wäre die ganze Situation noch viel schlimmer.

Angenommen, er bat sie, wegzugehen, mit ihren ausgezeichneten Referenzen ein neues Leben anzufangen. Joy sollte von London wegziehen? Joy sollte mit einem kleinen Baby ein neues Leben anfangen, nur um Frank einen Gefallen zu tun? Das war undenkbar.

Angenommen, er bat sie, ihm das Kind zu geben. Angenommen, er und Renata würden dieses Baby adoptieren? Das Kind würde dann die Palazzo-Millionen erben. Alle würden sich freuen. Frank und Renata hatten die Adoptionsgesellschaften abgeklappert. Mit sechsundvierzig war er als Adoptivvater zu alt. Als richtiger Vater offenbar nicht, aber die Natur hatte noch nie viel mit der Bürokratie gemein gehabt.

Doch Joy hatte sich bewußt für das Kind entschieden, weil sie einen Menschen um sich haben wollte. Es würde ihr nicht einfallen, ihm das Kind zu geben. Zumindest nicht jetzt. Diese Lösung könnte noch einmal in Betracht kommen, vielleicht gegen Ende der Schwangerschaft. Es war unwahrscheinlich, aber nicht ausgeschlossen.

Und das würde heißen, er könnte sein eigenes Kind adoptieren. Das wäre sehr befriedigend. Ehrenhalber würde er Renata einweihen müssen, aber ihre Familie brauchte ja nichts zu erfahren ...

Frank streichelte Joys Stirn, flößte ihr Tee ein und hing seinen eigenen Gedanken nach, während er tröstendes Gemurmel von sich gab, aus dem sich niemals irgendein Versprechen oder eine

Angenommen, er überredete sie, den Abbruch doch machen zu lassen – zum Besten aller Beteiligten? Immerhin war es ja noch zwei Wochen lang ungefährlich. Vielleicht konnte er sie dazu überreden.
Aber wenn es ihm nicht gelang, riskierte er eine hysterische Reaktion. Und wenn sie hart bliebe und das Kind bekäme, in dem Wissen, daß er eine Abtreibung befürwortete, dann wäre die ganze Situation noch viel schlimmer.
Angenommen, er bat sie, wegzugehen, mit ihren ausgezeichneten Referenzen ein neues Leben anzufangen. Joy sollte von London wegziehen? Joy sollte mit einem kleinen Baby ein neues Leben anfangen, nur um Frank einen Gefallen zu tun? Das war undenkbar.
Angenommen, er bat sie, ihm das Kind zu geben. Angenommen, er und Renata würden dieses Baby adoptieren? Das Kind würde dann die Palazzo-Millionen erben. Alle würden sich freuen. Frank und Renata hatten die Adoptionsgesellschaften abgeklappert. Mit sechsundvierzig war er als Adoptivvater zu alt. Als richtiger Vater offenbar nicht, aber die Natur hatte noch nie viel mit der Bürokratie gemein gehabt.
Doch Joy hatte sich bewußt für das Kind entschieden, weil sie einen Menschen um sich haben wollte. Es würde ihr nicht einfallen, ihm das Kind zu geben. Zumindest nicht jetzt. Diese Lösung könnte noch einmal in Betracht kommen, vielleicht gegen Ende der Schwangerschaft. Es war unwahrscheinlich, aber nicht ausgeschlossen.
Und das würde heißen, er könnte sein eigenes Kind adoptieren. Das wäre sehr befriedigend. Ehrenhalber würde er Renata einweihen müssen, aber ihre Familie brauchte ja nichts zu erfahren ...
Frank streichelte Joys Stirn, flößte ihr Tee ein und hing seinen eigenen Gedanken nach, während er tröstendes Gemurmel von sich gab, aus dem sich niemals irgendein Versprechen oder eine

Verpflichtung ableiten ließe – für den unwahrscheinlichen Fall, daß Joy sich je an seine Worte erinnerte.

Die Wochen verstrichen, und Joys schlechtes Benehmen auf der Weihnachtsfeier wurde kaum erwähnt. Wie üblich gratulierte man Frank, der wie üblich andere vor Dummheiten bewahrt hatte. Joy nahm im neuen Jahr erhobenen Hauptes ihre Arbeit wieder auf und strotzte nur so vor Ideen und Plänen. Sie griff nicht wieder zur Flasche. Aber die gemütlichen Nachmittage vor ihrem Kamin hatten auch ein Ende.
Zu Beginn des neuen Jahres trafen sich Frank und Joy zum Mittagessen. Er hatte in Anwesenheit mehrerer Manager verkündet, an allen Ecken und Enden fehle es an neuen Einfällen. In der Nachweihnachtszeit sei etwas Pep gefragt. Er werde Joy East zum Essen einladen und ein Brainstorming machen, erklärte er. Frauen hätten eine Schwäche für Geschäftsessen, und er selbst hätte auch nichts dagegen. Sie gingen ins beste Restaurant, wo man sie auf jeden Fall sehen würde.
Joy nippte an ihrem Tonic, während Frank seinen Tomatensaft leerte.
»Ein Essen auf Spesen lohnt sich für uns nicht gerade.« Sie lächelte ihn an.
»Wie du mir neulich gesagt hast, bin ich der Sohn eines Säufers und habe Angst vor Alkohol«, bemerkte er.
»Habe ich das gesagt? Ich erinnere mich nicht mehr recht daran, was ich an diesem Tag alles gesagt habe. Kommst du deshalb nachmittags nicht mehr zu mir?«
»Nein, das ist es nicht«, wehrte er ab.
»Warum dann nicht? Ich denke, wir müssen jetzt nicht mehr vorsichtig sein, das ist, als würde man den Stall verriegeln, nachdem das Pferd ausgebrochen ist ... wir sollten uns schadlos halten ...« Ihr Lächeln war warm und herzlich wie in alten Zeiten.

»Es könnte dir schaden, angeblich ist es in diesem Stadium der Schwangerschaft nicht gut«, sagte er.

Sie lächelte, freute sich, daß er sich um sie sorgte. »Aber du könntest doch trotzdem kommen und mit mir reden, oder? Ich habe viele Nachmittage mit Warten verbracht.«

Das stimmte, sie hatte Wort gehalten und keinen Kontakt zu ihm aufgenommen. Nie.

»Ja, wir müssen reden«, pflichtete er ihr bei.

»Warum versuchen wir dann, uns in einem Restaurant zu unterhalten, wo uns jeder sieht? Die Frauen da drüben sind mit Nico Palazzo verschwägert. Sie haben uns nicht aus den Augen gelassen, seit wir hereingekommen sind.«

»Man wird uns für den Rest unseres Lebens in der Öffentlichkeit sehen, genau darüber müssen wir sprechen, wie das Leben weitergehen soll. Wenn wir uns bei dir treffen, verfallen wir wieder in alte Gewohnheiten, wir benehmen uns wieder wie in früheren Zeiten, als wir auf niemand sonst Rücksicht zu nehmen brauchten.« Seine Stimme klang ruhig, aber Joy schien seine Angst zu wittern.

»Du meinst, du wolltest einen Fluchtwagen und Zeugen bereithalten – für den Fall, daß ich dir etwas Unangenehmes zu sagen habe. Geht es dir darum?«

»Sei nicht albern, Joy.«

»Ich bin nicht albern, du versuchst, aus der Sache herauszukommen, nicht wahr? In Wahrheit hast du eine Heidenangst.«

»Das stimmt nicht, und hör auf, so gekünstelt zu lächeln. Das ist ein fadenscheiniges Lächeln, das du für Kunden und Geschäftspartner aufsetzt. Es ist nicht echt.«

»Und was war an *deinem* Lächeln jemals echt, Frank? Weißt du eigentlich, daß dein Lächeln nie bis zu deinen Augen vorgedrungen ist, niemals. Es beschränkte sich immer auf den Mund.«

»Warum reden wir solchen Unsinn?« wollte er wissen.

»Weil du verdammt Schiß hast, das rieche ich«, erwiderte sie.

»Warum bist du gegen mich, habe ich etwas gesagt?« Er machte eine fragende Geste.
»Spar dir deine italienischen Gesten, ich bin keine Palazzo. Was du gesagt hast? Weißt du, was du gesagt hast: Du hast gesagt, wir sollten uns in einem Restaurant treffen und Entscheidungen über unsere Zukunft fällen. Du vergißt, daß ich dich kenne, Frank, du vergißt, daß wir beide, du und ich, die Spielregeln kennen. Wenn wir einem Feind begegnen, gilt als erste Regel: Triff ihn auf neutralem Boden, weder auf deinem Territorium noch auf seinem. Und daran hältst du dich. Wir wissen beide: Wenn die Gefahr besteht, daß es zum Streit kommt, findet das Treffen in der Öffentlichkeit statt. Das hält die Leute davon ab, eine Szene zu machen.«
»Geht es dir gut, Joy? Jetzt mal im Ernst?«
»Diese Taktik muß nicht immer funktionieren, weißt du, ob betrunken oder nüchtern, zu Hause oder in aller Öffentlichkeit, ich kann immer eine Szene machen, wenn ich Lust dazu habe.« Sie sah störrisch aus.
»Natürlich kannst du das, was soll denn das? Wir sind doch Freunde, du und ich, warum diese Feindseligkeit?«
»Wir sind keine Freunde, wir messen unsere Kräfte, wir spielen ein Spiel, suchen unseren Vorteil...«
»Nun, wenn das alles ist, warum in aller Welt bekommen wir dann zusammen ein Kind?«
»Nicht wir bekommen ein Kind«, erklärte Joy East. »Ich bekomme ein Kind.«
Diesen Ausdruck des Triumphs auf ihrem Gesicht hatte er bisher nur beobachtet, wenn sie einen Rivalen ausgestochen, einen Preis gewonnen oder irgendwie entgegen alle Wahrscheinlichkeit ihren Kopf durchgesetzt hatte.
In diesem Augenblick wurde ihm klar, daß sie vorhatte, ihn zappeln zu lassen, er würde stets auf der Hut sein müssen, sie hatte ihn in der Hand, jetzt und in Zukunft. Es war ihr Kind

und ihre Entscheidung, jedenfalls solange es ihr paßte. Sie würde ihm niemals versprechen, die Sache geheimzuhalten oder ihn in die Erziehung des Kindes einzubeziehen. Wenn es nach ihr ging, würde er nie Klarheit gewinnen und so auf alle Zeiten an sie gebunden bleiben.

Frank Quigley hatte dergleichen schon einmal erlebt: Ein Anbieter hatte den Markt aufgekauft, ohne davon etwas verlauten zu lassen. Er verlangte, daß man für das Produkt warb, und konnte dann unvermutet den Preis anheben, denn man war ja gebunden. Frank war diesem Trick damals nicht in die Falle gegangen. Jemand hatte ihn bei ihm ausprobiert, aber nur einmal. Frank hatte gelächelt und erklärt, er werde keinesfalls mehr als den vereinbarten Preis für das Produkt bezahlen. Aber würden sie nicht dumm aussehen, hatte der Mann entgegnet, wenn sie zuerst so viel in die Werbung steckten und dann zugeben müßten, daß sie nicht damit aufwarten können? Frank, nach wie vor unbefangen und charmant lächelnd, hatte gekontert: Nein, keineswegs. Wir würden uns einfach in einer neuen Anzeige dafür entschuldigen, daß sich der Lieferant leider als unzuverlässig erwiesen habe. Alle würden wegen dieser Aufrichtigkeit eine gute Meinung von Palazzo haben, und der Anbieter wäre ruiniert. So einfach war die Sache gewesen. Aber damals war es nur um Obst gegangen, und nicht um ein Kind.

Frank bot allen Charme auf, den er besaß. Nach dem Essen fühlte er sich wie gerädert und gratulierte sich dafür, daß er und Joy sich zumindest an der Oberfläche wieder normal unterhalten konnten.

Sie sprachen über die Firma. Zweimal brachte er sie zum Lachen, mit zurückgeworfenem Kopf ließ sie ein vergnügtes schallendes Gelächter vernehmen. Die beiden Frauen, die Joy als Nicos angeheiratete Verwandte ausgemacht hatte, blickten interessiert herüber. Aber da war nichts, was sie als Klatschgeschichte mit nach Hause nehmen konnten, es war das un-

schuldigste Geschäftsessen in der Weltgeschichte. Andernfalls würde es nicht hier vor aller Augen stattfinden.
Er erzählte ihr, wie er Weihnachten verbracht hatte, und sie berichtete von ihrem Fest. Sie hatte Freunde in Sussex besucht. Die Familie bewohnte ein großes Haus, sie war schon einmal dort gewesen, es wimmelte dort nur so von Kindern, sagte sie.
»Hast du es ihnen erzählt?« fragte er. Das Gespräch durfte sich nicht allzu weit von dem Thema entfernen, an das sie beide dachten, sonst würde sie ihn der Gefühllosigkeit bezichtigen.
»Was erzählt?«
»Von dem Baby?«
»Wessen Baby?«
»Deinem Baby. Oder unserem Baby, wenn du so willst, aber im Grunde, wie du gesagt hast, deinem Baby.«
Joy gab ein kurzes, befriedigtes Schnurren von sich. Es war fast, als würde sie sagen: Das ist schon besser. Das entspricht eher den Tatsachen.
»Nein«, sagte sie. »Ich rede nicht darüber, bis ich weiß, was ich tun werde.«
Von nun an wurde das Thema nicht mehr angeschnitten. Sie sprachen, wie sie es immer getan hatten, über Pläne und Vorhaben und daß es ratsam sei, Nico über alles, was vor sich ging, im unklaren zu lassen. Sie redeten darüber, ob es eine gute Idee war, daß Palazzo den neuen Baugrund in diesem Viertel kaufte, das gerade im Kommen war – Joys Ansicht nach ging diese Entwicklung zu schnell. Die großen Häuser wechselten für viel Geld den Besitzer, und man mußte noch mehr Geld investieren, um sie aufzumöbeln. Die neuen Bewohner würden in Feinkostgeschäften oder sogar in der Innenstadt bei Harrod's einkaufen, meinte Joy. Palazzo täte besser daran, sich auf ein bescheideneres Projekt zu konzentrieren, in einer Gegend, in der man einen großen Parkplatz bekam. So lief das Geschäft heutzutage.
»Wir könnten sogar versuchen, eine Attraktion aus dem Park-

platz zu machen«, erklärte Joy aufgeregt. »Du weißt schon, bestenfalls sehen Parkplätze düster aus, und schlimmstenfalls ist zu befürchten, daß einem dort ein Mörder auflauert. Vielleicht könnte man alles bunt streichen und rundherum eine überdachte Terrasse anlegen, so wie im Kloster, wir könnten Flächen an Marktstände vermieten, um den Platz zu beleben...«

Das hört sich nicht so an, als wollte sie das Unternehmen verlassen, dachte Frank.

Wenn Joy East überhaupt etwas plante, dann plante sie, drei Monate Mutterschaftsurlaub zu nehmen und ihre Arbeit wiederaufzunehmen, nachdem das Kind geboren war. Ihn würde sie über seine Rolle im unklaren lassen. So gedachte sie das Spiel zu spielen.

Nach dem Essen konnte Frank seinen Zorn kaum bändigen. Er war noch ärgerlicher als vor Weihnachten und mehr denn je entschlossen, die Situation wieder unter Kontrolle zu bekommen. Diese Hinhaltetaktik würde er sich nicht bieten lassen.

Wenn sie nicht wie jeder normale Mensch ihre Absichten kundtat, dann würde auch er nicht normal reagieren.

Zu zweit ließ es sich gut Katz und Maus spielen.

Lange bevor Joy mit anderen Leuten über ihre Schwangerschaft sprach, hatte Frank für alle Fälle seinen Schubladenplan gemacht.

Auf der bloßen Grundlage von Joys vager Einschätzung, es sei besser, die Palazzo-Kunden nicht in den obersten Einkommensschichten zu vermuten, gab Frank Quigley Verbraucherumfragen in Auftrag.

Den jungen Männern und Frauen im Marktforschungsinstitut hatte er erklärt, Palazzo bräuchte eine Bestätigung der Annahme, das Unternehmen solle in weniger wohlhabende Gegenden expandieren. Die Umfrage sollte landesweit, aber nur aufgrund weniger Stichproben erfolgen. Eine solche Erhebung hätte Frank, wäre er unvoreingenommen gewesen, schlichtweg ver-

worfen, weil sie keinesfalls hieb- und stichfeste Ergebnisse liefern konnte. Aber diesmal ging es ihm darum, dem Vorstand von einer unabhängigen Agentur bestätigen zu lassen, daß der Weg in die Zukunft Expansion bedeutete. Man würde Nordlondon weit hinter sich lassen und versuchshalber in den Midlands, vielleicht sogar in Nordengland Filialen eröffnen. Der Schlüssel zu diesem Markt waren Design und Image. Palazzo sollte als schick und reizvoll präsentiert werden, und Joy East würde dieses Image kreieren.
Für Joy wäre damit eine Beförderung und ein Sitz im Vorstand verbunden. Frank würde sie einmal im Monat auf Vorstandssitzungen treffen, gewiß, aber er würde sie nicht mehr täglich sehen.
Und sie würde seinen Schwiegervater nicht mehr jeden Tag sehen.
Und vor allem wäre die Gefahr gebannt, daß sie mit seiner Frau zusammentraf.
Ihm standen nur wenige Waffen zur Verfügung, also mußte er Joy durch einen schlauen Schachzug überlisten.
Sie mußte glauben, daß er die Beförderung, den Umzug und die Veränderung ablehnen würde.
Die Umfrage, von der Carlo Palazzo törichterweise glaubte, er habe sie selbst in Auftrag gegeben, war bereits fertiggestellt, als Joy East im März ihre Neuigkeiten mit größtmöglicher Dramatik präsentierte. Sie gab sie unter dem Tagesordnungspunkt »Sonstiges« bei der wöchentlichen Managementkonferenz bekannt.
Ihre Augen hatten einen verdächtigen Glanz. Frank wußte, was jetzt kam.
»Ich glaube, es handelt sich wirklich um einen Tagesordnungspunkt, der ein wenig aus dem Rahmen fällt. Ich möchte die Sache zur Sprache bringen für den Fall, daß Sie anderswo davon hören und sich wundern, warum ich meine Kollegen nicht informiert habe. Ich werde im Juli drei Monate Mutterschafts-

urlaub nehmen ... Selbstverständlich werde ich vor- und nacharbeiten, um zu gewährleisten, daß die Verkaufsförderung nicht unter meiner Abwesenheit leidet, aber ich meine, Sie sollten wissen, was auf Sie zukommt.« Sie schenkte den fünfzehn anwesenden Männern ein charmantes Lächeln.
Carlo geriet in größte Verlegenheit. »Ach, du lieber Himmel, großer Gott, ich wußte nicht einmal, daß Sie vorhatten zu heiraten ... herzlichen Glückwunsch.«
»O nein, so weit ist es, fürchte ich, noch nicht.« Sie ließ ein helles Lachen erklingen. »Nein, nur ein Kind. Wir wollen das System nicht auch noch durch eine Heirat erschüttern.«
Nicos Kinnlade fiel herunter, die übrigen murmelten Glückwünsche, blickten jedoch verstohlen zu Carlo und Frank hinüber, um die allgemeine Stimmung zu taxieren.
Frank Quigley setzte eine Miene auf, die freudige Überraschung und amüsierte Bewunderung ausdrückte.
»Das sind ja sehr aufregende Neuigkeiten, Joy«, bemerkte er gleichmütig. »Alle freuen sich für Sie. Ich weiß nicht, wie wir drei Monate lang ohne Sie zurechtkommen sollen, aber Sie können doch anschließend wieder zu uns kommen?«
Die Frage klang herzlich und höflich, niemand bemerkte den kalten Blick, den die beiden über den Tisch hinweg austauschten.
»Aber gewiß doch, ich bin schon dabei, die nötigen Vorkehrungen zu treffen. Das ist alles nicht so einfach, wissen Sie.«
»Nein, bestimmt nicht«, erwiderte er besänftigend.
Inzwischen hatte sich Carlo so weit erholt, daß er in der Lage war, einige Höflichkeiten von sich zu geben. Anschließend ließ er jedoch Frank in sein Büro kommen.
»Was sollen wir tun?« fragte er.
»Carlo, wir leben im Jahr 1985, nicht im Mittelalter. Sie kann dreißig Kinder bekommen, wenn sie will. Du bist doch nicht schockiert, oder?«

»Selbstverständlich bin ich das. Wer ist der Vater, was meinst du? Ist es jemand bei Palazzo?«

Frank fühlte sich wie ein Schauspieler in einem Bühnenstück. »Warum sollte es jemand bei Palazzo sein? Joy führt außerhalb der Firma ihr eigenes Leben.«

»Aber warum, warum in aller Welt?«

»Vielleicht denkt sie, sie ist jetzt in den Dreißigern, sie lebt allein, vielleicht *will* sie es einfach.«

»Sie hat jedenfalls sehr unüberlegt gehandelt«, murrte Carlo. »Und sie bereitet uns damit auch Unannehmlichkeiten. Überleg doch einmal, wie diese Sache unsere Pläne für den Norden durcheinanderbringt.«

Frank wählte seine Worte mit Bedacht. »Wann ist das Projekt deiner Meinung nach startklar, frühestens im neuen Jahr? Das Planungsstadium wird erst im Herbst aktuell, wenn sie ihre Arbeit wiederaufnimmt...«

»Ja, aber...«

»Aber kommt dir das Ganze nicht im Grunde ganz gelegen – natürlich solltest du ihr das nicht auf die Nase binden. Du hast dir doch schon Sorgen gemacht, daß ihr der Umzug vielleicht nicht gefällt. Jetzt, da sie ein Kind bekommt, ist ein Tapetenwechsel vielleicht genau das richtige, ein Neuanfang, mehr Platz und Bewegungsfreiheit da oben, fern von London...«

»Ja...« Carlo hegte immer noch Zweifel. »Ich glaube, die Angelegenheit ist höchst unerfreulich für unsere Arbeit.«

»Wenn du sie dort haben willst, solltest du es ihr als äußerst verlockendes Angebot präsentieren. Stell es ihr gegenüber so dar, als wäre es genau der richtige Schritt für sie...«

»Vielleicht solltest du ihr das erklären.«

»Nein, Carlo.« Wieder fühlte sich Frank wie ein Schauspieler auf der Bühne. »Nein, weißt du, irgendwie möchte ich sie in London gar nicht verlieren, obwohl ich im Grunde überzeugt bin, daß du recht hast. Für die Firma ist es am besten, wenn sie

in den Norden geht und aus Palazzo ein anderes, ein landesweites Unternehmen macht.«
»Genau das habe ich mir auch überlegt«, sagte Carlo und glaubte selbst daran.
»Also bin ich nicht der Richtige, um sie zu überzeugen.«
»Und wenn sie glaubt, daß ich sie in die Verbannung schicken will?«
»Warum sollte sie das annehmen, Carlo, du hast doch schließlich die ganzen Unterlagen und Umfragen und Erhebungen, die beweisen, daß du schon seit langem darüber nachdenkst?«
Carlo nickte, die hatte er natürlich.
Frank ließ den Atem langsam durch die Zähne entweichen. Nirgends in den Unterlagen tauchte der Name Frank Quigley auf, in den Akten fanden sich sogar ein paar Briefe, in denen er andeutete, anderer Meinung zu sein, und die Frage aufwarf, ob Miss East in London nicht dringender benötigt würde. Man konnte ihm nichts nachweisen.
Joy ließ nicht lange auf sich warten. Sie platzte mit wütendem Blick und einem Blatt Papier in der Hand in Franks Büro.
»Steckst du hinter dieser Sache?« wollte sie wissen.
»Ich habe keine Ahnung, wovon du sprichst«, erwiderte er ungerührt.
»Natürlich nicht, den Teufel tust du, du schickst mich weg. Ich schwöre bei Gott, damit kommst du nicht durch, Frank. Ich lasse mich nicht kaltstellen, nur damit dir mein Anblick erspart bleibt, wenn dir etwas über den Kopf wächst.«
»Setz dich«, sagte er.
»Sag mir nicht, was ich tun soll.«
Er ließ sie stehen und rief seiner Sekretärin im Nebenzimmer zu: »Diana, würden Sie uns eine große Tasse Kaffee bringen? Miss East und ich haben eine Auseinandersetzung und könnten eine Stärkung gebrauchen.«

»Glaub bloß nicht, daß es mir bei so einer witzigen Bemerkung die Sprache verschlägt«, sagte Joy.
»Das war keine witzige Bemerkung, es war die reine, ungeschminkte Wahrheit. Um was geht es dir überhaupt? Ist es, weil Carlo die Absicht hat, dich in den Vorstand zu holen und dir die Verantwortung für die Expansion zu übertragen?«
»Carlos Absicht, komm mir nicht mit Carlo. Du bist es doch, der mich loswerden will.«
Seine Augen waren kalt. »Jetzt werd nicht zu allem Überfluß auch noch paranoid!«
»Was meinst du mit ›zu allem Überfluß‹?«
Leise und hart erwiderte er: »Das kann ich dir sagen. Du und ich, wir haben uns geliebt, ich liebe dich noch immer. Wir haben in gegenseitigem Einverständnis miteinander geschlafen, und dabei warst du für die Verhütung zuständig. Als du Schwierigkeiten mit der Verhütung bekamst, wäre es nur fair gewesen, mir das zu sagen, damit ich die Sache hätte in die Hand nehmen können. Ja, Joy, das wäre fair gewesen. Es war unfair zuzulassen, daß ich rein zufällig ein Kind zeuge.«
»Ich dachte, es hätte dich gefreut, beweisen zu können, daß du dazu in der Lage bist«, gab sie schnippisch zurück.
»Nein, da täuschst du dich. Genauso unfair ist es, daß du mich darüber im unklaren läßt, was du mit dem Kind, das wir gemeinsam gezeugt haben, vorhast. Ich war damit einverstanden, daß du die Verantwortung dafür übernimmst, wenn du das unbedingt willst. Du hast gesagt, du würdest mich informieren, aber du hast es vorgezogen, es für dich zu behalten. Du hast die ganze Zeit über irgendein Spiel mit mir gespielt. Ich weiß heute noch nicht mehr als zu Weihnachten.«
Sie schwieg.
»Und jetzt schreist du hier herum und erzählst mir ein Ammenmärchen, ich würde dich in die Provinz verbannen, während ich in Wirklichkeit alles in meiner Macht Stehende getan habe,

damit du hierbleibst. Du kannst es glauben oder nicht, das bleibt dir überlassen, aber genauso ist es.«

Es klopfte, und Diana kam mit dem Kaffee herein. Sie stellte ihn auf den Schreibtisch zwischen die beiden.

»Ist die Auseinandersetzung gelaufen?« fragte sie.

»Nein, sie erreicht gerade den Höhepunkt«, erwiderte Frank lächelnd.

»Das nehme ich dir nicht ab«, sagte Joy, nachdem Diana gegangen war. »Carlo hat noch nie im Leben einen eigenständigen Gedanken gehabt.«

Frank holte einen Aktenordner hervor und zeigte ihr einen von ihm verfaßten Brief. Schwarz auf weiß war da zu lesen, daß es eine Vergeudung von Joy Easts Fähigkeiten sei, sie weitab vom Nervenzentrum des Unternehmens zu beschäftigen. Er sagte ihr, daß es noch mehrere solche Briefe gab. Wenn sie Beweise wollte, würde er die Briefe heraussuchen.

»Dann ist es Carlo, er kann die schamlose, ledige Mutter nicht ertragen ... er ist es, der mich wegschickt.«

»Joy, ich habe dich vor den Gefahren der Paranoia gewarnt. Wenn du diese Akten durchsiehst, wird dir auffallen, daß die Umfrage bereits im Januar in Auftrag gegeben wurde. Monate, bevor du deine Ankündigung gemacht hast.«

»Diese verdammte Umfrage. Wer sind die Leute überhaupt? Mir kommen sie ziemlich unfähig vor«, murrte sie. Einen Augenblick lang verspürte Frank Bedauern. Joy war so scharfsichtig und intelligent, geistig war sie mit ihm auf einer Wellenlänge. Wie schade, daß es so bitter enden mußte, in einem so unwürdigen Spiel.

»Egal, wer sie sind, Carlo glaubt ihnen alles, was sie sagen, und vielleicht haben sie ja recht. Du selbst hast schon vor langer Zeit etwas Ähnliches gesagt, noch bevor diese Erhebung entstand.«

»Ich weiß.« Sie mußte zugeben, daß er recht hatte.

»Was wirst du also tun?«

»Ich werde meine Entscheidung selbst treffen, ohne gönnerhaftes Tätscheln von deiner Seite«, entgegnete sie.
»Wie du willst, Joy, aber darf ich dich daran erinnern, daß wir uns in meinem Büro befinden und du es warst, die zu mir gekommen ist. Es ist nicht ganz widersinnig, daß ich dich frage, da du entschlossen schienst, mich zu Rate zu ziehen.«
»Wenn ich beschlossen habe, was ich tun werde, informiere ich dich«, sagte sie.
»Das hast du schon einmal versprochen.«
»Aber dabei ging es nur um *mein* Kind, diesmal geht es um *dein* Unternehmen. Du hast ein Recht, es zu erfahren.«
Er saß lange Zeit da und starrte vor sich hin, nachdem sie gegangen war. Ihre Tasse Kaffee stand unberührt da. Joy hatte ein wenig unsicher gewirkt, als hätte sie Angst. Aber vielleicht bildete er sich das nur ein.
Sie war eine intelligente Frau, und ihr war durchaus klar, daß sie ihn ins Schwitzen bringen konnte, solange er nicht wußte, was sie als nächstes sagen würde – und zu wem.
Zu Hause in seiner Wohnung dachte er noch einmal darüber nach. Renata saß auf der einen Seite des großen Marmorkamins und schaute in die Flammen, er auf der anderen. So saßen sie oft in freundschaftlichem Schweigen beisammen. Aber an diesem Abend sagte Frank gar nichts.
Schließlich ergriff Renata das Wort.
»Ist es nicht manchmal langweilig mit mir am Abend?«
In ihrer Stimme lag kein Vorwurf. Sie fragte so schlich, als ob sie nach der Uhrzeit fragte oder wissen wollte, ob sie die Nachrichten im Fernsehen einschalten sollte.
»Nein, es ist nicht langweilig«, erwiderte Frank wahrheitsgemäß.
»Im Grunde ist es erholsam.«
»Das ist gut«, sage Renata erfreut. »Du bist mir ein sehr guter Mann, und manchmal wünschte ich, ich hätte mehr Feuer und Glanz und Esprit.«

»O Gott, davon bekomme ich bei der Arbeit genug, das ist das reinste Feuerwerk. Nein, du bist schon in Ordnung, so wie du bist.«

Und er nickte für sich, als wäre er zufrieden mit seiner Antwort. Er wollte Renata nicht gegen ein anderes Modell, eine glanzvollere, buntere Ausführung eintauschen.

Die Wochen vergingen, Joy ließ nichts mehr von sich hören, und die Pläne für die Expansion nahmen Gestalt an. Carlo zufolge befaßte sich Joy East eingehend mit der Angelegenheit, ob sie jedoch vorhatte zu gehen oder nicht, blieb ein Rätsel.

»Dräng sie nicht«, riet Frank. »Sie wird gehen, aber erst, wenn sie soweit ist.«

Er hoffte, daß er die Zeichen richtig deutete. Denn es gelang ihr, ihn zu verunsichern.

Währenddessen erhielt Frank eine blumige Einladung zu der Silberhochzeit von Desmond und Deirdre Doyle. Grimmig betrachtete er die Karte. In zehn Jahren würden er und Renata vielleicht etwas Ähnliches verschicken. Er konnte es sich jedoch kaum vorstellen.

Außerdem fragte er sich, was Desmond überhaupt zu feiern hatte. Etwa eine Verbindung, die alle für eine Mußheirat gehalten hatten, obwohl sich später herausstellte, daß das nicht zutraf. Oder daß die gräßliche Familie O'Hagan zu Hause in Dublin sie ein Leben lang von oben herab behandelt hat. Ein arbeitsreiches Leben bei Palazzo, das zu nichts führte. Schwierige Kinder. Die Älteste lebte scheinbar mit einem arbeitslosen Schauspieler zusammen, der Junge hatte sich aus dem Staub gemacht, und zwar ausgerechnet nach Mayo in Westirland. Und dann Helen. Eine Nonne, ein sehr merkwürdiges, gestörtes Mädchen. Frank dachte nicht gerne an Helen Doyle, die zweimal in seinem Leben aufgetaucht war und jedesmal Unheil heraufbeschworen und für Katastrophenstimmung gesorgt hatte.

Nein, die Doyles hatten wenig zu feiern, und genau deshalb gaben sie wahrscheinlich dieses Fest.
Eine ziemlich unmögliche Einladung.
Aber nicht so unmöglich wie die Einladung, von der ihm Renata erzählte, als er von der Arbeit nach Hause kam.
»Joy East hat uns zum Abendessen eingeladen, nur du und ich und sie, hat sie betont.«
»Hat sie gesagt, weshalb?«
»Ich habe sie gefragt, und sie meinte, sie würde gerne mit uns reden.«
»Bei ihr zu Hause?«
»Nein, sie hat gesagt, daß du immer sagst, wenn man über etwas reden muß, sollte das Gespräch auf neutralem Boden stattfinden.« Renata stand offenbar vor einem Rätsel.
In Franks Magen rumorte es vor Angst.
»Ich weiß nicht, was sie damit meint«, brachte er mühsam heraus.
»Nun, sie hat einen Tisch in diesem Restaurant ... reservieren lassen, und sie hat bei Diana nachgefragt, ob du frei bist, und dann mich angerufen, um zu sehen, ob ich Zeit habe.«
»Ja. Gut.«
»Willst du nicht hingehen?« Renata klang enttäuscht.
»Sie hat sich in letzter Zeit sehr merkwürdig verhalten, diese Schwangerschaft hat sie ein bißchen aus dem Gleichgewicht gebracht, glaube ich, das und der Umzug ... obwohl sie zu dem Angebot bisher weder ja noch nein gesagt hat. Können wir da irgendwie raus, was meinst du?«
»Nicht ohne sehr unhöflich zu sein. Aber ich dachte, du magst sie?« Renata war verwirrt.
»Ich mag sie, mochte sie, das ist es nicht. Sie ist ein bißchen aus dem Gleichgewicht geraten. Überlaß die Sache mir.«
»Sie hat gesagt, wir sollten sie heute abend zurückrufen«, berichtete Renata zurückhaltend.

»Ja, das erledige ich. Ich muß sowieso noch einmal weg. Ich rufe sie von unterwegs an.«

Frank setzte sich ins Auto und fuhr zu Joys Haus. Er läutete und klopfte, aber nichts regte sich.

Dann ging er in eine Telefonzelle und rief sie an. Sie meldete sich sofort.

»Warum hast du mich nicht hereingelassen?«

»Ich wollte nicht.«

»Du hast selbst gesagt, ich sollte mich melden.«

»Ich habe gesagt, du solltest anrufen, das ist etwas anderes.«

»Joy, tu es nicht, mach keine Szene vor Renata, das ist nicht fair, das hat sie nicht verdient, sie hat niemandem etwas getan. Das ist grausam.«

»Bettelst du etwa, höre ich dich betteln?«

»Du kannst hören, was du, verdammt noch mal, willst, aber überleg doch mal, ob sie dir je etwas getan hat?«

»Nimmst du meine Einladung nun an oder nicht?« fragte Joy kühl.

»Hör mich an ...«

»Nein, ich werde dich nicht mehr anhören. Ja oder nein?« Die Frage klang bedrohlich.

»Ja.«

»Das dachte ich mir«, sagte Joy East und legte auf.

Sie trafen sich im selben Restaurant, in dem Joy und Frank im Januar gegessen hatten. Damals war Joys Bauch noch flach gewesen, und Nicos Schwägerinnen hatten die beiden lachen gesehen. Jetzt war alles anders.

Joy begnügte sich, zu Franks unsäglicher Erleichterung, nach wie vor mit Mineralwasser. Sie zeigte sich wohlwollend, war darum bemüht, daß ihre Gäste gut saßen, und wählte die Speisen mit Bedacht. Sie bestritt auch die Unterhaltung weitgehend im Alleingang, da Frank gereizt und Renata sehr reserviert war.

»Sie wissen ja, wie es im Film immer ist, wenn die Leute sagen:

›Sie müssen sich fragen, warum ich Sie heute abend hergebeten habe ...‹« Sie lachte glockenhell.
»Sie haben gesagt, Sie wollten mit uns reden«, entgegnete Renata höflich.
»Das will ich auch. Ich habe endlich nach gründlicher Überlegung einige Entscheidungen getroffen, und ich glaube, es ist nur fair, wenn ich sie Ihnen beiden mitteile. Frank wegen der Arbeit ... und Ihnen, Renata, wegen Frank.«
Er spürte, daß der Damm gebrochen war. Sollte das verdammte Luder doch zur Hölle fahren. Sie benahm sich nicht einmal wie eine verschmähte Frau, diese Art von Zorn war es nicht. Dann hätte er ehrlich, zumindest einigermaßen ehrlich, zu ihr sein können.
»Ja?« Renatas Stimme klang besorgt. Frank wagte es nicht, sich zu äußern.
»Nun, über das Baby ...« Sie blickte von einem zum andern und wartete. Es schien eine Ewigkeit zu dauern, aber wahrscheinlich waren es nur drei Sekunden.
Joy fuhr fort: »Ich denke, es wird mein Leben tiefgreifender verändern, als ich es mir vorgestellt hatte. Ein oder zwei Monate lang war ich mir nicht sicher, ob ich die richtige Entscheidung getroffen hatte. Sogar jetzt noch, gegen Ende der Schwangerschaft, denke ich darüber nach, ob ich das Kind vielleicht weggeben sollte, an ein Paar, bei dem es Liebe und Geborgenheit findet. Möglicherweise werde ich, so ganz auf mich allein gestellt, keine großartige Mutter abgeben.«
Sie wartete darauf, daß einer von beiden höflich widersprach. Nichts geschah.
»Aber dann dachte ich, nein. Ich habe mich bewußt auf die Sache eingelassen, also muß ich sie jetzt auch durchziehen.« Sie lächelte glücklich.
»Ja, aber was hat das eigentlich mit uns zu tun ...?« fragte Renata. Sie sah ängstlich aus.

»Es hat folgendes mit Ihnen zu tun. Wenn ich das Kind irgend jemandem geben würde, hätte ich es höchstwahrscheinlich Ihnen beiden angeboten. Sie wären so gute Eltern, das weiß ich. Aber da ich das nicht tun werde, und weil Sie sich vielleicht Hoffnungen gemacht haben ...«

»Niemals ... ich habe nie daran gedacht.« Renata verschlug es den Atem.

»Haben Sie nicht? Aber ich bin sicher, Sie haben daran gedacht, Frank. Schließlich haben Sie bei den Adoptionsgesellschaften kein Glück gehabt, wie Carlo mir erzählt hat.«

»Mein Vater hat kein Recht, über solche Dinge zu sprechen«, sagte Renata, die puterrot angelaufen war.

»Nein, wahrscheinlich nicht. Aber er tut es natürlich. Auf jeden Fall wollte ich die Sache klarstellen und habe Sie deshalb hergebeten. Außerdem wollte ich Ihnen sagen, daß ich bald in den Norden ziehe, viel eher als erwartet. Ich habe mein Haus hier verkauft und einen wirklich reizenden georgianischen Bauernhof gekauft, etwas renovierungsbedürftig, aber wunderbar in den Proportionen, klein und schön, der ideale Ort, an dem ein Kind aufwachsen kann. Wenn es schon bei mir leben muß, dann sollte der arme Schatz doch wenigstens ein Pony und Platz zum Spielen haben!« Sie schenkte ihnen ein strahlendes Lächeln.

Renata atmete tief durch. »Und wird der Vater des Kindes überhaupt etwas damit zu tun haben?«

»Nein, gar nicht. Den Vater habe ich zufällig auf einer Verpackungsmesse kennengelernt, ein flüchtiges Abenteuer.«

Unwillkürlich schlug Renata die Hand vor den Mund.

»Ist das so schockierend?« fragte Joy. »Ich wollte ein Kind, er war so gut wie jeder andere.«

»Ich weiß, ich meine, ich habe nur gedacht ...« Ihre Stimme versagte, und sie blickte Frank an, der mit versteinerter Miene dasaß.

»Was haben Sie gedacht, Renata?« fragte Joy zuckersüß.

»Ich weiß, es ist dumm.« Renata blickte von einem zum anderen. »Ich glaube, ich habe befürchtet, daß das Kind ... Franks Kind sein könnte. Und Sie hätten aus diesem Grund überhaupt darüber nachgedacht, es uns anzubieten ... bitte, ich weiß nicht, was mit mir los ist, daß ich so rede ... bitte.« Ihr standen die Tränen in den Augen.
Frank war erstarrt. Ihm war immer noch nicht klar, was Joy als nächstes einfallen würde. Er konnte nicht einmal die Hand ausstrecken, um seine Frau zu trösten.
Joy wählte ihre Worte wohlüberlegt und sprach langsam: »O Renata, wie konnten Sie so etwas annehmen? Frank und ich? Wir sind uns zu ähnlich, um ein Paar abzugeben, die große Leidenschaft des Jahrhunderts. Aber nein. Und überhaupt, daß Frank Vater wird, ist nicht sehr wahrscheinlich, das ist wohl nicht drin, oder?«
»Was ... was soll das heißen ...?«
»Oh, Carlo hat mir von Franks Problemen erzählt ... ich fürchte, Ihr Vater ist manchmal sehr indiskret, aber nur, wenn er weiß, daß es nicht weitergetragen wird ... Bitte sagen Sie ihm nicht, daß ich es je erwähnt habe. Aber er war immer so traurig, daß Frank ihm keinen Enkel geschenkt hat ...«
Zum erstenmal seit längerem ergriff nun Frank das Wort. Er meinte, jetzt das Zittern in seiner Stimme unter Kontrolle zu haben.
»Und Ihr Kind? Werden Sie ihm sagen, daß es ein einmaliges Gastspiel in einem Hotelzimmer war?«
»Nein, natürlich nicht, lieber eine viel romantischere, traurigere Geschichte. Von einem unauffindbaren, wunderbaren Menschen, der längst verstorben ist. Ein Dichter vielleicht. Eine traurige, schöne Geschichte.«
Irgendwie brachten sie die Mahlzeit hinter sich und fanden andere Gesprächsthemen. Der verletzte Ausdruck in Renatas Augen milderte sich ein wenig, und die Spannung in Franks

Zügen ließ nach, während bei Joy East die stille Heiterkeit und rosige Frische der Schwangerschaft immer deutlicher zutage traten. Selbstsicher bezahlte sie die Rechnung mit ihrer Kreditkarte, und als Renata auf die Toilette ging, blickte Joy Frank über den Tisch hinweg ganz ruhig an.
»Du hast gewonnen«, sagte er.
»Nein, du hast gewonnen.«
»Warum sollte ich gewonnen haben, sag mal? Du hast mich zu Tode erschreckt, und jetzt schließt du mich aus dem Leben des Kindes aus. Was hat das mit gewinnen zu tun?«
»Du hast bekommen, was du wolltest. Du hast mich hinausbefördert.«
»Du fängst doch nicht schon wieder damit an?«
»Das ist nicht nötig. Ich habe in dem Marktforschungsinstitut nachgefragt. Dort habe ich erfahren, daß du sie beauftragt hast. Sie haben mir sogar das genaue Datum genannt, es war, kurz nachdem wir in diesem Restaurant gegessen haben. Wie üblich ist alles so gelaufen, wie du wolltest. Ich sitze dir nicht mehr im Nacken. Die Luft ist rein für das nächste Projekt. Ich frage mich, wer die Glückliche sein wird. Aber das werde ich nie erfahren. Genausowenig wie du erfahren wirst, wie es ist, mit einem Zweijährigen zu spielen, deinem Zweijährigen. Denn du bist nicht in der Lage, Vater zu werden. Das ist gleichzeitig dein Alibi und meine Entschuldigung dafür, daß ich dich ausschließe.«
»Du hast mir nie gesagt, warum. Warum dieser Haß?«
»Es ist kein Haß, es ist Abgrenzung. Und warum? Vermutlich weil du eiskalte Augen hast, Frank. Das ist mir erst in letzter Zeit aufgefallen.«
Renata kam zurück. Sie standen auf, es war Zeit, zu gehen.
»Sie kommen zu den Besprechungen zurück ... und so weiter?« sagte Frank.
»Nicht immer, ich denke, wenn diese Operation ein Erfolg werden soll, dürfen wir die Beteiligten nicht in dem Glauben

lassen, daß wir ständig wegen jeder Kleinigkeit nach London rennen. Wichtige Entscheidungen sollten an Ort und Stelle fallen. Sonst meinen die Leute, sie wären nur ein kleiner Außenposten und hätten für sich allein keine Bedeutung.«
Natürlich hatte sie recht, wie schon so oft.
Er hielt ihr die Tür des Taxis auf. Sie sei schon so dick, meinte sie, daß sie nicht mehr in ihren kleinen Sportwagen passe.
Einen kurzen Moment lang schauten sie sich in die Augen.
»Wir haben beide gewonnen«, sagte sie sanft. »So könnte man doch sagen.«
»Oder keiner von uns hat gewonnen«, entgegnete er traurig. »So kann man auch sagen.«
Als sie zum Parkplatz gingen, auf dem der Rover stand, legte er seiner Frau den Arm um die Schulter.
Nach dem heutigen Abend würde zwischen ihnen nichts mehr so sein wie früher. Aber ihre Welt war nur ein wenig aus den Fugen geraten und nicht, was auch möglich gewesen wäre, völlig zusammengebrochen. Und in gewisser Weise war auch das ein Sieg.

8

Deirdre

In dem Artikel stand, jeder könnte wahrhaft schön sein, wenn er nur zwanzig Minuten täglich investierte. Deirdre machte es sich gut gelaunt in ihrem Sessel bequem und zog die Keksschachtel näher heran. Natürlich konnte sie zwanzig Minuten täglich investieren. Wer könnte das nicht? Mein Gott, waren wir nicht alle sechzehn Stunden lang wach und aktiv? Zwanzig Minuten waren gar nichts.

Sie wiederholte die Worte *wahrhaft schön*. Sie konnte direkt hören, wie man sie mit diesen Worten beschrieb, wenn der Tag gekommen war. Sieht Deirdre nicht wahrhaft schön aus? Wer würde glauben, daß sie seit fünfundzwanzig Jahren verheiratet ist? Stell dir vor, sie ist Mutter von drei erwachsenen Kindern.

Sie seufzte vor Vergnügen und fing an zu lesen. Mal sehen, was sie tun müßte? Es würde ihr kleines Geheimnis bleiben, daß sie diese Zeit aufbrachte. Das Ergebnis würde sensationell sein.

Zuerst hieß es, man müsse sich selbst beurteilen und die eigenen positiven Seiten sowie die Schwachpunkte auflisten. Deirdre nahm ihren kleinen silbernen Federhalter mit der Quaste daran aus ihrer Handtasche. Das machte nun wirklich Spaß. Wie schade, daß sie sich allein damit beschäftigen mußte. Ihre älteste Tochter Anna würde sagen, sie sei in Ordnung, wie sie ist. Wozu also Mängel ihrer Figur und trockene Hautpartien auflisten. Ihre zweite Tochter Helen würde sagen, es sei lächerlich, sich als Opfer zu fühlen und zu meinen, das Aussehen spiele eine Rolle. Angesichts des Leids in der Welt sei es reine Zeitverschwendung, wenn Frauen ihre Schönheitsfehler analysierten und überlegten, ob ihre Augen zu tief oder zu nah beisammen lagen.

Deirdres Sohn Brendan war weit weg, er lebte in Irland in dem entlegenen Hügelland, aus dem sein Vater stammte ... Was würde Brendan sagen? Sie konnte sich inzwischen kaum noch vorstellen, wie Brendan reagieren würde. Sie hatte Nacht für Nacht geweint, als er von zu Hause auszog, ohne großartige Erklärungen, geschweige denn Entschuldigungen abzugeben. Erst als er sie am Telefon ohne Umschweife gefragt hatte ... als er ihr Weinen mit der Frage unterbrochen hatte: »Wenn du die Macht hättest zu entscheiden, wie mein Leben aussehen soll, was sollte ich dann deiner Meinung nach tun, was so gut und so wichtig für uns alle wäre?« Sie war ihm eine Antwort schuldig geblieben. Denn zu sagen, sie wünschte, es wäre alles anders, war keine Antwort. Man konnte nicht wünschen, ein Kreis wäre quadratisch oder schwarz wäre weiß.

Aber diesem Schönheitsartikel zufolge gab es Dinge, die man sich anders wünschen und die man tatsächlich ändern konnte. Zum Beispiel die Form des eigenen Gesichts: ein wenig Rouge und aufhellender Puder wirkten Wunder. Glücklich betrachtete Deirdre die Diagramme, auf jeden Fall würde sie lernen, wie man es richtig machte. Es gab nichts Schlimmeres als Leute nach einem mißglückten Schminkversuch, sie sahen alle aus wie Coco der Clown.

Dieser Satz hätte von Maureen Barry sein können, damals, in den alten Zeiten. Sie und Maureen hatten damals so viel Spaß miteinander. Deirdres Mutter war die Busenfreundin von Mrs. Barry gewesen, und deshalb konnten die Mädchen tun und lassen, was sie wollten, solange sie nur miteinander ausgingen. Deirdre dachte an die Ferien in Salthill, die Jahre zurücklagen. In Gedenken daran hatte sie das Haus im Rosemary Drive »Salthill« getauft, aber inzwischen war der Name auf dem Gartentor schon so zur Gewohnheit geworden, daß er die

Erinnerungen an das Meer und die Sonne und die absolute Freiheit ihrer Teenagerjahre schon nicht mehr wachrief.
Maureen war damals so unterhaltsam gewesen, es hatte nichts gegeben, über das sie nicht hätten reden können. Bis zu dem Sommer, als sie nach London kamen und das Leben für beide eine entscheidende Wendung nahm.
Deirdre fragte sich, was aus den Mädchen geworden war, die mit ihnen die Universität von Dublin besucht hatten. Ob wohl auch sie sich manchmal fragten, was die blonde Deirdre O'Hagan jetzt machte? Natürlich wußten sie alle, daß Deirdre jung geheiratet hatte, vielleicht würde sie sogar eine Anzeige ihrer Silberhochzeit in die *Irish Times* setzen, es den hochnäsigen Weibern unter die Nase reiben, die ihr Jurastudium abgeschlossen oder selbst einen Juristen geheiratet hatten. Denen, die meinten, Dublin sei der Nabel der Welt, und nur vom Hörensagen wußten, daß man bei Harrod's einkaufen konnte und daß Chelsea ein Wohnviertel war. Pinner? Sie sagten »Pinner?«, als ob sie von Kiltimagh oder dergleichen redeten. Oh, im Norden von London. Ich verstehe. Sie waren selbst schuld, daß sie nie gereist waren. Aber Deirdre würde trotzdem eine Anzeige aufgeben. Oder vielleicht sollten das lieber die Kinder tun ... ein kleiner Gruß, Glückwünsche zum fünfundzwanzigsten Jahrestag der Eltern. Sie nahm sich vor, die Zeitungen durchzusehen, um herauszufinden, wie die Leute so etwas heutzutage machten.
Wie schade, daß sie mit Maureen Barry nicht mehr so eng befreundet war. Wenn man doch nur die Zeit zurückdrehen könnte. Dann könnte sie einfach zum Telefon greifen und Maureen fragen. Ohne Umschweife. Und mit ihr über ihre Gesichtsform reden und über raffinierte Schminktechniken. Aber heute würde sie Maureen niemals nach solchen Dingen fragen. Im Lauf der Jahre war ihr Verhältnis ein ganz anderes geworden.

Auch in ihrer Umgebung hatte Deirdre keine Freundinnen, die wie sie selbst Spaß an solchen Verschönerungsmaßnahmen gefunden hätten. Nein, ihre Nachbarinnen würden dergleichen frivol und dumm finden. Viele Frauen gingen arbeiten, sie kannten sich in diesen Dingen sowieso aus, oder sie hatten gar nicht erst die Zeit dafür. Ohnehin dachte Deirdre nicht im Traum daran, sie einzuweihen, sie wissen zu lassen, daß ein großes Ereignis in ihrem Leben bevorstand, daß sich ihr die einmalige Chance bot zu beweisen, was sie in einem Vierteljahrhundert auf die Beine gestellt hatte. Deirdre war eher darauf aus, ihre Nachbarn zu beeindrucken, als Spaß mit ihnen zu haben. Sie waren eigentlich nicht wichtig, nicht wie die Leute zu Hause in Dublin, aber es war dennoch gut, ihnen zu demonstrieren, daß die Doyles jemand waren, daß sie Bedeutung hatten.

Was würde Desmond sagen, wenn er sähe, daß sie diesen Artikel so eingehend studierte? Würde er etwas Nettes sagen, zum Beispiel, sie sei bereits *wahrhaft schön?* Oder würde er einfach erklären, das ist fein, so merkwürdig nichtssagend, wie er oft daherredete, etwas sei fein, was ihn in Wirklichkeit überhaupt nicht interessierte? Oder würde er sich hinsetzen und ihr sagen, der ganze Wirbel und die Vorbereitungen seien wirklich vollkommen unnötig. Desmond sagte oft, sie solle keinen Wirbel machen. Das ging ihr gegen den Strich, sie machte keinen Wirbel, sie sorgte nur dafür, daß alles seine Ordnung hatte. Wenn es all die Jahre niemanden gegeben hätte, der Desmond Dampf machte, wo wäre die Familie dann heute, das wüßte sie gerne.

Deirdre würde ihren Mann nicht in ihre Schönheitsgeheimnisse einweihen. Vor langer Zeit, in dem merkwürdigen Sommer, als alles anfing, lag Desmond oft auf dem schmalen Bett, bewunderte Deirdre, die ihre langen, blonden Locken bürstete, und pflegte zu sagen, er habe nie geahnt, daß die Liedertexte, die die

Haut einer Frau mit Sahne und Pfirsichen verglichen, etwas zu bedeuten hätten, bis er Deirdres wunderschönes Gesicht erblickte. Dann griff er nach ihr und fragte, ob er ihr auch etwas von dieser feinen Cold Cream einmassieren dürfte, vielleicht am Hals und an den Armen. Vielleicht ... vielleicht. Jetzt konnte sie sich kaum noch vorstellen, daß Desmond einmal so gewesen war. Aber in dem Artikel in der Zeitschrift hieß es, sie könnte all die Frische wiedergewinnen, es war nur eine Frage der richtigen Hautpflege.

Deirdre nahm sich vor, die Anweisungen genau zu befolgen, beim Einmassieren der Hautcreme würde sie sich in kreisenden Bewegungen von unten nach oben vorarbeiten und dabei die zarte Haut rund um die Augen aussparen. Sie würde alles daransetzen, an diesem Tag richtig gut auszusehen. Sie würde es den Leuten zeigen, daß sie sich gründlich geirrt hatten, als sie Deirdre vor fünfundzwanzig Jahren bemitleideten, weil sie Desmond Doyle heiratete, den Verkäufer in einem Lebensmittelladen, den Sohn einer armen Hinterwäldlerfamilie aus Mayo. Einer Familie, von der man noch nie gehört hatte.

An diesem Tag würde sie silberne Rache nehmen.

Alle hatten zugesagt, jeder einzelne, mit dem sie gerechnet hatten. Natürlich gab es auch einige, die zwar eine Einladung bekamen, aber wußten, daß sie nicht zu kommen brauchten. Wie Desmonds komischer Bruder Vincent, der Mann, der nie seine Berge und seine Schafe verließ und den einsamen Hof, auf dem Brendan sein Leben verbringen wollte. Deirdres Sohn hatte ausgerichtet, dem Onkel tue es sehr leid, aber es sei eine schlechte Zeit, um fortzufahren. So und nicht anders sollte es sein. Deirdre hatte genickt und sich über die korrekte Antwort gefreut.

Und natürlich die Palazzos, die das riesige Unternehmen führten, in dem Desmond so lange gearbeitet hatte. Leider konnten sie nicht kommen, ein liebenswürdiger Brief von Carlo und Maria, persönlich unterschrieben, in dem sie den Doyles herzlichste Glückwünsche aussprachen und zutiefst bedauerten, daß das Fest während ihrer alljährlichen Italienreise stattfand. Sie würden ein Geschenk und Blumen schicken. Aber es war in Ordnung, daß sie nicht kamen. Sie waren eine Nummer zu groß, da würden sich die anderen nicht recht entfalten können. Und Deirdres Mutter, die sich jedem Gesprächspartner gewachsen fühlte, käme vielleicht auf die Idee, genauere Fragen über Desmonds Karriere in der Firma zu stellen. Sie könnte herausfinden, daß Desmond nie eine hohe Position bekleidet hatte und sogar einmal entlassen worden war. Das stände im Widerspruch zu dem glänzenden Bild, das Deirdre immer von ihm malte.

Frank Quigley und seine Frau Renata Palazzo hatten freudig zugesagt. Grimmig dachte Deirdre, daß Frank trotz seines gewaltigen Erfolgs und seines unfairen Aufstiegs auf der Karriereleiter, noch bevor er die Erbin des Palazzo-Vermögens geheiratet hatte, auf einem Fest immer noch gut zu gebrauchen war. Er wußte immer das Richtige zu sagen und war nie um eine Antwort verlegen. Sie erinnerte sich an ihren Hochzeitstag, Frank war damals Trauzeuge gewesen, und er war mit allen Problemen spielend fertig geworden. Auch mit Deirdres Eltern, die während der Trauung des sogenannten Fests ein Gesicht wie frühchristliche Märtyrer machten.

Und Pfarrer Hurley würde kommen, er schrieb, er wolle sich die fabelhafte Gelegenheit nicht entgehen lassen, ein Paar zu besuchen, dessen Ehe so gut gelaufen war. Deirdre wußte, daß auf den freundlichen Pfarrer Hurley Verlaß war, er würde den ganzen Abend über das Richtige sagen.

Und natürlich würde die irische Truppe dabeisein. Den Termin hatten sie sich schon lange vorgemerkt. Es war fraglich gewesen, ob Deirdres Bruder Gerard es einrichten konnte, aber sie hatte angerufen und klargemacht, wie überrascht, verletzt und verblüfft sie sei. Also hatte er seine Pläne offenbar geändert. Ohne Umschweife hatte sie ihm erklärt, es sei sinnlos, eine Silberhochzeit zu feiern, wenn die Familie nicht kommen konnte.

»Kommt Desmonds Familie?« hatte Gerard gefragt.

»Darum geht es nicht«, hatte Deirdre ihn zurechtgewiesen.

Mutter würde selbstverständlich kommen, genauso wie Barbara, sie würden ein langes Wochenende daraus machen, am Donnerstag eintreffen, eine Schau abziehen und jede Menge einkaufen. Barbaras Mann Jack würde das Ganze mit einer Geschäftsreise verbinden. Er konnte so etwas immer einrichten.

Und wenn die Gäste am Spätnachmittag eintrafen, würde man im Rosemary Drive im Garten Drinks servieren. Anschließend war ein besonderer Gottesdienst geplant, in dem der Priester auf die Segnungen des Ehesakraments im allgemeinen und auf Desmond und Deirdre Doyle im besonderen eingehen würde. Auch von Pfarrer Hurley, als Priester, der das Paar getraut hatte, würde man eine kleine Ansprache erbitten ... Dann war Zeit für Fotos vor der Kirche, und die ganze Gesellschaft würde sich wieder im Rosemary Drive versammeln, wo der Champagner fließen sollte.

Damals, 1960, hatte es keinen Champagner gegeben, aber Deirdre erlaubte sich bei der Erinnerung daran kein Stirnrunzeln. Wenn sie wirklich schön sein wollte, galt es, Faltenbildung im Gesicht zu vermeiden.

Sie sagte sich, es sei wirklich nicht nötig, die Stirn in Sorgenfalten zu legen. Alles würde glatt über die Bühne gehen.

Und selbst wenn ... nein, nein, die Schläfen glätten, nur nicht die Augen zusammenkneifen.

Im Schönheitsplan war vorgesehen, einen Countdown zu machen und alles in eine Tabelle einzutragen. Nichts gefiel Deirdre mehr als solche Pläne und Terminkalender. Und sie hatte ja ohnehin schon eine Art Countdown bis zur Silberhochzeit im Hinblick auf die Dinge, die noch zu organisieren waren.

Desmond hatte traurig den Kopf geschüttelt, aber Männer hatten keine Ahnung, wie man so etwas anpackte. Oder vielleicht, dachte Deirdre verdrossen, hatten *manche* Männer doch eine Ahnung, und zwar diejenigen, die es zu etwas brachten. Männer wie Desmond, der bei Palazzo nie auf einen grünen Zweig gekommen war, der kündigte und Mitinhaber eines Tante-Emma-Ladens wurde. Solche Männer hatten keine Ahnung.

Und da Deirdre sich gerade auf ihren Countdown konzentrierte, wußte sie, daß ihr noch genau 110 Tage Zeit bleiben, als das Telefon klingelte. Es war ihre Mutter.

Mutter rief sonst nur alle zwei Wochen an, und zwar immer nur am Sonntagabend. Deirdre hatte diesen Brauch vor Jahren eingeführt, sich immer abwechselnd sonntags anzurufen. Manchmal hatte sie das Gefühl, daß Mutter wenig zu sagen hatte, aber das konnte ja eigentlich nicht sein. Mutter war keine große Briefeschreiberin, also waren diese Gespräche Deirdres Lebensader. Sie verwahrte jede Information sorgsam in ihrem Gedächtnis, ja sie hatte sogar einen kleinen Spiralblock neben dem Telefon liegen, auf dem sie die Namen von Mutters Bridgepartnerinnen festhielt oder die Partys, auf denen Barbara und Jack gewesen waren, oder die Konzerte, die Mutter mit Gerard besuchte. Manchmal rief Mrs. O'Hagan aus, Deirdre hätte wirklich ein erstaunliches Gedächtnis für Kleinigkeiten. Aber Deirdre dachte, es sei nur natürlich, daß man sich an Angelegenheiten erinnern wollte, die für das Leben der Familie von Belang waren. Sie selbst war immer leicht verstimmt darüber, daß Mutter sich kaum an die Freunde der Tochter erinnern konnte und nie nach Palazzo oder den Ausflügen fragte, die Deirdre schilderte.

Daß Mutter unter der Woche anrief, und das am hellichten Tag, kam völlig unerwartet.

»Ist etwas passiert?« fragte Deirdre sofort.

»Nein, Deirdre, großer Gott, du redest schon wie deine Großmutter.« Kevins Mutter fragte zur Begrüßung immer, ob etwas passiert sei.

»Ich meine, du rufst doch sonst nicht um diese Zeit an.«

Mutter wurde milder: »Nein, ich weiß, ich weiß schon. Aber ich bin gerade in London und wollte einfach mal sehen, ob du zu Hause bist.«

»Du bist in *London!*« rief Deirdre und faßte sich an die Kehle. Sie ließ ihren Blick durchs Wohnzimmer schweifen, es war unaufgeräumt, überall lagen Desmonds Papiere, Pläne und Berechnungen herum, die er mit den Patels besprochen hatte, der Familie, die das Geschäft führte, das, wie er beharrlich behauptete, viel eher sein Traum war als das Palazzo-Imperium. Deirdre selbst war mit einem ausgeblichenen Kittel bekleidet, die Wohnung sah schlimm aus. Sie blickte angstvoll aus dem Fenster, als stünde ihre Mutter schon fast vor der Tür.

»Ja, ich bin vom Flughafen aus reingefahren. Die U-Bahn ist phantastisch, nicht wahr? Man ist im Handumdrehen in der Stadt.«

»Was machst du denn in London?« flüsterte Deirdre. War ihre Mutter etwa drei Monate zu früh zur Silberhochzeit angereist, gab es eine Krise?

»Oh, ich bin nur auf der Durchreise ... weißt du, die Rundreise beginnt in London.«

»Die Rundreise? Welche Rundreise?«

»Deirdre, ich habe euch doch davon erzählt ... oder? Ich muß es euch erzählt haben. Ich habe es allen Leuten erzählt.«

»Zu mir hast du kein Sterbenswörtchen von einer Rundreise gesagt«, beharrte Deirdre.

»Ich muß er erzählt haben. Vielleicht habe ich ja nicht mit dir gesprochen.«

»Wir telefonieren jeden Sonntagabend im Leben miteinander, ich jedenfalls habe vor vier Tagen mit dir gesprochen.«
»Deirdre, stimmt etwas nicht, Liebes? Du klingst so komisch. Als wolltest du mit mir streiten oder so.«
»Ich wußte nichts von einer Rundreise, wo fährst du hin?«
»Zuerst nach Italien, und dann weiter mit dem Schiff, wir gehen in Ancona an Bord, und von da aus geht's weiter...«
»Wohin geht es weiter?«
»Oh, verschiedene Orte... Korfu, Athen, Rhodos, Zypern und irgendein Ort in der Türkei...«
»Ein Kreuzfahrt, Mutter, du machst eine Kreuzfahrt!«
»Ich glaube, das ist ein bißchen zuviel gesagt.«
»Es hört sich nach einer großartigen Reise an.«
»Ja, hoffen wir, daß es da unten nicht zu heiß ist, wahrscheinlich ist es nicht die richtige Jahreszeit für eine Reise...«
»Warum fährst du dann?«
»Weil es sich so ergeben hat, genug davon, treffen wir uns jetzt oder nicht?«
»Treffen? Du willst hierherkommen? Jetzt?«
Mutter lachte. »Also, herzlichen Dank, Deirdre, das ist ja eine freundliche Einladung, aber ehrlich gesagt hatte ich gar nicht vor, ins gottverlassene Pinner hinauszufahren... Ich dachte, du könntest zu mir in die Stadt kommen auf einen Imbiß, einen Kaffee oder was du magst.«
Deirdre haßte es, wenn Anna vom »gottverlassenen Pinner« sprach, das war eine Beleidigung, als wäre es ein trostloses Nest. Und da kam aus Dublin ihre eigene Mutter angereist, die sich schließlich überhaupt nicht auskannte und nicht wußte, ob ein Ort abgelegen war oder nicht, und sagte dasselbe.
»Wo übernachtest du?« fragte sie und versuchte, ihren Ärger zu unterdrücken.
Mutter war in einem zentral gelegenen Hotel abgestiegen, sehr zentral, betonte sie, von der U-Bahn-Haltestelle Piccadilly aus

hatte sie in nur zwei Minuten ihr Foyer erreicht. Einfach erstaunlich. Auch Deirdre würde es leicht finden.
»Ich weiß, wie ich hinkomme.« Deirdre war weiß im Gesicht.
»Also sagen wir, um halb zwei an der Bar, ist das machbar ...?«
Deirdre legte eine Nachricht für Desmond auf den Tisch. Zur Zeit wußte sie nie, ob er tagsüber nach Hause kam oder nicht. Was er mit Palazzo vereinbart hatte, schien ebenfalls unklar. Frank Quigley hatte gesagt, man werde angemessene Regelungen finden; wenn sich ein leitender Angestellter wie Desmond selbständig mache, sei das keine Frage von Abfindungszahlungen und Entschädigungen ... Alles lief unter dem Begriff *angemessene Regelungen*. Deirdre hoffte, daß die Sache bis zur Silberhochzeit geklärt sein würde.
Grimmig ging Deirdre nach oben und zog ihr bestes Kostüm an. Ihr Haar sah schlaff und fettig aus. Sie hatte es im Lauf des Tages waschen wollen, aber jetzt war keine Zeit mehr dafür. Ihre gute Handtasche war bei der Reparatur, der Verschluß hatte sich gelockert. Am Handgelenk trug sie einen schmuddeligen Verband, denn sie hatte sich am Backofen verbrannt. Sie wollte den Verband jetzt nicht aufmachen und einen frischen anlegen, das sollte im Krankenhaus erledigt werden.
Schlecht gelaunt und von vagen Befürchtungen geplagt, machte sich Deirdre Doyle auf den Weg zu dem Treffen mit ihrer Mutter. Sie fühlte sich fade und unattraktiv. Und sie sah aus wie das, was sie war, urteilte sie, als sie einen Blick in den Spiegel des Zugs warf, der sie in die Baker Street brachte. Sie sah aus wie eine Vorstadthausfrau mittleren Alters, verheiratet mit einem nicht besonders erfolgreichen Mann, kein Beruf, der sie geistig ausgefüllt hätte, nicht genug Geld, um sich anständig anzuziehen. Und sie litt schwer am Leeren-Nest-Syndrom. Vielleicht mehr als die meisten: Eine Tochter bemühte sich um Aufnahme in ein Kloster, wo man ihr nicht gestattete, ihr Gelübde abzulegen, die zweite Tochter besuchte höchstens alle zwei Wochen die

Eltern, und ihr Sohn, ihr geliebter Sohn, war fort, war ans andere Ende eines anderen Landes geflogen.

Gewiß würde sie mit ihrer Mutter streiten. Der Ton, in dem das Telefongespräch geführt worden war, hatte ihr nicht gefallen. Mutter hatte sich ungeduldig gezeigt und sie beschwichtigt, als wäre *sie* diejenige, die schwierig war.

Das war höchst ärgerlich, aber Deirdre würde nicht aus der Haut fahren. Sie hatte jahrelang Vernunft walten lassen und es vermieden, laut zu werden, und deshalb hatte es im Rosemary Drive kaum Streit gegeben.

Darauf war Deirdre immer stolz gewesen. Wenigstens etwas, das sie vorweisen konnte, nach all den Jahren und allem, was geschehen war.

Mutter saß in einer Ecke der großen, eichengetäfelten Bar, als ob sie dort Stammgast wäre. Sie sah sehr gut aus, trug ein rehbraunes Leinenkostüm mit cremefarbener Bluse, ihr Haar war frisch frisiert, ja sie mußte die Stunde, die ihre Tochter in Vorortzügen zugebracht hatte, gemütlich beim Friseur verbracht haben. Sie wirkte entspannt und gelassen, las eine Zeitung, und wenn sie nicht hervorragend bluffte, benötigte sie dazu offenbar keine Brille.

Eine Frau von siebenundsechzig Jahren, und doch sah sie irgendwie jünger und frischer aus als ihre eigene Tochter.

Eileen O'Hagan blickte just in diesem Moment auf und lächelte erfreut. Deirdre spürte, wie ihre Bewegungen steifer wurden, während sie auf ihre Mutter zuging. Sie küßten sich, und Mutter, die sich bereits mit dem Kellner angefreundet hatte, rief ihn herbei.

»Nur ein Glas Wein mit Soda«, verlangte Deirdre.

»Nichts Stärkeres zur Feier des Tages, wenn deine alte Mutter schon einmal in die Stadt kommt?«

»Sie sind niemals die Mutter dieser Dame, Schwestern, ja ...« erklärte der Kellner wie aus der Pistole geschossen. Für Deirdre klang seine Bemerkung ein wenig zu überzeugend.

»Nur Wein mit Soda«, sagte sie schnippisch.
»Laß dich einmal ansehen ...«, sagte ihre Mutter.
»Nicht Mutter, ich sehe schlimm aus, du hättest mir Bescheid sagen sollen ...«
»Aber wenn ich das getan hätte, dann hättest du einen unglaublichen Wirbel veranstaltet und dich mächtig ins Zeug gelegt ...« meinte ihre Mutter.
»Dann gibst du also zu, daß du mir absichtlich nicht Bescheid gesagt und es nicht nur vergessen hast.«
»Das war nur gut gemeint, Deirdre ... du machst dir immer solche Umstände, deshalb habe ich es dir nicht gesagt.«
Deirdre spürte, wie ihr die Tränen in den Augen brannten. Sie bemühte sich, nicht verletzt zu klingen.
»Ich kann nur sagen, daß es schade ist. Desmond hätte sich gefreut, wenn du uns besucht hättest, und den Mädchen wird es leid tun, daß sie ihre Oma nicht gesehen haben.«
»Unsinn, Deirdre, Anna ist bei der Arbeit. Helen beim Gebet ... Desmond hat alle Hände voll zu tun ... Warum so einen Wirbel machen?«
Da war es wieder, das verhaßte Wort Wirbel. Deirdre ballte die Fäuste und bemerkte, wie ihre Mutter einen Blick auf ihre weißen Knöchel warf. Das war nicht gut, sie hatte sich geschworen, es nicht zum Streit kommen zu lassen. Daran mußte sie sich halten.
»Gut, also treffen wir uns wenigstens«, bemerkte Deirdre mit einer Stimme, die in ihren eigenen Ohren merkwürdig blechern klang. »Und du, Mutter, siehst bemerkenswert gut aus.«
Ihre Mutter strahlte. »Dieses Kostüm war ein Geschenk des Himmels, weißt du, ich habe es vor drei Jahren in Maureens Geschäft gekauft. Maureen hatte schon immer einen exquisiten Geschmack, ich habe mich zwar oft gefragt, warum ihre Sachen teilweise so teuer sind, aber ihre Mutter sagte immer, man bezahlt für den Schnitt, und sie kommen eigentlich nie aus der Mode ...«

Vergnügt tätschelte Mutter ihren Rock.
»Das ist genau das richtige für eine Kreuzfahrt.« Deirdre versuchte, Enthusiasmus zu vermitteln.
»Nun ja, ich halte nichts von diesen geblümten Seidenstoffen ... Freizeitkleidung, die gibt es jetzt sogar speziell für Kreuzfahrten. Es ist besser, etwas Passendes, Vertrautes mitzunehmen, und fürs Sightseeing habe ich ein paar Baumwollkleider dabei.« Sie wirkte munter und aufgeregt.
»Und was ist in dich gefahren, daß du dich auf so etwas einläßt?« Während sie diese Worte von sich gab, wurde Deirdre bewußt, daß sie sich wie eine ältere Frau anhörte, die eine ungezogene Tochter tadelt. Sie war nicht fähig, die Begeisterung zu zeigen, die einer selbständigen Mutter gebührte, die in der Lage war, sich alleine zu amüsieren.
»Wie gesagt, es hat sich ergeben, und es begleitet mich jemand, der zufällig auch Zeit hatte, und da schien es nur vernünftig ...«
»Oh, gut, daß du nicht allein fährst.« Deirdre war erfreut. Zwei alte Damen auf einem Schiff hatten während der Reise wenigstens immer einen Gesprächspartner und konnten anschließend gemeinsam in ihren Urlaubserinnerungen schwelgen. Deirdre versuchte zu erraten, welche der Bridge-Freundinnen ihrer Mutter sie wohl begleiten mochte.
»Ja, und ich dachte, ich ergreife die Gelegenheit, euch miteinander bekannt zu machen, nicht zum Essen, da bleiben wir unter uns, aber Tony wollte kurz herunterkommen und hallo sagen ... Ach, da ist er ja ... genau im rechten Augenblick!«
Deirdre spürte, wie sich ein bleierner Klumpen in ihrem Magen bildete, als ihr klar wurde, daß ihre Mutter einem rüstigen, rotgesichtigen Mann im Blazer zuwinkte, der sich erfreut die Hände rieb und den Raum durchmaß. Mutter unternahm eine Kreuzfahrt in Herrenbegleitung.
»Das ist nett«, sagte Tony, während er Deirdres heiße Hand

quetschte; dann bestellte er beim Kellner einen großen »G and T«, Cork und Schweppes, mit Eis.

Der Kellner war verwirrt, und Mutter bemerkte liebevoll, irische Gintrinker seien Fanatiker und tränken nur heimischen Gin.

»Aber wir sind auch sehr demokratisch und trinken englisches Tonic dazu«, erklärte Tony mit strahlendem Lächeln. »Nun, Deirdre, was halten Sie von diesem Schelmenstreich?«

»Ich habe gerade eben erst davon erfahren«, brachte sie mühsam heraus.

»Ich denke, wir werden uns auf dem kleinen Ausflug köstlich amüsieren«, sagte er. »Sogar die Entscheidung, wo man hinfährt und was man anschaut, ist einem abgenommen, statt dessen werden die Sehenswürdigkeiten frei Haus geliefert. Ideal für den Faulenzer. Und die Faulenzerin.« Er nahm es sich heraus, Mutters Hand zu tätscheln.

»Hast du mir das auch nicht erzählt, damit ich keinen Wirbel mache?« fragte Deirdre und hätte sich die Zunge abbeißen können.

Tony schaltete sich ein, bevor ihre Mutter antworten konnte.

»Na, siehst du's Eileen, sie ist genauso eifersüchtig wie die anderen. Barbara ist durchgedreht, als sie erfuhr, daß ihre Mutter mich mitnimmt und nicht sie, und Gerard sagte, seine Mutter hätte doch wohl anstandshalber ihren Sohn einladen sollen statt so einen Tunichtgut wie mich.« Er warf den Kopf zurück und lachte herzhaft, und Mutter lachte mit ihm.

Er kennt Barbara und Gerard, dachte Deirdre. Warum hatte keiner von beiden ihr davon erzählt? Wie kamen sie auf die Idee, ihr so etwas Wichtiges zu verschweigen? Und meinte er das ernst, daß Mutter ihn einlud, Mutter konnte doch unmöglich diesen lauten, ordinären Mann freihalten? Oder war auch das ein Witz?

Mutter schien ihre Gedanken zu lesen. »Mach dir keine Sorgen, meine liebe Deirdre, er benimmt sich immer so, das ist so seine Art. Tony ist kein Erbschleicher.«

»Da würde ich fette Beute machen, wenn ich das wäre«, setzte er noch drauf. »Ihre Mutter wird ewig leben, aber ich werde wohl demnächst den Löffel abgeben. Hoffentlich nicht auf der Kreuzfahrt, obwohl einem so ein Seebegräbnis sicher in Erinnerung bleiben würde, nicht wahr?«

Deirdre wurde es regelrecht übel. Dieser Mann, der fast so alt sein mußte wie ihre Mutter, hatte tatsächlich ein Verhältnis mit ihr. Und bis zu diesem Augenblick hatte es niemand für nötig befunden, Deirdre zu informieren.

Sie zwang sich zu lächeln und bemerkte den beifälligen Blick ihrer Mutter. Ihr Mund war trocken, und sie hatte einen bitteren Geschmack auf der Zunge, als sie nach passenden Worten suchte.

Aber Tony war nicht der Mann, der Gesprächspausen aufkommen ließ. Er sorgte dafür, daß Deirdres Glas nachgefüllt wurde, und organisierte eine Portion Oliven und eine Schale Chips, denn man gönnte sich ja sonst nichts. Dann versicherte er Deirdre, er werde während der Kreuzfahrt gut auf ihre Mutter aufpassen, drückte ihr noch einmal schmerzhaft die Hand und erklärte, er werde den Schlüssel an der Rezeption lassen. Den Schlüssel. Der Mann versuchte nicht einmal, so zu tun, als hätten sie getrennte Zimmer. Deirdre fühlte sich von dem Gefühl überwältigt, das alles sei vollkommen irreal, und es fiel ihr kaum noch auf, daß Tony ihrer Mutter zum Abschied einen Kuß auf die Wange gab.

Mutter hatte in einem Restaurant um die Ecke einen Tisch reservieren lassen. Es war klein, mit französischer Küche und teuer. Die Servietten waren dick, das Silber schwer und die Blumen auf dem Tisch echt und üppig.

In den fünfundzwanzig Jahren, die Deirdre in London lebte, hatte sie noch nie in einem so feinen Lokal gegessen, und da kam ihre Mutter, aus einem kleinen Land und einer vergleichsweise kleinen Stadt, und bestellte, als hätte sie ihr Leben lang nichts anderes getan.

Deirdre war froh, daß ihre Mutter für sie auswählte, denn die Speisekarte war ihr ein Buch mit sieben Siegeln, und sie hätte auch kein Wort herausgebracht, so verwirrt und durcheinander war sie.

»Warum hast du mir nichts von ... ähm ... Tony erzählt?« fragte sie schließlich.

»Nun, es gab nicht besonders viel zu erzählen, bis wir uns zu dieser Kreuzfahrt entschlossen, und dann, gleich nachdem wir uns auf den Weg gemacht hatten, habe ich es dir erzählt.« Mutter gestikulierte, als wäre das die einfachste Sache auf der Welt.

»Und Gerard und, und Barbara ... haben sie ... haben sie nicht ...?«

»Sie wissen, daß Tony mein Freund ist, und selbstverständlich habe ich ihnen von unseren Urlaubsplänen erzählt.«

»Und waren sie ... haben sie ...?«

»Gerard hat uns heute morgen zum Flughafen gefahren. Tony hat recht, er ist grün vor Neid, er sagt ständig, genau so etwas könnte er auch gebrauchen. Er arbeitet zuviel, er sollte sich wirklich einmal freinehmen, schließlich könnte er es sich leisten. Vielleicht hat er jetzt den nötigen Ansporn.«

»Aber was hat er gesagt ... was meint er ...?«

»Er hat nichts davon gesagt, daß er Urlaub nimmt, und du kennst doch Gerard, wahrscheinlich denkt er darüber nach.« Verstand ihre Mutter sie wirklich nicht, oder war das Absicht? Deirdre würde sich jedenfalls nicht so abfertigen lassen.

»Und was ist mit Barbara und Jack? Was halten sie davon, daß du mit einem Mann fortgehst?«

»Liebste Deirdre, ich gehe nicht mit einem Mann fort, nicht wie du denkst. Gewiß, ich mache Urlaub, und zwar mit Tony, und er ist tatsächlich ein Mann. Was soll das heißen, was sie davon halten? Sie machen sich überhaupt keine Gedanken darüber, da bin ich mir sicher.«
»Aber Jacks Familie...«
Solange Deirdre zurückdenken konnte, hatte man mit einer Art Ehrfurcht von Jacks Familie gesprochen. Sein Vater war Richter am Obersten Gerichtshof, sein Onkel Botschafter. Barbara hatte die Erwartungen der Familie O'Hagan erfüllt, als sie sich so gut verheiratete, im Gegensatz zu ihr, Deirdre, der Ältesten – die einen Niemand geheiratet hatte und noch dazu völlig überstürzt.
Mutter schien völlig verdutzt.
»Jacks Familie?« wiederholte sie, als hätte Deirdre angefangen, chinesisch zu reden. »Was in aller Welt haben sie damit zu tun?«
»Weißt du...«
»Ich glaube nicht, daß sie Tony kennen. Nein, da bin ich mir sicher, sie kennen ihn nicht. Warum fragst du?«
Deirdre schaute ihre Mutter scharf an. Mutter wußte verdammt gut, warum sie fragte. Sie fragte, weil über Jacks hochwohlgeborene Familie immer geredet wurde. Man hatte über sie geredet, seit Deirdres jüngere Schwester Barbara mit einem Sprößling der einflußreichen Sippe Bekanntschaft geschlossen hatte. Deirdre erinnerte sich an die prachtvolle Hochzeit von Barbara und Jack, mit dem großen Zelt, den geistreichen Reden, den Politikern und Fotografen. Es war ganz anders gewesen als bei ihrer eigenen Hochzeit. Und nun schien Jacks allmächtiger Clan plötzlich jede Bedeutung verloren zu haben.
Im Bewußtsein, daß sie errötete, fragte sie ihre Mutter schließlich geradeheraus: »Habt ihr, du und... Tony... irgendwelche sonstigen Pläne... für nach der Kreuzfahrt, glaubst du, ihr werdet vielleicht heiraten oder so?«

»Versuch doch mal, deine Überraschung ein wenig hinterm Berg zu halten«, sagte Mutter. »Es sind schon merkwürdigere Dinge passiert, weißt du. Aber die Antwort lautet nein. Keine derartigen Pläne.«
»Oh?«
»Und überhaupt haben wir genug über mich und meine Reise geredet. Erzähl mir, was du so machst.« Mutter lächelte erwartungsvoll.
Deirdre wurde mürrisch. »Nichts, was halb so interessant wäre wie deine Pläne.«
»Na hör mal, Desmond macht sich selbständig, und die Mordsparty zu eurer Silberhochzeit ...«
Das war ein Tony-Wort, Mordsparty, Mutter hatte sich früher anders ausgedrückt.
»Wo hast du ihn kennengelernt?« fragte Deirdre unvermittelt.
»Desmond?« Jetzt machte sich Mutter über sie lustig. »Als du ihn mit nach Hause gebracht und uns von der Hochzeit erzählt hast. Aber das weißt du doch.«
»Ich meine nicht Desmond, das weißt du doch genau.« Deirdre ärgerte sich. »Ich meine Tony. Wie hast du seine Bekanntschaft gemacht?«
»Wir haben uns im Golf-Club kennengelernt.«
»Tony ist Mitglied im Golf-Club?« rief Deirdre ungläubig.
»Ja, er hat ein Handicap von zwölf«, erklärte Mutter stolz.
»Aber wie ist er Mitglied geworden?« Vor Jahren wäre ein protziger Typ wie Tony nicht in Frage gekommen, so einfach war das. Hätte ihr Desmond Golf spielen können, was nicht der Fall war, er wäre nicht akzeptiert worden. Wie hatte ein Mensch wie Tony das nur geschafft?
»Ich habe keine Ahnung, vermutlich so, wie wir alle Mitglieder wurden«, antwortete Mutter ausweichend.
»Und kennen ihn deine anderen Freunde, kannte ihn zum Beispiel Mrs. Barry?« Deirdre hatte bewußt Maureens Mutter

als das große Gesellschaftsbarometer ihres Dublin gewählt. Gewiß war Tony in ihrem Kreis nicht willkommen gewesen?
»Sophie? Ja, natürlich hat die arme Sophie ihn von Zeit zu Zeit gesehen. Aber wie du ja weißt, war Sophie Barry keine Golfspielerin, also hat sie ihn in diesem Zusammenhang wohl nicht kennengelernt.«
»Erzähl mir nicht, daß Tony Bridge spielt?«
»Nein, er kann gar nichts mit alten Kätzchen, so nennt er uns, anfangen, die so viele fröhliche Stunden und Tage am Kartentisch verbringen.«
Mutter lachte vergnügt, und plötzlich schien es, als hätte sie viel mehr Freude am Leben als Deirdre. Verzweifelt bemüht, ihre Mutter daran zu hindern, das Thema zu wechseln, versuchte sie es noch einmal.
»Und, Mutter, bitte, was denkt Gerard? Was sagt er dazu? Nein, nicht, ob er selbst Urlaub machen soll, was sagt er zu dir und Tony?«
»Ich habe keine Ahnung.«
»Das mußt du doch wissen.«
»Nein, wie sollte ich das denn wissen? Ich weiß nur, was er mir gegenüber sagt. Ich habe keine Ahnung, was er mit anderen Leuten redet. Im Augenblick hat er eine recht nette Freundin, vielleicht spricht er mit ihr darüber, aber das glaube ich kaum.«
Mutter wirkte völlig unbekümmert.
»Aber er muß doch ... sicher ...«
»Hör mal, Deirdre. Jeder führt sein eigenes Leben. Gerard macht sich wahrscheinlich viel mehr Gedanken über seine Karriere als Jurist – soll er Kronanwalt werden, soll er aufhören, sich mit diesen hübschen Dummchen einzulassen, und lieber eine Familie gründen? Wahrscheinlich sorgt er sich um seine Gesundheit, er geht auf die Vierzig zu, vielleicht denkt er viel über Cholesterin und mehrfach ungesättigte Fettsäuren nach. Wahrscheinlich bereitet es ihm Kopfzerbrechen, ob er seine

Wohnung abstoßen und ein Haus kaufen sollte. Wie soll ihm da Zeit bleiben, über seine Mutter nachzudenken? Das frage ich dich!«
»Aber wenn du etwas machst ... wenn du in etwas hineinschlitterst ...«
»Ich bin mir sicher, er denkt, daß ich alt genug bin, um auf mich selber aufzupassen.«
»Wir müssen uns alle um einander kümmern«, erklärte Deirdre ein wenig salbungsvoll.
»Da irrst du dich gewaltig, wir müssen vielmehr genau darauf achten, daß wir uns nicht in das Leben anderer Leute einmischen. Da ist die größte Sünde.«
Diese unfaire Bemerkung traf Deirdre wie ein Peitschenhieb. Wie konnte Mutter es nur wagen, einen solchen Unsinn über Nichteinmischung ins Leben anderer Leute zu salbadern? Ein Vierteljahrhundert lang hatte Deirdre versucht, irgendeinem Image zu entsprechen, irgendwelche Erwartungen ihrer Mutter zu erfüllen. Sie war die Tochter, auf die man so große Hoffnungen gesetzt hatte. Die Älteste unter den Geschwistern, sehr gut auf der Universität, sie hätte ihren Abschluß machen und ins Ministerium für Auswärtige Angelegenheiten, wie es damals hieß, gehen können, sie hätte Botschafterin werden oder einen Botschafter heiraten können. Sie hätte wie ihr Bruder die juristische Laufbahn einschlagen oder eine ebenso glänzende Partie machen können wie ihre Schwester Barbara.
Statt dessen hatte sie sich in jenem langen, heißen Sommer verliebt und sich in dieses merkwürdige Gefängnis begeben. Und da für die O'Hagans zu Hause mit ihren hochgesteckten Hoffnungen nichts gut genug war, mußte eben alles so dargestellt werden, als wäre es gut genug.
Deirdre hatte ihr ganzes Leben unter dieser Prämisse geführt. Sie hatte der Mutter gefallen wollen, die ihr nun gegenüber saß und ihre erbärmliche Beziehung mit einem ordinären, protzigen

Mann mit der Behauptung rechtfertigte, die wichtigste Lebensregel sei, sich nicht einzumischen! Das war doch nicht möglich.
Deirdre sprach sehr langsam: »Ich weiß, was du meinst, aber ich glaube, es ist auch wichtig, nicht nur egozentrisch zu sein, sondern auch die Wünsche anderer zu berücksichtigen. Ich meine, als Teenager habe ich dich jahrein, jahraus immer nur von Leuten reden hören, die akzeptabel waren, und von anderen, die nicht akzeptabel waren, oder?«
»Von mir hast du so etwas nicht gehört.«
»Aber du wolltest immer wissen, was die Väter von meinen Freunden machten und wo sie wohnten.«
»Aus Interesse«, erklärte Mutter ungezwungen. »Es ist immer schön zu wissen, mit wem man es zu tun hat. Es könnte ja sein, daß man die Familie vor Jahren gekannt hat oder so. Das ist alles.«
»Nein, das war nicht alles, Mutter, du und Mrs. Barry ...«
»Ach Deirdre, Sophie Barry hatte doch keinen anderen Lebensinhalt als irgendeine unsinnige Hackordnung. Niemand, der sie kannte, hat sich im geringsten darum geschert ...«
»Maureen schon.«
»Dann war Maureen selbst schuld, und überhaupt glaube ich nicht, daß du recht hast. Maureen hat ihr eigenes Leben gelebt, und sie hat sich durchgesetzt, obwohl die arme Sophie ständig versucht hat, ihr das Geschäft madig zu machen.«
»Soll das heißen, daß du und Daddy voll und ganz damit einverstanden wart, daß ich Desmond geheiratet habe? Versuch nicht, mir das weiszumachen. Das glaube ich einfach nicht.«
Deirdre traten Tränen in die Augen, weil sie gleichzeitig wütend, verletzt und durcheinander war. Plötzlich bröckelte die Fassade, die Maske fiel, sie wußte, daß sie sich auf gefährlichem Boden bewegte. Das höfliche So-tun-als-Ob, das sie jahrelang gepflegt hatte, brach in sich zusammen.
Die Frau in dem rehbraunen Leinenkostüm und der cremefar-

benen Bluse blickte sie besorgt an. Sie setzte zu einer Antwort an, hielt aber dann inne.

»Na also, du kannst es nicht leugnen!« Deirdre triumphierte.

»Kind, das ist doch eine Ewigkeit her«, entgegnete ihre Mutter.

»Aber was ich gesagt habe, stimmt, es hat euch etwas ausgemacht, daß Desmond nicht vornehm genug für uns war.«

»Was soll das heißen – für uns? Wir haben ihn nicht geheiratet, sondern du, du hast dich für ihn entschieden, von vornehm hat nie jemand geredet.«

»Nicht laut vielleicht.«

»Nein, überhaupt nicht. Ich versichere dir, natürlich haben dein Vater und ich gemeint, du seist zu jung, das ist klar, und du hattest keinen Abschluß. Wir haben befürchtet, daß du nie eine Ausbildung abschließen würdest. Deshalb haben wir vermutlich gewollt, daß du noch wartest, das war alles.«

Deirdre atmete tief durch: »Du wußtest doch, daß wir nicht warten konnten.«

»Mir war klar, daß du nicht warten wolltest, sonst habe ich nichts gewußt. Du warst fest entschlossen. Ich wollte mich dir nicht in den Weg stellen.«

»Du wußtest, warum.«

»Ich wußte, daß du ihn geliebt hast oder daß du jedenfalls geglaubt hast, ihn zu lieben. Und da ihr zusammengeblieben seid und du um jeden Preis im Herbst dieses Theater veranstalten willst, hattest du wahrscheinlich recht, du hast ihn geliebt, und er hat dich geliebt.«

Mutter machte es sich zu leicht. Wenn man fünfundzwanzig Jahre zusammenlebte und bereit war, dazu zu stehen ... dann liebte man sich eben. Deirdre wurde nachdenklich.

»Nun, war es denn nicht so?« Mutter wartete auf ein Ja oder Nein oder ein »Das habe ich dir doch gesagt«.

»Mehr oder weniger, aber ohne jede Hilfe von zu Hause.« Deirdre war immer noch bockig.

»Ich weiß nicht genau, auf was du hinauswillst, Deirdre. Ich dachte immer, du seist von allen meinen Kindern am zufriedensten. Du hast bekommen, was du wolltest. Niemand hat dich zu irgend etwas gezwungen, du hattest deine Freiheit. Du warst auf der Universität und hättest dir deinen Lebensunterhalt verdienen können, hast es aber nie getan. Sophie und ich pflegten zu sagen, du hast alles auf einem Tablett serviert bekommen. Aber jetzt scheint dich etwas zu bedrücken.«

Mutter war interessiert, aber nicht zutiefst beunruhigt, sie war besorgt, aber nicht ungebührlich neugierig. Sie mischte sachkundig ihren Salat und wartete auf eine Erklärung.

»Warum hast du zugelassen, daß ich Desmond heirate, obwohl du der Ansicht warst, ich wäre zu jung?«

»Mir ging es nur darum, möglichst wenig Leid zu verursachen. Daran liegt mir immer sehr viel. Dein Vater hat angenommen, daß du schwanger sein könntest, aber ich wußte, daß du es nicht warst.«

»Wie konntest du das wissen?« flüsterte Deirdre.

»Weil keine Frau, nicht einmal im Jahre 1960, nur aus diesem Grund geheiratet hätte, wenn sie es nicht wollte. Und du warst ja tatsächlich nicht schwanger. Anna wurde erst viele Monate später geboren, da hatte vermutlich die arme Sophie das Nachsehen. Ich hatte das Gefühl, daß sie ähnlich dachte wie dein Vater.«

»Ja.«

»Also, Deirdre, um was geht es dir eigentlich mit dieser Staatsaktion? Was hätte ich tun sollen? Wir haben unsere Einwilligung gegeben. War das falsch? Nein. Wir sind zur Hochzeit gekommen, genau wie du es wolltest. Du hast gesagt, du willst kein großes Brimborium, und du wolltest in England heiraten, auch das war uns recht. Wir haben Barbara und Gerard wegen der Hochzeit aus der Schule genommen.

Das Haus steht euch offen, du und Desmond, ihr könntet uns

jederzeit besuchen, aber ihr tut es nie. Einmal seid ihr gekommen, und ihr ward so überempfindlich, daß wir gar nicht mehr wußten, was wir sagen sollten, alles hat euch aufgeregt. Wir sind ein paarmal bei euch gewesen, und wir alle kommen wieder rüber, um bei eurer Silberhochzeit dabeizusein. Und man kann wohl sagen, daß wir so etwas keineswegs gewohnt sind. Aber irgendwie bin ich trotz allem der schlechteste Mensch auf der Welt und genauso deine Geschwister und dein Vater.«

Eileen O'Hagan tunkte ihre Salatsauce mit einem Stück Baguette auf und blickte ihre Tochter erwartungsvoll an.

Deirdre hielt dem Blick wortlos stand.

Der Kellner kam, nahm die Teller mit und stellte Apfeltorte und flambierte Creme zur Diskussion. Deirdres Mutter erörterte die Alternativen mit Feuereifer, was Deirdre Gelegenheit gab, ihre Gedanken zu ordnen.

»Ich habe von beiden je eine Portion bestellt. Ich möchte niemanden bevormunden, aber es schien mir am besten.«

»In Ordnung, Mutter!«

»Worüber haben wir gerade gesprochen? O ja, ich weiß, Daddy und ich haben Desmond angeblich verabscheut oder so, nicht wahr?«

»Nicht direkt verabscheut.«

»Nicht nur nicht direkt, sondern überhaupt nicht. Wir haben ihn beide sehr nett gefunden, du hast ihn natürlich fast zu Tode tyrannisiert, aber du warst selbstredend eine ziemlich despotische Hexe, das hast du von mir.« Eileen O'Hagan war offenbar stolz darauf, so hochkarätige Eigenschaften vererbt zu haben.

»Und was habt ihr über ihn gesagt, wenn ihr unter euch wart?« fragte Deirdre leise.

»Daddy und ich? Sehr wenig. Er hat gut für dich gesorgt. Ich denke, darüber hatten wir uns vorher manchmal Sorgen gemacht, also war es gut, daß es in dieser Hinsicht keine Probleme

gab. Was uns beunruhigt hat, war, daß du keinen Beruf ergriffen hast.«
»Ich habe kurz hintereinander drei Kinder bekommen«, verteidigte sich Deirdre.
»Ja, aber hinterher. Auf jeden Fall haben wir wohl auch gedacht, daß es ein wenig hierarchisch zuging, bei diesem Verein mit den Italienern, den Palladians ...«
»Den Palazzos, Mutter.«
»Ja, das war wohl der einzig negative Gedanke, den wir je über Desmond hegten, du kannst also aufhören, ihn wie eine wütende Löwin zu verteidigen.«
Mutter lachte liebevoll.
Deirdre schaute sie an, als hätte sie diesen Menschen noch nie gesehen.
»Und Mrs. Barry, hat sie dich nicht über uns ausgefragt?«
»Nein, mein Schatz. Ganz ehrlich gesagt, es hat sie nicht so schrecklich interessiert. Weder sie noch die anderen. Du weißt doch selbst, wie es in Dublin zugeht, aus den Augen, aus dem Sinn, niemand redet mehr über einen, niemand interessiert sich für einen.«
»Aber du doch nicht, du hast mich doch sicher nicht vergessen, mich, deine älteste Tochter.« Ihre Lippe zitterte.
»Natürlich vergesse ich dich nicht, Dummerchen. Aber ich behalte nicht diese ganzen trivialen Kleinigkeiten im Kopf, über die wir deiner Meinung nach ständig reden, diese Beförderung, jene Bemerkung, die die Palladians über Desmond gemacht haben, der Tag, an dem Anna auf demselben Empfang war wie Prinzessin Di.«
»Es war die Prinzessin von Kent.«
»Na, du weißt schon, was ich meine, Deirdre, es ist nicht wie eine Zählkarte, Pluspunkte für dieses und Minuspunkte für jenes.«
Sie schweigen, sie schweigen lange Zeit.

»Ich kritisiere dich nicht, weißt du das?«
»Ja, Mutter.«
»Und selbst wenn Kevin und ich Desmond nicht gemocht hätten, was nicht der Fall war. Was wir von ihm kennenlernen konnten, gefiel uns sehr gut ... Aber angenommen, es wäre nicht so gewesen ... was hätte es gebracht, wenn wir darüber geredet oder es anderen gegenüber angedeutet hätten? Wir brauchten ja nicht mit ihm zusammenzuleben.«
»Ich verstehe.«
»Als ich Kevin heiratete, waren meine Eltern entzückt, sie haben angegeben und ein Theater gemacht, es war mir höchst unangenehm.«
»Du hättest dich freuen sollen.«
»Nein, ich war mißtrauisch. Ich dachte, sie wollten mich loswerden, und außerdem meinte ich, daß sie Geld mit Glück oder Erfolg gleichsetzten. Dein Vater hat mir weder das eine noch das andere im Übermaß beschert.«
»Das glaube ich nicht!« Deirdres Mund stand offen.
»Warum sollte ich es dir nicht sagen? Wir sind inzwischen beide Frauen mittleren Alters und unterhalten uns über das Leben und die Liebe. Dein Vater war, was man heute ein Chauvinistenschwein nennen würde. Damals nannten wir so was einen echten Mann, und wir sollten noch dankbar sein, daß er nicht hinter Frauen her war. Er blieb jeden Abend bis spät in die Nacht in seinem Club, das weißt du doch noch aus deiner Kindheit, oder? Ich wette, Desmond hat den Feierabend zu Hause verbracht und seine Kinder kennengelernt.«
»Er war nie Mitglied in irgendeinem Club«, antwortete Deirdre nachdenklich.
»Und war das nicht gut für dich? Auf jeden Fall dachte ich immer, ich will meine Kinder weder ermutigen noch entmutigen, sie sollten ihre Entscheidungen selbst treffen und damit leben.«

»Barbaras Hochzeit...« fing Deirdre an.

»Hat uns beinahe ins Armenhaus gebracht. Ein furchtbarer Haufen, Jacks Familie. Sie haben uns eine Liste der Hochzeitsgäste von ihrer Seite gegeben, die war so lang wie dein Arm... wir beschlossen, alles so zu machen, wie das junge Paar es sich wünschte. Obwohl Barbara oft zu mir gesagt hat, sie wollte, sie hätten weniger gute Wünsche mit auf den Weg bekommen, denn so große Erwartungen konnten gar nicht in Erfüllung gehen.«

»Barbara hat das gesagt?«

»Sie sagt es jedesmal, wenn sie ein Glas Sherry trinkt, ich verrate dir kein Geheimnis, wenn ich es dir erzähle. Sie sagt es im Golf-Club, und sie hat versucht, es zu sagen, als sie bei der *Late Late Show* im Publikum saß, aber scheinbar haben sie ihr das Mikrophon nicht gegeben.«

Zum erstenmal ließ sich Deirdre zu einem unbeschwerten Lachen hinreißen, und der Kellner war so erfreut, daß er mit einem Teller Bonbons aufwartete und den beiden Kaffee nachschenkte.

»Und ich weiß, du glaubst, ich sollte mich über meine sechs Enkelkinder freuen, deine drei und Barbaras drei. Aber deine bekomme ich nie zu Gesicht. Sie sind ohne uns aufgewachsen, und wenn wir sie einmal gesehen haben, waren sie so verschüchtert wie graue Mäuse. Und von Barbaras dreien hatte ich die Nase voll, als sie in dem gräßlichen Alter waren, damals waren wir nur unbezahlte Babysitter, die keinen Dank geerntet haben. Und heute wären die Kinde zwar nett und interessant, aber sie lassen sich nie blicken. Und ich glaube nicht, daß Gerard uns in dieser Richtung Neuigkeiten liefern wird, aber das ist seine Sache. Ich werde ihn jedenfalls nicht anregen, sich eine Partnerin zu suchen, nur damit noch mehr Leute rumlaufen, die mich Oma nennen.«

Sie wirkte lebendig und aktiv und sah wirklich nicht aus wie

jemand, die von noch mehr Leuten, geschweige denn von erwachsenen Enkeln, Oma genannt werden wollte.
»Und angenommen, du und ... ähm Tony ... ihr versteht euch gut auf dieser Kreuzfahrt, warum glaubst du nicht, daß es vielleicht doch noch etwas ... na ja, etwas Festes werden könnte?«
Deirdre hatte irgendwie das Gefühl, wenn er von Mutters Freundinnen zu Hause und von ihren Geschwistern akzeptiert wurde, konnte er wohl doch nicht gar so ordinär und unpassend sein, wie sie anfangs gedacht hatte.
»Nein, das ist nicht drin.«
»Du hast doch vorhin selbst gesagt, es wäre keine so grauenhafte Vorstellung.«
»Doch, eigentlich ist es das schon. Oder zumindest würde seine Frau das finden.«
»Er ist verheiratet, Mutter, das ist doch nicht die Möglichkeit.«
»Doch, doch, du kannst es mir glauben.«
»Weiß jemand davon, ist seine Frau in der Nähe, ist sie mit den Leuten bekannt?« Deirdres Stimme klang sehr besorgt.
Zum erstenmal schwieg ihre Mutter. Sie betrachtete Deirdre mit einem merkwürdigen Ausdruck. Was er zu bedeuten hatte, war schwer zu interpretieren. Eileen O'Hagan sah teilweise traurig aus und teilweise, als hätte sie gewußt, daß es so kommen mußte. In die Enttäuschung mischte sich jedoch ein wenig Ungeduld.
Mutter beantwortete Deirdres Fragen weder jetzt noch später. Sie ließ die Rechnung kommen, und dann gingen beide zurück zu ihrem Hotel.
Sie sagte, sie hätte noch ein paar Einkäufe zu erledigen, und ließ Anna und Helen liebe Grüße ausrichten. Brendan zu grüßen hatte keinen Sinn, Mutter und Tochter wußten, daß er sich selten meldet. Zwischen Deirdre und ihrem Sohn hatte sich kein regelmäßiger Telefonkontakt am Sonntagabend eingebürgert wie zwischen Deirdre und ihrer Mutter.

Eileen O'Hagan sagte noch, sie wünsche Desmond alles Gute, und dachte bei sich, daß er recht gehabt hatte, bei den Palladians oder Palazzos oder wie sie auch heißen mochten zu kündigen. Ein Mann mußte seinen Weg gehen. Genauso wie eine Frau.
Sie versprach, von irgendeinem schönen, exotischen Ort eine Postkarte zu schicken.
Und da Deirdre nichts dergleichen geäußert hatte, bot sie an, Tony herzliche Grüße von Deirdre zu bestellen und ihm zu sagen, daß Deirdre ihnen eine gute Reise gewünscht habe.
Als sie sich von ihrer Tochter verabschiedete, die die U-Bahn nehmen würde, um dann mit der Metropolitan-Linie nach Pinner weiterzufahren, wo sich auf dem Tisch Vorbereitungen für ein Fest häuften, das in 110 Tagen stattfinden sollte, streckte Eileen O'Hagan die Hand aus und streichelte Deirdres Wange.
»Es tut mir leid«, sagte sie.
»Warum Mutter? Was tut dir leid? Du hast mich zu einem wunderschönen Essen eingeladen. Es war wirklich gut, dich zu sehen«, erwiderte Deirdre aufrichtig.
»Nein, es tut mir leid, daß ich dir nicht mehr gegeben habe.«
»Du hast mir alles gegeben. Ich war nur so dumm, du hast selbst gesagt, daß ich die Zufriedenste bin von deinen Kindern. Mir war das gar nicht klar.«
Ihre Mutter öffnete den Mund, als wollte sie etwas sagen, schloß ihn aber wieder, und als sich Deirdre umdrehte, um zu winken, sah sie, daß Eileen O'Hagan die Lippen bewegte. Deirdre dachte, sie riefe ihr nur Auf Wiedersehen nach.
Sie war schon zu weit weg, um ihre Mutter sagen zu hören: »Es tut mir leid, daß ich dir keine Vorstellung von Glück mit auf den Weg gegeben habe, sondern nur, wie man so tut, als wäre man glücklich, und das ist kein Geschenk. Das ist nur eine schwere Bürde.«
Deirdre winkte noch einmal, bevor sie die Treppe zur U-Bahn-Station hinunterging, und hoffte, ihre Mutter würde aufhören,

ihr so affektiert nachzurufen. Schließlich konnte hier am Piccadilly Circus Gott und die Welt vorbeikommen, und jeder, wirklich jeder, konnte einen sehen. Leute aus Pinner oder vielleicht auch jemand aus Dublin. Die Welt wurde kleiner, und man sollte sich stets so verhalten, als würde man beobachtet, denn im Grunde standen wir doch alle die meiste Zeit über unter Beobachtung.

9

Die Silberhochzeit

Sie hatten den Teekocher auf sieben Uhr eingestellt.
Desmond hatte genörgelt, das sei zu früh und sie wären beide völlig übermüdet, wenn das Ganze losging. Aber Deirdre bestand darauf, daß es besser sei, zu früh dran zu sein, als sich den ganzen Tag abhetzen zu müssen. Besser, man war bereit und hatte alles aufgeräumt, bevor die Leute vom Partyservice kamen.
»Sie kommen nicht vor drei Uhr«, hatte Desmond gesagt.
»Es muß alles weggeräumt sein, bis sie da sind.«
»Allmächtiger, Deirdre, wir werden wohl kaum acht Stunden brauchen, um die Arbeitsflächen in der Küche freizuräumen. Und ist das alles nicht sowieso schon erledigt?«
Sie nahm keine Notiz von ihm und schenkte ihm eine Tasse Tee ein.
Seit Jahren, eigentlich seitdem sie in getrennten Betten schliefen, fand dieses morgendliche Ritual statt, mit dem elektrischen Teekocher zwischen sich auf dem Tisch. Irgendwie linderte es den Tagesanfang, es nahm den leichten Anfällen von morgendlicher Depression, die beide zu empfinden schienen, die Schärfe.
»Glückliche silberne Hochzeit«, sagte er und griff nach ihrer Hand.
»Das wünsche ich dir auch«, gab sie lächelnd zurück. »Sollen wir uns die Geschenke jetzt oder erst später überreichen?«
»Ganz wie du möchtest.«
»Vielleicht lieber später.« Sie schlürfte ihren Tee und hakte im Geist noch einmal alles ab, was erledigt werden mußte. Sie hatte einen Termin beim Friseur und gönnte sich ausnahmsweise

einmal eine Maniküre. Ihr neues Kleid hing in Folie eingepackt am Schrank. Sie hoffte, eine gute Wahl getroffen zu haben. Die Frau in dem Geschäft hatte ihr die Sachen geradezu aufgedrängt; sie hatte sie dauernd »Dame« genannt und mit ihr gesprochen, als wäre sie gar nicht anwesend. »Die Dame sieht in blassen Farben bestimmt sehr gut aus; die Dame will sich doch nicht vor ihrer Zeit alt machen; die Dame könnte auch auf ein kleines Accessoire auf der Schulter ausweichen, wenn sie wirklich darauf besteht, keine Schulterpolster zu tragen.«

An sich hätte Deirdre schon ganz gerne Schulterpolster getragen, heutzutage taten das fast alle Frauen, wie die im »Denver Clan« oder bei »Dallas«. Aber sie konnte sich noch gut daran erinnern, wie sie vor Jahren einmal eine stark ausgepolsterte Jacke gekauft und Maureen Barry sie deshalb ausgelacht hatte. Sie nannte es Deirdres »Marschall-Bulganin-Jacke«. Deirdre wollte so etwas nicht noch einmal riskieren, nicht einmal die Erinnerung daran.

Was Maureen heute auch tragen würde, es würde einfach phänomenal sein, das stand fest. Es würde die Aufmerksamkeit aller Gäste von Deirdre ablenken, obwohl es doch ihr Fest war. Die Verkäuferin in dem Geschäft hatte gesagt, sie könne gar nicht fassen, daß die Dame wirklich schon silberne Hochzeit feierte, aber das war im Geschäft. Die Frau war sehr bemüht, ihr zu schmeicheln, schließlich wollte sie ja etwas verkaufen.

Und sie hatte Maureen noch nie gesehen.

Heute würde sie wieder genauso im Rampenlicht stehen wie damals vor fünfundzwanzig Jahren, als die Braut einen verschämten, ängstlichen und nervösen Eindruck gemacht hatte, die Brautjungfer dagegen, in ihrem einfarbigen rosa Leinenkleid und der großen rosa Blume im Haar, geheimnisvoll, überlegen und elegant wirkte. Und Frank Quigley hatte sie den ganzen Tag lang nicht aus den Augen gelassen.

Würde es heute wieder genauso sein? Würde sich der große

Frank Quigley wieder an seine Leidenschaft für Maureen Barry erinnern – das einzige in seinem Leben, was er nicht erobern konnte? Aber so, wie Deirdre Frank kannte, würde er es nicht als Niederlage, sondern eher als Erfolg für sich verbuchen. Hatte er denn nicht eine bedeutend bessere Partie gemacht? Er hatte das ganze Palazzo-Vermögen geheiratet. Das alles hätte er nicht haben können, wenn ihn Maureen damals gewollt hätte.

Aber ihr war jetzt nicht danach, destruktive Gedanken zu hegen. Nicht heute; dieser Tag sollte noch mehr der ihre sein, als es der Hochzeitstag gewesen war. Sie hatte schwer dafür gearbeitet, viele Stunden und lange Jahre investiert. Der heutige Tag würde Deirdre Doyle gehören.

Desmond betrachtete sein Gesicht im Badezimmerspiegel. Sein Spiegelbild sah jünger aus, als es ihm noch vor einiger Zeit erschienen war. Vielleicht bildete er es sich aber auch nur ein, weil er sich besser fühlte. Er hatte nicht mehr diese ständigen Schmerzen in der Magengegend wie früher, als er noch bei Palazzo arbeitete. Jetzt freute er sich darauf, aus dem Haus zu gehen. Der Morgen war um so vieles leichter geworden.

Er hatte vorgeschlagen, zusammen mit Suresh Patel einen Zeitungsauslieferungsdienst für die nähere Umgebung ins Leben zu rufen. Er meinte, die Leute würden gerne die Zeitung zu Hause lesen, vorausgesetzt, wie wurde vor sieben Uhr geliefert. Und es war ein großer Erfolg geworden. Der eulenartige Junge hatte den Dienst übernommen. Er führte peinlich genau Buch und lieferte die Zeitungen aus, bevor er sich auf den Weg zur Schule machte. Für Desmond brachte er die *Daily Mail* auch in den Rosemary Drive, so daß er sie lesen und dann für Deirdre dalassen konnte.

Er ärgerte sich über seine Frau, weil sie Suresh Patel und seine Familie nicht bei der silbernen Hochzeit dabeihaben wollte.

»Wir haben nur die Leute eingeladen, die auch bei der Hochzeit dabeigewesen sind«, hatte sie erklärt.

»John und Jean West waren auch nicht da«, entgegnete er.
»Stell dich nicht so dumm an, Desmond. Sie sind schließlich unsere nächsten Nachbarn.«
»Na und? Suresh ist immerhin mein Partner, oder?«
»Aber erst seit ganz kurzer Zeit. Außerdem kennt er sowieso niemanden.«
»Das wird der Hälfte der Anwesenden nicht anders ergehen.«
»Sei doch bitte vernünftig, ja? Seine Frau spricht noch nicht einmal englisch. Was soll ich denn den Leuten sagen? ›Das ist Mrs. Patel, die Frau von Desmonds Partner, sie kann aber nur nicken und lächeln?‹«
Er hatte es dabei bewenden lassen, aber es wurmte ihn. Hätte es im Haus von Suresh Patel etwas zu feiern gegeben, wären die Doyles mit Sicherheit eingeladen worden. Aber die Sache war es nicht wert, einen großen Krach anzufangen. Falls er sich durchgesetzt hätte, würde das nur bedeuten, daß er sich den ganzen Abend um die Patels hätte kümmern müssen, und es gab so viele andere Dinge, auf die er sich konzentrieren mußte. Zum Beispiel, daß sein Sohn nach Hause kam ... aus freien Stücken, um bei der Feier dabeizusein. Möglicherweise würden sie nun mehr Gemeinsamkeiten entdecken, da auch er endlich einer Welt entflohen war, die ihm angst gemacht hatte. Vielleicht gab es zwischen ihnen nicht mehr so viele Spannungen wie früher, vielleicht hatten sie sich sogar ganz gelegt.
Und er freute sich, Father Hurley wiederzusehen. Er war ein netter Mensch. Selbst in jenen schlechten, längst vergangenen Zeiten, als von Priestern noch erwartet wurde, die Sünde zu verurteilen und für das Sakrament der Ehe einzutreten und all das. Father Hurley hatte Desmond in keiner Weise verurteilt, als er zu ihm gekommen war, um ihn zu bitten, so schnell wie möglich eine Hochzeit für ihn zu arrangieren, möglichst sogar noch schneller.
»Sind Sie sicher?« hatte Father Hurley ihn gefragt.

»Oh ja, die Tests waren positiv«, hatte Desmond geantwortet und dabei gegen die aufkommende Panik angekämpft.
»Nein, ich meine, sind Sie beide sich sicher, daß Sie es wollen? Es geht um Ihr ganzes Leben.«
Damals hatte die Frage merkwürdig geklungen, und Desmond hatte ihr wenig Beachtung geschenkt. Ihm war nur wichtig gewesen, ob der Priester sie innerhalb von drei Wochen verheiraten konnte, damit ihr Kind nicht auffallend früh geboren wurde. Das Kind, das niemals zur Welt kam, weil Deirdre am Weihnachtsabend eine Fehlgeburt erlitt.
Hatte sich Father Hurley wohl jemals gefragt, ob der Priester, der später Anna taufte, ganz begriffen hatte, daß Anna nur vierzehn Monate nach der Blitzhochzeit geboren war? Und daß sie zuvor schon ihren Bruder oder ihre Schwester verloren hatte? Desmond seufzte. Sehr wahrscheinlich mußte Father Hurley sich genug Gedanken machen, in einem Irland, das es in puncto Gottlosigkeit getrost mit dem Rest der Welt aufnehmen konnte. Es war ziemlich unwahrscheinlich, daß er seine Zeit mit Spekulationen darüber zubrachte, was in den Ehen passierte, die er vor einem Vierteljahrhundert geschlossen hatte.

Anna wachte gegen sieben Uhr in ihrer Wohnung in Shepherd's Bush auf. Sie ging sofort zum Fenster, um nach dem Wetter zu sehen. Gut, ein heller, frischer Herbsttag. London war schön im Herbst. Die Parks standen in ihren prächtigsten Farben. Am Abend zuvor war sie mit ihrer Freundin Judy spazierengegangen, und sie hatten vielleicht ein Dutzend verschiedene Schattierungen von Gold und Orange an den Bäumen entdeckt. Judy hatte erzählt, daß es in Amerika, oben in New England, besondere Ausflüge und Urlaubsreisen für sogenannte Blättertouristen gab, also für Leute, die sehen wollten, wie das Laub seine Farbe veränderte. In England könnte man so etwas sicher auch anbieten.
Anna wollte morgens zur Arbeit gehen und nur kurz im Rose-

mary Drive vorbeischauen. Je weniger Leute dort herumstanden, desto besser, es würde ohnehin recht turbulent zugehen. Sie wollte dann erst wieder gegen drei hinfahren, wenn die Leute vom Partyservice mit den Lebensmitteln kamen, damit ihre Mutter ihnen nicht ständig auf der Pelle saß und sie zur Verzweiflung brachte.
Sie hatte Helen gebeten, nicht vor fünf Uhr, dem offiziellen Beginn der Feier, aufzutauchen. Der bloße Gedanke, ihre Schwester könnte auf irgendeinen Haushalt losgelassen werden, in dem ein professioneller Partyservice das Essen vorbereitete, konnte einen schon in Angst und Schrecken versetzen.
Helen war gerade in sehr schlechter Verfassung. Im Kloster hatte es schon wieder Probleme gegeben. Offensichtlich wollte der Rest der Gemeinschaft nicht, daß Helen ihr Gelübde ablegte und auf Dauer ins Haus aufgenommen wurde. Das hatte Anna zwischen den Zeilen herauslesen können. Für Helen sah das alles natürlich ganz anders aus. Sie wertete es nur als eine Verkettung geringfügiger Ärgernisse, Zwischenfälle und Mißverständnisse.
Anna seufzte. Wäre sie Mitglied einer religiösen Gemeinschaft – und das war der letzte Ort auf Erden, wo sie landen wollte –, so wäre Helen sicher der letzte Mensch, den sie gerne um sich hätte. Schon allein Helens Gegenwart hatte etwas höchst Beunruhigendes. Wenn sie Anna in der Buchhandlung besuchte, was gelegentlich vorkam, dann hielt sie sich beispielsweise an Bücherstapeln in der Auslage fest, und obwohl kein anderer Kunde es fertigbrachte, sie umzuwerfen, schaffte Helen das spielend. Oder sie fegte aus Versehen den Kreditkartenleser vom Kassentisch, und zwar so, daß dabei das Glas einer Vitrine zerbrach. Und ständig blieb sie mit ihrem Mantel an der Kaffeetasse anderer Leute hängen. Wo sie sich aufhielt, kehrte jedenfalls bestimmt keine Ruhe ein. Anna hoffte, daß Helen heute abend nicht zu oft das Falsche sagte.

Was könnte ihr eigentlich so Schreckliches herausrutschen? Na, zum Beispiel über Brendan: »Ist es nicht großartig, wie wir ihn gezwungen haben, hierherzukommen...«, was zwar nicht der Fall war, aber Vater würde es glauben. Oder über Vater, daß er Palazzo verlassen hatte und jetzt mit einem schrecklich netten Paki zusammenarbeitete. Anna kannte keinen außer Helen, der solche Worte wie »Paki« und »Itaker« benutzte. Ja, womöglich kam sie auf die Idee, Renata Palazzo als »Itaker« zu bezeichnen.

Anna tapste barfuß in die Küche, um sich einen Instantkaffee aufzubrühen. Es hatte doch seine Vorteile, nicht mehr mit Joe Ashe zusammenzuleben. Bei ihm mußte es immer richtiger Kaffee sein, frisch gemahlen in einer Kaffeemühle, die einem mit ihrem Getöse fast das Trommelfell platzen ließ. Sie wollte nicht auf ewig alleine wohnen, aber täglich entdeckte sie mehr und mehr positive Seiten daran, nicht mehr mit Joe Ashe zusammenzusein.

Er war so gut gelaunt und unbeschwert ausgezogen, wie er gekommen war, hatte sie auf die Wange geküßt und ihr erklärt, sie habe ein großes Trara um gar nichts gemacht. Er meinte noch, er würde sie vermissen, und dann nahm er eine ganze Menge von ihren Schallplatten und einen sehr teuren Überwurf mit, den sie für ihr gemeinsames Bett gekauft hatte. Sie hatte ihm dabei zugesehen, wie er ihn zusammenfaltete, aber nichts gesagt.

»Den hast du mir, glaube ich, einmal geschenkt, oder?« Dabei lächelte er vorsichtig.

»Natürlich, Joe«, hatte sie geantwortet. Wegen einer Tagesdecke wollte sie kein Trara machen, höchstens wegen einer anderen Frau in ihrem Bett.

In der Zeit der Trennung war Judy ihr eine große Hilfe gewesen. »Ich bin immer für dich da. Ruf mich an, wenn du dich ein bißchen traurig fühlst, ich werde zuhören. Ruf ihn nicht an, bloß weil du einsam bist, außer, du bist bereit, wieder was mit ihm anzufangen.«

Freunde sind etwas Großartiges, dachte Anna, wirklich, wie pures Gold. Freunde verstehen es, daß man in jemanden vernarrt sein kann, und es macht ihnen nichts aus, wenn man eine Zeitlang verrückt spielt, hinterher sind sie immer noch Freunde. Und Anna war fast schon geheilt, sie war ganz kurz davor.
Und sie wollte sich für lange Zeit auf nichts mehr einlassen. Ken Green verstand das. Er hatte gesagt, daß er warten wolle, bis sich der Geruch von Joe Ashes aufdringlichem After-shave verzogen hatte, bevor er mit ernsten Absichten käme. Ken war sehr ulkig. Er kam auch gut mit ihrem Vater zurecht, was nicht selbstverständlich war, und überredete Vater und Mr. Patel, eine kleine Auswahl seiner Taschenbücher abzunehmen und sie zusammen mit den Zeitschriften anzubieten, nur falls es dafür einen Markt gab, hatte er gesagt ... Und natürlich gab es einen. Vater und Mr. Patel wollten expandieren. Für eine Buchhandlung gab es in der Gegend eine Marktlücke. Ken hatte sogar vorgeschlagen, Anna sollte sich doch mit ihnen zusammentun und selbst ein Geschäft eröffnen.
»Das ist mir zu nah bei mir zu Hause«, hatte sie eingewendet.
»Vielleicht hast du recht.« Ken pflichtete ihr bei, aber nicht so, wie Joe Ashe das immer zu tun pflegte. Joe tat es, weil er dann seine Ruhe hatte, und Ken, weil er über die Sache nachdachte. Halb wünschte sie, sie hätte ihn auch zur silbernen Hochzeit eingeladen, aber damit wäre sie eine allzu öffentliche Verpflichtung eingegangen. Mutters Freundinnen hätten angefangen zu tuscheln, und Großmama O'Hagan hätte alles wissen wollen, obwohl es da gar nichts zu wissen gab.

Brendan war in Euston aus dem Fährenzug gestiegen und früh in London angekommen. Er kam genau in den morgendlichen Berufsverkehr hinein. Eine Viertelstunde lang stand er da und beobachtete, wie die Pendler, die in dieser Gegend Londons wohnten, umherschwirrten und -hasteten, Auffahrten hinauf-

und Treppen hinunterstürzten, wie sie unten bei den Taxis Schlange standen, auf Rolltreppen sprangen, schnell irgendwo einkehrten, um an einem Ladentisch ein schnelles Frühstück zu sich zu nehmen. Er fand, sie machten einen überheblichen Eindruck, als ob auch nur einer dieser armseligen Jobs, zu denen sie hasteten, wichtig wäre, als ob sie alle ein Vermögen verdienten. Und genau das war es, was Vater und Mutter von ihm erwartet hätten, daß er den Rosemary Drive hinunterraste, um die Bahn zur Baker Street und noch eine U-Bahn zu erreichen, damit er an einen Ort wie diesen gelangte. Ein solches Leben zu führen war absurd, und das nur, damit man den anderen gegenüber behaupten konnte, erfolgreich zu sein.
Brendan wußte, daß er die Geste, zur Feier herübergekommen zu sein, nicht dadurch verderben durfte, daß er solche Gedanken laut aussprach.
Und er erinnerte sich daran, daß Vincent ihm geraten hatte, sich zu dem Ereignis passende Kleidung anzuschaffen.
»Du wirst immer mal Gelegenheit haben, einen guten Anzug zu tragen, Junge«, hatte sein Onkel gesagt.
»Oh nein, Vincent, keinen Anzug! Um Himmels willen, ich würde nie einen Anzug tragen.«
»Also, zu meiner Zeit haben wir so etwas angezogen. Aber dann wenigstens eine Hose mit Jackett.«
»Vielleicht einen Anorak?« Brendans Gesicht heiterte sich auf.
»Doch keinen Anorak, du komischer Vogel, das paßt doch nicht zu einem großen Fest zu Hause. Ein elegantes, dunkles Jackett, etwa in Marineblau, und dazu eine hellblaue Hose. Damit machst du beim nächsten Tanzabend, den du hier besuchst, bestimmt eine gute Figur.«
Sein Onkel hatte ihm zusammengefaltete Geldscheine zugesteckt. Also war es nun seine heilige Pflicht, etwas Elegantes zum Anziehen zu kaufen. Brendan hatte Anna geschrieben, wieviel er ausgeben konnte, in der Hoffnung, sie würde sich nicht über

ihn lustig machen. Aber er hatte ihr unrecht getan, ihr das zu unterstellen.

Ihr Antwortbrief war voller Überschwang und Dankbarkeit. Sie schrieb, daß Marks oder C & A oder jedes andere Kaufhaus in der High Street eine reichhaltige, fast verwirrende Auswahl von dem anböten, was er suchte, und sie sei gerührt und erfreut darüber, daß er solche Unannehmlichkeiten auf sich nahm. Sie selbst würde ein Kleid mit Jacke in Marineblau und Weiß tragen, beides mit schrecklichen Spitzen besetzt, aber sie glaubte, Mutter damit eine Freude zu machen. Mutter nannte so etwas schick, und Anna fand es grauenhaft, aber es war ja Mutters Tag. Anna berichtete noch, sie hätte Helen erklärt, daß seit dem zweiten vatikanischen Konzil niemand mehr von Nonnen erwartete, in Sack und Asche gehüllt irgendwo zu erscheinen, aber Helen würde sich natürlich so wie immer kleiden.

Maureen Barry kam gerade aus Selfridge's heraus, als sie glaubte, Brendan, den Sohn von Desmond und Deirdre die Oxford Street hinuntergehen zu sehen, mit einer so großen Marks und Spencer's Einkaufstüte, als ob er den halben Laden leergekauft hätte.

Aber sie beschloß, daß das überhaupt nicht sein konnte. Es gab zwölf Millionen Menschen in London, warum sollte sie ausgerechnet ein Mitglied der Familie sehen, an die sie gerade dachte? Und soweit sie wußte, war der Junge noch immer in Westirland. Die Beziehung zu ihm war wohl recht distanziert geworden. Das hatte ihr ihre Mutter erzählt, kurz bevor sie starb. Ihren Worten zufolge wußte sie von Eileen O'Hagan, daß die Familie zwar versuchte, die Sache möglichst zu vertuschen, aber Tatsache war, daß Deirdres und Desmonds Sohn weggelaufen war und von allen Orten, in die er hätte gehen können, ausgerechnet die Gegend gewählt hatte, aus der sein Vater einst geflohen war, dem gleichen Ort, aus dem auch Frank davongelaufen war.

Maureen mahnte sich zur Vernunft. Wenn der Junge tatsächlich in London sein sollte, dann war er mit Sicherheit draußen in Pinner und half, die Tische für das Fest aufzustellen. Sie mußte ihre Phantasie zügeln und durfte sich nicht einbilden, sie könnte diese Stadt genauso überblicken, wie sie es von Dublin gewohnt war. Nur am Morgen im Hotel, da hatte sie geglaubt, aus der Entfernung, am anderen Ende des Saals, Deirdres Mutter zu erkennen. Sie hatte ihr tatsächlich so ähnlich gesehen, daß sie fast zu ihr hinübergegangen wäre, um sie zu begrüßen, aber die Frau war in Begleitung eines auffallenden Herrn gewesen, der einen Blazer mit irgendeinem großen Wappen trug. Vielleicht war das ein Zeichen dafür, daß sie eine Brille brauchte. Sie mußte lächeln, als sie daran dachte, wie sie alle damals zum Arbeiten nach London gekommen waren und sich ausgemalt hatten, wie sie auf Kosten des staatlichen Gesundheitsdienstes falsche Zähne und Brillen bekommen würden. Das war ihnen damals noch wie ein guter Witz vorgekommen.
Maureen fand, es sei ein gutes Gefühl, wieder in London zu sein. Ihr Gang war beschwingt, und in der Brieftasche hatte sie drei Kreditkarten. Sie war nur zum Schnuppern da, wie die Filmleute es nannten, trieb sich ein wenig herum, um den Stil in anderer Leute Boutiquen und Modegeschäfte zu erkunden. Und wenn sie wollte, konnte sie haltmachen und sich jedes Vergnügen leisten, auf das sie Lust hatte. Sie bewegte sich in einer Wolke teuren Parfüms, das sie gerade bei Selfridge's erstanden hatte. Für ihren Vater hatte sie dort auch noch eine flotte Krawatte besorgt. Sie würde ihm gut stehen, und es würde ihm schmeicheln, daß sie ihn für einen eifrigen Krawattenträger hielt.

Helen Doyle saß in der Küche von St. Martin's und hielt die große Tasse Kaffee mit beiden Händen fest, als ob sie sich daran erwärmen wollte. Es war zwar nicht kalt an diesem Morgen, aber trotzdem schienen ihr nicht einmal die hellen Sonnenstrahlen, die durchs Fenster hereinfielen, genügend Wärme zu geben. Ihr gegenüber am Tisch saß Schwester Brigid, die anderen waren gegangen. Sie mußten gewußt haben, daß eine Konfrontation bevorstand; entweder waren sie in ihren Zimmern verschwunden oder ihrer Arbeit nachgegangen.

Eine gelbe Katze mit gebrochener Pfote blickte vertrauensvoll zu Helen auf. Sie hatte das Tier gefunden und ihm eine Art Schiene gebastelt, mit der es besser laufen konnte. Die anderen fanden, die gelbe Katze solle ins Tierheim kommen, aber Helen meinte, damit sei ihr Schicksal besiegelt. Sie aß bestimmt nicht viel, die Schwestern konnten sich doch sicher ihrer annehmen.

Das Tier war nur ein weiteres Anzeichen dafür, daß Helen im Haus war, und es bedeutete zusätzliche Arbeit. Denn man konnte unmöglich von Helen erwarten, immerzu die Katze zu füttern und ihr Kistchen sauberzumachen. Die Katze begann laut zu schnurren und krümmte den Rücken, weil sie gestreichelt werden wollte. Schwester Brigid hob sie sanft hoch und trug sie in den Garten hinaus. Dann kam Brigid zurück und setzte sich neben Helen. Sie schaute ihr offen in die beunruhigten Augen und fing an zu reden.

»Du hast so viel Liebe und Güte zu geben«, begann sie. »Aber hier ist nicht der richtige Ort dafür.«

Sie sah, wie Helens Unterlippe, auf der sie nervös herumgebissen hatte, zu zittern anfing und die großen Augen sich mit Tränen füllten.

»Ihr wollt mich wegschicken«, sagte sie.

»Wir könnten hier den ganzen Morgen zusammensitzen, Helen. Du würdest es so nennen und ich nicht. Ich würde es weiterhin so sehen, daß du dich selbst und das, wonach du suchst, in einer anderen Umgebung finden mußt. Und du würdest noch immer sagen, ich werfe dich aus St. Martin's hinaus, ich weise dich ab.«

»Was habe ich denn diesmal getan?« Helen sah mitleiderregend aus. »Ist es wegen der Katze?«

»Natürlich hat es nichts mit der Katze zu tun, Helen. Es geht nicht um eine Sache, um einen einzelnen Zwischenfall. Bitte, du solltest wissen, daß ... könntest du nicht versuchen zu verstehen, daß es sich hier nicht um eine Bestrafung handelt oder eine Prüfung, die du entweder bestehst oder nicht? Es ist eine Entscheidung, und dieses Haus ist unser Leben, wir wählen es und bestimmen selbst, wie wir es gemeinsam gestalten wollen.«
»Ihr wollt mich nicht, das habt ihr alle bei einer Zusammenkunft beschlossen, stimmt's?«
»Nein, das stimmt nicht. Wir haben nicht Gericht gehalten und einen Urteilsspruch über dich gefällt. Als du hierher kamst, war in erster Linie klar, daß du ...«
Helen unterbrach sie hitzig. »Früher konnten die Nonnen auch nicht diejenigen herauspicken und auswählen, die sie bei sich haben wollten. Wenn man eine andere aus der Gemeinschaft nicht leiden konnte, dann war es eben Pech, man mußte sie hinnehmen, als ein Opfer ...«
»Es gibt niemanden, der dich nicht leiden kann ...«, unterbrach sie Brigid.
»Aber, wenn doch, wäre das früher nicht so sehr auf einen Beliebtheitswettbewerb hinausgelaufen wie heute.«
»Wenn es um so etwas ginge, hättest du in vielerlei Hinsicht Chancen auf einen der ersten Plätze. Und die alten Zeiten waren ohnehin keine guten Zeiten: Ganz früher konnten Mädchen sogar ins Kloster gesperrt werden, wenn sie besonders wild waren oder eine Enttäuschung in der Liebe hinter sich hatten oder so etwas. Das war wirklich eine äußerst nette Art, eine echte Gemeinschaft aufzubauen!« sagte Brigid mit Nachdruck.
»Mit mir war es nicht so. Niemand hat mich dazu gezwungen, im Gegenteil, sie haben sogar versucht, mich zu Hause zu behalten.«
»Deshalb rede ich heute mit dir«, erwiderte Brigid. »Heute wollen wir keinen falschen Optimismus schüren über den Zeit-

punkt, an dem du dein Gelübde ablegst. Denn das wird nicht geschehen, Helen, nicht hier bei uns. Als Vorstand dieses Hauses darf ich dich zu einer Familienfeier nicht in der Annahme gehen lassen, du würdest sehr bald als Nonne in unseren Orden eintreten, das wäre nicht fair. Eines Tages wirst du mir aus tiefstem Herzen dankbar sein. Für heute wollte ich, daß du deine Familie mit anderen Augen siehst und dir andere Wege anschaust, die dir offenstehen ...«

»Du meinst, ich soll heute schon weg? Ich kann heute abend nicht mehr heimkommen?« Helen war bestürzt.

»Sei nicht so theatralisch!«

»Aber wann? Wenn ihr mir schon kündigt, wann wollt ihr mein Zimmer haben?« Sie klang verletzt und verbittert.

»Ich dachte, du könntest eine Weile darüber nachdenken. Hör auf zu arbeiten, damit du dir Gedanken machen und dir über dich und das, was du gerne möchtest, Klarheit verschaffen kannst ...«

»Wann?« wiederholte Helen.

»Mir scheint, Weihnachten ist ein guter Zeitpunkt.« sagte Brigid bestimmt. »Sagen wir, in zwei bis drei Monaten. Bis Weihnachten solltest du es wissen.«

Frank und Renata Quigley planten den Tagesablauf.

»Soll ich mich in Schale werfen oder mich eher zurückhalten?« fragte Renata.

»Zieh dich so schick an, wie es nur irgendwie geht«, meinte er lächelnd.

»Aber das würde aussehen ... ich weiß nicht ... ein bißchen angeberisch, oder?« Renata zögerte.

»Oh, Desmonds Frau könntest du es ohnehin nie recht machen. Wenn du zu alltäglich aussiehst, hast du dich nicht bemüht, und wenn du dich bemühst, bist du zu auffällig gekleidet ...«

»Also?«

»Also gönne ihr etwas, worüber sie sich auf den Fotos freuen kann. Die Frau ist ein Ungeheuer, wenn es darum geht, irgendwelche Schnappschüsse zu machen. In diesem Haus wird jeder Furz festgehalten, den man läßt.«
»Frank, also wirklich!«
»Nein, du hast ja keine Ahnung, wie sie sind. Ganz ehrlich. Ihr Haus bricht unter der Last eingerahmter Fotografien fast zusammen. Ich kann mich mindestens an eine Wandvoll erinnern.«
»Das ist doch irgendwie nett.«
»Ja, das wäre es vielleicht, wenn es etwas Erinnerungswürdiges gäbe, irgendeinen wirklichen Grund zum Feiern.«
»Aber ihr wart doch Freunde. Wie kannst du so etwas sagen?«
»Ich war mit Desmond befreundet, aber niemals mit Deirdre. Irgendwie nahm sie mir meine Freiheit übel; sie hatte Angst – ich glaube, zu Recht – der arme, alte Desmond käme bei einem Vergleich mit mir ziemlich schlecht weg. Trotzdem werden wir uns herausputzen, daß ihnen die Augen ausfallen.«
Sie erwiderte sein Lächeln. Frank war in letzter Zeit so fröhlich, seitdem sie so viele Entscheidungen getroffen hatten. Da war einmal die Sache mit der Expansion. In Nordengland sollten mehr Filialen entstehen, und das hatte nicht, wie Renata befürchtet hatte, zur Folge, daß Frank oft fort sein würde. Nein, er selbst reiste fast nie dorthin. Das übernahmen ihr Vater und ihr Onkel, und natürlich war Mrs. East dort sehr stark engagiert. Trotz des Babys schien sie auch bei der Arbeit noch Erfolg zu haben. Manche Frauen schafften einfach alles, dachte Renata wehmütig.
Aber trotzdem lief alles sehr gut zur Zeit. Heute morgen sollte sie Injektionen und Impfungen bekommen, die Spritzen, die sie für die Reise brauchte. Frank wollte zur Arbeit gehen, wie fast jeden Samstag. Er sagte, es sei da so still in dem großen Palazzo-Gebäude, daß er in aller Ruhe diktieren konnte und in einer Stunde mehr schaffte als sonst in einer ganzen Arbeits-

woche. Sie erinnerte ihn daran, sich die Haare schneiden zu lassen. Im Nacken sah er recht ungepflegt aus.

Daran brauchte man Frank nicht erst zu erinnern. Er hatte vor, zu Larry zu gehen und sich die Haare nicht nur schneiden, sondern auch mit heißen Tüchern behandeln zu lassen. Er wollte seinen besten Anzug und das neue Hemd anziehen. Falls ihn Maureen Barry genauer musterte, sollte sie bewundern, was sie sah. Deshalb hatte er auch seine Frau gebeten, sich schick anzuziehen. Wenn Renata sich in Schale warf, sah sie sehr gut aus. Maureen Barry würde nicht sagen können, der Mann, den sie einst abgewiesen hatte, hätte es nötig gehabt, eine graue Maus mit Geld zu heiraten.

Father Hurley konnte in einem großartigen Haus übernachten, wenn er in London war. Er beschrieb es immer als eine Kreuzung aus Luxushotel und Herrenklub. In Wirklichkeit war es ein ursprüngliches Ordenshaus, ein schlichtes Gebäude, in dem inzwischen die meisten der hohen Räume als Büros vermietet wurden. Früher waren es einmal Empfangszimmer mit polierten Tischen gewesen, in denen Kopien der Missions-Jahrbücher aufbewahrt wurden. Nach einem Tag in solch einer großen, lauten Stadt war es erholsam, wieder in diese Oase zurückzukehren. Für Father Hurley war der Vormittag recht ermüdend gewesen, und es war gut zu wissen, daß er wieder in dieses Haus kommen konnte, um sich auszuruhen.

Sein Freund Daniel Hayes war hier der Vorsteher. Er war ein freundlicher Mann, der vieles zu verstehen schien, ohne daß man große Worte machen müßte. Am Abend zuvor hatte er sich nach Father Hurleys Neffen erkundigt und gleich erkannt, daß er auf dieser Spur besser nicht weiterfragte. Father Hayes wechselte diplomatisch und mit einer über viele Jahre erlernten Gewandtheit das Thema. Außerdem schien Father Hayes zu wissen, daß sein alter Freund James Hurley sich bei dem Gedanken an die silberne Hochzeit, der er beiwohnen sollte, etwas unwohl fühlte.

»Ich kann dir sagen, Daniel, du kannst dir von den Leuten einfach kein Bild machen. Ein nettes junges Paar; sie ein echtes Produkt des 4. Dubliner Bezirks, obwohl wir damals diese Redewendung noch nicht kannten, er so etwas wie ein ungeschliffener Rohdiamant aus Westirland, ohne einen roten Heller in der Tasche. Egal, es war eben die alte Geschichte; sie war bereits in fortgeschrittenem Stadium schwanger. Ich kannte die Familie, also ihre Familie, und ich sollte sie von heute auf morgen verheiraten.«

»Und das hast du getan?« wollte Pater Hayes prompt wissen.

»Ja, natürlich, was haben wir denn damals schon gemacht? Die Schande wurde übertüncht, die Sünde versteckt und das Ganze so schnell wie möglich geregelt ...«

»Und hat es etwa nicht funktioniert? Sie sind doch noch immer zusammen ...?«

»Ich weiß, Daniel. Trotzdem haftet der ganzen Sache etwas Sonderbares an. Also erst einmal haben wir gar kein Kind bekommen.«

»Was?«

»Na ja, später schon, drei sogar. Aber nicht gleich. Es war, als ob sie heiraten spielten, nur so taten, als ob ... als ob sie in einem Schauspiel mitwirkten ... na gut, Desmond spielt den Ehemann und Deirdre die Ehefrau.«

»Ich nehme an, das tun viele.«

»Ja, das glaube ich auch. Und in mancherlei Hinsicht spielen auch wir oft nur, Priester zu sein. Aber verstehst du, was ich meine? Ich kam mir immer so vor, als ob das alles nicht wahr wäre. Zum Beispiel hat mir Deirdre ein Foto der Familie beim Picknick geschenkt, und auf dem Bild hat sie in die Kamera gezwinkert, als ob sie den Leuten etwas beweisen müßte.«

»Was beweisen?«

»Herrgott, ich weiß nicht, daß sie eine normale Familie waren oder so.«

»Vielleicht waren sie einfach nur sehr unglücklich«, meinte Daniel Hayes. »Das geht vielen so, ganz im Ernst. Sie gehen mit lächerlichen Erwartungen in die Ehe. Ich hatte nie das Gefühl, daß das Zölibat ein so großes Opfer für mich darstellt ...«

»Das geht mir genauso«, stimmte Father Hurley zu. Sein Gesicht war traurig.

»Natürlich, wenn es funktioniert, muß es das Größte im Leben sein. Eine Freundschaft, die so beständig und echt ist, daß man dem anderen sein Leben anvertraut ... Das hatten wir nie, James.«

»Nein, das stimmt.« Father Hurley machte noch immer einen niedergeschlagenen Eindruck.

»Aber bei deiner Schwester war es so, nicht wahr? Ich weiß noch, wie du mir erzählt hast, was für eine harmonische Beziehung die beiden hatten, und wie sie zu wissen schienen, was der andere sagen wollte, und dann lächeln mußten, wenn er es aussprach.«

»Das ist wahr, aber ihr Leben ist nicht leicht gewesen ...«

Father Hayes unterbrach ihn. »Natürlich nicht, aber genau um so eine Beziehung geht es doch ... Bestimmt war es das, was ihnen Auftrieb gab, wenn Schwierigkeiten auftauchten. Bei dieser Silberhochzeit in Pinner, zu der du da gehst, wirst du nichts dergleichen finden.«

Es war ihm gelungen, Father Hurley auf andere Gedanken zu bringen. »Nein, dort wird es nur viel leeres Gerede zu hören geben, wie damals, vor einem Vierteljahrhundert.«

»Ach, dazu sind wir doch da, James«, lachte sein Freund. »Wenn ein Priester es nicht fertigbringt, etwas Überzeugungskraft in bedeutungslose, trostreiche Phrasen zu legen, wer, frage ich dich, soll es dann können?«

Um drei Uhr kam der Partyservice. Es war alles schon seit Wochen arrangiert. Aber Philippa von »Philippa's Partyservice« merkte, wenn sie es mit einem Umstandskrämer zu tun hatte, und Mrs. Doyle wies alle Charakterzüge eines Menschen auf, der ein beispielloses Durcheinander zustande brachte. Es sollten etwa eine Stunde lang Partyhäppchen und Getränke gereicht werden, danach würde sich die Festgesellschaft zur römisch-katholischen Kirche begeben. Dort war eine Messe geplant, in deren Verlauf die Doyles ihr Eheversprechen erneuern sollten. Dann würden sie, so gegen sieben Uhr, erhitzt und triumphierend zum Rosemary Drive zurückkehren, wo es dann wieder Getränke geben würde und die Gäste gebeten werden sollten, sich am kalten Büfett mit Lachs und kaltem Hähnchen in Currymayonnaise zu bedienen. Dazu sollte warmes Kräuterbrot gereicht werden. Philippa hatte sich gegen eine warme Mahlzeit ausgesprochen, nachdem sie die Größe des Hauses und den kleinen Backofen in Augenschein genommen hatte. Sie konnte Mrs. Doyle davon überzeugen, daß die Gäste mit Sicherheit das Essen als »richtige Mahlzeit« betrachten würden, selbst wenn es kalt war und ohne Kartoffelbeilage serviert wurde.

Als Philippa die Kisten aus ihrem Lastwagen lud und ihr Wirkungszentrum in der Küche aufbaute, hoffte sie inständig, daß jemand dazu abkommandiert war, diese Frau mit der adretten Frisur und der offensichtlich frischen Maniküre, abzulenken, die unbeholfen die Hände hob, als ob der Lack absplittern könnte.

Glücklicherweise erschien eine Tochter, eine junge dunkelhaarige Frau, die einen vernünftigen, intelligenten Eindruck machte. Auf einem Kleiderbügel trug sie ihre Festtagskleidung. Philippa hatte durchs Küchenfenster beobachtet, wie sie sich bei einem Mann bedankte, der sie hergefahren hatte. Die junge Frau hatte sich noch einmal in den Wagen gelehnt und ihn geküßt. So etwas sah Philippa gerne, denn dadurch wurde die höchst angespannte Atmosphäre etwas aufgelockert, die in den meisten Haushalten herrschte, in denen sie zu arbeiten hatte.

Und trotzdem, was wäre ihr Geschäft ohne all die Hochzeiten, Bar-Mitzvahs, silbernen Hochzeiten und Pensionierungsfeiern. Ihrer Meinung nach waren Mrs. Doyle und ihr Gatte komplett verrückt, wenn sie noch einmal in die Kirche gingen und in aller Öffentlichkeit erklärten, sie seien immer noch verheiratet. Das war doch wirklich nicht zu übersehen. Als ob irgend jemand auf einen von beiden ein Auge geworfen hätte. Egal, sie wollte sich nicht weiter den Kopf darüber zerbrechen, sondern nur auspacken, mit der Tischdekoration anfangen und vielleicht ein Tablett mit Tee ins Schlafzimmer hinaufschicken, damit Mutter und Tochter sich dort noch eine Weile wohl fühlten.

»Du siehst absolut phantastisch aus, Mutter«, bemerkte Anna. »Du hast keine einzige Falte im Gesicht, wie ein junges Mädchen, weißt du das?«

Deirdre freute sich über das Kompliment. »Ach, hör auf, du übertreibst.«

»Ich meine es aber ernst. Und dein Haar ist vielleicht toll! Sehr elegant, so, wie es fällt.«

Deirdre betrachtete die kurzen, dunklen, glänzenden Haare ihrer Tochter.

»Wenn du auch manchmal zum Friseur gingst ... nur hin und wieder, um es schön legen zu lassen ... du würdest viel besser aussehen. Ich weiß, heutzutage ist es schick, sich jeden Tag die Haare unter der Dusche zu waschen ...« Deirdre versuchte, verständnisvoll zu klingen.

»Ich weiß, Mutter. Oh, sieh mal! Ist das nicht herrlich ... eine Kanne Tee, auf dem Tablett serviert. Das ist das wahre Leben, hab ich nicht recht?«

Deirdre legte die Stirn in Falten. »Mir wäre es lieber, dein Vater wäre schon zurück. Er wird sich noch verspäten. Ich möchte nur wissen, weshalb er jetzt noch zu ›Patel's‹ gehen ...«

»Es heißt nicht mehr ›Patel's‹, sondern ›Rosemary Kaufhaus‹, Mutter. Und Vater ist Mitinhaber, und an Samstagen ist viel los, also ist er ganz offensichtlich Suresh helfen gegangen, aber er wird rechtzeitig zurück sein. Du kennst doch Vater.«
»Um wieviel Uhr kommt Brendan?«
»Er müßte jeden Moment hier sein. Er wollte sich noch ein bißchen in der Stadt umsehen. Er hatte keine Lust, zu früh dazusein und nur im Weg zu stehen, wie er meinte.«
»Herrgott, meinst du nicht, er sollte lieber ...«
»Und natürlich wird er morgen dasein und übermorgen und überübermorgen, und auch noch am Tag darauf.«
»Und warum kann er nicht in seinem eigenen Elternhaus wohnen ...«
»Mutter, Brendan ist heimgekommen, das war es doch, was wir alle gehofft haben. Er ist bei mir abgestiegen, weil es einfacher und bequemer ist. Er wird euch hier jeden Tag besuchen.«
»Sein Vater hätte leicht all diese Kisten und Ordner aus seinem Zimmer herausräumen können.«
»Es ist nicht mehr sein Zimmer, genausowenig, wie mein Zimmer noch mir gehört. Es hätte keinen Sinn, sie weiterhin für uns freizuhalten. Als Büro und für die Ablage und sonstige Zwecke sind sie weitaus sinnvoller genutzt.«
»Helens Zimmer ist auch noch da, und sie ist in einem Kloster.«
»Es ist immer gut, wenn man Helen einen Unterschlupf anbieten kann. Man weiß nie, wann sie einen brauchen wird.« Anna klang resigniert.
»Was meinst du, soll ich mich jetzt umziehen?«
»Warte doch noch ein bißchen, Mutter. Wir fangen nur an zu schwitzen, wenn wir zu früh in unsere guten Sachen schlüpfen.«
»Ich hoffe, daß alles glatt über die Bühne geht.«
»Es wird zauberhaft werden. Alle, die du dahaben wolltest, werden kommen ... wir brauchen keinen Finger zu rühren ... wir werden ihnen höllisch imponieren.«

»Es geht doch nicht darum, daß wir irgend jemandem imponieren wollen«, beschied Deirdre ihrer Tochter mit Nachdruck.
»Natürlich nicht, warum sollten wir?« fragte Anna und überlegte, ob ihre Mutter das ernst gemeint haben konnte. Um was ging es denn sonst, wenn nicht um allgemeine Augenwischerei. Es ging doch allein darum, Großmutter O'Hagan vorzuführen, in welchem Stil sie lebten, Maureen Barry wissen zu lassen, daß in Pinner Geselligkeit großgeschrieben wurde, und Frank Quigley zu beweisen, daß Desmond sich ein gutes Leben leisten konnte, auch ohne die Tochter des Chefs geheiratet zu haben. Father Hurley sollte sehen, was für ein gutes, streng katholisches Leben hier, im heidnischen England, wie er vermutlich dachte, geführt wurde. Den Nachbarn wurde demonstriert, daß sie eine beachtliche Mannschaft auf die Beine stellen konnten, dreißig Leute und ein Partyservice, und Reden würden gehalten werden und zum Anstoßen gab es guten Sekt. Wie sollte man das sonst nennen, wenn nicht »Imponieren«.
Als Anna und Deirdre auf den Tumult unten aufmerksam wurden und hörten, wie jemand an die seitliche Eingangstür klopfte und Stimmen laut wurden, war ihnen klar, daß Helen eingetroffen war. Sie wollte nicht zur Haustür hereinkommen, um niemanden zu belästigen, deshalb hatte sie versucht, die Seitentür aufzustoßen, da aber Weinkisten dahinter standen, war das mit Schwierigkeiten verbunden. Philippa von »Philippas Partyservice« hatte ihr ganz forsch eine Tasse Tee in die Hand gedrückt und sie nach oben verwiesen.
Als die beiden Helen mit hängender Schulter ins Zimmer kommen sahen, wußten sie, daß etwas nicht stimmte. Anna hoffte, daß sie um eine Diskussion herumkämen.
»Sieht Mutter nicht phantastisch aus?« rief sie.
»Großartig«, erwiderte Helen pflichtbewußt und geistesabwesend.
»Und Brendan wird jeden Moment hiersein.«

»Wird er hier wohnen?«
»Nein, wir ... äh ... wir dachten, es wäre ... es wäre besser, wenn er bei mir übernachtet. Er ist jetzt bei mir und zieht sich um. Ich habe den Schlüssel für ihn unter einen Blumentopf gelegt. Das kam mir angemessener vor und ist zentraler, er hat es nicht so weit.«
»Nicht so weit wohin?« wollte Helen wissen.
»Überall hin.« Anna knirschte mit den Zähnen.
»Also wird er heute nicht hier übernachten?«
»Nein, das wollte er auf keinen ...«, fing Deirdre an.
»Sein Zimmer ist jetzt sowieso Vaters Büro geworden, also ...«
»Ist meins auch ein Büro?« fragte Helen.
»Nein, natürlich nicht. Wieso fragst du?«
»Ich dachte, vielleicht könnte ich heute nacht hier schlafen«, sagte Helen. »Das heißt, wenn es keine Umstände macht.«
Anna hielt die Luft an. Sie brachte kein Wort heraus. Helen hatte also beschlossen, ihr Kloster zu verlassen. Und sie hatte den jetzigen Zeitpunkt gewählt, es offiziell bekanntzugeben. Ausgerechnet jetzt, eine Stunde vor dem Fest zur silbernen Hochzeit ihrer Eltern. Annas Blick fiel auf die zwei Morgenröcke, die an der Rückseite der Tür hingen. Der von Vater hatte eine lange Kordel. Vielleicht sollte Anna die Kordel nehmen und Helen damit erdrosseln, oder würde das, auf lange Sicht gesehen, noch mehr Unheil heraufbeschwören? Es war schwer zu beurteilen.
Es blieb ihr erspart, sich auszumalen, was wohl das kleinere Übel wäre, denn Brendan war angekommen. Leichtfüßig sprang er die Treppe hinauf, und seine Mutter und seine Schwestern rannten ihm entgegen. Er sah braungebrannt und gesund aus, ja, er sah richtig gut aus in dem eleganten marineblauen Jackett, dem strahlendweißen Hemd und mit der dezent gemusterten Krawatte.
»Die Krawatte ist auch ein bißchen silbern, ich dachte, das paßt gut zu dem Anlaß«, sagte er.

Deirdre Doyle betrachtete ihren einzigen Sohn voller Stolz. Heute würde sie sich nicht für Brendan entschuldigen oder seine Abwesenheit erklären müssen. Egal, was er auch für ein Leben führen mochte, dort drüben bei den Hinterwäldlern, zumindest heute hatte er sich anständig angezogen, und darauf kam es an. Er würde freundlich zu den Leuten sein, sich nicht abschotten und herumnörgeln. So viel hatte sie nicht zu hoffen gewagt.

Desmond kam noch früh genug, um sich in Ruhe waschen und umziehen zu können, und fünf Minuten vor dem offiziellen Festbeginn konnte Philippa verkünden, sie sähen allesamt bezaubernd aus und es liefe alles nach Plan.

Mehr und mehr erkannte sie, daß es in ihrem Geschäft genauso darauf ankam, die Gastgeberin und die Familie zu beruhigen, wie darauf, ein gutes Menü zuzubereiten und richtig zu servieren.

Die Familie stand im Wohnzimmer. Die Türen zum Garten waren offen, alles war bereit. Anna hatte so kommentarlos wie möglich von Mutters Kleidern eine Ausstattung für Helen ausgesucht. Es war nur ein schlichter grüner Rock und eine lange beige Bluse zum Darüberziehen, durchschnittlich genug, um als die nonnenhafte Kleidung durchzugehen, die sie sonst immer trug ... falls sie darauf Wert legte. Aber die Sachen eigneten sich auch sehr gut als Laienkleidung, wenn das der Weg war, den sie wählte.

Jeden Augenblick würden die Gäste kommen. Die Doyles hatten den Drink, den ihnen Philippa angeboten hatte, abgelehnt. Sie brauchten einen klaren Kopf, erklärten sie.

Philippa fiel auf, daß es zwischen ihnen keine vertraulichen Augenblicke gegeben hatte; kein Händedruck mit den Worten: »Stell dir vor! Silberne Hochzeit!« Sie selbst strahlten kein bißchen Freude über das Ereignis aus, man wurde nur den Erwartungen gerecht.

Großmutter O'Hagan traf als erste ein. Deirdre warf einen Blick ins Taxi, um nachzusehen, ob sie Tony im Gefolge hatte. Aber Gott sei Dank hatte Mutter beschlossen, ohne Begleitung zu erscheinen. Und gerade, als man sie hineingeleitet hatte, fuhr Franks und Renatas Wagen vor. Ein Blumenlieferant brachte ein riesiges Blumenarrangement von Carlo und Maria; sie sprachen ihr großes Bedauern aus, daß sie nicht selbst kommen konnten, und die besten Wünsche zu dem wundervollen Familienfest. Das Blumenarrangement war am Tag zuvor von Frank Quigleys Sekretärin in Auftrag gegeben worden, die gleichzeitig Carlo Palazzos Büro informiert hatte, daß die Sache erledigt war.

Und als die Wests von nebenan nach draußen spähten und sahen, wie sich das Haus füllte, kamen auch sie, gefolgt von Father Hurley, den Father Hayes hergefahren hatte.

»Möchte Father Hayes nicht auch hereinkommen und etwas trinken?« hatte Deirdre Doyle gefragt. Bei einem solchen Fest konnte man gar nicht genug Priester im Haus haben.

Father Hayes ließ sich zu einem Sherry überreden. Er sagte, er fände es wunderbar, in dieser Welt, in der die Ehe den Menschen so wenig bedeutete, ein Paar zu finden, dessen Liebe so lange gehalten hatte.

»Tja, also wirklich!« Deirdre freute sich über das Kompliment, obwohl sie die Art, wie es geäußert wurde, gleichzeitig irritierte. In diesem Augenblick traf Maureen Barry ein.

Sie mußte an der Ecke zum Rosemary Drive aus dem Taxi gestiegen sein. Beschwingt ging sie durch das Tor und den kleinen Pfad entlang zur Haustür. Die Gäste hielten sich teilweise im Haus und teilweise draußen auf; es war einer der warmen Herbstabende, die einen Aufenthalt im Freien nicht völlig absurd erscheinen ließen.

Maureen rechnete offensichtlich damit, daß sie alle Blicke auf sich zog, obwohl die Art, wie sie eintrat, nichts mit Eitelkeit oder Koketterie zu tun hatte.

Sie trug ein zitronengelbes Seidenkostüm mit gelb-schwarzem

Seidenschal. Sie war schlank und hochgewachsen, ihre schwarzen Haare glänzten, als ob sie für ein Shampoo werben wollte. Sie lächelte strahlend und selbstsicher, als sie angeregt einen nach dem anderen begrüßte.

Sie sagte stets das Richtige und selten das, was sie dachte. Ja, es war Brendan gewesen, der sich heute morgen mit der grünen Marks und Spencer's Tüte abgemüht hatte. Offensichtlich waren darin die Sachen gewesen, die er jetzt trug. Zu dieser Gelegenheit paßten sie zwar ausgezeichnet, aber man stelle sich vor, wie ein so großer, gutaussehender Junge erst wirken könnte, wenn ihn ein Schneider eingekleidet hätte.

Ja, erstaunlicherweise war es auch Deirdres Mutter gewesen, die sie am Morgen beim Frühstück in Begleitung dieses mehr als auffälligen Mannes erspäht hatte. War es denn möglich, daß die große und angesehene Eileen O'Hagan ein Verhältnis hatte? Wie sehr würde es ihren Vater freuen, das zu hören, wenn sie ihn am nächsten Tag in Ascot besuchte.

Sie küßte ihre Freundin Deirdre und machte eine höfliche Bemerkung über ihr wunderbares Kleid. Im stillen fragte sie sich, wie Deirdre ausgerechnet auf dieses aufdringliche Lila gekommen war, auf dieses Matronengewand mit einer genauso lilafarbenen Stickerei auf der Schulter. Diese Pastelltöne hätten einer Brautmutter gut angestanden. Deirdre hatte etwas Besseres verdient; sie hätte so gut aussehen können. Und zudem hatte das Kleid wahrscheinlich ein Vermögen gekostet.

Die Doyle-Töchter taten sich auch nicht gerade durch besondere Eleganz hervor. Helen trug einen Rock mit Bluse; vielleicht war es das Äußerste, was der Orden an Alltagskleidung zuließ. Anna, die an und für sich bemerkenswert gut aussah, war in einem ziemlich geschmacklosen Outfit in Marineblau und Weiß erschienen: An allen möglichen und unmöglichen Stellen hatte das Kleid weiße Rüschen, am Hals, am Saum und an den Handgelenken. Es sah aus wie das Partykleid eines Kindes.

Und dann Frank.
»Wie gut du aussiehst, Frank. Es ist sicher schon Jahre her«, sagte sie.
»Aber es kann doch nicht sein, daß für dich die Zeit stehengeblieben ist«, gab er zurück, dabei machte er sich ein wenig über ihren Tonfall lustig, indem er ihn fast unmerklich nachahmte.
Ihr Blick verhärtete sich.
»Renata, das ist Maureen Barry. Sie und ich haben bei dem großen Ereignis vor fünfundzwanzig Jahren Brautjungfer und Trauzeuge gespielt. Maureen, das ist Renata, meine Frau.«
»Es freut mich sehr, Sie kennenzulernen.«
Die beiden Frauen erfaßten mit einem Blick die Kleidung ihres Gegenübers.
Maureen sah ein Mädchen mit nichtssagendem Gesicht und gut geschnittenem Designer-Outfit vor sich. Sie war sorgfältig geschminkt und trug dezenten Schmuck. Wenn diese Goldkette das war, was Maureen vermutete, trug Renata Quigley den Gegenwert von mehreren Häusern des Rosemary Drive um den Hals.
»Frank hat mir erzählt, daß Sie eine sehr erfolgreiche Geschäftsfrau sind und exklusive Mode-Boutiquen besitzen.« Renata sprach, als ob sie eine kleine Rede auswendig gelernt hätte. Ihr Akzent wirkte attraktiv.
»Er übertreibt ein wenig, Renata. Es sind nur zwei kleine Filialen, aber ich trage mich mit dem Gedanken, hier in England auch einen Laden zu eröffnen. Nicht in London, mehr außerhalb, Richtung Berkshire.«
»Ich habe mit Bedauern gehört, daß deine Mutter gestorben ist«, sagte Frank mit angemessen gedämpfter Stimme.
»Ja, es war traurig, sie war immer so lebenslustig und eigensinnig gewesen, sie hätte noch viele Jahre länger leben können. So, wie Mrs. O'Hagan dort drüben.« Maureen nickte in Richtung Deirdres Mutter, die in einer Ecke stand und sich unterhielt.

Renata hatte sich ein paar Schritte entfernt und unterhielt sich mit Desmond und Father Hurley.

»Natürlich hat sie mich gehaßt«, meinte Frank, ohne seine Augen von Maureens abzuwenden.

»Wer, bitte?«

»Deine Mutter. Sie hat mich gehaßt. Das weißt du doch, Maureen.« Jetzt waren seine Augen ebenso hart wie zuvor ihre.

»Nein, ich glaube, da täuschst du dich gewaltig. Sie hat dich nie gehaßt. Sie hat immer in den höchsten Tönen von dir geredet, daß du sehr nett gewesen seist, dies eine Mal, als ihr euch begegnet seid. Ich weiß noch, wie sie zu Hause im Vormittagszimmer stand und sagte: ›Er ist ein sehr netter Junge, Maureen.‹«

Bei diesen Worten ahmte Maureen das feine Lachen nach, mit dem ihre Mutter damals Frank rücksichtslos abgetan und ihrer amüsierten Verwunderung Ausdruck verliehen hatte.

Etwas Grausameres hätte sie Frank nicht antun können.

Aber er hatte sie ja danach gefragt, arrogant, geschäftstüchtig und mächtig, wie er nun einmal war, er, der mit dem Leben der Leute spielte und darüber bestimmte, was sie zu kaufen hatten und wo.

»Du hast nicht geheiratet?« fragte er. »Hast du nie den Richtigen gefunden?«

»Nein, niemanden, den ich geheiratet hätte.«

»Aber du bist schon ein paar Mal in Versuchung geraten – vielleicht hin und wieder ein bißchen ...« Seine Augen hafteten noch immer an ihren. Sie waren nicht unter dem Sarkasmus zusammengezuckt, als sie die vernichtende Stimme ihrer Mutter nachgemacht hatte.

»Ach, Frank, natürlich bin ich hier und da in Versuchung geraten, das geht doch allen Geschäftsleuten so. Aber deswegen heiratet man ja nicht gleich. Ich bin mir fast sicher, du hast so etwas auch schon erlebt. Es würde mich sehr wundern, wenn nicht. Aber heiraten und eine Familie gründen – dafür muß man schon einen guten Grund haben.«

»Liebe oder zumindest körperliche Anziehung?«
»Ich finde, das reicht nicht. Etwas Prosaischeres, wie ...« Sie schaute sich um, und ihr Blick fiel auf Deirdre. »Wenn man schwanger ist, vielleicht, oder aber ...« Wieder sah sie sich im Zimmer um, und diesmal blieben ihre Augen an Renata hängen. Aber sie war nicht schnell genug; Frank sprach es zuerst aus.
»Etwas Geld?« sagte er kühl.
»Genau«, erwiderte sie.
»Beides sind keine besonders guten Gründe.«
»Na ja, zumindest nicht die Schwangerschaft. Vor allem nicht, wenn sich später herausstellt, daß es gar keine war.«
»Hast du jemals herausgefunden, was damals passiert ist?«
Maureen zuckte die Achseln. »Herrgott, sie haben mir nicht einmal gesagt, daß überhaupt irgend etwas los war, also hätten sie mir auch nicht erzählt, wenn die Gefahr gebannt oder sonst etwas passiert war.«
»Ich glaube, sie hatte eine Fehlgeburt«, meinte Frank.
»Hat Desmond dir das erzählt?« Sie war überrascht.
»Keine Spur, aber ich erinnere mich an ihr erstes Weihnachtsfest in London. Es ging mir nicht besonders gut, ich war ziemlich am Ende und fühlte mich sehr einsam. Ich habe die beiden gefragt, ob wir Weihnachten nicht zusammen feiern könnten, aber sie entschuldigten sich damit, daß es Deirdre nicht gut ginge. Sie sah auch sehr schlecht aus. Ich denke, das war der Grund.«
Er klang jetzt viel menschlicher; ihr Blick war sanfter geworden, und seiner auch, fand sie.
»Was für ein Pech, wenn man sich gleich so fest bindet und dann war alles nur falscher Alarm«, sagte sie.
»Vielleicht sind sie zufrieden. Die Kinder haben sie möglicherweise darüber hinweggetröstet«, wandte Frank ein.
Inzwischen unterhielten sie sich wie alte Freunde, die sich eine Weile nicht gesehen haben.

Philippa war erleichtert, als die Festgesellschaft nach und nach Richtung Kirche abzog. Weder hatte sie eine Ahnung, was sich dort abspielte, noch wollte sie es sich vorstellen, aber ihr war klar, daß die Episode für die Familie einen wichtigen Meilenstein darstellte. Nicht nur, daß Essen und Getränke angeboten wurden, nein, man besuchte auch eine Kirche, genauso wie damals, als alles angefangen hatte. Philippa ließ die Gläser abräumen und die Zimmer lüften und zuckte dabei erheitert die Achseln. Zumindest gab dieser absonderliche Zwei-Stufen-Plan den Leuten vom Partyservice die Möglichkeit, das Geschirr von den Vorspeisen wegzuräumen und ohne Unterbrechung die Salate herzurichten.

Die Kirche war in kurzer Zeit mühelos zu Fuß zu erreichen, deshalb hatte man die Idee auch für durchführbar gehalten. Hätte man mit Autos und Taxis fahren und sich einigen müssen, wer mit wem fährt, hätte es ewig gedauert.

Die dreißig Gäste der Silberhochzeit knieten als kleine Gruppe nieder.

Es war ein völlig normaler Gottesdienst; viele unter den Anwesenden gratulierten sich dazu, am nächsten Tag nicht mehr zur Kirche gehen zu müssen, denn heutzutage, da alles freier war als früher, reichte es, am Vorabend eine Messe besucht zu haben.

Manche, wie Anna zum Beispiel, die sowieso nicht zur Kirche gingen, konnten diesen Vorteil allerdings nicht so klar erkennen. Zu Hause bei Vincent empfand Brendan den Gottesdienst immer als gesellschaftliches Ereignis. Er konnte sich nicht vorstellen, daß sein Onkel an irgendeinen Gott glaubte, aber er ging so regelmäßig sonntags zur Kirche, wie er zum Tanken fuhr oder auf dem Markt Schafe einkaufte. Es war ein Bestandteil ihres Lebens.

Helen betete während der Messe inbrünstig zu Gott, er möge ihr doch bitte sagen, was gut für sie war. Vor was rannte sie, wie Schwester Brigid meinte, davon, und welche Richtung sollte sie

jetzt einschlagen, wenn das Kloster nicht das Richtige war? Wenn sie nur so etwas wie ein Zeichen erhielte. Es war ja nicht viel, was sie verlangte.
Father Hurley fragte sich, wieso ihm das alles wie eine Farce vorkam, fast wie die Fernsehversion eines erneuerten Eheversprechens. Jeden Augenblick konnte jemand sagen: »Schnitt! Bitte noch einmal von vorn!« Ein solches Gefühl beschlich ihn bei keinem anderen Aspekt seines geistlichen Amtes. Irgend etwas mißfiel ihm daran, in aller Öffentlichkeit Dinge zu wiederholen, die vor langer Zeit gemeint und gesagt worden waren. Aber die Gläubigen wurden ja auch immer gebeten, ihr Taufgelübde zu erneuern, also warum fühlte er sich dann in diesem Fall so unwohl?
Frank beobachtete in der Kirche Maureen und dachte bei sich, was sie doch für eine gutaussehende, temperamentvolle Frau war. In vieler Hinsicht ähnelte sie Joy East. Seine Gedanken schweiften kurz zu Joy und seinem Sohn, der Alexander hieß und den er niemals kennenlernen würde.
Es war ihnen unangemessen erschienen, in der Kirche zu fotografieren. Schließlich war es ja keine richtige Hochzeit, sie würden ein wenig verstaubt aussehen auf den Bildern, kicherte Deirdre, in der Hoffnung, daß jemand widersprach.
Maureen tat es, und zwar mit Nachdruck.
»Also, komm, Deirdre! Ich habe diesen Schritt noch vor mir, und dann will ich scharenweise Fotografen draußen stehen sehen«, erklärte sie.
»Und außerdem kann man immer heiraten, völlig egal, in welchem Alter man ist«, meinte Deirdres Mutter und versetzte ihrer Tochter damit einen Stich ins Herz.
»Und so, wie die Kirche sich entwickelt, wird selbst der Klerus bald heiraten, Mutter, dann schreitet Father Hurley im Cutaway durchs Kirchenschiff«, sagte Helen.
Sie lachten darüber, vor allem Father Hurley, der wehmütig

meinte, selbst wenn er vierzig Jahre jünger wäre, würde er einen solchen Schritt nicht wagen.

Und bald waren sie zurück in Salthill, Rosemary Drive Nummer 26. Die Nachbarn, die nicht eingeladen waren, winkten und riefen Glückwünsche herüber, das Haus war erleuchtet, und man ging zum Abendessen über.

»Die Leute unterhalten sich gut, wie auf einer richtigen Party«, sagte Deirdre zu Desmond, als könnte sie es gar nicht fassen.

Sie sah erhitzt und besorgt aus. Ihre Haare hatten sich aus der starren Haarlack-Frisur gelöst und erschienen nun weicher. Auf ihrer Stirn und über dem Mund standen Schweißperlen.

Ihre Sorge berührte ihn auf seltsame Weise.

»Na ja, es ist ja auch eine richtige Party«, meinte er und berührte mit der Hand sanft ihr Gesicht.

Das war eine ungewöhnliche Geste, aber sie wandte sich nicht ab, sondern lächelte ihn an.

»Ich glaube, du hast recht«, pflichtete sie ihm bei.

»Und deine Mutter kommt mit allen gut aus«, setzte er ermutigend hinzu.

»Ja, doch, das tut sie.«

»Brendan sieht gut aus, nicht wahr? Er hat gemeint, er hätte Lust, morgen früh in das ›Rosemary Kaufhaus‹ zu kommen und zu sehen, wie es dort läuft.«

Sie war erstaunt. »Was, er kommt am frühen Morgen den ganzen Weg von Shepherd's Bush herunter, wo er doch hier in seinem eigenen Zimmer hätte schlafen können?« Sie war immer noch eingeschnappt, weil er nicht zu Hause übernachten wollte.

»Es ist jetzt nicht mehr sein Zimmer, sondern das Büro, Deirdre.«

»Wir hätten ihn schon untergebracht«, sagte sie.

»Ja, und er wird eine Weile hierbleiben; allerdings als Besucher.«

»Als Familienmitglied«, korrigierte sie ihn.

»Als Familienmitglied auf Besuch«, widersprach er.

Es war liebevoll gemeint. Aber der Desmond Doyle, der er noch vor ein paar Monaten gewesen war, hätte das nicht getan. Damals hätte er noch zu viel Angst gehabt und wäre deshalb bereit gewesen, dieses Gesellschaftsspiel voller Lügen mitzuspielen. Er hätte bestätigt, was Deirdre ihrer Mutter und Maureen Barry von seinen legendären, überragenden Fähigkeiten bei Palazzo erzählte. Dabei wäre er ständig darum bemüht gewesen, Frank und Renata von solchen Unterhaltungen fernzuhalten, denn sie wußten ja, wie wenig sie der Wahrheit entsprachen.

Wie geruhsam fühlte sich zumindest Desmond Doyle, seit er sein eigener Herr mit seinem eigenen Geschäft war. Zum ersten Mal gehörte er sich selbst, nicht mehr Palazzo. Welch bittere Ironie, daß er dadurch gerade jenes Selbstvertrauen gewonnen hatte, das seine Frau immer an ihm vermißt hatte und das er im Reich der Palazzos nie erreicht hätte.

»Mutter und Vater unterhalten sich tatsächlich vollkommen normal«, flüsterte Brendan auf der anderen Seite des Zimmers Anna zu. »Passiert das oft?«

»Ich habe es noch nie beobachtet«, antwortete sie. »Ich will dir ja nicht die gute Laune verderben, aber ich denke, das ist ein sehr seltener Anblick. Versuch ihn zu genießen!«

Und tatsächlich löste sich die malerische kleine Szene schon auf, als sie hinschauten. Jemand vom Partyservice sprach mit Mutter; in der Küche gab es ein kleines Problem.

»Das hat bestimmt etwas mit Helen zu tun«, meinte Anna niedergeschlagen. Und sie täuschte sich nicht.

Helen war dafür gewesen, die große Cremetorte mit Kerzen zu verzieren. Zu diesem Zweck hatte sie fünfundzwanzig Stück gekauft, und nun durchstöberte sie den ganzen Küchenschrank nach alten Keksdosen, in denen die Plastikkerzenhalter sein mußten. Sie konnte nur vierzehn finden. Es war ihr unerklärlich, wieso.

»Möglicherweise, weil man in dem Alter als normaler Mensch

lieber keine Kerzen mehr auf der Torte haben möchte«, bemerkte Anna trocken. »Schon gut, Mutter. Ich bekomme das schon in den Griff.«
»Was soll das heißen, ›in den Griff bekommen‹? Es war doch nur als kleine Geste gedacht, damit wir in Festtagsstimmung kommen.«
Philippa von »Philippa's Partyservice« erklärte, die schriftliche Übereinkunft lautete, daß die Torte mit gerösteten Mandeln zu verzieren war, die oben auf der Cremeschicht den Schriftzug ›Desmond und Deirdre, Oktober 1960‹ bilden sollten.
»Das ist doch besser, Helen, findest du nicht auch?« Anna redete, als ob sie es mit einem Hund zu tun hätte, dem schon der Schaum vor dem Mund stand, oder mit einer zurückgebliebenen Vierjährigen. Ken Green hatte ihr erzählt, daß er in seinem Leben schon oft auf diese Weise mit Leuten geredet hätte, und er habe dadurch den Ruf erworben, sehr geduldig, fast schon treudoof zu sein, jemand, auf den man sich in jeder Krisensituation hundertprozentig verlassen konnte. Anna erinnerte sich, daß er sagte, er spreche um so langsamer, je aufgebrachter er war.
»Meinst du nicht, wir sollten das lieber dem Partyservice überlassen, Helen?« fragte Anna, wobei sie jedes Wort sehr deutlich und langsam aussprach.
»Ach, verpiß dich, Anna! Leck mich doch am Arsch!« sagte Helen.
Anna kam zu dem Schluß, daß Helens Karriere als Ordensschwester nun offensichtlich bald beendet war.
Helen war in den Garten hinausgestürmt.
»Soll ich ihr nachgehen?« fragte Philippa.
»Nein, sie ist wahrscheinlich draußen besser aufgehoben. Da gibt es niemanden, den sie verprellen könnte, und nicht sehr viel, was kaputtgehen kann.« Ken wäre stolz auf sie, dachte Anna, und sie fragte sich, wieso sie überhaupt so oft an ihn denken mußte.

Helen saß mit angezogenen Knien im Garten, da, wo sie in all den Jahren ihrer Kindheit gesessen hatte, wenn sie sich mißverstanden und ungeliebt fühlte. Hinter ihr hörte sie Schritte. Zweifellos war es Anna, um sie zu bitten, wieder hineinzukommen und sich nicht so aufzuführen. Oder es war Mutter, um ihr zu sagen, sie solle nicht auf dem feuchten Stein sitzen, oder Großmutter O'Hagan, um zu fragen, wann sie nun in den Orden aufgenommen wurde. Sie blickte auf. Es war Frank Quigley.

Der Schreck schnürte ihr die Kehle zu, und einen Augenblick lang wurde ihr schwindlig. Natürlich konnte er sie hier nicht anfassen und belästigen, im Hause ihrer Eltern.

Aber er sah im Dunkeln so bedrohlich aus.

»Dein Vater hat mir erzählt, du überlegst, St. Martin's zu verlassen?« sagte er.

»Ja, sie wollen, daß ich gehe, sie haben mich hinausgeworfen.«

»Das ist bestimmt nicht wahr.«

»Schwester Brigid meint, die anderen wollen mich nicht haben.« Sie merkte selbst, daß sie im Tonfall eines daumenlutschenden fünfjährigen Kindes sprach.

»Schwester Brigid hat dich viel zu gern, um so etwas zu denken, geschweige denn zu sagen.«

»Wie kannst du das wissen? Du hast sie ja nur in dieser einen schrecklichen Nacht damals gesehen.« Helens Augen waren so groß geworden wie Servietteller; es war die Erinnerung an die Zeit, als sie versucht hatte, für Frank und Renata Quigley ein Baby zu stehlen, diese Nacht, die so schrecklich ausging und in der ihr eigentlicher Abstieg im St. Martin's begann.

»Nein, Helen, ich habe Schwester Brigid seitdem oft getroffen«, berichtete Frank. »Wir haben nicht viel über dich gesprochen, es gab andere Dinge, über die wir zu reden hatten ... Sie hat mich beraten. Es waren sehr gute und hilfreiche Ratschläge, die sie mir gab. Das habe ich dir zu verdanken.«

»Ich hatte es damals gut gemeint, in jener Nacht. Ich war wirklich davon überzeugt, es jedem recht zu machen.«
»Es hätte ja auch so sein können, verstehst du? Aber auf diese Art wäre es nicht gegangen – ständig davonlaufen, sich ständig verstecken, sich immer etwas vormachen. So kann man nicht leben.«
»Aber so habe ich immer gelebt.« Helens Worte klangen rebellisch und abwehrend.
»Nein, nein, so ist es nicht.«
»In diesem Haus haben wir immer so getan als ob, genauso, wie heute.«
»Pst«, sagte er beruhigend.
»Wie hast du gelernt, so aufrecht zu sein und nicht so handeln zu müssen wie wir anderen?«
»Ich bin gar nicht aufrecht. Von allen Menschen solltest du das am ehesten wissen«, sagte Frank ernst. »Ich habe Dinge getan, für die ich mich schäme; eines davon war die Geschichte mit dir. Dafür schäme ich mich wirklich zutiefst.«
Zum ersten Mal seit jenem Tag in seinem Appartement blickte Helen Doyle in Frank Quigleys Augen. Seit langen Jahren stand sie wieder einmal jemandem gegenüber und sagte gar nichts.
»Ich hatte immer gehofft, du würdest jemanden kennenlernen, einen jungen, netten, zärtlichen Mann, der diesen seltsamen, traurigen Tag ins rechte Licht rücken und dir zeigen würde, daß diese Erfahrung einerseits wichtig, in vielerlei Hinsicht aber auch völlig unwichtig war.«
Helen sagte immer noch nichts.
»Ich glaube, deswegen hat es mir so leid getan, als du ins St. Martin's gegangen bist, weil ich damals immer dachte, du würdest dem, was passiert war, zu viel Bedeutung beimessen.«
»Ich habe nie mehr darüber nachgedacht«, log Helen, dabei sah sie ihn voller Selbstvertrauen und mit hoch erhobenem Kopf an. Er wußte, daß sie nicht die Wahrheit sagte, aber es war ihm wichtig, sich das nicht anmerken zu lassen.

»Genauso sollte es auch sein, und es weist mich in meine Schranken.«
Er lächelte sie wehmütig und voller Bewunderung an. Er hatte den richtigen Ton getroffen. Und es entging ihm nicht, daß sie anfing, sich besser zu fühlen.
»Also, was wirst du tun, wenn du weggehst, falls du das wirklich vorhast?«
»Ich gehe bestimmt. Ich weiß noch nicht, was ich tue. Vielleicht brauche ich Zeit zum Nachdenken.«
»Ist das hier der Ort, wo du nachdenken willst?« Er blickte ungläubig zum Haus Salthill, Rosemary Drive 26, hinüber.
»Eher nicht.«
»Vielleicht solltest du weggehen, ganz weg von London. Du kannst gut mit Kindern umgehen, sehr gut sogar, sagt Brigid.«
»Ja, natürlich mag ich Kinder. Sie regen sich nicht gleich so auf wie die Erwachsenen.«
»Könntest du dich dann nicht vielleicht um eins kümmern? Nur ein oder zwei Jahre lang, während du nachdenkst?«
»Kennst du denn eins?«
Sie sprachen jetzt fast wie Gleichgestellte miteinander. Ihre Angst vor ihm war verschwunden.
»Ja, er heißt Alexander. Ihn selbst kenne ich nicht, aber seine Mutter. Seine Mutter und ich hatten jedoch eine Auseinandersetzung, sie mag mich nicht. Würde ich es ihr vorschlagen, würde sie gewiß ablehnen. Aber wenn sie eine Anzeige aufgibt, und du dich sozusagen bewirbst...«
»Wäre das nicht ein unwahrscheinlicher Zufall?«
»Nein, wir können das über Carlo einfädeln: Sie fragt ihn nach einem Kindermädchen, und er sagt, er wüßte jemanden, die Tochter eines ehemaligen Abteilungsleiters; sie kennt deinen Vater.«
»Ist es Miss East?«
»Ja.«

345

»Weshalb hattet ihr eine Auseinandersetzung?«
»Wegen diesem und jenem.«
»Ist Alexander nett?«
»Ich weiß es nicht, Helen.«
»Aber du wüßtest es gerne?« Sie schien von einem Moment auf den anderen erwachsen geworden zu sein.
»Für mein Leben gern.«
»Gut. Irgendwo muß ich ja nachdenken, warum also nicht bei Alexander East?«
Der Kuchen war fertig und wurde angeschnitten. Und als jeder ein Stück dick belegter Cremetorte auf dem Teller hatte, klopfte Desmond an sein Glas und verkündete, Frank Quigley, der vor einem Vierteljahrhundert seine Pflichten als Trauzeuge so gut erledigt hatte, wolle ein paar Worte sagen.
Frank ging nach vorne. Er begann damit, daß es ihm eine große Freude und eine Ehre sei, eine Ansprache halten zu dürfen. So, wie er es sagte, nahm man es ihm auch ab. Die Zuhörer hatten für einen Augenblick das Gefühl, er sei glücklich, eingeladen worden zu sein.
Er fuhr fort, er erinnere sich noch gut an den Tag, als Deirdre, die damals fast genauso ausgesehen hatte wie heute, diese Bindung eingegangen war. Sie war jung und schön gewesen damals und hatte ihr ganzes Leben noch vor sich. Viele Entscheidungen waren zu treffen, viele Wege standen ihr offen. Sie hatte sich für Desmond Doyle entschieden. Mit großem Einfühlungsvermögen kam er von der Hochzeit zur Anfangszeit von Palazzo, der Freude über die Kinder, ihr Glück mit jedem dieser Kinder. Eine Tochter hatte im Buchhandel Karriere gemacht (Palazzo hatte vergeblich versucht, sie zu ködern). Eine zweite Tochter opferte ihr Leben, um sich anderen Menschen zu widmen, und der Sohn hatte seine Liebe zum Land entdeckt. Das sei ein dreifacher reicher Lohn für Deirdre und Desmond, auf den sie mit Stolz blicken konnten und der ihre Hoffnungen Wirklichkeit werden ließ.

Er selbst sei in seinen jungen Jahren nicht so vom Glück verfolgt gewesen. Erst spät im Leben habe er jemanden gefunden, den er liebte. Sein Blick streifte sanft Maureen in ihrem zitronengelben Kleid, die ihn mit gelassener Bewunderung anblickte. Aber dann durfte auch er die Freuden des Ehelebens erfahren, obwohl es ihm leider, im Gegensatz zu Desmond, nicht vergönnt war, Vater dreier wunderbarer Kinder zu werden. Aber heute abend freute er sich aus tiefstem Herzen, in keinster Weise belastete ihn die Eifersucht, die er über all die Jahre hinweg hätte empfinden können. Am Wochenende wollten er und Renata nach Brasilien fliegen, wo eine legitime Adoption vorgesehen war; dann durften sie ein Mädchen namens Paulette mit nach Hause nehmen, um ihr ein Heim zu bieten. Sie war acht Monate alt. Die Formalitäten waren von den Nonnen erledigt worden. Sie würde zwar viel jünger sein als die Kinder seines Freundes Desmond, aber er hoffte, ihre Freundschaft würde für immer bestehen bleiben wie bisher, ein Leben lang, sagte er. Es gab Dinge im Leben, die sich nie veränderten.

Die Rede kam sehr gut an, manche wischten sich Tränen aus den Augen, und man hob die Sektgläser. Alle waren bewegt von Franks Worten, alle, sogar Maureen Barry.

»Mein Gott, das war eine großartige Rede«, meinte sie anerkennend.

»Danke, Maureen!« antwortete er galant und höflich.

»Nein, ich meine es ernst. Du warst schon immer ein guter Redner. Du mußtest dich gar nicht so sehr anstrengen, um meine Mutter und mich Lügen zu strafen.«

»Aber deine Mutter liebte mich doch. Sie sagte, ich sei ein sehr netter junger Mann.« Er ahmte die Stimme ihrer Mutter nach. Es war eine gelungene Darbietung.

»Das mit dem Kind freut mich«, sagte sie.

»Ja, uns auch.«

»Und werde ich euch alle begrüßen dürfen, wenn ich mein Geschäft in England eröffne?«
»Es wird aber noch eine Weile dauern, bis Paulette für deine Kleider alt genug ist.«
»Zufällig habe ich auch eine Kinderboutique.«
»Ja, dann ...« Er lächelte herzlich, aber nicht herzlich genug.
Maureen nahm sich vor, die Sache mit ihrem Vater zu besprechen. Der alte Halunke wußte immer Rat. Einen solchen Fang wollte sie sich nicht noch einmal durch die Lappen gehen lassen.
Father Hurley bat darum, telefonieren zu dürfen, aber es stand bereits eine Schlange an. Anna sprach gerade mit jemandem.
»Natürlich, komm vorbei«, sagte sie. »Hör zu, Ken Green: Wir leben im Jahre 1985, jeder von uns kann frei entscheiden, was er will. Und ich entscheide, daß es phantastisch wäre, wenn du dich entscheiden könntest, hierherzukommen.« Es gab eine Pause.
»Und ich liebe dich auch«, sagte sie. Sie legte den Hörer auf und wunderte sich über sich selbst.
Als nächstes nahm Deirdres Mutter den Apparat.
»Ja, Tony, es war völlig in Ordnung, da war keine Gelegenheit ... Nein, es ist kein gebrochenes Versprechen. Aber du weißt ja, die Kunst des Lebens besteht darin zu wissen, wann die richtige Zeit gekommen ist, etwas zu sagen. Ja doch. Es hat sich nichts geändert. Ganz bestimmt. Ich dich auch. Sehr sogar.«
Father Hurley nahm den Telefonhörer auf, um Pater Hayes zu sagen, daß er für den Rückweg mit einigen anderen zusammen ein Taxi nehmen wolle. Man hatte eigens einen großen Wagen bestellt.
Ja, erzählte er, es war nett gewesen, er hatte nur das Gefühl, das Telefon nicht so lange besetzen zu dürfen. Es könnten ja noch einige Leute jemanden anrufen wollen, um ihm zu sagen, daß sie ihn oder sie liebten.
Gereizt versicherte er Pater Hayes, er sei kein bißchen betrun-

ken. Er hatte nur gerade den Telefongesprächen einer Frau und ihrer Enkelin gelauscht, das war alles.
Jetzt herrschte allgemeine Aufbruchstimmung. Aber es lag etwas in der Luft, als ob noch etwas fehlte.
Deirdre fand die Kamera. Sie hatte einen neuen Film eingelegt, fix und fertig für das Ereignis. Sie eilte in die Küche, wo Philippa und ihr Partyservice damit beschäftigt waren, die Essensreste in Cellophan einzuwickeln und im Kühlschrank zu verstauen. Es waren sogar einige Sachen für die Gefriertruhe übrig.
Deirdre erklärte ihr, wie die Kamera funktionierte, und Philippa hörte geduldig zu. Es war charakteristisch für solche Frauen, daß sie dachten, ihre Kamera sei kompliziert.
Alle versammelten sich im Halbkreis um das Paar. Dann lächelten sie. Die Kamera blitzte und blitzte.
Unter all den vierundzwanzig Bildern auf dem Film war bestimmt eines gut genug, um vergrößert zu werden. Eines war mit Sicherheit genau das richtige. Jedermann konnte dann das Bild von der Silberhochzeit an der Wand hängen sehen, jeder, der von jetzt an das Haus im Rosemary Drive besuchte.

MAEVE BINCHY

Eine Hommage an ihre Heimat – die Romane der erfolgreichen irischen Schriftstellerin.

(60226)

(60225)

(60224)

(60227)